MAÑANA EN LA BATALLA PIENSA EN MÍ

明日战场上想起我

〔西班牙〕哈维尔·马里亚斯 著
鹿秀川 译

新经典文化股份有限公司
www.readinglife.com
出 品

明日战场上
想起我

谁能料到有天一个女人会在你怀里死去，虽然你恐怕再也无法见到她的脸庞，却将她的名字铭记于心。谁又能料到一个好端端的人会在最不恰当的时候离世，尽管这种事的确常常发生在我们身边。是的，我们总难以相信身边的人会意外离去。但很多时候，死亡的事实和情况往往被掩盖：不仅向仍然活着的我们掩盖，甚至也不为死去的人所知。如果这些死者有机会观摩一下自己的死亡，他们一定会为自己可能的死亡方式、模样甚至原因感到无比尴尬：有人是因为海鲜引起的肠胃不适，有人则是因为入睡时手中未灭的香烟点燃了床单，更糟糕的是它居然点着了羊毛毯；也有人可能是在洗澡时四脚朝天地滑倒，却无力打开紧锁的浴室门；抑或是一道闪电劈开了一棵路边的大树，而折倒的树干砸扁或砍断了某个行人的头，也许还刚好是个外国人；有些人可能会被丝袜勒死，有些人可能会死在理发店里、胸前还围着大围布，有些人可能会死在妓院里，也可能会死在牙医诊所里。一个小孩在吃鱼时被一根刺卡住了喉咙，母亲不在他身边，因此没人能帮他抠出来，最后他硬生生地噎死了。有人也许会在胡子刚刮到一半的时候死去，脸颊半边还布满了泡沫，如果没人出于审美上的同情帮他修剪或是干脆帮他完成剃须的工作，这可怜人的胡子将永远停留在这"别具一格"的状态。更别提生命里那些更为窘迫而隐秘的时刻了，窘迫到除了青春年少时我们根本不愿意提及，因为青春是唯一的借口和理由。尽管总有人把这些时刻拿出来作为谈资博众人一笑，但其实往往毫无可笑之处。不过这次确实是一场可怕的死亡，类似于大家时常聊到的那些令人毛骨悚然的死亡；可这又是一场荒谬的死亡，甚至当我们谈及它时还忍不住大笑。我们大笑是因为一个终于被消灭的敌人，也是因为我们谈论的死亡属于一个很久以前让我们难堪的人，或是属于一个活在遥远的历史里的人，比如一位古罗马的帝王，比如爷爷的爷爷，再或者是某个权倾朝野的人，在他们荒诞的死亡中，只能窥见公平和正义，即便放在今天仍然充满活力和人性。所有人都渴望这种公平和正义，包括我们自己。

　　对于那场死亡，我是多么开心，又是多么遗憾，同时又多么渴望庆祝。有时看到报纸上那些令人忍俊不禁的不幸事故，仅仅想到死者跟自己毫不相干，就足以让你在背地里感到庆幸，心里一边感叹"真可怜啊"，一边朗朗大笑。报纸上的死亡就好像一场盛大的演出，里面讲述的或者你听闻的所有故事都是一出戏剧，总能让你体会到某种程度上的不真实感。就像一切从未发生过，即便是我们亲历过且无法忘怀的事也不例外。是的，即便是那些我们无法忘怀的事。

那些发生在我身上的事也总有一种不真实感，更重要的是，它还没有结束，或许我应该使用我们的语言中的另一种传统时态，当我们讲述一件还没有结束的发生在自己身上的事情时所使用的时态。现在要开始讲述它的时候，我也许会克制不住地想笑。但我无法相信这是已经发生的事实，虽然它确实刚刚发生，虽然死在我怀里的女人生活在真切的当下，她没有权力也不是敌人，我也不能说她于我而言是个陌生人，尽管当她在我怀里死去时我确实对她知之甚少，不过此时此刻，我知道的多了些。我只能说，她死时没有裸着，至少尚未全裸，这点也算我走运了。我们当时正在为对方宽衣解带，就像通常发生这种事时一样。用"初次"这个理由来掩盖意外的发生，或是用"非预谋"来伪装一切，既能偷存自己的廉耻心，又能在事后给人一种不可避免的感觉。因此，当人们声称相信宿命论和上天的干预，往往是为了顺应个人需求，为自己辩解脱罪。就好像当事情开始恶化，当人们开始后悔，当有人开始受到伤害时，全世界都急于解释："我没企图什么，这不是我想看到的。"此刻，这句话也在我心里翻腾。尽管我应该说我知道她死了，而且是在刚刚认识我的时候就不合时宜地死在我的怀里，但我还是坚持否认自己当时在她身边。我这么说也许没人相信，然而这并不重要，因为故事由我来讲，管你爱听还是不爱听，这就是我能说的全部了。所以我现在就是坚持"我没企图什么，这不是我想看到的"，反正故事的女主角既无法附和我，也不能揭穿我的谎言，她只留下最后一句："哦天啊，我的孩子。"我仍清楚地记得她说的第一句话："我不太舒服，我也不知道自己怎么了。"情事中断的时候，我们已经在她的卧室，半裸着身体，半躺在床上。她突然停了下来，捂住我的嘴，好像不想再继续亲密下去。她用手背轻轻地推开我，背朝着我侧躺下来。我问她"你怎么了"，她便回答了那句"我不太舒服，我也不知道自己怎么了"。那时我看见了她的后颈，之前我从未注意过，头发稍稍扎起，有点乱，明明不热，却有些汗湿，古典的后颈上刻着岁月的纹路，粘在上面的黑色发丝犹如半干的血迹，也可以说是像滑倒在浴室的人脖子上蹭的泥，这人倒下前居然还闪电般地关上了水龙头。一切都发生得太快了，让人来不及有任何反应。来不及叫医生（凌晨三点能叫什么医生，医生们早在吃饭的时间就回家了），来不及叫邻居（能叫什么邻居呢，我根本不认识她的邻居，又不是在我家，何况我当时只是一个客人，之前也从没去过她家，甚至没去过那条街，那个街区我也只在多年前路过了一两次而已，不过现在，我却变成了一个私闯他宅的人），来不及叫她丈夫（我怎么可能叫她丈夫，何况他那时出差在外，我连他的全名都不知道），来不及叫醒她的孩子（干吗要叫醒他，让他睡着可不容易），甚至连我自己也来不及抢救她，她是突然感到不舒服的，一开始，我，甚至我们俩，都以为是晚饭有问题，我还想着可能是她失去了兴致，所以有些不安，或是后悔发生了这一切，又或是她害怕了。恐惧、不安和后悔，这三样东西常以身体不适或疾病的形式出现，尤其是在你刚行动就发觉已经后悔时。无论是肯定、否定还是犹豫，该继续的还是会继续，该消失的还是会消失，我们面临的不幸即在于不知情时必须采取行动，因为时间匆匆，不作停留，也不会等待，我们永远跟不上时间的步伐：不知怎样决定却必须做决定，不知该如何行动却必须行动，我们只能猜测将来可能发生的事，这注定是人间最宏大又最寻常的不幸，而我们却不觉得有什么不幸可言，只因日复一日早已习以为常，很少去注意它了。她当时觉得不适，我却不敢叫她的名字。但我知道，她姓特耶斯，叫玛尔塔。她说她觉得晕晕的，我便问她："是哪里晕呢？是头晕还是反胃呢？""我也不清楚，好像整个身子都晕晕的，特别严重，我可能要死了。"她的整个身子刚刚还在我怀里，我的双手还游走于她的全身，摩擦着，抚慰着，探索着，哦，也偶尔拍打着（这并非我的本意，只是人总有情不自禁的时候，我自己可能都没意识到）。我用指尖无意识地游走探索着她的全身，想知道她是否得到满足，却在这时被告知她感到眩晕，这可能是最模糊的一种身体不适感，而且她还告诉我是全身都在眩晕。她说的最后一句话是"我可能要死了"。她不是逐字逐句地说出这句话，而是像在背诵某个谚语一样。她当时并未当真，我也没有，因为她都说了"我也不知道自己怎么了"。我还是继续坚持问她问题，因为提问是一种避免行动的方式。不单单是询问，谈话和倾诉都可以避免亲吻，避免冲突，避免进一步的行动，避免放弃等待，我又能做些什么呢，尤其是一切刚开始的时候，根据那些发生过的和没有发生过的事情中的规律来看，一切都是暂时的，虽然规律有时也会被打破。我轻问道："你是不是想吐？"她并不作答，只是摇头，晃动那好像粘着半干的血迹或是蹭着泥土的后颈，似乎连发出声音都很费力。我起身转到床的另一侧，跪在她身边看着她，把一只手放在她前臂上（这是一个安抚的动作，就像医生常做的那样）。她双眼紧闭，只有长长的睫毛在闪动，大概是床头柜上开着的台灯太刺眼（其实我之前就在犹豫要不要关掉它，最后决定不关是因为我想看一眼这绝对会让我感到愉悦的新鲜肉体）。我让它继续开着，现在它起了作用，可以让我观察清楚她的突发状况，不管是身体不适、情绪上的不安、恐惧还是后悔导致的。我问她："你需要我叫个医生来吗？"脑海里想着一些虚构的急诊中心的名字和电话通讯录。她又摇了摇头。"你哪里疼？"我又问，她用手随意指了一个模糊的范围，似乎包括了胸部、胃和腹部一大片区域，实际上，她指的好像是除了头和四肢以外的全部区域。她的胃部已经袒露，胸部却还被无吊带的文胸半掩着（虽然我已经解开了扣子）。那件文胸的样式类似于比基尼，她穿着有点小，也许那天晚上她是故意穿着这件旧文胸，就为了等我。和表现出来的不一样，也许一切都是有预谋的，是故意打造的巧合，就为了把我引到她的双人床上（而且我知道，有些女人为了凸显胸部会故意穿小一号的文胸）。我当时已经为她解开了扣子，但文胸并没有掉下来，玛尔塔仍然用胳膊护着它，又或是用腋下夹着它，可能是不想在我面前全裸。"怎么了？"我当时问道。"没，没什么，我也不清楚……"她说，用不再清亮的、或许是因为疼痛或焦虑而有点变声的音色回答我，其实我并不知道她是不是真的有疼痛感。"你稍微等我一下，我说不出话了。"她吐出了几个词。身体不适有时会让人倦怠，她却在坚持跟我说话。也许她还没痛到忘记我的存在，也许她是个考虑周全的人，即便是在自己快要不行的时候。从我和她的短暂相处来看，她确实挺周到（但我不知道她那时真的快不行了）。"真抱歉，"她对我说道，"你肯定没料到会这样，真是一个糟糕的晚上。"我其实也没指望什么，也许确实指望了点什么，就和她的期望一样。在此之前，那晚其实不算糟糕，顶多也只是有点无聊。我当时不知道她是否已经预料到将会发生的这一切，又或许她指的是因为哄孩子睡觉而让我等待了太久。我起身转回床的另一侧，斜靠在刚刚躺过的地方——床的左边，重新凝视着她一动不动、满是印记的后颈，她现在也许因为冷而畏缩着。随后我陷入了思考："也许我应该静静地等一会儿，不再问她问题，最好是让她安静地待着，别再强迫她回答我，也不要时刻都想确认她是否好些了，病情是否恶化了，这样只会像是在太过密切地监视着她。"我抬眼看了看卧室的墙，进来以后，我还没注意过它，之前视线都停留在刚刚那个活泼又羞涩的女人身上，是她领我来到这里，现在却颓萎地躺在我身边。床对面的墙上挂着一面全身镜，通常只有酒店喜欢这样的房间布置（一对已婚夫妇喜欢在上街前、睡觉前照照自己）。其余的装饰却很有家的感觉，当然，还是能看出它是属于两人的，因为我旁边的床头柜上有一位丈夫的痕迹（她一开始躺在了我这侧，然后慢慢滑向了她夜夜占据的另一侧，这当然是种很自然的无意识行为）：一个计算器，一把拆信刀，一副在飞机上遮光的眼罩，一些钱币，一抹烟灰，一只收音机闹钟；床头柜下面的空当处还放了条烟盒，里面只剩下一包香烟；一瓶罗意威的男士香水，兴许是玛尔塔作为最近一次生日的礼物送给他的，还有两本小说（也许并不是礼物，但我可不会花钱买那样的小说），一管维C泡腾片，一个空杯子，大概是他行前没来得及撤走的，一本附有电视节目表的杂志副刊，他去出差当然也就看不到这些节目了。电视在床角处，镜子边，他们俩应该是喜欢舒适生活的人。有那么一瞬间，我想去拿那个遥控器来开电视，但它在玛尔塔那一边的床头柜上，我必须得再次起身转到她那侧，否则就得选择将手越过她的脑袋，她在想些什么，袭击她的不知是郁闷还是恐惧。我最终选择了伸手，很快便碰到了遥控器，尽管我卷起的衬衫袖口拂过了她的头发，她却并没有察觉。左边的墙上挂着一幅画，我挺了解这种附庸风雅的东西。那是意大利画家巴尔托洛梅奥画作的复制品，真品在法兰克福。画上是个额头上箍着月桂枝环的女人，有着稀疏的卷发，手里举着一小束品种不一的花，一侧的乳房袒露在外（相当平坦）。画的右边内嵌着一个白色的壁橱，和墙的颜色正好一致。壁橱里也许还有些她丈夫尚未带走的衣服，应该说大部分都是他的衣物，因为玛尔塔在晚饭时跟我说他只是去伦敦短暂地出差。除此之外，还有两把椅子，上面摊着还没来得及收拾的衣服，也许是脏的，也许是刚洗净还未熨烫的，床头柜上的灯光并没有完全照亮它们。在其中的一把椅子上，我看到了男人的衣服，一件外套挂在椅背上，就像把椅背当作衣架，一条皮带还没抽掉的裤子，露出一颗挺大的搭扣（拉链开着，像所有扔在一边的裤子一样），两件未系扣的浅色衬衫，这样看来她丈夫应该不久前还在这里，今早，他也许就是在这里起床的，从我现在背靠的枕头上醒来，然后决定要换条裤子，因为他要求得太匆忙，玛尔塔不愿帮他熨好。那些衣物好像还在呼吸一般，留有余温。另一把椅子上则放着女人的衣物，我看见深色的长筒袜，两条玛尔塔的半身裙，和她现在穿着的裙子不是一个风格，显得更正式一些。也许在我敲门的前一分钟，她还在试衣服，纠结着要穿哪件。对于一个艳情的约会，人们向来不知道要选择什么衣服（但我从来没有这个烦恼，艳情的约会并不意味着什么，反正我的服装永远都是单调的）。现在玛尔塔蜷着身子，如此一来，那件她精心挑选出来穿在身上的裙子也起了褶皱。我看见她的拇指紧扣着其他手指，双腿也蜷缩着，用力压着胃和胸部，好像这样就可以让疼痛减轻一点。这个姿势让她的内裤在不经意间走光了，又让她的部分臀部外露出来，也许只能说是内裤有些小了。说实话，当时我脑中闪现的庄重感让我想替她往下拉拉裙子，让裙子不那么起皱。但不可否认的是，我很喜欢当下看到的那一幕，我有些犹豫，是不是应该趁她尚未好转，就这么继续看着她，看看有没有更多可欣赏的。也许就像所有初次约会会发生的故事一样，玛尔塔的裙子在此之前就已经起皱了。在这样的夜晚，谁还会珍惜衣服，管它是将要被脱下，还是留在身上，真正值得珍惜和尊重的应该是新鲜而陌生的肉体吧。也许正因如此，玛尔塔才选择不去熨烫那些待处理的衣物，因为她知道，无论如何，过了今晚，她还是得重新熨好它们，尤其是她今晚选择的那件，最能挑逗我的那件，在招待我的这个夜晚，所有的衣物都会起皱，被玷污，被损坏。

我在开电视的瞬间立马把声音调小，只看无声的画面，这样她应该就察觉不到了，虽然房间里的光线忽然亮了起来。荧幕上放的是带字幕的弗莱德·麦克莫瑞[①]的片子，一部属于深夜的老电影。我从头到尾换了一遍频道，又重新回到这部黑白老片，回到主角那张略显愚笨的脸上。就在那个时刻，我已经无法停止思考，尽管一般人不会想太多，也不会考虑自己的想法可能以后会被讲述或者记录，所以不必顾忌思考的顺序。"我到底在这里干吗？"我默默地问自己，在一个陌生的屋子里，在一个素未谋面的男人的卧室里，我只知道他的名字，还是因为他妻子晚饭时无意间用抱怨的语气提到了好几次。当然，这也是她的卧室，所以此时此刻我才会在这里，褪去了她身着的一些衣服，抚摸着她的身体，关切着她。她，我是认识的，虽然了解不多，也就两个星期前才开始接触，今天也只是我们的第三次见面。两小时前我们吃晚饭

[①] 弗莱德·麦克莫瑞（Fred MacMurray，1908—1991），出生于伊利诺伊州的美国演员，出演过《桃色公寓》《双重赔偿》等电影。

的时候,她丈夫打电话回来,说他已经顺利到达了伦敦,晚饭是在孟买酒馆吃的,非常棒,说他在酒店房间里准备钻进被子睡觉了,第二天还有工作等着他,说这是个短暂的出差而已。但他妻子玛尔塔并没有告诉他我就在这儿,正吃着晚饭。这点更让我确信这是个充满艳情的约会,尽管那时她儿子还醒着。当然,她丈夫也询问了孩子的情况,玛尔塔只说孩子要上床睡觉了;他可能接了句"把电话给孩子,让我跟他道个晚安",因为我听到了玛尔塔的回答:"最好还是不要了,他完全没有睡意,如果来跟你说话,他会更兴奋的,到时候就没人能哄他睡着了。"这一切在我看来都是无稽之谈,因为据他妈妈说,孩子才两岁,完全还是牙牙学语的状态,可能连发音都不清晰,玛尔塔还得摸索出他说了什么,再给他翻译出来。母亲们,作为世界上最早的语言探索家和翻译家,总是能把孩子们可能还不算语言的词句解释并且总结出来,甚至还包括他们的手势、夸张的表情动作和不同含义的哭声,无论是没哭出来时穿插着进出的不成形的单词,还是彻底的号啕大哭,又或是由哭声串联的词句。或许父亲也能明白,所以他才想让孩子接电话。这孩子也挺不容易的,他还得含着奶嘴说话。玛尔塔在厨房忙碌的时候,我也跟那孩子聊了几句,那时候只剩我和他留在客厅(那客厅也兼作餐厅),我坐在桌边,餐巾摊在我的腿上,他坐在沙发上,手里抱着个迷你兔玩偶,两人都盯着电视,他正对着,我则是侧目看着:"你含着奶嘴,我听不懂你说什么。"孩子顺从地拿下了奶嘴,握在手上,那一刻他的动作显得特别有力（另一只手还拿着兔子），他重复了刚刚想说的话，但就算他嘴里没含着东西，我还是没能明白。玛尔塔不让孩子接电话使我更加确信了这顿晚饭的意义，因为这孩子尽管说话还不是很清晰，却仍可以在电话里向他爸爸表达出家里有别的男人在吃晚饭的意思。我很快意识到，孩子会读有两个以上音节的单词的最后一个音节，即便如此，那显然仍是不完整的（比如他只发胡须的须，领带的带，奶嘴的嘴，里脊的脊：我并没有胡须，只是电视上出现了个有胡须的市长；而玛尔塔说她给我吃的是爱尔兰的里脊）；就算听到这些音节，想要明白他的意思也不容易，但他爸爸可能已经习惯了，对于翻译这门语言，这门只有他孩子在说甚至就连这唯一的使用者也很快就要摒弃的语言，他已经相当敏感了。小孩子几乎还不会用动词，所以基本上不能造句，他掌握的都是名词和一些形容词，他说所有词的时候也都是感叹似的语调。我们吃晚饭时甚至晚饭结束之后，他都坚持不上床睡觉，我也只能坐在桌边等着玛尔塔从厨房回来，等她耐心地哄完孩子。她在客厅的电视上（我那时以为只有那一台电视）给孩子放了部动画片，希望屏幕的光能让孩子打瞌睡。但他异常清醒，拒绝上床，用他那对世界一无所知的天真或是脆弱敏感的懵懂抗拒着，他似乎比我懂得更多，一直监视着妈妈，也监视着那个他从未在家里见过的陌生客人，捍卫着属于他爸爸的地盘。有那么几个片刻，我都想转身走人了，甚至觉得自己不是客人而是一名入侵者，越确定这是一次艳情的约会，这种感觉就越发强烈，尤其是当我意识到小孩子也有直觉，就像猫一样，他也知道挣扎着不睡觉，就待在那里防止不该发生的事情发生。他当时只是顺从地坐在沙发上看着可能还看不懂的动画片，不过里面的角色他大概是认识的，时不时会用食指对着屏幕指指点点，就算他含着奶嘴，我也能大致明白他说的话，因为我和他看的是同样的画面，他说着"滴丁"或者"长"，他妈妈会不时停下和我的对话，给他翻译或者附和他，以免哪个他第一次说出口的或者厉害的词没得到应有的赞美："是的，这是丁丁，和船长，我的宝贝。"我小时候也看《丁丁历险记》，不过我看的是大开本的漫画，现在的孩子看的都是有着滑稽声音的会动的丁丁了，我没办法把注意力集中在他们母子不完整的对话和这顿断断续续的晚餐上，我不仅认识电视里的角色，还知道他们的冒险以及关于黑岛[①]的故事，我忍不住在我的位置上用余光瞥着电视里的他们，继续吃着晚饭。

孩子不愿去睡觉，这种坚持让我确信一定有什么在等着我（如果他最终睡着了，如果我确实这么期待着）。正是他固执的监视和本能的怀疑揭露了他妈妈，那种赤裸裸的程度甚至超过了他妈妈与伦敦那位在对话时的沉默（沉默只不过是考虑到我在场而已），也超过了她仅仅为一顿深夜在家的晚餐而浓妆艳抹又分外羞涩（也许是由于兴奋而脸红）的等待。当一个人害怕的时候，总是无法避免在令他害怕或者可能会令他害怕的人面前流露出他的

[①]《丁丁历险记》里的一个冒险地点，在苏格兰北部海岸线外。

恐惧。那些为了避免坏事发生所采取的措施往往适得其反，你心中的怀疑总能挖掘出一些悬而未决的问题并且迫使你必须开始解决它，压力和期望也总是用来填补那些已有的和不断加深的凹陷。想让恐惧消散的话，总得有点事情发生，而最好的办法，就是让恐惧自己到来。孩子不肯睡觉，用这种闹腾的方式责怪着妈妈，妈妈也只能用忍耐责备自己（最好是这样，能平静地吃个晚饭，她可能会这样想，或者今晚一开始她可能就已经想到了会这样；如果孩子不停止闹腾，我们也就彻底没辙了）。孩子的闹腾和母亲的忍耐都使初次约会本应有的伪装彻底瓦解了，那种伪装本可以让我们有借口去说服别人相信我们之间什么也没有：我没企图什么，这不是我想看到的。我觉得自己也被控诉着，不仅仅因为那个孩子为了不妥协而做出的努力，也因为那孩子看我的态度和方式：他一直和我保持着距离，用一种交织着怀疑和需要或者是渴求信任的眼神看着我，尤其是当他用他那断断续续又令人费解的语言惊呼着，用那种洪亮到让人无法相信是从这么小的身体里发出的声音跟我说话时，我更能感受到他的那种不信任。他没给我展示什么东西，甚至也没让我碰他的迷你兔。"这孩子是对的，他完全是有理的，"我当时这么想，"因为只要他一去睡觉，我就可能会短暂地占据他爸爸平时的位置，虽然只是短暂的。他感觉到了这点，也试图维护这个同样是他的保障的位置，不过因为他对这个世界还是无知的，甚至他对自己的所知都是无知的，他把他透明的恐惧都展现在了我面前，给了我可能缺失的线索：无论如何，就算他对一切都是无知的，也比我更了解他的妈妈，她是他最熟悉的领地，对他来说，她没有任何神秘可言。真谢谢他，我不会再犹豫了，如果我想要的话。"渐渐地，在睡意的笼罩下，他慢慢斜躺了下去，最终倒在沙发上，对这件巨大的家具来说，他显得太小了——就像把一只蚂蚁放在一个空的火柴盒里一样，不过蚂蚁却在爬动——他还是继续看着电视，脸靠在靠枕上，嘴里含着奶嘴，奶嘴作为一个多余的提醒或标志，提醒着大家他是多么幼小，他双腿蜷缩着，这是睡着了或快要睡着的姿势，双眼却睁大了，甚至不允许自己闭上片刻。他妈妈不时从座位起身弯腰看看他有没有像她希望的那样睡着，可怜的女人，尽管他是她生命的全部，她还是想短暂地摆脱他一会儿，可怜的女人，只是想和我单独待一会儿，只是一小会儿而已（我现在说"可怜的女人"了，当时却不是这么想的，也许我当时就应该这么想）。我没有问任何问题，也没有做任何评论，因为我不想显得太没耐心或者无所顾忌，更何况她每次俯身看她儿子后都会自然地给我透露信息："呦，这孩子眼睛睁得还跟棋子一样大。"那孩子的在场控制了一切，尽管他很安静。他其实是个安静的孩子，脾气也挺好，完全算不上个麻烦，但他似乎就是不愿意让我跟他妈妈单独在一起，不愿消失在我们面前、独自回到房间，更不愿让妈妈离开他的视线。他妈妈现在的姿势和他躺在巨大的沙发上时一样，只不过他当时是在努力对抗着疲倦，她现在却在对抗着疾病、恐惧、不安或是后悔，在她的双人床上，她看起来并不渺小也不孤单，我陪在她身边，手握着遥控器，不知所措。"你希望我离开吗？"我问她。"不，你再等会儿，我一会儿就好了，别留我一个人。"玛尔塔·特耶斯回答说，一边还回头把脸朝向我，至少她试图这么做了：她当时看不见我，因为她转的角度不够，能进入她视线的只有屏幕上弗莱德·麦克莫瑞那张愚蠢的脸，我一边想着已经发生的这一系列事情和计划着发生却还没发生的事情，一边在脑子里把玛尔塔不在场的丈夫和电视里这张脸结合了起来。他为什么现在不打电话了呢，在不眠不休的伦敦，如果现在电话响了，她接起电话，用虚弱的声音告诉他自己很不舒服，告诉他不知道自己怎么了，对大家都会是个解脱。他将会来负责这一切，尽管身在千里之外，我呢，也可以摆脱所有的责任（如果有责任，也只是一个人碰巧在那里，别无其他），不再是整个事件的目击者，他可以打电话给医生或是某个邻居（他肯定认识邻居们，毕竟是他的邻居，而不是我的），要么打给玛尔塔的姐妹或者妯娌，把她们从睡梦中叫醒，半夜赶到他家来照顾他生病的妻子。我呢，这时便可以走了，如果还有机会的话，我下次再来，等哪一天不需要太多复杂的前期准备的时候再来，也许明天这个时候就可以，深夜这个时间，确定她儿子睡觉之后再来。不过，她丈夫可以这么不合时宜地打搅她，我却不行。

"你想打电话给你丈夫吗？"我问玛尔塔，"也许跟他说说话，告诉他你不舒服，多多少少能好一些。"我们通常无法忍受亲近的人对我们的困难一无所知，也无法忍受当我们突发不幸时他们还认为我们过得挺幸福，每个人一生中总会有那么四五个人，当你发生任何情况，他们都会第一时间收到通知，我们无法忍受他们不知道我们的最新情况，哪怕耽误一分钟也不行。我们无法忍受当我们已经丧偶时他们还认为我们仍处于一段婚姻里，也无法忍受当我们失去了双亲他们却仍以为我们的父母健在，无法忍受当我们开始孤独度日，他们却相信我们仍然有伴，也无法忍受当我们突然患病，他们却以为我们仍然身体健康。我们无法忍受在死后他们还认为我们活着。不过那晚却是奇怪的一晚，尤其是对玛尔塔·特耶斯来说，无疑是她一生中最奇怪的夜晚。玛尔塔把脸又转过来了点，有一瞬间我看见了她的正脸，就像她应该也看到了我的一样，有好长一段时间我只能看到她那被汗水浸得越来越湿也越来越僵硬的后颈，还有后颈上越缠越多的发丝，好像正在被浸湿的泥土，我还看到她裸露着的光滑的后背。当她转过身来时，我看见她的眼睛闭得很紧，应该什么也看不到，长长的睫毛几乎遮住了双眼，我不知道她那奇怪的眼神是否如我猜测，是因为她暂时性地忘记了我，没有认出我来，没有听见我的问题和我说的话，或是因为她当时的感受确实是她从未感受过的。我想当时她痛得快要死了，而我却一点都没有意识到。死亡对于每个人来说都是未知的。"你疯了吧，"她对我说，"我怎么能打电话给他，他会杀了我的。"她一转身，刚刚一直用胳膊或腋下夹着的文胸，有意无意地掉到了床单上；她的胸部袒露了出来，但她却没有试图去遮挡一下；我估计当时她快要死了，我却仍然毫无察觉。

她又说了句话,好像证明她还记得我,也证明她听懂了我在说什么:"你开电视了,可怜的人,你一定感到无聊了吧,如果你想的话,把声音开响一些吧,你在看什么呢?"她跟我说这些的时候(我更觉得她是在跟自己说话),还把一只手放在我的腿上,像在传达一个她无法完成的爱抚;之后她又挪开了自己的手,转回到原来的姿势,背对着我,像个小女孩一样蜷缩着身子,或者说像她的孩子一样,她的儿子最终带着对我和对她的不理解在自己的房间里睡着了,很可能睡在摇篮里,我不知道快两岁的小孩如果睡在成人的床上会不会有从床上滚到地下的危险,或者他们必须得睡在摇篮里,因为那里更安全。"一部弗莱德·麦克莫瑞的老电影,"我回答说(她比我要年轻,我还在想她知不知道弗莱德·麦克莫瑞是谁),"不过我也没在看。"她那个在伦敦毫不知情的丈夫应该也睡了,对她不知情也对我的存在不知情,他为什么没有在半夜不安地醒来呢,他为什么没有用直觉感受到家里发生了什么呢,他为什么不打电话到马德里的家里来寻求安慰呢,这样他就能听到一个比他更不安的声音了,一个会让他忘记自己的不安的声音。他为什么不来解救我们呢。深夜,对于还不知情的人们,一切都显得那么有序:对于孩子,那个就在近处,和我们在同一屋檐下,对这世界还无知无觉的孩子;对于父亲,那个在远方,在总能让人酣畅入睡的英格兰岛上的父亲;对于姐妹或者妯娌们,她们也许正梦着自己迷茫的未来,在这个永动的令人难以入睡的城市里的未来——睡眠已然成为一种被迫的妥协,而非自然的习惯；对于某个医生，他正痛苦又精疲力竭，若能早些帮助他从噩梦中摆脱出来，或许他还能挽救某个意外逝去的生命；对于同一栋楼里的邻居们，他们越来越焦躁，在梦里想着第二天越来越近的黎明，清醒之前的时间越来越短，而醒来之后又只能看着镜中的自己，刷牙，打开广播，又是新的一天，多么不幸，又是新的一天，多么幸运。除了我和玛尔塔，对于我们俩来说，一切都混乱了，我并不清醒，却也没有入眠，已经很晚了，之前我就说过，一切都来得太快，我清楚地知道，但是回忆某件事却像目击它的整个过程一样缓慢，我当时觉得时间在流淌，不过看看钟表（无论是玛尔塔床头柜上的，还是我手腕上的），它却走得异常缓慢。我真希望在我说每句话或者做每个动作之前，时间都可以不慌不忙地走，但我没法控制它，我的话语和话语之间、动作和动作之间、动作和话语之间有时仅仅间隔了一分钟，我却认为已经过了十分钟，至少也有五分钟。在这座城市的其他角落里也许正发生着别的事情，无序或有序地发生着：似乎有汽车的鸣笛声，那条街叫斯梅拉伯爵大街，这么晚了应该没什么车，我所知道的就是街附近有家医院，叫"光明"医院，值夜班的护士也许正用手撑着脑袋打着瞌睡。她们坐的椅子不太舒服，所以浅浅的梦境很容易就被打破，交叉的双腿绑着发白的中缝袜，有些地方甚至都脱丝了；与此同时，在远一点的地方，有个戴着眼镜的学生为了早上那门无用的考试读着法律、物理或者药剂学方面的文章，估计等到考完一离开教室他就忘净了；更远处，在城市的另一个区，贝克尔兄弟大街的尽头处，一个孤身的妓女正等着什么，看见一辆车放慢了速度——也许只是停下来等红灯——她便往路中间走了三四步，期待又迟疑着：她穿着自己最美的裙子，在这寒冷的星期二晚上，只为能被远近高低处所有的人注意到，或许"她"还是个男人，是个年轻的男子，脚上拖着双高跟鞋，他可能还没习惯穿那双鞋，要么就是病了或者累了，他的脚步和他鲜有的几声对车里人的招呼让人觉得他试图避免给任何人留下任何印象，或者说他试图让困惑、宿命感和脆弱占满他的记忆。一些情侣或许正在告别，他们都迫不及待想要回到各自的床榻，一个现在是凌乱的，另一个却仍是整洁的，他们却还在敞开的门前亲吻着——是他要走了，或许是她——甚至连等电梯的时候都不耽误。某个夜猫子房客从夜店回来后，那部电梯已经一个小时没人动过了：留下来的人门前站着离别的人，离别者的吻和昨日前日的吻交织混合，永远都只有一个难忘的初夜，而它往往转瞬即逝，总被那些用以取代它的重复着的日夜所吞噬；在遥远的某个地方可能还发生了斗殴，有人扔瓶子，或者把瓶子砸在惹恼他的人桌上——他握着瓶颈，好像握着匕首的把手一样——瓶子没碎，却把桌子的玻璃震碎了，啤酒的泡沫像尿液一样飞溅出来；也许还有凶杀案，或者过失杀人，因为一切都是计划外的，只是因为一场争吵、一记重拳、一声喊叫和一阵撕扯，对欺骗的揭露或是突然意识到的幻灭，就这么被得知、听见、了解和看见了，有时死亡是由肯定和积极的事情带来的，却可能被无知和厌恶的情绪赶走或者推迟，所以最好的答案永远都是："我不知道，我不确定，我们再看看吧。"我们必须拭目以待，没人能确定任何事，甚至不确定他们正做着的、已经决定的、看见的或者经历的事，每个时刻也迟早都会消逝的，会变得离现实越来越远，日子一天天过去，所有的一切都向着自己的消亡奔去，嘀嗒而过的每一秒都是这样，本来要定格住什么，实际却在压制着所有：护士的梦伴随着学生徒劳的熬夜消散了，那个妓女——也可能是个身体不适的异装癖者——迈着试探性的脚步，似乎想做出邀请，却被轻描淡写地忽略了，情侣间的吻，在他们共度了几个月或者几个星期后，也开始被嫌弃了，甚至最后的约会都来得毫无征兆——一场解脱又酸涩的告别；桌上的玻璃修好了，争吵斗殴像那晚笼罩着天空的烟雾一样消散了，即使挑衅的人以后可能还会继续挑衅；凶杀案呢？或者说过失杀人案呢？似乎只是增加了犯罪案件的数量，因为只能找出无意义的或者没用的线索，以及那些早已被遗忘的、没有确凿证据的、还在预谋中的，甚至那些有证据但最终总会消失的犯罪全都一样——实在有太多类似的案件了。在伦敦，在整个世界也许都发生着我和玛尔塔毫不知情的事，从这个意义上来说，我们极其相似。英国比我们晚一个小时，或许她的丈夫也还没睡，也正被失眠折磨着，透过酒店厚厚的窗户——升降窗，酒店叫威尔布拉汗——望向对面的大楼，望向同一个酒店的其他房间，酒店的主体楼和它的两栋侧楼正好形成了直角，所以从大街上——威尔布拉汗普雷斯大街——看去，侧楼像是隐形的。大部分房间都是黑的，他盯着其中的一间，下午时他曾见到那里有个黑人女佣正在整理床铺，前面的客人已经走了，显然她是在为下一位还没到店的客人做准备。他现在或许能看到她正在顶层的小阁楼里——酒店最高层处最狭窄、层高最低的房间是提供给没有房子的员工居住的——结束了一天的工作，她正在宽衣解带，甩掉了束发帽，脱掉了鞋子、长袜、围裙和制服，在水池里洗了脸和腋窝，他还看到了一个半裸的女人，不过跟我不同的是，他没有碰她，也没有抱她，甚至跟她一点关系都没有，那个女人睡前马马虎虎地洗了洗身子——英国好像流行这样——在一个简陋的水池里，同楼层的住户们都得穿过走廊，共用那个洗浴间。我不知道，我不确定，我们再看看吧，或者更准确地说，我们永远不知道，死去的玛尔塔也永远不会知道，那个晚上，当她在我身边呼吸渐弱时，她的丈夫在伦敦发生了什么，等他回来时，她已经不在了，没法听他说话，没法倾听他本来决定要告诉她的故事了，尽管一切也许只不过是他编造的而已。所有的一切都奔向自身的消亡，逐渐迷失，几乎不留痕迹，尤其是那些不重复的故事，那些只发生了一次却再也不能重来的故事，就像那些轻松发生的故事一样，即便一天又一天、一遍又一遍地重复着，同样也不会留下任何痕迹。

那个时候，我仍然不知道我那晚第一次拜访斯梅拉伯爵大街到底属于哪类故事。那是条对我来说陌生的街道，我很想离开那里，不再回去，因为那晚实在很倒霉，但或许我也可以在离开后的第二天再回去，不，时钟显示现在已经是第二天了，不管我回不回去，从我离开的那一刻起，随着时间的流逝，这初次的约会或者说这唯一一晚的痕迹很快就会被抹除了。"我在这里出现过的痕迹明天也会被擦除的，"我那时想着，"等玛尔塔病好、康复了，她依然会清洗晚饭后堆砌的脏盘子，会熨烫她的裙子，也会晾好我用都没用过的床单，她会想拼命忘掉自己的任性和失败。她会自我安慰地想起她在伦敦的丈夫，然后期待着他的归来，一边收拾整理着手边的一切——昨夜的烟灰缸还没来得及清理——一边不时地望向窗外，她流露出恍惚的眼神是属于我的，属于我给她的那为数不多的吻。而就连这眼神也变得越来越弱，回忆、诱惑和情愫都被不安、恐惧和后悔删除了。尽管我在这里明白无疑地出现过，明天还是会被她一个摇头的动作或者水龙头里哗哗流出的水所否定，对她来说，我就像从没有来过也不会再来，我们的所作所为和逐渐演绎的人生最终会被抹除，因为就算是拒绝流逝的时间最后也还是会流逝，犹如终将被带走的流水。我只需要想象着明早的到来，那时我就可以离开这栋房子了，又或者更早一点，天还没亮的时候，我就可以走了，穿过维多利亚女王大街，在罗德里格将军大道走上一段路，假装什么都没发生一样，然后钻进一辆出租车，逃离。也许只要等玛尔塔睡着了，我就有逃走的动机和理由了。"突然，房间的门开了，之前一直是虚掩着的，这样玛尔塔可以听见孩子醒了或者哭了的声音。"无论发生什么，他一般都不会醒来，"她说道，"不过这样我也清静点。"我看见那孩子穿着睡衣靠在门框上，手里拿着他不离身的迷你兔，嘴里含着奶嘴，他醒了，没有哭，似乎感知到了近在眼前的世界末日。他望了望妈妈，又看了看我，好像还没完全从尚未放弃的梦境中清醒，甚至连为数不多的牙牙学语声也不再发出了。玛尔塔并没有注意到他——她双眼紧闭着，只露出长长的睫毛——我却有些警觉地想迅速把尚未脱下的衬衫穿好，不巧的是玛尔塔给我解开的太多（也怪扣子太多，我已经来不及一粒粒扣上）。玛尔塔·特耶斯应该是感到非常不适，儿子半夜出现在她房间里她都没注意到，或者没察觉到，因为她没朝孩子的方向看，其实她没朝任何方向看。有那么几秒钟，我有些担心，不知道这孩子会不会随时哭喊着走进房间，然后爬到他妈妈的床上或者突然大哭引起他妈妈的注意——玛尔塔的注意力现在都集中在她自己和她那不听话的身体上了。那孩子望着开着的电视，屏幕里还跟之前一样放着麦克莫瑞，身边多了个芭芭拉·斯坦威克①，带着她那张阴险的让人不舒服的脸。他一定觉得很失望，电视怎么是黑白的，还没有声音，电视里放的是弗莱德·麦克莫瑞和芭芭拉·斯坦威克，而不是丁丁和船长阿道克或者动画片里别的重要角色，因此他没有像其他孩子那样盯着电视目不转睛，而是立马挪开了目光，重新转向了玛尔塔。想到他因为我的原因正望着他半裸的妈妈，我感到有点害臊，其实她几乎全裸了，没有试图遮盖一下掉落的文胸。

---

① 芭芭拉·斯坦威克（Barbara Stanwyck，1907—1990），出生于美国纽约州布鲁克林，美国影视女演员、舞者。

可能他已经习惯了，他还太小，父母也不会忌讳什么，此外，有些父母可能认为孩子小的时候，若能常常和他们赤身相对，是一种坦率和一种健康的表现。但我对于这种现代化的想法还是有些害羞，于是我笨拙地从床单上捡起文胸，它像个战利品一样，我装作漫不经心的样子，试图盖住它主人的胸部。然而其实我最后没这么做，因为我突然意识到这个动作或者布料在她皮肤上的摩擦可能会弄醒睡着的她，可能会让她睁开双眼。我想最好不要让她知道孩子在看着我们，只要他不哭不闹，不爬到她的床上，也不发出任何声音，就默许他这么看着我们好了。显然他不睡在摇篮里，如果是摇篮，也是那种围栏很矮的，只是为了防止他睡觉的时候滚下来，但如果他真的想下床的话，谁也没法阻止他爬下来。所以有那么几秒钟，我手里拿着那个尺码偏小的文胸，它像个苍白无力、微不足道的战利品，仿佛是我想凸显我那并未完成的战绩一样，实际上，我完全没有这个意思：那一刻，我把它看作我的荒唐和失败的佐证，也是她的荒唐和失败的佐证。孩子醒了，因为他站在门口，睁着眼睛，但实际上，他几乎还是睡着的，至少我是这么告诉自己的。我的动作引起了他的注意，他望向了文胸，我立马把它藏了起来，揉在手里，把手垂在床单上，放在背后。他可能没完全认出我，一定是在模糊之中把我的脸和他看的视频里的儿童角色或者是他梦里的小狗的脸弄混了，只是还没来得及给我起个名字，或者也可能已经起了，晚饭时玛尔塔叫了好几次我的名字，说不定他已经知道了，但在这和困意斗争的时刻，名字到了嘴边也说不出来。他其实什么都没说，眼里也没有任何情绪，我的意思是，没有任何我能识别的情绪，像一般的成年人拥有的那些——困惑、希望、害怕、冷漠、惶恐和愤怒；他轻皱眉头也只是由他半醒不醒的迷糊状态引起的，绝没有别的原因，至少我是这么跟自己说的。我轻轻地起身，慢慢地向他走去，朝他微微一笑，对他轻声喃喃道："你得再回去睡觉，欧亨尼奥，已经很晚了。走吧，回到你的床上去。"我高高在上，把一只手放在他的肩膀上——另一只手还握着文胸，好像它是用过的餐巾纸一样。他没有拒绝我碰他，还把手放在了我的胳膊上。接着他顺从地转了半个身子，我看着他迈着小步迅速地离开，直到他消失在走廊的尽头，回到自己的房间。进去前，他又停了下来，回头看了看我，好像在等我陪他一起进去，也许他需要有个人看着他上床睡觉，确定有人知道他是在哪里睡的。我轻轻地，踮着脚——我还穿着鞋子，我想现在也许没必要再脱下它们了——跟着他走到了门口，那是他睡觉的房间，漆黑一片，那孩子并没有点灯，也许他还不会开灯，尽管百叶窗是开着的，黄红色的夜光还是照进了窗户——窗户不是升降式的。他一见我跟着他，便带着手里的兔子爬上了自己的摇篮——那是个木质的摇篮，不是金属的，和我猜想的一样，围栏很矮。我想我应该在他房间停留了好几分钟，虽然从玛尔塔卧室出来和回去的时候我都没看时间。一直等到确认那孩子再次完全睡着，我才离开。我是从他的呼吸判断他睡着了的，我俯身凑近看了一秒他的脸。头往前伸的时候，我撞到了什么东西，不过并无大碍，那个时候，我才在昏暗的光线中发现，在天花板上他够不着的地方用丝线挂着几架玩具飞机。我倒退了几步，回到门口，斜靠在门框上——像他之前不敢进他妈妈的房间那样——这样就能借着反射光看清那些玩具飞机了。我发现有纸做的，也有金属的，或许是制作好的模型，数量不少，不过所有的飞机都很旧，其中还有老款的直升机，这些显然都属于现在正在伦敦的爸爸，属于他那遥远的童年。他一定一直期盼着有一个儿子，这样就可以再把这些飞机展示出来，把它们归回原位，归回到一个小男孩的房间里。我似乎看见了一架喷火战斗机、一架梅塞施密特109、一架纽波特双翼机、一架骆驼战斗机，还有一架米格"老鼠"，西班牙内战时人们这样称呼这款俄罗斯飞机；此外，还有一架日本零式战斗机和一架兰卡斯特轰炸机，可能还有一架P-51H野马战斗机，机头底部画着微笑的鲨鱼嘴；还有一架三翼机，可能是架福克，也许它是红色的，那么应该是冯·里希特霍芬①的飞机。一战和二战时的歼击机和轰炸机，以及西班牙内战和朝鲜战争时的一些机型全都混在一起。我小时候也有一些，所以能在渗进窗内的斑驳昏暗的光线里判断出它们的剪影，就像我小时候如果坐飞机看到它们也能认出来一样。不过我没有这么多的型号，真羡慕他。我用手扶稳刚才被我的脑袋撞到的飞机：窗户是关着的，没有风，我一度想打开它。飞机不

---

① 曼弗雷德·冯·里希特霍芬（Manfred von Richthofen，1892—1918），德国空军王牌飞行员，绰号"红男爵"，曾击落八十架飞机。

动也不摇摆,尽管如此,还是有轻微的晃动——一种慵懒、冷漠的晃动——对于任何悬在一根线上的轻质量物体都是不可避免的。这一切就像在那孩子的头和身体上正懒散地酝酿着一场夜间战役,倦怠、微小、虚幻又难以实现的战役,不过似乎已经发生了好几次,又或许,战役还是会不适时地打响,在每一个玛尔塔和她丈夫还有孩子全都入睡的夜晚,他们中的每个人梦里都承载着另外两人。"明日战场上想起我"[①],我脑中想到,更确切地说,我突然回忆起了这句话。

[①] 出自莎士比亚剧作《理查三世》第五幕第三场。作者在小说中多次引用莎士比亚《理查三世》和《亨利四世》的原句,并根据小说原文的具体用句和语境稍作改动。

不过今夜，他们一家人却无法安然入睡，或许一个都不能，至少睡得不好，断断续续地，不像他们所期望的那样，躺在床上的病怏怏的半裸着的母亲，被一个她几乎没有深入了解过的男人守护着，孩子的被子有一边被掀开了（他是一个人钻进去的，我不敢去拉他的小床单和小被子帮他盖好），父亲呢，谁知道啊，没人知道他是跟谁吃的晚饭；玛尔塔挂了电话以后，用食指挠了挠太阳穴，好像在思考什么，还略微有些羡慕（她，尽管现在有人陪着，却还是在斯梅拉伯爵大街上，跟平日的夜晚没什么两样），只说了句："他说他在一家非常棒的印度餐厅吃了晚饭，叫孟买酒馆，你听说过吗？"是的，我知道这家餐厅，我很喜欢，我在那个宽敞的充满异域风情的大厅里吃过好几次饭，入口处有位穿晚礼服的女钢琴师，还有几名彬彬有礼的服务员和领班，无论冬夏，天花板上都旋转着巨大的吊扇，那是个令人印象深刻的地方，在英国也不算便宜，不过也不会贵得离谱，更适合朋友聚会、庆祝晚宴或商务会谈，不太适合私密又浪漫的约会，除非你想给涉世未深或出身下层阶级的年轻女孩一个深刻的印象。她们很容易被这景象麻痹，然后很荒谬地被印度啤酒灌醉。你甚至不需要带她们去其他场所，直接叫辆英式黑面包出租车就可以带回酒店或者家里了。吃完辛辣的晚饭后，你也无须多说什么，只要用手捧着她的脸，吻她，褪去她的衣服，抚摸她，用手框住她的头，那动作既像为她加冕，又像要勒死她一般。玛尔塔的病让我不断产生不祥的念头，尽管我一直在做深呼吸，而现在，站在孩子房间的门口看着光影中的飞机，模糊地回忆着我遥远的过去，我终于感觉稍好了一些。我想我该回主卧室了，看看玛尔塔情况怎么样或者试着帮帮她。也许我应该把她的衣服脱掉，没什么别的企图，不过是为了让她在床上躺得舒服，然后给她盖好被子让她安眠，如果走运的话，在我短暂离开的这一会儿，她或许已经进入了梦乡，这样我就可以离开了。

　　但事情并没有这么简单。我再次走进卧室，她抬了抬眼，不停眨着眼睛，用缥缈的眼神望着我，依然静止地蜷缩着，唯一改变的是，现在她用双臂遮住了裸露的自己，可能是感到害羞或者冷了。"你要不要钻进被子里？这样会感冒的。"我问她。"不，你别挪动我，拜托，一毫米都别动，"她说了句，接着又补充道："你刚才去哪儿了？""我去了趟洗手间。你的情况还不见好转，我们不能这样干等着，我去叫救护车吧。"但她仍然不想动，不愿被打扰，也不想分心（"不，你暂时什么都别做，什么都别做，你等等"），甚至不希望身边有一丁点声音，她似乎担心得太多，所以只愿意让一切绝对地停滞下去，仿佛只要保持这样的氛围，她就能坚持活着不咽气，她也不愿意冒任何变化的风险，再小的也不行，因为这很可能会毁掉她那短暂而又不牢靠的稳定感，她出奇地安静，安静到让人觉得她也可怕了起来。这是恐惧带来的影响，也是经历着恐惧的人往往走向毁灭的原因：恐惧让他们觉得自己虽然身处邪恶和危险之中，却仍然是安全的。一个奄奄一息的士兵蹲在战壕里，尽管他很清楚自己将被攻击，却依然很平静；一个深夜走在漆黑荒芜的街道上的路人被跟踪了，却不想赶紧逃跑；一个妓女钻进了一辆自动落锁的车，明明意识到不该和那个有双大手的家伙上车，却也不想求助了（也许她不求助是因为她不认为自己有这样的权利）；一个外国人眼看着一棵树被闪电劈开倒向他，却并不躲开，只是眼睁睁地望着树倒下并瞬间占据了整个宽阔的路面；一个男人看着另一个男人朝自己的桌子走来，手里还握着匕首，却并不打算逃开，也不打算保护自己，因为他相信厄运最终不会降临在自己身上，那匕首不会插入他的腹部，而他的皮肤和内脏也不会是匕首的目标；又或是当一个飞行员看见敌军战斗机已经成功地到了他的背后，即将向他发起进攻，却不愿使用飞行特技从敌军的视线中消失，他放弃了最后的努力，因为他坚信尽管目前的情况看似对敌方有利，他也一定能够逃过此劫，仅仅因为这次的攻击目标是他本人。"明日战场上想起我，你的钝刀落地。"玛尔塔一定仍能意识到流逝的每一秒，心里默默地数着，她仍清楚地意识到时间的连续性，是这种连续性给了我们生命，也给予了我们生活的感受，赋予了我们思考的能力，让我们告诉自己："我仍能思考，仍能说话，仍能阅读，仍能看电影，所以我活着；翻阅报纸，喝口啤酒，再玩个填字游戏；我仍能看，仍能分辨事物——这是一个日本人，那是一名空姐——这一切都说明我坐的飞机并没有坠落；抽了口烟，还是几秒前开始抽的那支，我想我很快就能抽完它了，然后我要再点一支，这样一切仍在继续，我什么也做不了，没法对抗这种连续性，因为我并不想自杀，从来没这个想法，也绝不会付诸行动；那个长着一双大手的男人正用手划过我的颈部，他还没开始用力；虽然他的手有些粗糙，稍稍弄疼了我，我能感觉到他那僵硬笨拙的手指——如琴键一般——拂过我的颧骨和太阳穴，我那可怜的太阳穴。我仍然能听见脚步声，这脚步声来自于那个想在黑暗中抢劫我的人，也可能是我弄错了，或许只是一个无害的路人，他似乎没法走得更快以至于超过我，我该停下脚步，掏出眼镜随便找个橱窗看看，让他有机会超过我，不过那样的话可能他也会跟着停下来，我想，或许就那么听着脚步声继续前行，才是救自己一命的方法；我还在战壕里，手里已经备好刺刀，如果我不想看着敌人的刺刀穿过我的胸膛，那我就得端起我的向他刺去；不过他还没来，还没刺向我，只要他还没来，我就可以继续躲在战壕里，被遮挡保护着，尽管那里很开阔，甚至能感到冷风凶猛地灌进我的耳朵，即便戴着头盔也无济于事；那把被紧攥着的匕首慢慢靠近我，却还没有最终捅向我，我仍坐在原来的桌边，暂且没有任何撕扯发生，不像表面看上去那么紧张，我会继续喝一口啤酒，然后再一口，再一口；就像那棵树还没倒下一样，尽管它已经被折断了，正要砸下来，但它不会倒向我，它的树枝也不会割断我的脑袋，不可能，因为我在这座城市里、这条大街上只是个过客，随时都可以轻易地逃走；我仍能从最高处俯瞰整个世界，驾驶我的喷火战斗机，我还没感受到下降、进击、眩晕、坠落和重力，也没感受到那架在我后侧的梅塞施密特给我带来的麻烦，它盯住了我，可能要对我开火，击中我的要害，不过还没有，它还没这么做，只要它还没开火，我就能继续想着战场上的一切，看着风景，为将来打算着；而我呢，可怜的玛尔塔，我仍能注意到电视屏幕还亮着光，感觉到这个再次回到我身边、陪伴我的男人带来的温暖。只要他还继续在我身边，我就不能死去：真希望他就这么待在这儿，什么也不做，别跟我说话也别打电话给任何人，希望一切都不要改变，希望他能抱抱我，给我一点点温暖，我需要平静，这样才不会死去，如果流逝的每一秒都和上一秒完全相同，我没有理由成为那唯一的变量。这里的灯一直亮着，像街上的路灯一样，电视继续播放着弗莱德·麦克莫瑞的那部老电影，而我却正在慢慢地死去，这毫无道理。当所有的人事物都在这儿，仍然活动着，电视屏幕里又接着开始播放另一个故事，我又怎么能死去呢？那些躺在椅子上的裙子，如果我不去穿，它们还有什么存在的意义呢？还有书架上那些呼吸着的书，也没有了我去读它们，盒子里那些还没被我戴过的耳环、项链和戒指，还在等待着我；今天下午我新买的牙刷也要被扔进垃圾桶了,因为已经被我打开用过了,那些一个人一辈子慢慢收集的小东西也将被一件件丢弃或分摊,它们实在太多,很难想象我们每个人曾拥有过多少东西,在家积攒了多少小东西,没有人会为自己的东西列出清单,除非是为立遗嘱做准备,换句话说,除非他想为这些即将遭到忽视和唾弃的小东西做打算。我没立过遗嘱,没想过要离开,也从没想过死亡,不过现在死亡好像来到了我的面前,那一瞬间一切都被颠覆也被影响了,从前那些有用的东西,那些拼凑成一个人历史的片段,都在那一瞬间变得无用了,变得没有了历史感,现在没人知道我为什么要买那幅画、那条裙子,是什么时候买的又是如何买下它们,没人知道是谁送我了那枚胸针,从哪儿弄来那个包或者那条丝巾,没人知道是哪趟旅行或者哪一次缺席把这些小东西带到了我身边,它们是不是某次等待的补偿,某个异性追求的信号,抑或某个于心有愧的人所给的抚慰;每一个有意义或有故事的小物件在我死去的瞬间都会即刻静止,顿时变得僵硬而又毫无生机,无法再展示自己的过去和由来;会有人把它们堆在一起,塞到塑料袋里,然后包裹起来,我的姐妹或朋友也可能会想留一些做纪念、拿来自用或者帮我保存着那枚胸针,直到我的儿子有一天可以送给某个女人,不过她现在一定还没出生。还有一些别的只对我有用的东西,一定不会有人要——发夹、开了瓶的香水、内衣、浴衣、海绵、鞋子、爱德华多厌恶的藤椅;还有乳液、药片、太阳镜、笔记本、书签、剪报和很多只有我会读的书;我收藏的贝壳、旧唱片、从小就一直留着的娃娃和小狮子。他们要是想带走其中的一些，可能还得付钱。我小时候经常能见到的那位热心的拾荒人如今早已不在，他们从来不会嫌弃任何东西，常在大街上穿来穿去堵塞交通，其他车的司机便也只能因此放慢速度，为他们的骡车让路。我还能想起这样的场景可真是有些不可思议，其实这也并不是很久以前的事情，毕竟我还年轻，这怎么会是很多年前的事情。他们把收来的东西堆在骡车上，一直堆到和伦敦的双层巴士差不多高，唯一不同的是这辆车是蓝色的，而且在右侧行驶。车上堆的东西越来越高，却只有一头疲惫不堪的骡子在前面拉着，因此绳子摇摆得更厉害了，好像在跳热舞一般，车上所有的废物战利品——报废的冰箱、纸箱子、纸盒子、一角卷起的地毯、破烂不堪的椅子——随着骡子迈出的每一步都好像要倒在车上坐着的吉卜赛小女孩身上，她正在不停地扶着那一堆东西，试图保持它们的平衡，她似乎成了拾荒人身边的标志，或者说是他的保护神，那是个脏脏的金发女孩，背对着那堆战利品坐着，脚耷拉在车子外面，从她坐着的位置和高度正好能向后望去，仿佛能望见全世界，望着我们这群穿着学校制服的女孩，望着我们从她身边经过。而我们抱着文件袋，嚼着口香糖，从公共汽车的第二层望着她，无论是早上上学还是傍晚回家的路上。我们相互嫉妒地望着对方，那是冒险的日子和平淡的岁月的相望，也是风餐露宿与简单生活的相望。我总好奇她是怎么躲过人行道上伸出的树枝的，那些树枝噼里啪啦地敲打巴士上层的窗户，犹如在抗议我们的速度一般，似乎总是能伸进窗户抓到我们；她却没有任何保护措施，独自一人，努力登到高处，像半吊在空中，不过，我觉得既然车走得那么慢，她应该有充分的时间提前观察那些树枝，然后便可以低下头，或者是从长长的袖口伸出她满是污渍的手——那是件印满数字七的拉链羊毛衫——抓住树枝或者推开它们。那一瞬间，不仅仅是属于这些物件的微不足道的故事要消失了，还有所有我知道的、学到的东西，我所有的记忆和见闻都会烟消云散——双层的巴士、拾荒人的破车、吉卜赛小姑娘、在我眼前飞逝而过的一千零一件没人会在意的物品——我的记忆和我的许多所有物一样，只对我有用，一旦我死了，就变得一文不值，消失的不仅仅是现在的我，也是曾经的我，不仅仅是可怜的玛尔塔，也是我所有的记忆，那件印满数字七的废旧织物破烂不堪，好像永远未完成，却又是被如此耐心细致地织出来的，我的裙子摇摆多变，我的真丝衬衫单薄易破。我已经很久没有穿过那些裙子，早已厌倦了它们，很奇怪，所有的事情都在一瞬间。为什么是那一刻，而不是其他时候，为什么不是前一刻也不是后一刻，为什么偏偏是这天、这个月、这一周，为什么不是一月的某个星期二或者九月的某个星期天——那些令人讨厌却无从选择的月份或日子，是什么决定了已经发生的那些事能够不被任何人的意愿干扰而自动停下来，难道说一个人只要默默地站在那里，他的意志就会带来一定的影响吗？也许某一刻意志突然劳累了，一旦舍身退出，便给我们带来了死亡，不再有任何欲望，不再想要任何东西，甚至不想康复，不想摆脱可以当作避难所的疾病和疼痛，因为我想要那些被疾病和疼痛所驱逐和消灭的事物，当它们还在的时候，你还可以说还没到时间，还没到时间，你还可以继续思考，继续说再见。再见嘲笑，再见轻蔑。我不再见你们了，你们也不再见我了。再见激情，再见回忆。"

我顺从了她的意思，等待着，什么都没做，也没给任何人打电话，只是回到了床上那个属于我的位置，当然，之前并不是我的，只是在那个晚上变成了我的。我再次回到她身旁，她没转身也没看向我："抱着我，抱着我吧，拜托你抱着我。"她希望我用双臂环住她，我便这么做了，从背后抱住她。我的衬衫还敞开着，于是我的胸膛突然触碰到她发热的光滑皮肤，我的手臂环在她的手臂之上，现在有四只手、四只胳膊环绕着她的身子，那是个双重的拥抱，不过这显然还不够，电视上的电影并不理会我们，还在无声地播放着。我那时想，有一天我要把这部黑白电影完整地看一遍。她刚跟我说了"拜托"，词汇往往深深根植于我们的脑海，让我们牢记教养和礼仪。一个人绝不会忘记自己的语言和说话的方式，在绝望和愤怒的时候不会，其他任何时候都不会，即便是面临死亡。我就那样待了一会儿，躺在床上，从后面环抱着她，以一个我从未预想过的姿势，但我同时又很清楚这是我从来到她家就开始期待的场景，甚至更早些，从她坚持要把这场约会安排在她家里开始。不过现在却有些不一样，这是另一种始料未及的拥抱，现在我突然确定直到那时我都没允许自己思考，或者是没让自己意识到其实思考早就开始了：我知道这一切并不是暂时的，而是最终的，我明白这不应该归咎于后悔、不安或者恐惧，我清楚一切来得太着急：我想着她正在我的怀里渐渐死去；想着想着，突然意识到我再也没有离开她的希望，她对平静与镇定的渴求好像传染了我，抑或已经变成了她对死亡的渴求，不，还不是，但我确实受不了了，再也无法忍受下去。也有可能是她不能再忍受了，因为短短几分钟后——一分钟，两分钟，三分钟，或四分钟后——我听见她说了句"哦天啊，我的孩子"，然后突然微微动了下，如果旁边有人看着我们，一定发觉不了她动了，而我却注意到了，因为我正贴着她，她的头部微微一颤，她的身体还以为这只是一次轻微的昏厥，一场感冒，一个稍纵即逝的身体反应，好像在梦里突然降落似的那种生理颤动，在悬崖上坠落或骤然倒地，落地踩空时腿部的撞击，这都是试图停止下降、负载和眩晕的感觉——好像一台电梯突然下坠——出于重力和本身重量的原因——又好像一架飞机跌落，机身从桥面跃过坠入河里——好像玛尔塔突然要起床去找她的儿子却无能为力，剩下的只有想象和颤抖。又过去了一分钟——五分钟或者六分钟之后——我突然发觉她不动了，虽然她一直是这样，现在却异常安静，然后我注意到她身体温度的变化，我感觉不到她背后贴着我时的那种压力了——像是在推着我，想要把自己塞进我的身体里避难，以此摆脱她正遭受的苦痛：一次难以忍受的蜕变，一种陌生的心绪（一种神秘）：她的背贴着我的胸，臀部顶着我的腹部，大腿后部紧贴着我大腿前侧，带着血渍或是泥土的后颈挨着我的脖子，左脸颊贴着我的右脸颊，颌骨贴着我的颌骨，我的太阳穴，她的太阳穴，我们可怜的太阳穴也紧靠在一起，她的手臂贴着我的，大概一个拥抱不足以慰藉她，甚至她裸露的脚底也贴着我的鞋子踩在上面，她的长丝袜因为我的鞋带抽丝了——她的深色丝袜穿到大腿中间，我没有脱下它们，因为我喜欢复古的形象，她所有的力量向后倾压着我，侵袭着我，粘连着我，好像我们是一对连体双胞胎，分享着同一个身体，所以从来不曾看到对方，除非是用眼角的余光，她背靠着我，拱着我，向后推我，几乎挤压着我，直到这一切突然停止，突然安静，安静得无以复加，再无任何挤压感，甚至不再能感觉到她向后支撑着我，唯一能感觉到的只有我背后的汗水，好像在我抱她的同时，有一双无形的手从后面抱住我，贴在我的衬衫上，留下了黄色的水迹，让衬衫粘住了皮肤。我立刻知道她已经死了，但我还是试图跟她说话："玛尔塔。"我又叫了一遍她的名字，然后问："你能听见我说话吗？"接着我告诉自己："她已经死了。"我想："这个女人死了，我却在她身边看着，什么都做不了，什么也阻止不了，现在一切都晚了，没法打电话给任何人了，也没法让别人和我一起见证发生了什么。"尽管我这么想着，但我知道我并不急于离开，也不急于抽出我那紧抱着她的手臂，因为我其实觉得很舒服，或者说，我还挺享受与她那侧卧着背对我的半裸身体的触碰。她死了，短时间内却没改变什么：她还在那儿，死去的身体和活着的时候一样，只是更加平静，不再焦虑，或许也更加柔软，不再备受折磨，而是变得安宁，我用余光再次瞄到她的睫毛、她半张的嘴巴，都还是老样子，没什么变化，浓密的睫毛，和那张聊过天、吃过饭、喝过酒、微笑过、大笑过、抽过烟的嘴，那张吻过我并依然诱人的嘴。就这样不知过了多久。"我们俩都还在这儿，以同样的姿势，占据着同样的位置，我仍能感觉到她；一切都没变，一切却都变了，我知道，却不明白。我不明白为什么我还活着而她已经死了，我不明白死和活到底意味着什么，现在我真不清楚它们到底是怎样的两种状态。"仅仅几秒钟之后——也可能是几分钟，一分钟、两分钟或三分钟之后——我小心翼翼地把自己从她身上挪开，好像不想吵醒她，又好像我一动就会伤到她，如果我能和谁说说话——一个在那儿和我一起见证了一切的人——我一定会用非常小的声音跟他讲述，几乎是耳语，好像是出于对神秘的尊重一样。整个过程没有疼痛，也没有哭泣，不然不会这么安静，或者安静会来得再晚些。"明日战场上想起我，你的钝刀落地；愿你绝望而逝。"

我依旧不敢把电视的声音放出来，或许是太安静了，又或许是因为我突然有了一个荒唐的想法：我猛地想到我不该碰遥控器，不该碰任何东西，不能在任何地方留下自己的指纹，然而现实是所有地方几乎都沾染了我的指纹，不过也许没人能发现。一个人死了，另一个人仍然活着，这种事给人的第一感觉是犯罪，不仅如此，由于玛尔塔死得这么突然，我的在场便更无从解释。我甚至没法编一个故事出来，一个陌生人有什么理由凌晨这个时间待在她的卧室里，可能这里已经不算是她的卧室，而仅属于她丈夫了，毕竟她已经不在了；我又有什么理由待在这个房子里——是她趁丈夫不在时偷偷邀请我来的，但谁又能证实这些呢。我从床上一跃而起，变得急切起来，是一种精神上的急切而非身体上的，与其说我应该做什么，不如说我该加以考虑了，让那些被酒精、欲望与亲吻、害羞与幻想、惊愕与不安（我也记不清是不是这个顺序了）所影响的事情能够继续下去；当然还有现在的伤痛所带来的影响。"没人会知道我在这儿，不，是没人知道我来过这儿。"我想着，立马把思维转换成过去的时态，仿佛看见自己走了出去，离开卧室、房子和大楼到了街上，我看见自己穿过维多利亚女王大街，或是在那条大街上钻进了一辆出租车。虽然天色已晚，古老的维多利亚女王大街上依然有出租车来来往往，街的尽头一直延伸到别墅群和大学校园的树林里。"没人知道我来过这儿，也没人有理由知道这一切，"我自言自语，"所以，不该由我去通知大家，也不该由我惊恐地跑到光明医院去摇醒那个睡着的护士，她原本交叉着的双腿已经在不经意间微微打开了，不该由我去唤醒她短暂却贪婪的梦，不该由我突然冒失地去驱散那个痛苦万分的戴眼镜的学生试图记住的一切，也不该由我去打断那对爱人的告别，他们还在门口缠绵，留下的那个说不定正期盼着分别，又或许，他们就和我在同一层；因为没人有必要知道也无须知道玛尔塔·特耶斯已经死了。我不会匿名报警，也不会去按对面邻居的门铃，更不会出去找家二十四小时药房买份死亡证明。

43

对所有认识玛尔塔的人来说，她今晚仍然活着，无论他们睡着了还是失眠了，在这里、伦敦还是在别的什么地方，没人知道有什么变化，发生了什么残酷的事情。我什么都不会做，也不会告诉任何人，我不该是那个发布消息的人。如果她还活着的话，今天、明天甚至永远都不会有人知道我来过这儿，她一定会隐藏好这一切，这才是事情应该有的结局，就算她死了也应该是一样的。孩子呢，哦，上帝，还有那个孩子。"不过我决定待会儿再考虑这个问题，片刻之后再考虑，因为我又有了一个念头，实际上是两个，一个接一个地闯入了我的脑子："也许她明天本来要把和我的事告诉某个人，一个朋友，或者一个姐妹，既害羞又欢快地倾诉。或许她已经告诉了某个人，关于我的拜访——消息通过电话总是传得飞快——并且坦白了她犹豫不决的渴望或是坚定不移的期待，或许我敲门的时候，她还在谈论我，听到声音她才挂断了电话，跟她的朋友说我到了，你永远都不会知道按下门铃前屋里发生了什么。"我穿好衬衫，正是玛尔塔不一会儿之前用那如今已僵硬的手指给我解开的，那时她的手指还是快乐灵活的，我拉开裤子的拉链，把衬衫掖进去，我的夹克还在餐厅或者客厅里，搭在椅子的后背上，好像椅背是个衣架似的，我的大衣在哪儿，围巾又在哪儿，我的手套呢，进家门的时候，玛尔塔接过了我的这些衣物，但我根本没注意到她把它们放在了哪儿。我现在也不想去客厅，因为鞋子踩在地上会有声响，而孩子才刚睡着没多久，无论如何，如果现在经过他的房间，我的脚步声就会震晃他的那些飞机，这只会让我陷入窘境。孩子的生活才是被改变了，甚至，他的整个世界都变了，不过他还不知道，或者更严重地说，他现有的世界已经崩塌了，不过他很快就会忘记这一切，那是一段容易瓦解和被抹去的时间，两岁孩子的记忆储存不了什么，至少我已经不记得两岁时发生的事了。我低下头看看玛尔塔，从一个站着的男人看一个躺在床上的女人的角度，我看见她的裙子被掀了上来，浑圆又坚挺的臀部从内裤中凸出来，蜷缩的身姿让这一切暴露无遗，除了她的胸部还被手臂环抱遮挡着，可她已经成了一具无用的废弃身体，甚至可以说是一具无人问津的残渣，只会被人丢弃——被焚烧掩埋——就像她拥有的那些小物件一样，突然失去了存在的价值；一个已死的女人，身体暴露在外，甚至没有被子可以遮挡一下，好像那些要被扔掉的垃圾一样，还会继续不停地转化演变直至腐烂——梨皮或者变质的鱼，洋蓟外层的叶子或者鸡的内脏，还有爱尔兰里脊的肥肉，进卧室之前，她还清空了垃圾桶里的这些废物，都是刚刚吃晚饭时盘子里剩下的。她已经成了尸体，但对我来说却还和之前一样：没什么变化，我还是一样认识她。我应该给她穿上衣服，免得让人看到她现在这个样子，不过很快我便放弃了这个想法，因为它太难也太危险，就算只是把她的手臂塞进袖子里都可能会折断她的一根骨头，而且，我也不知道她的衬衫在哪儿，或许还是抽出床单盖在她身上方便些，你现在可以对她做任何事，可怜的玛尔塔，你可以操控她、挪动她，至少可以裹盖她。

我愣了几秒钟,头脑中的急切让我无法动弹,呆滞在那里,急切总是让我们自我矛盾,我突然想到她是不是之前已经预料到或者知道了什么,她的亲友们以为她还活着,在她已经死去的时候,这种无视让她焦虑,这种焦虑一直持续着,因为这些人不可能立马得到消息,所有事情也不会因为她突然的死亡而立即陷入混乱,冲动的电话也不会瞬间响起然后立马开始谈论她,认识她的人们也不会随即开启各种关于她的感叹和推测;当然,对于那些熟悉玛尔塔的人来说,不知道她今晚将要或者已经变成受害者的这个事实是令人难以忍受的。她的丈夫之后会想起那一晚他在英格兰岛上平静地入眠——不知道睡了多久,醒来,吃早饭,在斯隆广场或者朗埃克区办事,也可能散了会儿步——与此同时,他的妻子却一步步迈向死神,她撒手人寰时没人在场也没人照顾她,也可能是由于没人照顾她才遗憾离去,他永远都无法确定到底有没有人陪在她身边,虽然他十分怀疑这一点,其实很难把几个小时的停留痕迹全部擦掉,即便我决定尝试这么做。他一定把他在伦敦的电话和地址留在了什么地方,也许在电话旁边,玛尔塔那侧的床头柜上有台电话答录机,但我并没有在它旁边发现任何纸条;也许在客厅里,之前她在那里和丈夫通了电话,就在我的面前。无论如何,我还是找到他的地址和电话比较好,万一这事过去了好几天他还不知道呢?不过这也不大可能。在这漫长的死寂中,我脑子里突然蹦出一个想法:晚点可能会有人来,玛尔塔明天应该会去工作,她没法把孩子一起带去学校,只能丢给别人照看，她可能已经安排了一个保姆、一个朋友、某个姐妹，或者是她自己的妈妈过来，除非……我又冒出了另一个念头，除非她平时都把孩子丢在幼儿园，上课的时间之外都是自己在照顾。如果是这样，明天就没人照顾那孩子了，也许玛尔塔明天根本没课，或者只有下午的课，那么直到下午家里都不会有别人出现。她之前没有为明天要早起担忧过，而且也跟我提到过她有时上午上课，有时则是下午，并不是每天都有课，甚至有时也不算是上课，只是辅导，至于到底是上午还是下午，我现在也记不清了，只有当人死了，没法再重复她说过的话，你才知道自己多希望之前曾认真地在听她说的每词每句，谁会仔细去听别人的行程呢，都是废话而已。我还是决定去趟客厅，于是我脱下了鞋子，蹑手蹑脚地走了进去，经过孩子的房间门口时，我犹豫了下要不要把房门关上，但我担心嘎吱嘎吱的门响可能会吵醒他，便没这么做，而是继续光着脚，努力地踮着脚，一只手的食指和中指挂着鞋子，仿佛动画片或者默片里的骷髅，尽管做出了最大的努力，仍然发出咯吱的响声。到客厅我停了下来，重新套上鞋子——考虑到待会儿肯定还得回房间，我没把脚后跟塞进鞋里，只是拖着——客厅里还摆着酒瓶和酒杯，那是玛尔塔唯一没收拾的东西，她是个有条理的女人，酒还剩在那儿不是因为忘了收拾，而是因为我们后来还坐在沙发上喝了一点——之前一直被孩子占着的沙发最终还是让给了我们——在吃完哈根达斯香草冰激凌之后，在我们开始亲吻和慢慢挪向卧室之前。这都是不久前发生的，现在一切都结束了：好像一切对我们来说都不再重要，一切都变得渺小，在结束的那一刻化为乌有，所以总是有种时不我待的感觉。客厅的电话旁有几张黄色的便笺贴在桌上，大约有三四张，上面都记着东西，大概是从旁边的方形小本子上撕下来的，其中一张上记着我要找的东西："爱德华多"，下面写着："威尔布拉汗酒店"，接下来一行是："威尔布拉汗普雷斯大街"，最后一行写着："4471/7308296"。我又从小本子上撕下一页纸，打算用钢笔把这些信息都抄下来，之前穿的夹克里正好有一支（我很快就可以穿上它离开了），夹克还是放在原来的地方，挂在椅子的靠背上，像撑在衣架上一样。然而，我最后并没有把这些信息抄下来，通常情况下，当你拿到一个电话号码之后总会想立马拨打它，我已经有了爱德华多在伦敦的电话，可是连他姓什么都不知道，不过我想，在他自己家里找到这个信息应该不难，我向四周望了望，在茶几上发现了几封信——之前我没机会发现它们，所以自然没注意过——可能是他离家当天送达的信件，就这么一直堆着等他回来处理，如果他现在马上回来，或许不会累积得太多。"爱德华多·德昂"，三个信封中的两个都写了这个名字，另外一封是银行的来信，甚至连他的次姓都写上了，如果我打电话到伦敦的话，就不用再担心了，我一定能说出他的全名，他的姓氏着实不常见，不过我并不需要拼写它，我只要询问迪恩先生，不，只要问丁先生①就行了,这样酒店的服务员可能就会知道或者认出是他的名字了,说英语的哪会注意他名字里的重音在哪儿。如果打给他,我该说些什么呢,我不能说出自己的名字,只能告诉他这个不幸的消息,我要强迫他对现在的情况负责,因为他之前没把我们从困境中救出,这样我就能放手不管了,我就能轻松地离开现场然后忘记这一切了,运气不好的话,我得用力抹掉自己的记忆,直到把那一整晚缩小成一个倒霉的例子或一个笑话——或更庄重些:一个故事——我把它告诉我那些亲密的朋友们,不是现在,在以后的某一天吧,当它显得不那么真实,变得善意一些,也更让人容易接受的时候。那个出差的男人太久没有关心自己的家人了(我们必须每时每刻都关心和我们最亲近的人),不,其实也没这么严重,他在印度酒馆吃完饭后就往家里打了电话,但玛尔塔·特耶斯不是我的妻子,而是他的,那个孩子也不是我的,他的名字叫欧亨尼奥·德昂,随他的姓,所以作为丈夫和父亲的德昂先生迟早得担起这个责任,那么,为什么不是现在呢?为什么不是他还远在伦敦的这一刻呢?我盯着钟看了很久,差不多快三点了,不过英格兰岛上还要慢一个小时,应该是两点的样子,对于一个马德里人来说,即便第二天还有事,这个时间也不算太晚,而且英国人也不习惯起得很早。拨号的时候,我想(打电话时手指总是比脑子转得快,也总是先下决定,我们往往还没思考清楚

---

① 爱德华多的西班牙语姓氏是"Deán",音译为德昂,在英语中去掉重音符号,就变成了英文单词"Dean",发音为 [di:n],类似于汉语的"丁"。

就开始行动或者做出决定）："现在几点根本不重要，如果我要匿名通知他类似的消息，几点给他打电话甚至有没有吵醒他都不重要，听到这个消息后他自然会瞬间惊醒，想着这一定是个可怕的玩笑，或者是哪个仇人在发泄难以理解的怨恨，他会立刻给家里回电，却再也没人应答了；他再打给别人，她的某个妯娌、某个姐妹，或是某个朋友，他会拜托她去家里看看到底怎么了，不过等这位赶过来的时候，我早已经离开了。"

我等了一会儿，大概五声铃响后才有英国人接了电话，很显然前台的人应该睡着了——那是冬日的一个星期二晚上——醒来之前，他一定以为是梦中的电话铃在响，估计他的脑袋像要被斩首一样耷拉在柜台上，脚踝绕在椅子脚上，一只胳膊向下垂着。

"威尔布拉汗酒店，您好。"他用英文打了招呼，不过声音很含糊，在这个时间也确实应该如此。

"麻烦您，我想找下迪恩先生，"我回答说，"丁，是丁先生。"

"先生，哪个房间呢？"他恢复了生硬、中性又具有职业感的声音，一听就是身兼数职。

"我不清楚他的房间号，只知道他叫爱德华多·迪恩。"

"请稍等，别挂断。"我等了一小会儿，听见他轻声地吹着口哨，这对于一个刚刚被叫醒的英国人来说着实很奇怪，更别说在午夜万籁俱寂时。接着，口哨声停止了，我本想着会听到玛尔塔受惊的丈夫沙哑的声音，还稍做了准备，不是准备要告知他的那一段准确而迅速的话，说完后可能甚至连告别都没有就匆忙挂上电话，而是做一番情绪上的准备，给自己打打气。不过和我想的不同，电话里又传来了英国人的声音，他说：

"喂？先生？我们酒店里没有迪恩先生啊，他的姓是迪，恩吗？"

"是的，就是：迪，恩。"我又重复了一遍，没想到最后我还是得一个字一个字地拼出他的名字。"先生，您确定没有吗？"

"是的，今晚酒店的客人里没有名叫迪恩先生的。他大概是几点到的？"

"今天。他应该就是今天到的。"

"您指的是昨天吧？星期二对吗？先生？请稍等，别挂断，"这一天对他来说早已过去，但对我来说却仍未结束，接着我又听到了他的口哨声，真是个从容又充满活力的人，也许是个年轻人，尽管他的声音威严又具有职业感；要么就是他之前睡得很香，现在彻底清醒了，值夜班就是这样。他吹的曲子是《午夜陌生人》，这真是再合适不过的讽刺，我现在有时间去辨识他的声音了，好像不是年轻人，年轻人不会吹弗兰克·西纳特拉的歌。过了一小会儿工夫，我听见他说：

"先生，昨天也没有叫迪恩先生的预订，也有可能他已经取消了，不对，先生，确实没有任何迪恩先生的预订。"我本来还准备继续追问他有没有可能是今天，也就是星期三的预订，不过我没这么做，我跟他道了谢，听见他说了句："再见，先生。"随后我挂了电话，脑子里突然就有了合理的解释：在英国，就像在葡萄牙和美国一样，名字的最后一个部分才是人们所认为的姓氏，如果全名有三个部分，比如亚瑟·柯南·道尔，他的姓是道尔。所以如果他们看到德昂的身份证或者护照，可能用了他的次姓——巴耶斯特罗斯来注册，而次姓①我们几乎是不用的。我可以试着询问一下是否有巴耶斯特罗斯先生，但我意识到我不应该这么做，刚刚也不应该打电话找迪恩先生，幸好我及时救了自己：如果我刚才告诉了他这个不幸的消息，德昂这会儿可能不仅在给哪个姐妹、朋友打电话，或许还叫了某个邻居，甚至已经打给了门卫，他们到家里来可不用花时间，那我一定就被他们撞了个正着，要么在坐电梯，要么在走楼梯，要么刚好在这儿，他们到的时候我很可能还没离开。所以我得赶紧走了，不能再浪费时间，尽管还没人知道任何事，没人会在这个时间出现在这里。但我还是得稍微整理一下：我又脱了鞋回到卧室，再次经过孩子房间的时候，我清楚地想起玛尔塔最后说的话，它一直在我的脑子里浮现着，反复徘徊，"哦天啊，我的孩子。"我继续往回走，现在我已经和外界联系过了，尽管他只是个没人认识也永远不会有人认识的国外酒店前台，我突然对所发生的这一切有了不同的了解，当我再次走进卧室，看着玛尔塔半裸的身体时，第一次感到了羞愧，为自己造成了如今这一场景而羞愧。我走近了一些，掀开她身体没压着的那侧床罩和床单，是那晚我睡的那侧，也是平时她丈夫睡的那

---

① 西班牙人的名字分为三个部分，第一部分是名字，第二部分是首姓，即父姓，第三部分是次姓，即母姓，比如爱德华多·德昂·巴耶斯特罗斯，爱德华多是他的名字，德昂是首姓，巴耶斯特罗斯是次姓。而在英美人的姓名中，第一部分是名字，第二部分是次姓，第三部分才是首姓。

侧，我把它们向床尾方向掀开，然后自己转到床的另一侧，带着对我们之间发生过的那些事情的尊重试着推开她，还真有点难度，因为起皱的床单堆在中间形成了一定的阻力，现在我已经开始对那具死去的肉体产生了抗拒（我一手按着她的肩膀，一手摁住她的大腿，使劲地推着），任何的触碰都让我感到不舒服，我在挪开她的时候尽可能避开了目光。我对这些起皱的床单和被子无计可施，只好让玛尔塔的身体滚起来，在她从来不用的床的这侧（我让她滚了两圈，保持了之前的姿势，侧卧着，看着她的右边），我拽出床单和之前掀开的床罩，试图盖在她身上。我这样包裹着她，把她掖进被子里，又将被头使劲往上提，一直提到她脖子和后颈的地方，现在她那儿看着已经不像刚淋浴过的样子了，我甚至犹豫是不是应该把她的脸也一起遮住，就像我无数次在电影和新闻里看到的画面一样。不过这样的话，就留下有人在她身边的证据了，应该只有一个嫌疑人，不过他到底有多强壮还不是很确定（有嫌疑人是不可避免的）。我看了看她的脸，和之前仍然一模一样，如果她能看到自己现在的样子，一定也能立刻认出自己，就像活着的时候早上日复一日地照镜子那样——一切结束时，你才知道总会有尽头，一年又一年地重复着，却没人通知你会有这么一天——对我来说，这张脸也是如此熟悉，我可以立刻从梳妆台上的照片判断出来是她，那是她婚礼的照片，大概从它第一次被摆放在这里就没再被挪动过，因为一种无法撤换而又强迫执行的习惯性，这个房间的主人们也许已经很久没有瞄过这张照片一眼了：那应该是五年前，她跟我提过，那时她比现在稍稍年轻一些，头发是束起来的，整个庆祝仪式上都露出那古典的后颈，脸上却夹杂着欢乐与惊恐——那是一种警惕的微笑——她穿着短裙，白色的（也许是米色的，谁知道呢，照片是黑白的），老套地挽着她那位严肃的先生，他面无表情，像所有婚礼照片里的新郎一样，两人被众人环绕祝福时像彼此绝缘一般，玛尔塔手里拿着花，没看他，也没看向前方，却看向了站在她左侧的人群——她的姐妹和朋友们，她那些逗趣又激动的女朋友们打小就在她身边，或和她一起长大，她们不相信她居然结婚了，还把他们的结合看成一场游戏来寻求安慰，她们是她的闺蜜、她的知己，她们就像她的亲姐妹一样，而她的姐妹却像她的朋友，羡慕又支持着她。德昂先生呢，我凝视着他，他不仅严肃，似乎还有些不舒服，拉长着脸，有些奇怪，好像要去叫停一场熟悉的邻居们举办的聚会，或者是打断他无法参加的庆祝活动一样，因为那是为女性们举办的（婚礼是为女人们办的，不仅仅是为新娘，更是为所有在场的女人办的），他像是一个必须出现的闯入者，又像装饰背景，好像随时可以消失，除了在圣坛上的时候——仅仅露出了后颈——这场聚会可能持续了一整晚，却只为庆祝他的绝望、嫉妒、孤独和不安，他知道他过一会儿会再次起到作用——他是必须出场的人物——当所有人离场或是当他和新娘二人缓缓离开时，新娘是如此不情愿，不时回头望望，眼里映着这黑暗的夜。爱德华多·德昂留着山羊胡，咬着嘴唇，直勾勾地盯着照相机，他看上去很高，也很瘦，虽然他的脸着实让我印象深刻，我却在离开那个家，离开斯梅拉伯爵大街，离开那个街区以后将它抛到了九霄云外。我再也不会见到他了。

  不过，我仍没有离开，甚至又耽搁了很久，好像留在那里就可以挽回一些早已不可挽回的东西一样；就好像是我在婚礼前一夜弃玛尔塔于不顾，于是内心感到羞愧自责——我也不清楚耽搁了多久，其实这不是我的本意也并不如我所愿——好像如果我还留在那里，一切就变得有意义一样，多了条延续不断的丝线能把事件串联起来，她活着的时候就已开启的场景还在继续，我还在她的卧室里，这仿佛让她的死亡变得不那么确定，因为她活着的时候我就已经在那儿了，我知道发生了什么，我变成了那根线：她那些永远不会再有人穿的鞋子，不会再有人熨烫的褶皱衬衫，都还有故事要讲述，都还有意义，因为我曾亲眼看见她穿着它们，看见它们在她身上的样子——踩着高跟鞋在家里走来走去或许有些夸张了，就算是招待陌生人也没这个必要，我看到她一到卧室便甩掉了那双鞋，变得瞬间矮了一截，而她整个人也随之变得更普通温和，我可以讲述自己经历的这一切，也可以解释生命是如何转变成死亡的，这才是延长生命和接受死亡的方法：如果有人同时经历了这两种体验，不，也许应该说是这两种状态，如果死的人不是孤独地死去，如果陪伴他的那个人可以证明死亡并不是永久的死亡，而是曾经的生命。弗莱德·麦克莫瑞和芭芭拉·斯坦威克还在通过字幕说着话，仿佛什么都没发生，突然电话响了，吓了我一大跳。这不是一瞬间的惊吓，它经历了两个阶段，因为一开始我试图说服自己电话铃是从电视里发出的，不过我知道电影里那个年代的电话声可不是这样的，而且电视画面里也没有电话出现，弗莱德·麦克莫瑞和芭芭拉·斯坦威克并没有转过身去也没有接电话，就像我立即转过身去看看玛尔塔的床头柜那样，凌晨三点玛尔塔房间的电话铃响了。"这不可能，"我想，"我没和她丈夫说上话，我是打了电话，但我没找到他，又没人知道发生了什么，我没给那个接电话的前台透露任何消息，真的一点都没透露。"我脑海中变得越来越混乱，像一个人陷入窘迫的困境中那样："也许是在伦敦的那位梦到了，用直觉感受到了或者猜到了什么，他在绝望、嫉妒、孤独和不安中醒来，赶紧往家里打个电话让自己平静一些，也缓和下这天夜里不停流汗的劲儿，不管会不会吵醒她或者吵醒孩子。"一瞬间，我并没想到应该快点关上门，以防真的吵醒了孩子，第三声铃响的时候，我颤抖着拿起了电话，只为停下这刺耳的铃声，不过我没说"喂？"，我什么都没说，我把听筒拿在手里却没放在耳边——好像如果碰到了耳朵我就会被揭发一样——我注意到自动答录机已经打开了——因为有一道红色的光闪动了一下——它可以替我也替玛尔塔接这个电话。一个男人的声音传了出来，恐惧立马在我心头涌起，我赶紧挂了电话。"玛尔塔？"他又重复了一遍："玛尔塔？"挂了电话后我一动不动地站在原地，屏住呼吸，像是被人发现了一样，然后我轻轻向门口挪了三步，小心翼翼地合上了门，因为恐惧，也因为担心孩子被吵醒，我做好准备，等铃声再次响起，用不了多久，它一定会再次响起，果不其然，一声，两声，三声，四声，然后自动答录机打断了这声响，电话那头说了些什么都被它录了下来，我已经没法听见了，我不知道是她自己活着的时候录下的声音还是她远在千里之外的丈夫的声音。之后我听见"哔"的一声，我用手指确认调到了最大音量，然后再次听到了那个男人的声音，听见了他全部的留言："玛尔塔？"他又重复了一遍。"玛尔塔，你在吗？"这句话问得有些不耐烦，甚至可以说有些愤怒。"你之前挂我电话了吧？对不对？你听见了吗？"他顿了下，发出了弹舌头的咔嗒声。"你在听吗？你在干吗呢？你到底在不在？我刚刚给你打了电话，你干吗挂掉。啊？接电话呀，妈的。"接着又停了几秒钟，在我看来德昂先生几乎在满口脏话地咆哮："好吧，算了，估计你把电话声音调得太小了，或者你出门了？我不明白，你让你妹妹来照顾孩子了？好，好，没事，我只是想告诉你我刚到家，到现在都没收到你的信息，突然想起今天爱德华多出差了，你可能不是很想见我吧，本来今晚我们可以来个放松的约会，终于不用在酒店或是在车里待着了。妈的，我要是早点想起来，你今晚本可以来我这儿的，或者我去你那儿待会儿也行，这样也不至于浪费这一整个晚上了。玛尔塔？玛尔塔？你是傻了还是怎么？为什么不接电话？"又停顿了一会儿，只听见一阵轻微的怒吼声，我想："这不是德昂先生，不过这人很蛮横也很粗鲁。"那声音还在继续，说话又快又急，不过也很坚定，像一把剃须刀的声音，稳定、仓促又单调："好吧，算了，我知道你在家，孩子也在，不过算了，也许你真的出去了，要是一会儿回来得不算晚，比如说，在三点半到三点四十五之间，你愿意的话给我打个电话吧，我现在还不准备睡觉，你如果想的话来我这儿待一会儿也行，我今晚过得特别无聊，特别惨，简直是灾难，我已经等不及要告诉你我遇到的事了，晚点睡觉我也无所谓，反正我明天也要完蛋了。玛尔塔？你真的不在吗？"留言的末尾他又停顿了一下，再次不高兴地弹了弹舌头发出咔嗒声。"好吧，算了，你可能真睡着了吧，那我们明天再聊。不过明天伊内斯不值班，所以我们大概没机会见面。真他妈烦人，你应该早点提醒我的，我知道你根本就没有安排。"

他连再见都没说。他的声音带有恐吓性，有些惶惑，又有些傲慢，好像太过随便，却又像习惯了这样，明明在跟一个死人说话，自己却毫不知情。他是在和一个死人没好气地说话，带着责备和焦急，带着一贯折磨人的口气。玛尔塔永远都不会知道了，他将永远无法向她倾诉这一夜的经历，他并不是唯一一个度过了荒诞又悲哀的一晚的人，其实我也一样，更别提已死的玛尔塔了。他们再也没有机会见面了，而他却全然不知，以后没有匆忙的见面也没有放松的约会了，无论是在酒店，还是在车里，或是别的什么地方，他们都不会再见了，这一点突然让我产生瞬间的快感，很奇怪，那是不知从哪里一闪而过的记忆或想象里的醋意，短暂而又不引人注意，就像答录机上闪烁的红光，但那红光在男人挂了电话后最终还是变成了数字1，平静且再无波动。"我其实只是个备选。"我想，这词、这表达如此应景地出现在我脑海里。随之而来的还有一阵强烈的沮丧感，我立马反应过来："她是真的忘了她丈夫出差去了，在他不在的时候邀请我到家里并不是借口，说不定她根本没有故意寻找这个契机，也没计划什么，也许只是在等着看会有什么好戏发生。"我们那晚本打算在一家餐厅吃饭，下午，她打电话问我是否介意去她家里：因为最近工作繁忙，她心思太乱，都忘了今天她丈夫去了伦敦，本来她指望他今晚能照顾孩子的。后来她也找不到合适的保姆，所以想取消我们的约会，除非我愿意去她那儿吃饭，应该是她这儿，这儿就是我们吃晚饭的地方，客厅里还有我们剩下的酒杯。她的邀请让我觉得有些麻烦，所以我提议改天再约，我不想麻烦她；她却在坚持，说一点也不麻烦，说她冰箱里有刚买的爱尔兰里脊，然后又问我喜不喜欢吃肉。我自以为是地把这些当成她对我有意思的表现。现在我才发现，她应该先联系了电话里的那个男人，只不过他到今天凌晨三点才听到了玛尔塔的留言，可能因为她的留言是在伊内斯之后吧，伊内斯是谁？可能是这个男人的妻子，她当时已经去值班了——值什么班呢？她明天就不上班了，今天却要上班，而且她出门的时间也不算早，她是护士？药剂师？警察？还是法官？"如果玛尔塔最后和这个男人联系上了，她肯定会打电话来取消我们的晚餐，也终结了我首次踏上斯梅拉伯爵大街的机会，相比之下，她一定更欢迎这个男人的到来，如此一来，现在在这儿的就是他了，这样也更合理些，有些事会发生得更快一些，我床上的那个位置可能有时也是他的吧，不是在每个夜晚都属于德昂先生，有时也是这个男人的，只在今晚是我的，一个人运气不好也没什么好遗憾的，一切都是这样，即便我们选择忘记，选择不再回忆，让自己继续乐观一些，在一无所知的时候就采取行动或下定决心，再迈向无可救药；一切都是这样，沿着一条选好的路走下去，坐上一辆由司机亲自发出邀请并且为我们敞开大门的车，乘飞机或是接电话，出门吃饭或是在酒店里漫无目的地盯着推拉窗外的世界，过生日，长大，然后招呼一堆人继续过生日，献一个吻以激发更多让我们流连忘返的吻，寻求或接受一份工作，目睹没有屋顶的房子遭遇暴风，闷一口啤酒看着坐在吧台上的女人，一切都是这样，所有这些都能带给你刀片和碎玻璃，带来疾病、不适和恐惧，带来刺痛、压抑和后悔，带来的是倒下的树和喉咙里的刺；也是朝背上冲过来的敌军歼击机和理发师的手滑失误；是折断的高跟鞋和用力按住太阳穴——我可怜的太阳穴——的那双大手，是点燃的香烟和那扭动的被汗水浸湿的后颈，是起皱的裙子、尺寸偏小的文胸和之后袒露在外的胸部，是一个被裹在床上、貌似在睡觉的女人和一个在头顶继承了一片空军战场、正做着天真梦的男孩。明日战场上想起我，我在人世时，你手中剑矛落地。"我又看了看玛尔塔，开始思考些什么，然后慢慢靠近她，带着我的思绪："你今天还打了多少个电话呢？不，应该是从昨天开始算起，从你意识到你丈夫要出差了、留你自由了开始。还有多少个男人是排在我前面的选择？你到底打电话给多少人让他们来陪你，和你庆祝这单身的夜晚呢？你可能邀请得太晚了。估计剩下的只有一个你几乎不认识的人，你几天前就和他约好了，不假思索地，根本没意识到不应该把这么特别的夜晚浪费在他身上，因为你完全忘了这一晚你是自由的；也许你扫了一遍通讯录，用那台现在还在你床边响着的电话拨了一个又一个号码，然后才不得不打给我确认我们的约会。现在电话那头的人并不知道你已经在这张床上死去了，死在了我的怀里，他们还在打电话，一直不停地打着，直到有人告诉他们可以在通讯录上删除你的号码了，再也不必给玛尔塔·特耶斯打电话了，因为她再也不会接，那个现在已经无用的号码必须被那些曾经努力记住它的人们所忘记，包括我自己，必须被那些不过大脑就能够拨这个号码的人们所忘记，比如那个男人，那个声音如电动剃须刀一般的男人，这房间里随便谁都能听见他的声音，除了他想要找的那位；也许我有些犯规了，我本来只排在名单上的第二位，可怜的玛尔塔，我可能有些蛮横地让自己升到了第一位，如果今晚真的是我们的第一个夜晚，第一个开启将来无数个在我门前给予彼此难舍难分的吻别的夜晚，第一个不再等待将来而是现在就长眠于我不休的意识里的夜晚，我的意识会充分考虑发生了什么、没发生什么，会考虑既成的也会考虑夭折的，会考虑无法扭转的也会考虑尚未履行的，会考虑被选择的也会考虑被遗弃的，会考虑归来的也会考虑失去的，仿佛这一切都不尽相同：错误、努力、顾虑、时间的黑背①。在你已经结束的生命里，你到底打了多少个那样的电话呢，而我只经历了结尾，永远不会知道完整的故事。永远不会知道了。就算我会试着铭记，但在时间颠倒的另一侧，另一个世界里你已迈出步伐。"

我赶走这些想法。我刚刚一直避免往全身镜那里看，直到这一刻突然看见了自己，我的眼里满是疲惫和麻木，它们刺痛了我，于是我用手揉了揉，然而眼里只剩下冷漠。我还能认出我自己，是因为我的身体并未像玛尔塔那样变了样；我甚至穿好了外套，不难记起自己几小时前被邀请进这个家门的样子，只是短短的几个小时而已，当然也是漫长的几个小时。我不能再耽搁了，得快点离开这里，我突然感觉自己好像被困在了蜘蛛网里，昏迷不醒，脑子里满是我无休无止的意识已无法辨别的疑问。我光着脚，所以根本没法行动也没法决定什么，只好穿上鞋，脚底踩着床沿系好鞋带，不再小心。我不停扫视着周围，在离开这个房间前我只做了两件事：打开自动答录机的盖子，从里面取出了微型磁带，放在外套的口袋里，我坚信做这一切的时候脑子里只想着两样东西（或许是之后想起的，当时只是机械地行动着）：德昂先生可不能知道这些，因为没有什么比这更不可饶恕了，可不能将这事强加于任何人身上，总得给人留点怀疑的空间；如果德昂已经知道了今晚发生的事，他会觉得和玛尔塔吃饭的男人很有可能是答录

---

① 马里亚斯钟情于这一概念，表达对过往时光的追溯。1998年，马里亚斯出版了小说《时间的黑背》。

机里的那个而不是我，这再好不过；但如果德昂发现磁带然后听了录音，那电话里的男人就被排除了。（前一个想法倒挺为他着想，或许也是带着仁慈和一丝虚伪的；后一个则小心谨慎，我的事不能被任何人知道，绝不能，我暗自下了决心。）我的另一个动作就更机械了，一点也不庄重，毫无目的，可以说完全没有任何意义：我迅速地在玛尔塔的额头上亲了一下，嘴唇刚碰到就赶紧缩了回来。我没关电视便离开了房间，让麦克莫瑞和斯坦威克再演一会儿——一直演着吧——像是唯一又短暂的证人，无声却有字幕，见证着玛尔塔·特耶斯的两个阶段，她的存活和她的死亡，也见证着前者向后者的转变。我也没关灯，我已无法思考到底怎样才算是对我、对她、对德昂或者对孩子最好的选择了，我早已精疲力竭，不想再变动什么。现在我穿着鞋子踩在走廊上，也不担心发出的声音了，孩子肯定不会被吵醒。我进了客厅，把酒瓶和酒杯拿到了厨房，那里挂着玛尔塔之前煎肉时穿的围裙，接着我亲手清洗了酒杯，把它们倒置在沥干架上，之后又把瓶子里的酒倒进了洗碗池——本来就只剩一点点了：我们是为了探索和需要而喝的；酒是马拉蒂克庄园的，我其实不懂酒——我把空瓶子扔进垃圾箱，里面还有冰激凌的包装纸、土豆皮、碎纸屑、带有血渍的棉球，刚刚那块我觉得不错的爱尔兰里脊的肥肉，还有剩下的那些被玛尔塔的双手变为废料的残渣，刚刚还鲜活的那双手现在却变得僵硬了，就在一瞬间，如同被丢弃的肥肉一样，经历了微妙的转化，继而变成没有生命的废物。"我的大衣、围巾和手套",我仔细回忆着进门后玛尔塔把它们收到了哪里。我记得有个柜子就在入口旁边,是个衣柜,我走过去打开门,里面的灯瞬间亮了,就好像打开冰箱一样。我看见我的衣物整齐地挂在里面,蓝色的围巾折挂在深蓝色大衣的左肩上,领子还像我平时穿着的时候那样竖着,黑色手套从左边的口袋里伸出个尖来,正好让你看见,提醒你别忘了带走,但又不会让你在漫不经心的时候弄掉它。真是个细心的女人,很懂得如何保管别人的衣物。我取下我的东西,先戴好围巾,然后穿上大衣,皮手套暂时没戴,这样等下可能要用手的时候就不会那么麻烦。我看了眼另外几件挂着的衣服,大小不一的三个尺寸的衣服,德昂有件不错的灰蓝色风衣,显然他个子很高,不过奇怪的是他居然没穿去伦敦;玛尔塔有好几件大衣,其中一件真皮的被装在一个带拉链的塑料套里,我不清楚那是什么皮质,甚至不清楚到底是不是真皮;还有一件小小的冲锋衣和另一件迷你海军蓝大衣,扣子金闪闪的,衣服太小,挂在那儿离柜底还有一大段距离,好像可以等着孩子慢慢长高一样;上面的隔板上摆着几顶大檐帽,这年头几乎已经没人会戴了,其中一顶太阳帽吸引了我的注意,我忍不住把它拿下来。帽子看上去有年头了,有根皮质的帽带,可以把它固定在下巴上,绿色的内里已经磨损,还挂着已经裂开的陈旧的标签,不过上面的字倒是还能看清:"泰奥巴尔多设计",下面写着"法兰西大道4号",再下面是"突尼斯"。这帽子是哪儿来的呢?可能是德昂或者玛尔塔的父亲的,孩子从他那里继承过来,就像继承了他爸爸童年的飞机模型一样。我戴上那顶太阳帽,很想找个镜子照照看,便径直走向洗手间,看着镜子里的自己,我不得不挤出一个微笑,戴着围巾穿着大衣,典型的冬日异国风,笑容还没持续几秒,"孩子"这个念头突然从我脑子里冒了出来,之前我一直避免想到他——我的意思是,集中注意力地想关于他的问题——不过我明白,直觉从一开始就告诉我,我可能会面临三种选择,我很清楚自己该选哪一个。我脱下帽子,放回原处,关上衣柜的门(灯也随之灭了)。我可以在留在那儿照顾孩子,直到有人过来,不过这没什么意义,这就等于一直打电话给德昂,直到电话接通,打给这里的门卫或者随便哪个邻居,就此背叛我自己也背叛了玛尔塔。我也可以把孩子带走,留在我身边,直到他妈妈的尸体被发现,到时我再把他还回去,我会匿名这样做,第二天把他丢在大门外几米远的地方,然后转身就走,或者换一天,把他放在门卫那儿就赶紧跑开,这意味着我会有二十四小时或者四十八小时和这个小野兽待在一起,很可能他根本就不想跟我一起走,也不想离开他自己的家,我还得深更半夜叫醒他,给他穿衣服,阻止他去找妈妈,他估计会大哭,使劲跺脚,躺在地上耍赖或者横在走廊中间,我觉得自己会像一个绑匪,这一切都太荒谬了。最后一个选择便是把他丢在这儿:我只能把他一个人丢在这儿,实际上我别无他选。孩子不得不继续睡下去,直到他醒来,然后他会叫妈妈,或者自己爬起来去找妈妈;他会爬上她的床,开始摇晃她裸露不动的身体,肯定和以前的每个早晨差不多;然后他会抗议她的冷漠，大叫或者大发脾气，他还不明白，这么大的孩子还不清楚什么是死亡，他甚至不会有这样的想法："她死了，妈妈死了"，他没有概念，"死亡"这个词完全不会跑进他的脑海，当然"生命"也不会，既没有死亡也没有生命，其实也算是一种幸运吧。过了一会儿，他可能会疲倦，只好看看电视（也许我该把客厅的电视也开着，这样孩子就不用一直待在尸体旁边，如果他想看电视的话），或者他会去玩自己的东西——玩具，零食，他可能会饿或不停地大哭，孩子们好像都有巨肺和永不枯竭的眼泪，声音大到某个邻居听见了，于是便去敲他家的门，尽管邻居们并不担心门里发生了什么，他们只是觉得自己被打扰了而已。无论如何，第二天早上总会有人来的，保姆、助手、姐妹，或者德昂会在两个会议中间再打来一个电话，然后发现没有人接，甚至自动答录机里都没了声音，那卷磁带已经到了我的口袋里；如此，他会担心起来，想知道到底发生了什么，接着便收拾行李，上路回家。想了这么多之后，我脑子里最终只留下了一个想法：孩子可能会饿。我朝冰箱走去打算给他做点吃的，就好像我要出去一两天时得给宠物留食一样：冰箱里有火腿、巧克力和水果，我剥了两个橘子方便他吃，还有萨拉米，我去了皮，免得他噎着，他妈妈已经没法在旁边把手伸到他嘴里救他了；我把奶酪的外皮剥了，切成小块，洗了洗刀；我在一个小柜子里还发现一些饼干和一包松子，于是我拆了包装袋，把饼干和松子全部倒在一个盘子里（如果我开的是酸奶，明天肯定坏了）。那盘食物太可笑了，完全是乱七八糟的组合，不过重要的是，在负责照顾他的那个人到来前，孩子至少能有点东西吃。那他喝什么呢？我从冰箱里拿出一盒果汁，倒了满满一杯，放在盘子旁边，我把所有东西放在厨房的桌子上，又挪了张凳子到桌边，这样他肯定就能拿到了，两岁的孩子很喜欢爬高上低。我所做的这一切肯定会揭发我在场的事实，应该说是有人在场的事实，不过这已经不重要了。

没什么别的可做的，我也想不出还要再做些什么。我又朝卧室扫了一眼，现在我一想到要回到那里就很痛苦，幸运的是我不必再这么做，没什么需要我做的了。我走进客厅，为孩子打开了电视，声音调得不大，不过至少能让他听见；我停在了一个还在播节目的电视台，立马认出了那部正在放的电影——《午夜钟声》，一瞬间，整个世界仿佛都陷入了凌晨时分的黑与白之中。我有一种将整个屋子弃于毁灭的感觉：灯和电视机都开着，食物散落在冰箱外的盘子里，没有录音带的自动答录机，没熨平的衣服和未倒尽的烟灰，被遮盖的半裸的身体。只有孩子的房间还保持着整齐，好像在灾难中逃过一劫。我又探头看了看他，他平稳的呼吸清晰可闻，我站在门槛处想："在遥远的未来，如果这孩子能再见到我，他一定认不出我了；他永远不会知道发生了什么，不会明白为什么他的世界崩塌了，也不清楚他母亲是在怎样的情况下死的；他父亲会隐瞒这一切，即便他有阿姨或者爷爷奶奶，大家也都会向他隐瞒，当人们认为事情有些令人丢脸和不快时，都会这么做；不仅向他隐瞒，也向整个世界隐瞒，隐瞒可怕或者可耻的死亡，隐瞒荒唐的死亡，只因为它冒犯到了我们。不过实际上，他们自己也被隐瞒了些什么——是被我隐瞒了——他们并没有在场，只有我是知道些什么的人；再没有人会知道今晚到底发生了什么，孩子，对了，那个孩子也在场，他见过我，也见证了我跟他妈妈之前的开始，他至少知道一些片段；不过他会忘记的，就像忘记昨天、前天和后天发生的事一样，很快他便会永远忘记在今天或者在之前就已失去的母亲甚至整个世界，他会忘记出生以来所有的事情，对他来说，这段毫无记忆的时光是无用的，而仅存的意义只来自他的父母，他们有一天会告诉他，他小时候是怎样的——很小很小的时候——他是怎样说话的，说了些什么，还有他那些逗趣的想法（不过现在只剩他父亲能告诉他这些了，母亲已经没办法了）。没人察觉也没人会记得发生了这么多事情。几乎所有的事都没有记录，那些稍纵即逝的想法和行动，那些计划和愿望，那个秘密的疑问，那些幻想，那种残酷和侮辱，那些说过和听见却被否认、误解和歪曲的话，那些许下已久却连承诺人都已忘却的诺言，一切都会被遗忘，都会失效，所有你独自一人完成的却没被记录的事，还有所有和别人一起做的事，每个人能留下的记忆真的很少，更别提有确凿记载的了，这么少的记忆中又有多少会被人谈论呢？即便是被人谈到，涉及的也只是片段而已，所以很快你的记忆将没法传达给别人，也没法激起他人的兴趣，因为他们也忙着锻造自己的记忆。所有的时间都是无用的，不仅仅是这孩子的，大家的都一样，无论是怎么发生的，无论发生的时候让人多么兴奋或者痛苦，都只能持续一瞬间而已，随即消逝，犹如踩实的雪面，犹如那孩子在做的梦，是的，当下这一刻的梦。所有的一切对每个人来说就像现在的我对那个孩子一样，一个陌生人此刻正从门口观察着他，而他却一点都没有察觉，也永远不会知道，当然也不会有记忆，我们两人慢慢走向各自的消亡。我们身后总是发生太多的事，而我们的知识和能力却是有限的，我们看不到墙外的事物，也无法知道在不能企及的远方发生了什么，有些人只要降低音量轻声耳语，或是稍微挪开几步，我们就听不见他说什么了，但无奈的是，我们依赖他们的言语而生；我们只要不读某本书，就对里面的危险一无所知，我们不可能同一时间身处多地，因此经常会忽略是谁在看着我们、想着我们，是谁正准备打我们的电话，是谁要给我们写信，是谁在爱着我们、寻找我们，又是谁要惩罚我们、谋害我们，由此终结我们为数不多的险恶日子，是谁要把我们抛向时间的另一侧，或者弃我们于时间的黑背，如同我现在站在这儿，思考并观察着这个孩子，关于这一夜发生的一切，我知道的比他一辈子知道的都多。我必须成为那一面，成为他时间的另一侧，时间的黑背。"

我从沉思中醒来，回归到现实的匆忙中。我离开孩子的卧室，走向大门，再次担心地环顾了四周，其实只是漫无目的地扫了一眼，然后戴上我的黑色手套，小心翼翼地推开大门，像每一个在清晨开门的人一样，即便现在的我根本不会吵醒谁。我迈了两步出去，走向楼梯间，轻手轻脚地关上身后的门，摸黑找到电梯，按下按钮，看到向上的箭头亮起，很快，电梯到了，应该是从附近的楼层上来的。里面没人上来，还好我没碰巧把谁送到这层来，让人难以置信的巧合总是最可怕的。我走进电梯，按下另一个按钮，电梯快速下降到一层，开门前我屏住呼吸，仔细听着外面的动静，怕在门厅里遇到人，万一门卫是个失眠症患者或者他习惯于早起呢？确定没有声音以后，我才推开外层的铁门走出去，门厅里一片漆黑，我朝着沿街的门走了三四步，心想马上就可以从这一切中解脱了，突然发现外面有两个人，他们正在告别或者争论什么，一男一女，男的差不多三十五岁，女的有二十五岁的样子，可能是一对情侣吧。听到我踩在大理石上的脚步声——一、二、三，可能还有四——他们停止了谈话，回过头来看向我；我没有办法，只能打开灯，四处张望着，试图找到可以自动开门的按钮。我转了身，藏在大衣口袋里的手摆出了一个疑问的手势（大衣的下摆随之翘了起来），我的确没找到按钮在哪儿。那个戴着米色手套的女人，毫无疑问应该是这栋楼里的住户，用食指隔着玻璃指了指我的左边，就在门旁边。她还没打算进来，仍然想继续两人的告别或是争论，所以没用她的钥匙帮我开门然后顺便进门，这样只会强行打断他们的吻抑或打断他们尖刻的言辞。谁知道我下来之前他们已经待了多久。我按下按钮，他们站到一边给我让路。"晚安。"我说。他们也同样回复了我，更确切地说，她用微笑回答了我，而他好像有点被吓到了，什么话都没说。这是一对俊男美女，他们一定有什么问题要解决，不然不会在大冷天待在外边不愿意分开。寒意立刻迎面涌来，冷风割在脸上，好像在启示或是提醒我：我的生活和世界与玛尔塔和那栋房子毫不相干。我必须继续生活下去——脑子里突然跳出这样的想法——还有很多别的事情等我去忙。我抬头看了看，甚至能通过灯光判断出哪一家是我刚刚离开的房子——是六层的那家——接着我朝维多利亚女王大街走去，听到了那对情侣的两句谈话，他们刚刚被我那讨厌的脚步声打断了，现在又继续了下去："你听着，我再也无法忍受了。"男人说。接着女人对他吼道："那你有多远滚多远！"不过，那男人没有走开，我没听见身后有脚步声。我匆忙离开斯梅拉伯爵大街，想赶紧找辆出租车，清晨有点雾气，即便是在维多利亚女王大街这么宽阔的马路上，也几乎见不到车辆，只能隐约看见马路中间的林荫道，那儿有个饮料亭，还竖着一座巨型人像雕塑，歪着脑袋，那是可怜的维森特·阿莱克桑德雷[①]，他当年也住在这儿附近。突然我想起自己忘了确认玛尔塔家的窗户和露台的门是不是都关好了。"如果明天孩子从楼上掉下去怎么办？"我想，"让我明天重压在你的心头；你的钝刀落地。"但我无能为力，没法再进去她家，几小时前为我开门的人已经不在了，有一瞬间，我觉得自己是有责任的，似乎变成了那个家的主人，不过一切都结束了，毫无意义可言了。我也不能打个电话过去，没人会接电话，甚至连自动答录机都不会再应答，那卷磁带在我

[①] 维森特·阿莱克桑德雷（Vicente Aleixandre，1898—1984），西班牙诗人，1977年获得诺贝尔文学奖。

的外套口袋里。在泛黄又有些红晕的夜色里，我看了看街的这侧，又望了望街的那侧，两辆车开了过去，我犹豫着是再等等还是去另一条街试试，再往下走就是罗德里格将军大街了，雾气让人畏缩了几分，我甚至能看见自己呼出的白气。我把双手插在裤子口袋里，手指触到了一样东西，一碰便知道不是我的：是件衣服，一件文胸，比它应有的尺寸要小些，当时孩子出现在卧室里，我为了跟去他的房间便随手把文胸塞进了口袋里以防止他看到。我站在路中间，嗅了嗅手中的文胸，白色起褶的布料映衬着我不再柔软的黑色手套，文胸上有好闻的香水味，同时还带有一点酸味，当这一切都慢慢消失后，只有死亡的气息会持续蔓延。一直蔓延，只要人的身体尚存，便会一直蔓延，哪怕身体有一天也被埋葬继而消失不见。死亡的气息会在家中蔓延，只要不再通风，会在衣服中蔓延，因为衣服不会再被弄脏了，也不会再被人清洗，因为它们也变成了一种托付；蔓延在浴衣、披肩、床单上，这些东西在几天内，有时是几个月、几个星期甚至几年里都挂在衣架上一动不动，被人遗忘，它们无望地等待着有一天可以被取下，重新被主人的皮肤触碰，她是这世界上它们唯一认识的人，它们是如此忠诚。这就是这场死亡之旅给我留下的三样东西：气味、文胸和磁带，当然还有磁带里的录音。我环顾四周，路灯点亮了寒冬的夜，饮料亭一片漆黑，我和诗人背对着背。没有车也没有行人，这寒冷让我感到舒服。

一个月以后我见到了爱德华多·德昂,尽管之前我就在他家照片里见过一次留着胡子的他,也在墓地见过刮干净胡子的他,当然,彼时他已不像照片上那么年轻。那是张令人难忘的脸。我们的见面并不完全是巧合,至少葬礼上那次肯定不是。我是从报纸上看到的消息,那两天我总是迫切地期待着早报,总是一边漫不经心地翻阅着杂志,一边等着午夜过后第一捆报纸的到来,还不忘盯着卖报人,看他是如何割断用来捆绑报纸的塑料包装袋,接着我总是第一个从那堆报纸里取走一份,在收银台付钱,赶紧回到咖啡厅,点一杯可口可乐,战战兢兢地翻开标着"记事"的那一版,你能在里面找到一些诞辰纪念、天气预报、讣告、生日信息和礼品公告,还有可笑的名誉学位授予典礼(没人能拒绝带穗的学位帽)、彩票开奖、象棋残局、填字游戏,甚至还有移位字谜,最重要的是有一个版块叫作"马德里死者名单",一张按字母排序的表格,标注的是死者的全名(名字加两个姓氏),旁边只写了一个数字,是死亡年龄,在这个年纪,他或她便从此凝固成报纸上的微型字母，对大多数死者来说，这是他们的名字在报纸上首次的、微不足道的且唯一的出场，仿佛除了那个随机的数字和名字，他们的人生什么也不是。名单很长——六十人左右——我以前不看这个，不过当我现在看到大多数名单里附上的数字都是大龄的，多少感到有些宽慰，人们还是挺长寿的：74、90、71、60、62、80、65、81、80、84、66、91、92、90，九十岁以上的几乎都是女人，每天死亡的女性也比男性少，至少从名单记录上看是这样的。第一天只有三个四十五岁以下的死者，都是男性，其中一个还是外国人，他叫莱因霍尔德·穆勒，四十岁，不知道在他身上发生了什么。玛尔塔不在里面，可能事发第二天她还没被发现，或者在报社关门前消息没来得及传到，他们下班的时间其实比大家想象中要早很多。那时候，我已经离开她家二十个小时了。如果有人早上去过了，那完全有时间叫医生，然后开个死亡证明，通知在伦敦的德昂，也有充足时间让他飞回来，一切都可以为不幸和意外让路，如果有人在航空公司的柜台哀求道，"我的妻子刚刚死了，丢下孩子一个人在家"，不管哪家航空公司都会立即在下一趟航班里给他找个空位，免得被人指责"铁石心肠"。不过这些应该都没发生，因为玛尔塔·特耶斯的名字没有出现在名单上，即便我记不清她的次姓了，也不确定她的死亡年龄——33、35、32、34？名单上都没有。或许是震惊和悲伤让她身边的人忘记了这些该办的手续吧。但不管再怎么样，也不应该忘了叫医生啊，总要证明和确定事情是不是他们所想的那样吧（医生会用他那温暖而又万无一失的双手去确认死亡），也确定那一刻我从背后抱着玛尔塔时脑子里的想法。如果是我弄错了呢？她根本没死？我又不是医生。如果她只是失去知觉，然后早上又清醒了呢？要是她的生命体征又恢复正常了呢？可能孩子现在在幼儿园吧，她呢，忙着她的家务，把和我共度的晚上当作疯狂的蠢事和糟糕的噩梦，清理着所有东西，换洗着床单，即便我根本没在上面睡过。很奇怪，人很容易想一些不现实的东西，好让自己放空一小会儿，在幻想和迷信中休憩和放松，当然没人能否认事实，也没人能让时间倒流，一秒都不行。一切都像一个梦。

已经快一点了，我还在一家比普斯①里，周围还有很多人在吃饭买东西，而英国向来比这里还要慢一个小时。我起身走到电话前，那是台卡式电话机，我正好随身带着卡，从钱包里取出记着威尔布拉汗酒店号码的纸条，打了过去。电话一接通，我立马认出了那个前台的声音（和昨晚是同一个人，他应该就是负责夜班的），我告诉他我找巴耶斯特罗斯先生。这次，他没有半点迟疑就回答我："您稍等。"

他没问我是否知道房间号，也没问别的什么，而是自言自语起来，好像在昭告他的行动和思考（"巴勒斯特罗斯，52号，好的"，读姓氏时还用了英语的发音），紧接着我突然听到分机铃声响起，吓了一大跳，完全没做好准备，也没料到会听到一个陌生

---

① 西班牙一家连锁快餐厅，内部设有超市。

的声音,"喂?",不不不,他是用英语说的。我没法仅凭这一个词判断他是西班牙人还是英国人(如果是西班牙人的话,他的英语口音很正宗),因为我立马挂断了电话。"上帝啊,"我想,"这个男人还在英国,他肯定什么都还不知道,不管是谁去过了玛尔塔家,一定会跟我一样想办法找到德昂先生的地址和电话的,那他应该知道发生了什么呀。如果不是他什么都不知道,就是他有异于常人的冷静。如果孩子现在有人照顾的话,也许他计划好了明天再飞回来。不,他应该不知道,或者他刚刚才接到信息,但今天太晚了,已经什么都做不了了。也许他正一个人在异乡的酒店里哭泣着,今晚他将无心入眠。"

"喂,您还要打吗?"

我回过头,是一个牙很长的男人(他肯定合不上嘴),穿着很正式,身着一件驼色的大衣;他的用词不是特别正式,在这种场合这是司空见惯的事。听他这么说,我只好拿走了卡,站到一边,回到自己那桌,付清可乐的钱,然后离开了餐厅;接着,我乘一辆出租车回到了斯梅拉伯爵大街。这次我逗留得不算久,不过还是超出了计划,原本想着也就是几秒钟的事情,所以才让出租车司机停下等着。我下了车,站在旁边,抬头向上望去,但眼前所见却不能平息我的恐惧:我留的灯依然亮着,虽然很难分辨出到底是原来的那几盏还是早已有了变化,离开时我只在门口扫了一眼,没耽搁什么,那时我心里只剩恍惚、害怕和疲倦;如果还是那几盏灯的话,很可能一整天都没人进去过,床单里的半裸的尸体或已开始腐变，可能还维持着我走时的姿势，也可能已经裸露在外，身上的裹布被那不耐烦、不理解又感到绝望的孩子掀开了（"我应该把她的脸盖住的，"我想，"不过也没什么用"）。孩子也没法离开那儿，可能已经把我给他留下的东西都吃了，可能又饿了，不，应该不会，我留了那么多东西，满满一盘大杂烩，够喂饱他的小胃了。我现在完全不知道该做些什么。我呆呆地立在那儿，穿着大衣，戴着手套，身旁停着一辆安静的出租车，司机已经熄了火，大概是发觉可能还要等上好一会儿吧。这会儿楼里亮起了更多的灯，但我的眼睛定格在那间熟悉的公寓里，好像眼前架了一副望远镜似的。我比昨晚、比凌晨离开的时分更加焦虑了。我清楚地知道发生的一切，而这一切的发生对我来说又是如此荒唐和无稽，所有发生了的事情如果尚未被发现，或是没人知道和提及，那就还不算发生过，之后，你还有可能把那些既成的事实变为简单的想法和纯粹的记忆——在它们发生的那一瞬间也就开启了这场缓慢通往虚幻世界的转变之旅；也可能变成了对未知的安慰，这安慰本身也是一场对既往的回顾。我什么都没说过，也许孩子已经透露了什么。街上的一切看起来井然有序，只有几个醉酒的学生从我身边走过，他们穿着破烂不堪的衣服，其中一个还撞到了我的肩膀，连道歉都没说便径直走开了。我的目光一直朝上，朝着那栋十五层大楼的第六层，试图摸清楚那从阳台薄窗帘里透出的灯光，阳台连着客厅，玻璃门显然关着，不过从楼下看上去却无法判断那门是锁着还是仅虚掩着。

"干吗不打电话让她下来?"

出租车司机大概以为我是来接人的,他已经有些不耐烦了,但我还让他的计价器走着呢,不会等很久。

"不了,已经太晚了,估计人已经睡了,"我说,"再等五分钟,人还不下来的话,估计也就不会来了。我们就再等一小会儿。"

我知道根本不会有人来,不管是谁,司机假设的人也好,我假设的也罢,不会有人的。他假设的一定是个女的,毫无疑问,我假设的却不知是什么性别,因为根本就是虚构的,尽管司机想象的一定是个年轻的女孩或者是我的情人,总之她一定还和其他人有着什么瓜葛,没法自由地出来。玛尔塔是肯定下不来的,孩子当然也不可能。我其实并不确定她的房间到底是哪个(从外面实在很难判断),不过我推测阳台右边的那个窗户就是玛尔塔的那间,从我这儿看去,那盏灯还亮着,跟我走的时候一样,应该是我留的灯。突然,司机启动了车子,我回头看了看:他比我先注意到有人从大门出来了,大概离我只有几步之遥,否则他也不会看到;他理所当然地以为从里面走出来的那位年轻的女孩就是我在等的人。然而并不是,她是我凌晨时分在门口偶然撞见的那位,就是不想掏出钥匙给我开门的那位。现在她身边没人遮挡,从这个距离能看清她了,栗色的头发和眼睛,戴着一串珍珠项链,高跟鞋,黑丝袜,走起路来很是优雅,不过又有些别扭,显然是因为她那又短又窄的裙子,我从她敞开的皮衣下面瞧见了,她走路好像有些外八字,又有些重心不稳。女孩朝出租车看了看,又望了望我,轻轻点了点头,好像认出了我,然后穿过马路,从包里取出一把钥匙(并没有脱下她米色的手套,手套的颜色和大衣一点也不相配),走向停在那儿的一辆车,打开了车门。我看见她把包丢向了后座,钻进车里(之前她一直提着那个包,好像当公文包在用)。和几乎所有的女司机一样,她上车的时候无法避免地露出了大腿,之后她关上门,摇下窗户。出租车司机只好又熄了火,同时也摇下他的窗户,好看清那个年轻的女孩。她启动了车子,我用余光看到她使劲打了打方向盘,然后探出头来想确定车子出来的时候不会撞到前面的那辆;她的视线被挡住了,我用手示意了她两次,像是在告诉她:"可以的,可以的,不会撞到。"她顺利地把车子开了出来,经过我身边的时候,向我笑了笑,做了另一个手势,好像在说"再见"或者"谢谢"。她很漂亮,却并不高傲,可能楼里的那间房子不是她的,而是那个男人的,我听见她让他滚,现在却被他赶了出来。或许在门口的争论之后,她和他上了楼回了家,二十个小时后才出来,又在同一个地方遇到了我——她浪费了这么长时间的口水,浪费在说话和亲吻上,浪费在无用的时间和苦命的梦里,而我却好像一直停在原地,虽然我现在在大楼的外面,一副等待的姿态,身边还有辆车等着我使唤。我没法确定她穿的是不是昨晚那件大衣,我只记得我见过她戴着的那副手套。

就在这时,我又抬起头,先看了看卧室的窗户,再望向阳台,之后又把目光转回卧室的窗户,透过薄窗帘的光线,似乎看到了

79

一个女人的身影，她正在脱毛衣或者汗衫，我只能看见她双臂交叉从背后把毛衣的底边掀起来，然后一下子从头上脱下来——有一瞬间我隐约看见了她的腋下，应该只剩袖子还裹在她的手臂上，或者卡在她的手腕上。那个身影就这样停留了好几秒，似乎是因为刚刚脱衣的动作或者白天的工作让她感到疲惫——一个无法停止思考的人的小憩，每脱完一件衣服就需要思考和冥想一下，又或许是她一脱下毛衣，就望了望窗外，突然看见了什么东西或什么人——可能就是我，身后停着一辆出租车。接着她甩开最后的两条袖子，挣脱出来，身子半转了过去，走远了几步，直到我看不见她，尽管我仍能辨认出她已经模糊的身影，她正在叠着刚脱下的衣服，可能想换一件干净的。她关了灯，如果那是我认识的那间卧室的话，她关上的应该是床头柜上的那盏，我也不确定走的时候是不是让它开着，可能我当时为了看清楚玛尔塔，一直没把它关上。我不是百分之百确定，但当我看到那个身影，我感到既宽慰又震惊，因为终于有人出现在那间公寓里了，那个人可能是玛尔塔，玛尔塔还活着。不，那不可能是玛尔塔，但我还是放任自己被这个想法占据了片刻。如果那不是她的话，那个女人为什么在她的卧室呢，更奇怪的是，为什么她还在那里脱衣服或者换衣服呢，就好像要上床睡觉一样，那么，玛尔塔在哪里呢，她的尸体在哪儿，莫非被挪到了别的房间以便人们为她守夜？或者已经被搬了出去送到了太平间？房间里的那个人是她的某个朋友、妯娌、姐妹？有她在的话，孩子就不会独自一人再过上一夜了。

她会陪着他一直到明天德昂回来,玛尔塔都死了,他怎么能不立即赶回来呢?虽然把孩子带到别的地方睡觉似乎更说得通,孩子的阿姨都跟他说了些什么呢?是让他耐心些?还是骗了他?("妈妈出差去了,是坐飞机去的。"从此,这孩子看那些飞机模型的感觉都不一样了,直到他忘却所有的事情。)阳台后面都还是老样子,我现在能确定那亮着的灯就是玛尔塔公寓的,那是餐厅或者客厅的灯,是我们吃晚饭的地方,孩子当时还在那儿看丁丁和阿道克船长的动画片,手上的表告诉我仅仅过去了二十四个小时而已。再待下去也没什么意义了。

"我们到底走不走?"

我也不明白为什么我要解释给出租车司机听:

"走吧,不会下来了,已经睡了。"

"不走运啊?"他好像很懂的样子。他怎么会知道这种情境下什么才叫走运。

我拿着早报回了家,毫无睡意,不像昨晚,一到家就睡着了,短暂的放空需求战胜了一切过去和现在的忧虑,也战胜了为孩子担心的心情。我已经离开了,现在什么都做不了了(或者说我离开的时候就已经决定什么都不管了),我连续睡了八个小时,甚至记不起有没有做梦,醒来后脑子里的第一反应简单又明确——"孩子",相比死去的,你总是更担心还活着的人,虽然你都不太认识他们,死去的那位才是一个月前、昨天或者今晚变为你生活的全部的人(其实玛尔塔·特耶斯并不是我生活的全部,也许是德昂先生的吧)。那一刻,看见有个女人的身影在照看着那间公寓,我渐渐平静了下来,思考的能力也麻痹了,我无法专心看书、看电视、看电影、听音乐或者做之前积压的工作。一切都悬而未决,我却并不知道要等到何时或者要依赖何事才能让生活重新开始:我想知道,我想立刻知道他们有没有发现尸体,孩子是不是安全,理论上就这些,别的东西我已经不再关心了。不过我预料到即便我得到了想要的消息,也再没办法回到正常的生活轨迹了,因为我和玛尔塔·特耶斯之间的关系没法再割断,即便可以,也需要经历漫长的时间。与此同时,我又不清楚如何让这种关系延续下去,玛尔塔那边肯定什么也做不了了,和一个死人你还能有怎样的交流呢?英语里有种表达,叫"to haunt"[①],法语里叫作"hanter"[②],形容我现在的情境再贴切不过了,不过西班牙语里却找不到合适的词语来翻译,它们都描述了一种场景:鬼魂常常去窥探,或者再三造访一些人、一些地方;当然,在不同的情境下,第一个词还能表达"入迷或者心醉",有种奇妙的意味,也有种着迷的感觉,虽然没法确定它们的词源,但应该都来自盎格鲁－撒克逊语和古法语,意思是"存在,居住,长期安顿于某地"(字典总让人分心,就像地图一样)。也许我和她的关系仅限于此,仅限于一种着迷或者纠缠,你想到它时,它就化为记忆的魔咒,那些人和事便无期限地重现,永不停止,永不消逝,然后从某一刻起

---

① ② 皆意为"鬼魂常出没于某处"。

常驻于我们的脑海，无论是在清醒时还是在睡梦中，永存在那个最舒适的地方，和它自身的瓦解斗争着，想要化身成仅存的自我，以永远留住人物出现或事件发生时的效力、关系，无限重复、回响下去：无穷无尽，却也渐渐变得疲惫不堪，奄奄一息。我成了那根用来串联的线。

我打开我的自动答录机，有两条乏味或者说常规的留言，一条来自不久前刚和我离婚的前妻，另一条是某个糟糕的男演员的，工作上我们接触过几次（我是个电影编剧，不过写到后来常常都变成了电视剧；大部分的剧本都没被选上，都是些无用功，不过电视人都挥金如土，就算剧本没被用，他们也一样付钱给我）。我突然想起了玛尔塔的录音带。之前我都没想起它来，其实并不是轻率、好奇或简单的欲望促使我偷走了它，我这么做不过是为了让那个专横又傲慢的声音、那个我已经在现场听到留言的人成为嫌疑人之一。什么事件的嫌疑人呢？其实没什么严重的事情，在她死的那晚他甚至都不睡在她身边，死之前没有，死之后也没有，我也没有，据我所知，任何人都没有。玛尔塔的录音带跟我的是一样的尺寸，这意味着我现在可以拿出它来听听。我取出磁带，放进她的，倒带，按下播放键。首先听到的又是那个男人的声音（"接电话啊，妈的"），那个如剃须刀般机械又折磨人的声音（"你是傻了还是怎么？为什么不接电话？"），他非常确定玛尔塔会默许自己的放肆（"真他妈烦人，你根本就没有安排"），末了还发出弹舌头的声音。哔声之后，我听到了别的留言，应该都是很久之前的了，估计玛尔塔都听过了，第一条不太完整，开头已经被一个男人的声音覆盖了，"……好吧"，然后是一个女人的声音，"明天记得打电话告诉我事情的前前后后。那个男人听起来不错，不过你也别太早下定论。老实说，我都不知道你哪儿来的这么大胆子。就这样吧，拜拜，也祝你好运。"接下来是个男人的声音，一个带着讽刺语调的老男人的声音，他自嘲地说道："玛尔塔，告诉爱德华多不应该说'信息'，这叫'留言'；他不是个文化人，你和我都清楚，不像我，喜欢掉书袋。记得回我电话，我有个好消息告诉你。也别太兴奋，没什么特别的，不过对于我这么不安稳的人生来说已经很好了，唉，我真是可怜啊。"他没说再见也没说自己是谁，像是没有这个必要一样，他可能是谁的父亲吧，德昂的或者玛尔塔的，即便打电话给最亲近的人也要想办法找个借口，一个无事可做的老人，害怕自己显得过于固执，也许年轻的时候在意大利待过或者爱好歌剧，毕竟录音中，最后一句"我真是可怜啊"是用意大利语说的。接着我又听到："玛尔塔，我是费伦。我知道爱德华多今天去英国了，不过我刚刚发现他没给我留电话或者地址，他什么都没说，我也不知道为什么，之前我已经告诉他一定要告诉我，现在我却什么都不知道，根本没法找到他。我打给你是想问问你怎么能联系上他，或者你跟他说让他立马给我回电话，打到办公室或者家里都行。事情很急，拜托了。"他说话很镇定，带着一点点几乎让人没法察觉的加泰罗尼亚口音，应该是工作的同事，一直以来错把自己和德昂的相处当作彼此间的友谊或者信任了，也许根本就不存在什么友谊和信任。我记得晚饭的时候，德昂打电话来，玛尔塔并没有给他转述这条留言，不过也许是我自己没太注意到就忘记了吧。接下来的一条也不完整，只剩最后的部分了，这意味着是条旧信息，不是那天的，至少不是那天某个玛尔塔正好不在的时段打来的，不是她的某个朋友或者姐妹，不是她父亲或者公公，也不是她丈夫的同事。"……我们就照你说的做，你想怎样就怎样吧。一切都由你来决定吧。"一个女人的声音传了出来，就这么结束了，我觉得像是刚刚前面的那个女人，那个对玛尔塔的胆大感到惊奇的女人，不过很难说，甚至无法判断她的留言是给德昂的还是给玛尔塔的，"一切都由你来决定吧"。再后面还是一段不完整的留言，应该是更早的一批了，有个男人假装很镇定，发出严肃、冷漠、几乎事不关己的声音，好像自己是个职业的接线员，也不管接通的是工作电话还是情人的浪漫电话，那留言是这样结束的："如果你方便的话，我们可以约在星期一或者星期二。不行的话，就得等到下周了，因为从这星期三开始我会忙得焦头烂额。不过也没什么好急的，你看看你怎么方便再告诉我吧，我都可以，真的。那回头见哦。"那是我的声音，好几天前的留言了，那时我还不是很确定和玛尔塔·特耶斯会不会第三次见面吃饭，第一次是在某个鸡尾酒会上经人介绍认识，第二次是几天后随便找了个借口一起喝了次很长时间的咖啡，任何的调情，在外人看来，或自己无意中想起，都变得很拙劣，似乎是一种协商好的相互操控，只是在辛苦地执行某个手续，所谓社会包装的外壳不过是本能而已。录音带里那个说话的人也许并不知道自己在找寻什么又想要些什么，不过现在，听到他那伪装出的语调和努力克制的紧张声音——他知道这条信息可能会传到她的丈夫那里，此外，他还把虚伪当作一种美德——我当然清楚地知道我在找寻什么又想要些什么，真虚伪，真做作，嘴里冒出的每一个词都是谎言，我现在很确信说话的那人其实有点着急，从星期三开始就会"忙得焦头烂额"也都是胡乱说的，我怎么能想出这种自己平时根本不会使用的词呢，听上去就特别虚伪，我一般也从来不说"回头见"，而只用"再见"，明明不是回头就能见到，何必要用"回头见"，有时我们斟酌每一个用词，只不过是为了我们那些不为人知的企图；而那句"真的"，如此虚情假意，只是一个人卑劣的奉承而已，他想引诱别人，不仅要用甜言蜜语，还要饱含所谓的尊重和敬意。我被自己吓到了，不仅是因为认出了自己的声音，还因为少有的那几句直白的话语，我很害怕，想起那天我留了言，之后又收到了她的回复，实际上一切好像都可以预见，除了真正的结尾，或许不是结尾而是中间发生的一切，其他的所有好像既可以被有意识地预见同时又捉摸不定。我突然想起在留言的一开始我应该报了自己的姓名，这是我的习惯，当然那段已经被删了，接着我提到了"星期一"或者"星期二"，也许德昂早就知道了我们约会的日子，所以玛尔塔在电话里才没跟他提到我也在场，或许这一切他本就知道，不是什么需要遮掩或者保密的事情，如果是这样，我的小心谨慎可能会化为徒劳，对，很有可能德昂这几天就会找到我，直截了当地问我到底发生了什么，他妻子和我在一起的时候怎么会突然死去，唯一没想到或者说被隐瞒的就是那顿晚饭，那场约会的地点居然在他自己家里。我倒了带，重新听了一遍自己的留言，突然觉得自己很令人厌恶，今天就是录音里所说的星期三，我并没有"焦头烂额"，而是待在家里心不在焉地翻着一本字典，听着录音，太荒谬了。不过我也没时间生自己的气，紧接着我就认出了那个剃须刀般的声音，这次他是给德昂留的言，而不是玛尔塔："嗨，爱德华多，是我。你们别等我吃晚饭了，我会迟到一会儿，这边突然有些麻烦事，晚点我再告诉你们。总之希望我能在十一点之前赶到，你们也通知一下伊内斯，我联系不到她，让她直接去餐厅，告诉她别担心。对了，你们给我留点火腿，好吧？那就这样，再见。"那个男人总是有事情要说，或许是同一件事？某个延期的消息？那晚的某件蠢事吧——要么是前一晚上，某个"麻烦事"——就是在那晚，这两对爱人，或许还有别人，相聚在某家因火腿而出名的餐厅进餐。他的声音还是那么霸道，听上去很愤怒，尽管现在不再爆粗口了，他说"是我"好像自己很有名、根本不需要自报家门一样，不过这似乎是真的，在这个家里——他朋友的家里，也是他情人的家里，他的留言是给德昂的，当然，也是给玛尔塔的，"告诉你们""你们通知""你们给我留点火腿"，不过一个人怎么能这么确定别人能认出他的声音呢？又不是听自己的声音。哔声又响了，之后便是一阵安静，那是磁带尚未启用的空白部分——留言总是在磁带最开始的地方，删除、覆盖，周而复始——突然，我听见最后一段声响，它只说了一件事，掺杂着哭腔；那是个孩子，要么就是个幼稚的女人，不过所有人哭的时候听起来都像孩子，这事情谁都没有办法，因为哭的时候没法发声甚至没法好好呼吸，连续的毫不掩饰的刺耳哭声好像和嘴里要迸出来的话，甚至和脑子里所想的做斗争一样，毫不留情地阻止、抑制甚至替代掉它们——完全得束缚住它们，而那个声音，传递的令人心痛的消息应该比之前的留言都更早，因为它缺了开头的部分——比我那个甜蜜的留言要早，也比那个声音像剃须刀的霸道男人的要早——在抽泣的间隙或者说伴着哭腔（好像只会这么说话似的），并一直在重复同一个词，"……拜托……拜托……拜托……"，就这么重复着，失心疯一样重复着，又不像是真的在哀求什么并企图得到回应，倒像是在念着咒语，重复着某些仪式性的或迷信的话，没什么含义，所以也没法战胜或消灭威胁。我又一次被吓到了，想赶紧停下录音带，因为害怕那个像恶魔般无耻的哭声吵醒我的邻居，他们很可能会赶来看看我到底在犯什么恶事；在玛尔塔那儿都没这样，当时并没有邻居出现，因为玛尔塔没有叫，没有抱怨也没有哀求，当然，我也没有对她做什么恶事。其实也没必要停下录音带，留言只有一分钟而已（这条都没录满一分钟），之后会有用来分割留言的哔声，带子接着往下转，就像我之前说的那样，又是一阵安静；那个带着哭腔的幼稚的声音耗尽了它的时间，却什么都没说，也没再重新打过来，也许是知道她想找的人，那个让她如此失心疯的人就在那儿，在家里，在电话旁，在听着她哭泣却不肯接起电话，她唯一能做的就是继续录下自己的悲伤，而此刻正有一个陌生人在倾听。

第二天午夜时分，我又回到那个卖早报的报刊亭，逗留了几分钟，迅速买了份当天的报纸，这一天才刚刚开始而已，尤其是对英国来说，现在那儿的时间比我们还要早。我没有勇气站在人群中翻开报纸，只好再次走进旁边的咖啡厅，点了杯威士忌，开始看登出的死者名单；尽管是按字母顺序排列的，我却努力克制住自己，不让自己一眼扫到最后那些以T开头的名字，我从头一个一个地看，好让内心的痛苦和不安多延长几分钟，是纠结的感觉，既希望看到玛尔塔的名字又希望它不要出现；我同时抱着这两份期盼，或者说我的心被一分为二：如果她的名字出现了，一定是她的尸体被发现了，那么我也就解脱了，当然这也代表着我完了；如果没有她的名字，我会更加担心，可能会再次掏出那张写着德昂在伦敦的电话的纸条，徘徊在她家附近，当然，我也许很快会得知一切不过是场难以置信的假象，一个可怕的误会，一个错误的警报，全都是我太匆忙造成的，她不过只是失去了知觉，或者昏迷了过去，其实还活着。我的眼睛掠过报纸上一个又一个的名字和他们那永远不会再增长的岁数：阿尔曼德罗，66；阿拉贡，88；阿尔马斯，48；阿勒瑟，64；布兰科，77；布尔拉夫，41；卡萨尔达利嘉，93，我没法一个一个看了，直接跳到了L开头的名字：鲁恩格，59；玛加亚内斯，93；马塞洛，48；马汀，

43；梅迪纳，28；蒙特，46；莫雷尔，61，昨天居然有这么多人年纪轻轻就死了，弗朗西斯科·佩雷斯·马丁内斯，59，玛尔塔其实不是昨天死的，不是和这群算不上年长的人一起，而是由前天报纸上的那些年迈的老人陪伴着离开的。特耶斯，33，我看到了她的名字，玛尔塔·特耶斯·安古洛，33，应该差不多是这个岁数，她是名单上的倒数第二个，后面只剩下：阿尔伯特·维亚那·托雷斯，55。我仍然很恐慌，眼睛迅速往上扫了一下 D 开头的名字，看看有没有德昂，欧亨尼奥·德昂·特耶斯，据他妈妈说，他还没满两岁，科雅，50，德尔加多，81；没有，应该没有他的名字，也确实没有，我走的时候他活得好好的，只是睡着了而已，而且我还给他留了吃的。

我再次走到报刊亭，买了另外一份日报，那是马德里登载丧葬信息最全的报纸。一回到座位，我便翻阅起来，在一堆讣告中找到了玛尔塔的，终于，她混乱的死亡事件稍微有了些秩序，讣闻倒是很简洁，黑色十字下面是她的全名、死亡时间和地点（时间肯定是医生的手按压着她的尸体判断出来的），接下来写着"愿她安息"，然后是亲属名单，名单上的人们一定震惊、遗憾，同时还在为死者祈祷，我的眼神定格在了其中几个："丈夫：爱德华多·德昂·巴耶斯特罗斯；儿子：欧亨尼奥·德昂·特耶斯；父亲：尊贵的胡安·特耶斯·奥拉迪阁下；兄弟姐妹：路易莎和吉列尔莫；弟妹：马利亚·费尔南德斯·维拉；其他亲属……"上面有姐姐和弟妹的名字，而不是朋友的，还有个有着意大利母姓的父亲，他肯定就是我在录音里听到的声音有些犹豫的那位，勉强又迂腐地生活着，这次本想告诉女儿一些好消息，但为什么要在姓名前后加上"尊贵的……阁下"呢，硬要在刚刚意外死去的女儿的讣闻里添上这样的头衔，未免也太自负了一些，而且女儿死得还有些羞耻、有些可怕，兴许还有些荒谬。一定是他自己坚持要这样写的，他就是这种旧式风格的人，想必成天闲着，他把不满两岁小孩的全名给写了上去，这有点夸张，不过他却用了"丈夫"和"弟妹"，没有选择俗气做作的"夫君"和"弟妇"这些字眼。孩子可能和这么多的死者一样，名字第一次出现在报纸上，所以要郑重其事地对待——似乎成了"欧亨尼奥先生"。不过至少上面没提到玛尔塔已经接受了临终圣事[①]，谁家的讣闻会漏掉这个啊，我本来还能揭穿他们作假来着。"下葬的时间是今天，十九日十一点，地点是阿尔穆德拉圣母公墓。"几天之后在一个我不大熟悉的教堂里还有场追悼会，我对于自己所在城市的教堂一点都不了解；我把那页纸撕了下来，折进口袋里，方便之后剪下那块讣告，口袋里的另外一张纸显然已经毫无用处了，上面还写着伦敦威尔布拉汗酒店的信息。

那是一个寒冷的冬日早晨，阳光也透着冷漠和寂寥，因为担心会在不熟悉的地方迷路，又怕错过了葬礼，我提早来到了那座

[①] 又称终傅圣事或傅油圣事，是天主教、东正教等传统基督教派的七大圣事之一，主要指司铎在危重病人身上涂抹经过祝圣的橄榄油这一仪轨，象征将病人托付给耶稣并求赐予安慰和拯救。

墓园。一些墓园的工作人员——并不全是掘墓人——给我指明了下葬的地方,我走了过去,等待的那一会儿工夫顺便看了看临近的墓碑和墓志铭,在德昂和特耶斯家人穿着丧服带着鲜花抬着棺材到来之前,做好彩排和演练工作。像参加所有的葬礼一样,我戴着墨镜,与其说是为了掩盖泪眼,不如说更是为了掩盖眼泪的缺席这一事实。我或许根本没有眼泪可流。我看到一块墓碑已经被拉到了一边——露出了地洞,或者说是坟墓或地狱也行,好像已经准备好了迎接新的住户,唯一可能被打搅的是里面的死者,又一个她们生命里曾经爱过的人要来了,我们无从得知她们是否会高兴,因为将重新见到年轻时认识的人,又或者会因此悲伤,因为多了个人来到她们的世界也就意味着少了个人在另一个世界怀念她们。碑文上写着躺在里面的是玛尔塔的母亲,劳拉·安古洛·埃尔南德斯,还有她意大利裔的祖母,布鲁纳·奥拉迪·帕伦赞,可能是威尼斯人吧,此外玛尔塔还有另外一个姐姐,几年前死了——甚至比她的母亲和祖母死得还早——碑文上写着,她叫格洛丽亚·特耶斯·安古洛,比玛尔塔大两岁,死的时候才五岁。两姐妹应该是认识彼此的,尽管玛尔塔可能不太记得自己的姐姐了,就像他的儿子,欧亨尼奥,长大以后应该也记不清她一样。我突然意识到,相比于我和玛尔塔三次筹备会面时她跟我说的那些话,讣闻和碑文让我了解了更多关于她和她家庭的内容。筹备?筹备什么?筹备一个简单的派对(爱尔兰里脊和红酒,唯一的客人)?是筹备着和世界的告别吧,就在我的眼前。在那个三十一年前为一个小女孩第一次开启的坟墓里，玛尔塔取代了她的父亲，要先去占据第四个位置了。很可能是老先生在自己的第一个女儿死时买了这块地，他一定认为接下来躺在他母亲、妻子和女儿身边的是自己，这种墓一般都是四人的，不过也不一定，有时会预留五个人的位置，那样的话，里面就还留有他的地方，等他入住的时候，已经知道旁边的四个位置躺的分别是谁了。碑文上还没刻玛尔塔的名字，通常葬礼之后才会有。

我起身走到别处，饶有兴趣地读着一块类似于谜语的一九一四年的碑文："谈论我的人都不认识我"——一共是简短的十行字（不是诗歌，而是像散文）——"人们谈论我时，都污蔑我；认识我的人，却沉默；沉默，也不为我辩护；所以人们没见到我时，诽谤我；直到认识了我，才停歇；由此救赎了我，而我却永不能停歇。"我读了好几遍，才意识到这不是死者说的话（莱昂·苏亚雷斯·阿尔迪，1890—1914，碑文上刻着，是个年轻人），这是在描述死亡，一场抱怨着名声被毁抱怨着世人的长舌和无知的死亡，一场愤怒于被诽谤激怒而企图自我救赎的死亡：最初是疲倦，慢慢变得平和，最终归于顺从。我还在琢磨着那碑文上的谜题，像在猜一串电话或几句诗，突然远远地看见几辆车靠近，大约三十个人慢慢跟随着脚步略快的掘墓人往这儿走来，其中一个掘墓人嘴里叼了根没点燃的烟，受他的影响，我也迅速点燃一支抽了起来。人群聚集在开放的墓前，围成一个半圆形，为稍后的仪式留出了中间的空间，几句简短的祷告之后，还得费一点工夫下棺材——嘎吱嘎吱的响声，猛烈的撞击，摸索和摇摆，木头卡在岩石里，如同采矿场的噪音，甚至更加刺耳，像是两块砖头的碰撞又像猛烈敲击着还没有进墙的钉子，夹杂着掘墓工人们喘息着的口令声；还伴随着围站着的亲人们的担忧，他们害怕自己再也见不到面的这具身体会受伤——第一排离墓穴最近的大概有六七人，从我站的这块一九一四年墓碑前望去都能看清，我双手交叉下垂，其中一只还捏着根烟，时不时送到嘴边吸上一口；仿佛莱昂·苏亚雷斯·阿尔迪是我的先人一样，在他的坟前我可以陷入思考和回忆，甚至可以在他耳边说出那些最不着边际却又最让人安心的话，那些别人不懂的话。不得不承认我第一个寻找的目标是孩子——不过显然无望且徒劳，谁会把这么小的孩子带到葬礼来。第一个吸引我目光的不是那个大声祷告的男人，我之后才注意到那位稍有些年纪的健壮的先生。我先看到了一个长得很像玛尔塔·特耶斯的女人，肯定是她仍然还活着的妹妹路易莎，她没戴墨镜也没戴面纱，什么都没戴——这个年代几乎已经没人戴面纱了——她的哭声刺耳又夸张，持续不断又不加掩饰，尽管她好像已经在试图克制自己了：她低下头，双手遮住脸，似乎有些害怕或者不好意思，不愿去看也不愿被看见，人们在坦白自己沮丧、不安、恐惧和后悔时也会这么做。他们通常独自在自己的房间里坐着或躺着，然后用双手遮住脸——也许还会把脸埋在枕头里，用它来代替双手，用它来遮掩和保护自己，用它来做自己的庇护所——而眼前的这个女人呢，她却是站着的，穿着打扮都极其精致,那双手也保养得极好,在人群中,在葬礼现场,圆润的膝盖在敞开的大衣下隐约可见,黑色长筒袜,光亮的黑色高跟鞋,那双红唇一定是用每天出门前惯有的姿势无意识地涂抹的,现在那甜美的唇膏却和她不由自主的苦咸泪水混合在一起;她时不时地抬起头,咬住嘴唇——那双红唇——费力地想克制些什么,不是痛苦,而是她那过分张扬甚至超越言语表达的举止,正好被我瞧见了,尽管她的脸已经扭曲,我还是看出了她和玛尔塔的相像,因为我也看过玛尔塔面部扭曲的样子:那是另一种痛苦导致的,不过同样表现了出来;她比玛尔塔更年轻些,大概小个两三岁吧,也许可以说她更漂亮些,或者是她对自己的命运没有那么多的不满,她单身,或者是寡妇,讣闻上好像是这么写的。她哭成这样也许是因为感受到了孩子们和自己的兄弟姐妹分开时会有的那种嫉妒或流亡感,当自己的兄弟姐妹都跟父母踏上旅途,却只剩自己被留在了祖父母身边,或者别的兄弟姐妹都去了同一所学校而只有自己上的是另外一所,或者只有你一个人病了,卧在床上靠着枕头翻漫画、彩报和故事书,通过它们塑造着自己的世界(头上悬挂的是飞机模型),而其他的人却骑着自行车去海滩、河岸和公园玩耍,去看电影,去聆听盛夏的第一阵欢笑声和单车铃声,你一定感到自己仿佛被监禁或者被驱逐了一样,因为孩子们通常看不到未来,对他们来说只有当下是实实在在的——他们看不见那糟糕、粗糙又坎坷的昨天,也看不到光明而一帆风顺的明天,在这个问题上,孩子就像小动物和一些女人一样,你可能以为自己要在那张床上待一辈子了,你只能在床上听着单车的轮子碾过砂路,听着清脆的铃声,听着兄弟姐妹们的欢声笑语,时间对他们来说形同虚设,甚至现在对他们来说也不算数。也许路易莎·特耶斯也有这样的感觉,她的两个姐姐,她从未见过的格洛丽亚和她从小一块儿玩耍的玛尔塔,都已经和妈妈还有奶奶在地下相聚了,都已经抵达了那个安稳的只有女人的极乐世界,在那里她们再也不为"是"或"不是"而忧虑,也再不为一个"可能"或"也许"而疲乏,在那里时间不再流淌——在一个灵异,却很可能无比愉悦的世界,一个对她来说还有点为时过早的世界,一个把她驱逐在外的世界,等到她可以进去的时候,那里显然已经没有了为她而留的位置;当尘土象征性地一点点覆盖墓穴,她和她的父亲还有弟弟仍留在这无常的世间,或许,有一天,她会和她那还未出现的丈夫——现在还如影子般模糊的丈夫——去往一个男人的世界,一个由漫画、彩报和故事堆砌出的成形的世界(还有挂在头顶的飞机模型),一个无论如何都仍然是时间牺牲品的世界。

她的父亲胡安·特耶斯也在那儿,他已经含糊地咕哝了两句,大概他这个年纪很难再相信自己祷告的内容了吧,然而想要彻底抛弃先人留给我们的那些肤浅的传统和信仰是多么困难,有时出于迷信和对先人的尊重,我们一辈子都在重复效仿他们的言行,形式和影响总是比原因和内容更让人难忘,也更难消失。他蹒跚着走到墓前,由唯一"幸存"的女儿和儿媳搀扶着,好似一个慢慢走向绞刑的犯人,已无力踏上台阶,又像是在雪地上行走,沉陷,再抬起,再沉陷。不过很快他又沉静了下来,挺起了有些驼凸的脊梁,从外套胸前的口袋里掏出了一张蓝色的手帕擦了擦,擦的却不是眼里的泪水,而是额头上的汗珠,他其实并没有流泪,尽管他也顺便擦了擦脸颊和太阳穴,好似在舒缓皮疹的脸一样。他严肃又勉强地讲了几句话,像是明明知道这种场合的庄严气氛却急于结束这一切、赶紧回家找自己的枕头,谁知道他到底是觉得伤心还是耻辱呢(这是一场可怕的死亡,这是一场荒谬的死亡),尽管他很可能并不知道玛尔塔是怎么死的,不知道她女儿被发现时衣衫不整,半裸着,甚至还有男人留下的痕迹,这痕迹却不是德昂的,不是别人的,是我的,当然,我对于他们来说谁都不是。大家只告诉他:"爱德华多不在的时候玛尔塔走了。"而他可能会用那双衰老的手捂住脸,寻找一丝庇护。"她总有一天会走的,即便不是这么孤独地走。"他们补充说,免得让老人对他的女婿抱怨太多,无法挽回的事情总是更容易让人接受。(她走的时候却并不孤独,我敢肯定,他们也一定知道。)很有可能他们连死因都没告诉他,如果他们已经知道的话,脑血栓,心肌梗死,主动脉瘤,脑膜炎引发的肾上腺出血,什么东西服用过量,内出血,我不知道到底哪种病会如此干脆又迅速地致人死亡,我也不在意玛尔塔到底是因为哪种病而死,她的父亲应该也不在意,老人可能根本没问什么,也没想过要做尸检,收到消息之后他大概只是捂住了脸,准备参加自己第二个孩子的葬礼,再见嘲笑,再见轻蔑，生命就是这样，只有一次且脆弱易碎。可以想象，尽管现在泥土已经渐渐覆盖在墓穴里的第四个女子身上，老特耶斯或许依然记得那些静卧在里面的人，那些他多年未见的亲人，他意大利裔的母亲布鲁纳，她从未掌握好居住国这门有些粗犷的语言，因此一生都用自己那温柔的母语教导儿子胡安；他的妻子劳拉，那个他爱过或者没爱过的女人，他崇拜过或者伤害过的女人，兴许是他先崇拜然后伤害，或者是两种感情纠缠在一起，像所有的夫妻一样；还有他的大女儿，格洛丽亚，她应该是死于意外，没人知道她是溺死在河里还是夏天在瀑布玩耍时摔断了脖子——后颈——或者是被突如其来的疾病毫不费力地带走了，因为孩子们连一点反抗的能力都没有，根本没时间去积攒一点回忆或者愿望，也没空去了解时间到底是如何神秘运行的。这好像是疾病补偿自己的一种方式，慰劳自己在成人们无止境的抵抗中消耗的战斗力，尽管在玛尔塔身上，它们什么也没消耗，她死得如此顺从，如同一个小女孩。父亲的脑海中开始浮现他的二女儿了，带着回忆和坎坷的昨日色彩，其实他前不久刚刚见过她（之后还给她留了言），老人可能想着，如今自己更老无所依了。他银白的发丝、蓝色的双眼、淘气的剑眉，还有就他这个年纪来说还光润无比的皮肤，无论怎么看，都让人觉得他是一个挺拔、强壮、看起来尊贵的男人，他肥胖的身材占据了很大的空间，也正是他的肥胖症体征一下子引起他人的注意，两边的女士在他宽阔胸膛的衬托下都显得娇小玲珑，他那双瘦骨棱棱的腿和身子不自觉地轻微摇动，不禁让人联想到旋转的陀螺,大衣袖口的袖标似乎证明了他过时的潮流品位,鞋子和他活着的女儿的一样擦得锃亮,就他的身高来说,脚算是很秀气的,退休的舞蹈演员的脚却有着滴水嘴兽①般的脸庞,无神而惊愕的双眼盯着墓穴或者说洞口、深渊,看着那些象征性的泥土落下,出神地回忆着他的两个女孩,一个永远活在童年,从未长大,一个渐渐成长,如今,他眼看着玛尔塔和姐姐一样躺进了这冰冷的墓穴,虽然姐姐不曾长大也未曾改变,没让他疲倦也没令他担忧过,而这一刻,两姐妹都顺从且安静,共同归于这悲戚的命运。我发现胡安·特耶斯一只脚的鞋带松开了,但他没有注意到。

站在他右边的,毫无疑问是他的儿媳——马利亚·费尔南德斯·维拉,她戴着墨镜,一副伪装出来的悲伤表情,绝对是厌倦多于难过,不快多于恐惧,那是亲人间传染性的恐惧而已,因为她本来的计划被打乱了,而她的丈夫和少了一人的整个家族都陷入了无尽的阴郁,没人知道这种阴郁会持续多少个令人无法忍受的日夜;有人抓着她的胳膊,好像在请求原谅或者拜托她给个面子——就好像在恳求她可怜可怜自己——应该是吉列尔莫,路易莎和玛尔塔唯一的弟弟,也算是幼小的格洛丽亚的弟弟吧,尽管他从来没见过这个姐姐,甚至可能都不知道她的存在。他也戴着墨镜,衬得脸部更加苍白憔悴,肩膀耷拉着,他看起来很年

---

① 建筑输水管道喷口终端的一种雕饰,一般雕刻成动物或鬼怪模样,作用是把屋顶流下来的雨水通过嘴上的孔洞排出,以免雨水沿着建筑物的墙壁流下来。

轻——可能刚结婚没多久——尽管他的发际线明显开始后移,这点倒是一点没遗传到他父亲,可能是母亲家族里的男人都这样,估计他叔叔和表哥们的前额也都有些秃了。我没看出来他哪里长得像玛尔塔,他也不像路易莎,大概父母们在生最后一个孩子的时候都比较随意,不会特别努力地想把自己的基因传给他们,于是就把这个重担丢给了某个想将个人特点留在人世的任性的祖先手中,任他掺和进那些还未出生的孩子的世界,更确切地说,还孕育在腹中的孩子的世界里。他是个有点怯懦的年轻人,不过我这么说也没什么根据,我就见过他这么一次,在他姐姐的葬礼上,还看不清他墨镜下的双眼;他确实是一副很迷茫的样子,好像害怕自己也突然死去一样,大概是人生中第一次遇到这样的事情,他的妻子明显更为强大和挺拔,挽着他的手臂,好像妈妈牵着孩子过马路一样,当象征性的泥土落下时,她并没有握紧丈夫的手安慰他,而只是冷漠而又不耐烦地忍受着——一只手叉着腰——兴许是觉得无聊吧。这位新婚男子的鞋子粘了泥,一定是刚刚踩到墓地的水洼里了。

　　德昂也在人群里,我一下子就认出了那张令人印象深刻的脸,尽管他已经剃光了婚礼时留着的胡子,尽管岁月的痕迹多多少少印刻在他脸上,同时也放大了他本就很鲜明的特征。他两只手都插在风衣口袋里,是那件没带去伦敦的灰蓝色风衣,我在他家里见过:那是件不错的衣服,不过他显然还是觉得冷。德昂没戴墨镜,眼里看不出有任何惊讶。他又高又瘦——可能也没那么高瘦,只是显得那样吧——脸也很长，和他的身高倒是挺搭，有着饱满的下巴，像某个连环画里的英雄，或者说像某个有着美人沟下巴的男星，加里·格兰特、罗伯特·米彻姆、麦克莫瑞也是这样的，德昂的脸看起来却一点都不蠢，这倒是跟喜剧王子格兰特和恶魔专家米彻姆不太相像。他的嘴唇很薄，虽然毫无血色，却清晰可见，苍白得一如他的肤色，面颊有些凹陷，再过些年月就会变成皱纹，其实已经开始有些端倪了，像是木头上浅浅的刻纹一般（有一天他的脸会变成学校里被孩子们乱刻的书桌）。他栗色的直发向左偏分，看得出是他精心梳整过的，也许只是简单地用梳子沾了水，如同过去年代的孩子们常做的那样，他的童年应该跟我处于差不多的时期，有些习惯是怎样都不会忘记的，无论我们到了哪个年纪，也不管时间如何匆匆流逝、一去不复返。那时候的他（我觉得应该说任何时候的他）表情庄重又严肃，好像在思索着什么，或者说，那是张所有表情都一目了然的脸，一张也许瞬间就能看到变化或者扭曲的脸，好像永远都能看到期望，从不会迟疑不决，这一秒还在宣告着他的残酷无情，下一秒就开始诉说怜悯之心，接着还有嘲笑、忧郁，甚至包括愤怒，尽管并没有哪一种情绪是被完整表现出来的，但那张脸，就算是在平常的状态，也如此神秘而有力，或许都是源于他自己那矛盾的内心，绝不是刻意而为：挑眉带着讥讽之意，率真的双眼透露着端正之风，怀有虔诚的信仰，还有一丝无法掩盖的自负；德昂的鼻子又大又挺，好像从双眼间的山根处到鼻梁尽是骨头一样，鼻翼倒挺宽厚，看起来应该是个易怒的人，也可能代表着慈悲的胸怀；干瘪紧绷的嘴唇，犹如拉紧的胶带，只有不知疲倦的阴谋家或者预言家才会有，不过也同时代表着他的从容，意味着他可能会出人意料，也表明他有着强大的共情能力；原本看起来充满叛逆的下巴现在却有些萎靡不振，像是一把无刃之剑；尖尖的耳朵好像随时保持着警惕，想要听清远处那些没有发声的秘密。然而他并没能在伦敦听见什么，床单摩擦的沙沙声（虽然我并没有碰到），晚饭间盘子的碰撞声，抑或杯子被倒上马拉蒂克庄园红酒的叮当声，他都没听见，死亡的震颤、焦虑的激增、不安或绝望的呻吟、恐惧和后悔的嗡嗡作响、气喘的哼唱，还有被发现和认定的那场饱受非议的死亡，他全都没听见。也许他的耳朵忙着去鉴别伦敦嘈杂的声音了，忙着去听他的床单摩擦后的沙沙声、盘子的碰撞声、玻璃杯的叮当作响，忙着去听伦敦刺耳的汽车鸣笛、双层巴士的轰鸣、夜生活的喧闹，还有印度餐厅里混杂的各种语言的交谈，忙着去听其他的一些不一定致命的哼唱的回声。"我没企图什么，这不是我想看到的"，我站在我那一九一四年的墓前心里默默地对他说，突然，德昂抬起了眼，向拿着烟观察着他的我看了过来。他虽然直直地望向我，却丝毫没有改变脸上那顾虑重重的表情，我能看清他啤酒色的细长眼睛，眼神清澈，如鞑靼人一般。我觉得他并没有在那一瞬间看见我，虽然他的眼神扫了过来却没做任何停留，像是绕过了我或忽略了我，接着便又开始盯着那个让我开始有些惶恐的墓穴或者说洞口、深渊，除了保持严肃之外，德昂大概还感到了一丝不适，拉着他奇怪的长脸，像是被迫参加了一个只有他一个男人的女性派对，他是必要的入侵者，但其实也只不过是个陪衬而已。他是这场派对的新成员的丈夫，派对是以她的名义（确切地说是纪念她的名义吧，他已经成了鳏夫了）举办的，来了不到三十人，其实我们哪里会认识这么多人呢。德昂是永远不会躺进这块墓地的，他和里面的人并没有血缘关系，兴许他很快就会再娶，那时唯有他们的儿子欧亨尼奥能证明或者让人记起这五年的婚姻和同居生活了，无论是现在还是将来，即便随着时间的流逝，他将不再是当年的小男孩，即便玛尔塔在通往灰飞烟灭的旅程中渐渐消散、渐渐暗淡（每个人能留下的太少了，能被记起的也只有一点点，而在那仅有的一点点里，大部分内容却永远不会再被人谈起）。德昂和我看见的照片里的他太像了，甚至连咬下唇的动作都和他在婚礼上对着相机时一模一样。当那些象征性的泥土落在他妻子玛尔塔身上时，我看见他把手从风衣口袋里掏了出来，抬到了太阳穴的位置——可怜的太阳穴；他的双腿支撑不住了，瘦高的身子像是立马就要晕倒在地上，如果不是好几只手同时扶住了他，还有好些人大声叫他，他一定会晕倒的——估计会趔趄一下，然后瞬间滑倒在墓穴口：还好后面有人抓住了他的后颈——是后颈，还有人拉住了他那件不错的风衣，他旁边的女人看见他膝盖快要着地便立马扶住了他，那一瞬间他的膝盖似乎支撑着他全身的平衡，像是把在木头里没插稳的刀，手却还按着自己的太阳穴，根本没法阻止自己往前倒去："明天我要重压在你的心头；你的钝刀就要落地。"幸好他被周围的人扶住了，随后他欠起了身子，掸了掸风衣，揉了揉膝盖，用一只手理了理头发，便又立刻把手插回了口袋里，脸上恢复了思索的表情，不过现在看起来却更像是感到疼痛或者窘迫。见他瘫软的情形，一个掘墓人停住了手里的活，装满土的铁锹停在半空，德昂这一打破死寂的踉跄让这位掘墓人定定地站在那儿，像是一个工人的雕像，确切地说是个矿工的雕像：握着的铁锹停在空中，宽阔的裤管，短靴，围在脖子上的毛巾，还有一顶破旧的帽子，厚厚的白袜滑到了短靴里。看那样子，倒也像个锅炉工，只是没有炉子。等德昂一缓过来，他又继续开始干活儿，将铁锹里的土撒在墓里。但因为刚刚的停顿，他有点失去了方向和节奏，不小心将一些土溅到了德昂身上——风衣上——早些时候他走近墓穴口想看上一眼，之后便没换过地方。胡安·特耶斯瞟了一眼，明摆着有些恼火，虽然我并不能确定他到底是在针对德昂还是针对那个掘墓人。

就在那时我看见了——或者说认出了，注意到了——那位戴着米色手套抓住德昂的女人，就是德昂的那位邻居，我已经见过她两次了，一次是凌晨时分我正准备离开位于斯梅拉伯爵大街的那栋公寓大楼的时候，而她正忙着争吵或亲热，另一次是我站在出租车旁，戴着珍珠项链的她正将手包扔向后排座位，随后驾车离去。我突然被一种无用的恐惧感袭击，立马转过身去，如果她已经认出了我，那再怎么样也为时过晚了（三天内我们将第三次碰面）。经历了几秒钟本能的恐惧之后，我回过身（反正我还戴着墨镜，而且现在也不是晚上了），尽管我仍然感觉自己正被她盯着甚至打量着，像是想确认是我（一个无关紧要的人）一样，但我没从她栗色的眼里看到怀疑的迹象，也没有害怕或困惑，恰恰相反——可能她以为我也是某个邻居或亲戚，某个住得有些远的考虑周到的老朋友——可能只认识死去的玛尔塔——来参加葬礼，却远远地守着。她一定是这么想的，因为当墓碑盖上洞口的那一刻（就像我用床罩和床单盖住玛尔塔那样），人群便开始撤离了（尽管他们撤得很慢，相互间还不忘打个招呼，简单交流几句，好像不舍得离开他们亲爱的玛尔塔的永居之地），而她，去取车经过我时，却对我说了句"你好"，带着似笑非笑的悲伤表情，我回了同样的话，兴许也带着同样的表情，我看着她迈着轻盈优雅的步伐离去（我再次注意到了她的腿），身边还陪着一位好友或是姐妹和一位年纪稍长的女士。这次短暂的相遇让我鼓起勇气离开"我的"那个坟墓（是它救了我），默默地混进参加葬礼的人群里，和他们一样朝出口走去。玛尔塔的父亲还没离开：他站在那儿，一只脚搭在邻近的一块墓碑上，他看见自己的鞋带松开了，只是用食指点了点脚，什么都没说，却像是在控诉着什么；可能是这位"尊贵"的先生体积太大，身体站不稳，没法弯腰够到鞋带，他的女儿路易莎只好单膝跪在地上（她现在已经不哭了，她还有别的事儿要忙），给他系起了鞋带，不像是他女儿，反而像是变成了他的母亲一样。有三四个人停在那儿等他们。这时，我听见身后一个电动剃须刀般的声音喊道："别告诉我你没开车过来，该死，你说现在该怎么办？刚刚是安东尼奥载我过来的，我想着你肯定会开车来，就让他走了。"我没有回头，但是我放慢了脚步，好离他们近一些，离那个声音如电动剃须刀般的男人和他身边的女人近一些，我听见她立刻回答道："没事的，我们可以随便搭个便车，而且外面肯定也有出租车可以坐。""放你的狗屁，哪里会有出租车！"说这话的时候，他已经走到了我旁边，我开始用余光瞄他，他是个塌鼻子的男人，也许是那副过大的墨镜衬的；"墓地门口还有出租车？你以为这是哪儿？皇宫门口啊？你自己看看有没有车会来这里，真亏你想得出来！""我以为你会开你的车来啊。"她回答说，也同时超过了我。"我跟你说过我会开车来吗？我说过这话吗？很好。"男人用带有恐吓的语调结束了争执。他中等身高，体格健壮，一看就经常去健身房或者游泳池，而且明显粗鲁专横、缺乏教养。他肯定也不懂得一些基本礼节，或是根本不在乎，参加葬礼还穿着一件浅色的衣服（不过德昂也没穿黑色的丧服）。他的牙齿很长，像两天前的晚上我在比普斯打电话时遇到的那个男人一样，然而他们并不是同一个人，只是同一类人：那些一贯衣着讲究的有钱人，讲话往往粗俗无比，马德里能找到成千上万这样的人，名副其实的暴发户，他们接管了这个城市，像一场永远无法被消灭的瘟疫，没有一个人能把马德里词尾的"d"发对。眼前的这个男人大概四十岁左右，肥厚的嘴唇，宽大的下巴，乡下人的皮肤无疑揭露了他的出身，就算再怎么想遗忘或抹去也无法完全割裂的出身。他头上涂了发蜡，头发向后梳着，一副绅士的模样，不过能说出前面这些话的显然不是什么真正的绅士。"知道是哪个家伙做的好事了吗？"我跟在他们后面的时候，他声音变小了些——好像是从牙缝里挤出来一样，听起来像吹风机的嗡嗡声。他妻子伊内斯，那位法官，或者药剂师还是护士来着，也随他降低了声音："还没什么消息。但他们也才刚开始调查，爱德华多肯定能找出是谁的。不过维森特，他们不想这件事被人知道，拜托你这次也小心点，就这么一次，别到处跟人张扬这事。""他一定是个大嘴巴，"我心想，"所以他总有事情要告诉别人。维森特，我这次可帮你了个大忙，你得谢谢我把录音带拿走了，算你走运，当时是我和玛尔塔在一起的。""反正总有一天会人尽皆知的，"维森特不屑一顾地回答说，"大家都喜欢讨论这些事，到时就没什么可小心的了，嘴巴紧也不一定是什么美德。可怜的玛尔塔。他们也许能一直瞒着她父亲，不过其他人就很难说了……反正大家总有一天也会忘记的，没什么能一直不变，现如今也就嘴巴紧能表现出一个人的谨慎个性了，我的意思是，时间会带走一切。你去问问谁能让我们搭个便车，看看谁的车有空位。"他耸耸肩，穿好了外套，又伸了伸脖子。他平时不舒服的时候也一定会用类似的姿势调整自己。参加葬礼的人陆续走到各自的车前，我也混在其中。伊内斯前去询问谁能载他们到市中心，他们从我身边走过的时候，伊内斯一直被维森特挡着，所以我一直没看清她，她依然走得不紧不慢，腿部肌肉明显，像是运动员或美国人的腿，腿肚子随时都会炸开一样，有很多男人喜欢这种腿，我却觉得一般。她穿着高跟鞋,其实不应该穿的。我觉得相比警察、药剂师或护士,她更像是个法官。也许答录机里那个带有稚气的哭声就是她的,是她在哀求玛尔塔("拜托……拜托……")离开她的丈夫。如果真是这样,那她的愿望已经实现了:"玛尔塔的死真是让我开心又难过,我该如何庆祝呢。"维森特此刻却插着手站在一旁等着,一边和某个已经坐进车里的熟人点头致意,一边还吹着口哨,估计他都没意识到自己在做什么,彻底忘了自己还在墓地里,他看起来情绪没受到影响,也完全没在担心什么,显然他听闻了那盘录音带被拿走的事情,之前他还留言骂她"白痴",如今却转口变成了"可怜的玛尔塔"。"我有你的把柄",我心里念着,"我有你的把柄,虽然它也会把我自己暴露出去,会让我不能再当一个无关紧要的人。"伊内斯站在一辆车子的旁边,不停地给他手势,示意他赶紧过去,大法官找到可以搭的便车了。我回头看了看特耶斯、德昂和路易莎:老父亲和妹妹都还在过来的路上,两人相互搀扶一起走着,有些艰难,父亲的鞋带已经系好了,马利亚·费尔南德斯·维拉和吉列尔莫紧跟在他们后面,免得这位体积太大的老人突然间趔趄或是摔倒,也防止自己踩进水洼里。德昂已经到了停车的地方,他打开车门,站在旁边等着,看着妻子的家人慢慢朝自己走来,也看着坟墓的方向。应该只是在看刚刚封好的墓吧。终于,他的妻弟、弟媳和妻妹搀扶着岳父大人走到了跟前,他们四人上了另外一辆车,司机是吉列尔莫,而德昂停顿了好几秒钟,手撑在车门上,这会儿显然没什么人要等了,他有些顾虑地望着刚刚的方向，眼神有些放空。接着他钻进车里，关上门，发动了引擎。他是独自一人开车回家的，车里没载任何人，空出了很多位子，伊内斯和维森特完全可以搭他的车。"其实他可以载我一段路"，我脑子里冒出了这个想法，所有人都驾车离开了，我也准备出发，这会儿才突然发觉这里可不是皇宫。我立刻醒悟过来："如果他载了我一程，那我同样没法继续做一个无关紧要的人了。"

从某种意义上来说，一个月以后，我不再是个无关紧要的人了，从另一个角度来说，时间耽误得更久些，对德昂来说多了几天，对路易莎则是多了几个小时。我是指一个月后，特耶斯和他的女婿还有他的小女儿（或者说唯一活着的女儿）开始知道我的存在了，他们记住了我的名字和脸，我甚至跟他们吃了午饭，不过那个见证了玛尔塔的死甚至参与其中的男人在那顿午饭里却仍然像是个无关紧要的人一样，虽然我非常确定那个无关紧要的人就是我，但对他们来说那人仍只是模糊可疑的，不管知不知道名字、清不清楚脸是什么样；不过对特耶斯来说不是这样，他甚至不清楚女儿是怎么死的。

通过特耶斯，我几乎在同一时间认识了他的两个孩子，而他本人呢，我是通过几次冒充一个朋友的机会才得以认识的，之前我一直只有声音出场，现在不得不亲身出战了，不过不同于之前，这次是我的本意。这位朋友叫作——确切地说是他让别人称他为——鲁伊韦里斯·德托雷斯，外表不太好看。他是个很勤奋的作家，听觉灵敏，才华平平，运气着实很差（在文学领域来说），因为别的那些不怎么勤奋、听觉迟钝、毫无才华可言的作家都被推举成了文学大家，已经获赞获奖无数了（当然是文学奖项）。他年轻时出版过三四本小说，不过那是很多年前的事情了；第一本和第二本还曾小获成功，但这成功尚未停留多时便很快消失了，尽管他本人并不算老，他的名字却只有老人们听着耳熟，也就是说，他是那种已经被时代所忘记的作家，只有少数已在行业内摸爬滚打多年的人还稍有印象，这些人从来不求新求变，过着漫不经心的日子，守着根深蒂固的观念，可能是跟文学工作有关的公务员、老朽的评论员、爱记仇的老师、喜欢听奉承话的退休学者，还可能是那些出版人，对麻木不仁的当代读者无尽的指责成为了他们自己游手好闲、无所事事的最好借口，面对一代代新的作家，他们依然故我。鲁伊韦里斯已经好多年没出过作品了，我不清楚他是已经放弃了，还是在期待着能被所有人忘记，以便重新开启职业生涯（他不太跟我聊起他的计划，不是为了保密，也不是因为他傲慢）。我知道他有些不为人知的事情，也知道他是个夜猫子，他靠着几个女人生活，确实，他挺受女人欢迎；在那些他瞧不起的人面前，他知道克制自己的刻薄，而同时，在必要的时候，他又很懂得阿谀奉承，他认识形形色色的人，而这些人中的大部分却并不知道他是或者说他曾经是个作家，他从不炫耀这点，也并不试图挽救自己失去的种种。有些场合里他的外表不怎么样：在廉价的酒吧里，在不是很时髦的夜店里，或者在露天舞会上；他的长相在私人派对上都还算说得过去（尤其是夏天时在游泳池边的花园里举办的派对），而且看起来还像是会斗牛的样子（圣伊西德罗节①的时候他都会买整季的斗牛票）；他能如鱼得水般游走在电影、电视和戏剧圈里，尽管他一副不入流的样子，他还很受某些粗鄙冷酷的记者的欢迎，这些人都属于支持或反对佛朗哥②的陈旧流派（前者粗鄙，后者冷酷）。但他并不是他们中的一员，因为他至少装扮得干净整洁，甚至有点得意于自己的外表。不过对他真正的同行——其他的作家而言，他却像是个非法的侵入者，他们也是如此对待他的，他爱说话、爱开玩笑，每天也都是笑眯眯的，在他们面前一点都不用避讳自己不得体的言行。在官方场合或政府机关里，他的出现常常会让人不安，这也给他自己带来了一些问题，因为他的一部分收入正来自这些官方机构。他的写作风格是如此严肃，就像他的说话方式总是那么不羁，他无疑是那种对文学有敬畏感的人，当面前摆着一张白纸的时候，会完全摒弃自己放浪的个性，不会在那庄严无比的白纸上呈现出哪怕一点点的不恭敬，不容许出现任何的玩笑、粗话、蓄意的错误、狂妄抑或无耻。他从不用言语刻画自己真正的个性，也许是觉得这根本不配被记录下来，担心会玷污这高尚的行业，然而也有人说，在这一行里只有无耻之徒才能自我拯救。向来玩世不恭

---

① 马德里最盛大的节日之一就是5月15日的圣伊西德罗日，圣伊西德罗不仅是马德里的守护神，也是农业劳动者的守护神。圣伊西德罗节前后也是马德里的斗牛季。
② 西班牙内战期间推翻民主共和国的民族主义军队领袖，自1939年开始到1975年独裁统治西班牙长达三十多年。

的鲁伊韦里斯·德托雷斯把写作看得如此神圣（也许这也是他鲜有功绩的原因吧）。在人文主义的大环境下，他浮夸的风格正适合无人问津的演讲，宣读的时候没人会听，第二天发表在报纸上的总结也没人会读，说白了就是为某些部长、主任、银行家、神职人员、行会或基金会的主席、名声大噪或偎慵堕懒的学者和其他一些伟人们准备的演讲（也包括会议报告），他们时常过分担心自己的智者形象和才华，然而除了他们自己，从不会有人注意到这些，甚至可以说都不知道有这些文稿的存在。鲁伊韦里斯从来不缺活干，尽管他很久没有出版东西了，但确实从未停过笔，更确切的说法是他过去一直在写作，因为最近撞了好运做起了一大单灰色交易，整天忙着和一位富太太打交道，她倒是真心崇拜信任他，于是他又过起了懒散的生活，拒绝了大部分别的工作，其实是接了工作然后转给了我，赚来的钱分给我四分之三，我才是真正活在阴影和秘密里的人（虽然不是什么大秘密），然而我的教育背景一点都不比他差。他以这种方式在文学界化身成枪手，而我，则成了枪手的枪手，双枪手，阴影的阴影，双重阴影，无关紧要到可有可无的人。不过这对我来说也不稀奇，我写的大部分剧本（尤其是电视剧的剧本）也不会带我的署名：制片人、导演或男女演员们通常习惯用额外的报酬把片尾字幕上我的名字换成他们自己的（这样更让他们有原创的感觉），我不也是枪手吗？这正是我的日常工作，也是我大部分的收入来源。不过也不是一直如此；有时我的名字也会出现在片尾，和其他四五个编剧并排在一起，然而老实说，我从未看到这些人在剧本上写过或者添上一句话，我连他们的面都没见过：这些人应该都是制片人、导演或者男女演员的亲戚，通过这种方式也许能让他们摆脱暂时的困境或填补之前因被诈骗而变得空空如也的荷包。另外一些工作，我却接得非常谨慎，这让我感到异常自豪，我会拒绝他们的贿赂，要求把我的名字分开列出来，故意放在"附加对话"这个浮夸的标题下面，好像我是事业巅峰期的米歇尔·奥迪亚一样。我知道影视圈没人在写他该写的东西，演讲报告圈也一样，当这些"篡位人"公开宣读了演讲词并获得了人们啬啬的礼貌性掌声，看到影视剧的片尾字幕里列出了自己的名字，就算这些都不是他们自己原创的，他们也深信这些借来的或者说买来的词句就是源于自己的头脑和笔尖（这其实是最严重的问题，而且并不如你所想的那么罕见）：实际上他们会把这些词句视如己出（尤其是当有人奉上赞誉之词时，管他是个奉承的听差还是侍童），他们还会从头到脚地竭力维护这些词句，从一个枪手的角度来看，这点足以让人觉得欣慰和喜悦。这些部长、主任、银行家、神职人员还有别的一些常常需要演讲的人秉持着如此坚定的态度，虽然很清楚只有自己人之间才会时刻关注和跟进别人的讲话，他们仍对对方的演讲稿格外挑剔又异常严厉，就像那些早已名声在外的小说家对待竞争对手的作品一样。（连他们自己都没意识到，有时自己正在诋毁的某个段子也正是自己找的枪手写的，虽然内容和思想上都稍作了变动，但文体风格上仍显而易见地一致。）这些人把演讲看得如此重要，想要用涨工资或发奖金来获取对枪手的独占权，甚至试图盗用——或者说偷抢——别人的枪手，比方说，当某个部长嫉妒西班牙银行副行长在一个慈善晚宴上的演讲时，或者当电视新闻里某个狂热军事家的演说被人拥护称赞，而看电视的某个股东大会主席分外眼红时。（不过这种独占权，就一个本身建立在秘密和匿名基础上的工作来说，其实完全是徒劳：枪手们会答应金主的要求，之后在机密的地下工作中，他们每一个人却都愉快地为金主的对手们工作。）有些人还会雇用那些出名的仍活跃在圈子里的作家（作家们都乐于接这种工作，有的甚至提供免费的服务，还不都是为了多接触一些人，扩大自己的影响力，好传播些消息出去），因为他们相信这些作家华丽浮夸的风格，总的来说，能美化他们的讲话，润色他们的口号，从未觉悟到这些资深的写作老手其实最不适合干这种卑躬屈膝的工作，因为他们不仅要抹灭自己的个性，更要表达和体现自己所服务的这位贵人的特色，这对他们来说其实是有些陌生的：具体而言，他们要做的不是猜测现任部长想要说什么，而是要假设自己身在部长的位置上会有些什么想说的，他们对这想法一点都不反感，也欣然接受这种假设。然而很多名人已经开始注意到一些不适的地方了，尤其是发现很难代入那些夸夸其谈的慷慨陈词，比如"人类，既可怜又不幸的动物啊"或者"突破世界的禁锢，创造自我的实现吧"，这些句子无疑让他们脸红羞愧。所以说鲁伊韦里斯·德托雷斯或者像我这样的写手才是最合适的人选，我们有文学功底，却通常隐姓埋名，我们懂句法，了解词汇，会模仿；我们还可以在必要的时候抛弃自我。我们并不野心勃勃，也不常被好运眷顾。尽管运气本身是会变化的。

有些时候，某个名人会通过中介寻找代笔的人（他们通常要维护自己远离世俗的形象），但又想亲自见到枪手以便直接给他一些指示，或者说让他被自己的人格魅力感染，当然也是出于一种欠考虑的好奇心，鲁伊韦里斯就是因为这个陷入了困境。他知道自己长得不太行，不是衣着、讲话或者行为举止的问题，而是整体风格和气质的问题，当然，这就很难改变了。并不是说他穿了件不合身的衣服，或者发型太过怪异（为了掩饰秃顶，特意在脑门前留一撮头发），也不是说他因为不洗澡而有异味，或者脖子上挂着一条粗金链子，这些都不是他的问题。很简单，他那种流氓的本质自然而然地写在他的脸上，透露在他的手势、步伐、性格和抑制不住的口才里。只要一个人稍作观察，就不可能被他欺骗，不是说鲁伊韦里斯不想骗或者不会骗，而是从你看着他走来的第一步开始，你就能看穿一切，就算他的目的并没有那么不老实。不过鲁伊韦里斯却很走运，身边总是有容易分心和粗心的人，所以他已经成功地骗过几个男女，而且他还在继续；但他知道面对多疑或者谨慎的人，自己是永远没有机会的。（他总是混迹于那些他喜欢的人群中，那都是些天生倒霉的人，自负的男人们和天真的女人们。）他既然没办法伪装自己也就只好放弃伪装，他总是跟着自己的直觉走，深信自己诈骗的对象们纯洁的本性，如果恰巧有某个达官贵人要接见他，好给他上一课顺便调查一下他，再嘱咐他一些演讲或者文章的具体要求，随即就会发现自己面对的是个穿着矫饰又略显轻佻、香味刺鼻、打扮花哨、体格健硕的人，还常挂着异常热情的微笑，露出又白又方正又健康的牙齿，发型倒是挺有魅力，头发往后齐梳着，只在太阳穴处留了弯弯的鬓角，稍显厚重又不失正统，但那少量的几根银发还是没法让他变得体面一些，因为看上去像是染的（音乐家们经常是这种发色），他待人友好，也经常滔滔不绝，一点也不谦虚，异常乐观，是个开朗的人，喜欢逗大家笑，空有满脑子的计划和建议，尽管根本没人向他咨询过，他却不断有新点子冒出来，过分活跃到让人有点不知所措，所以不可避免地给人造成太过火的印象，很可能会做些超出你要求范围的事情，总之，绝对是个麻烦制造者。鲁伊韦里斯的睫毛又长又卷，鼻梁又直又挺，微笑或者大笑的时候（他确实经常会笑）上唇会轻轻上扬，在那里似乎能看见他内心最柔软的地方，也刻画出了他那张自然而无可争辩的贪淫的脸（难怪他能俘获那么多女人的心）。他总是挺直腰背，以便展现出自己平坦的小腹和发达的胸肌，站的时候习惯双臂抱胸，两只手交叉搭在另一侧大臂的二头肌上，像是在抚摸或测量一样。不管他穿了什么，别人都以为他穿着紧身衣和高帮靴；我想我描述得应该够多了。事实就是当对手们看到他的时候，通常都会吓一大跳，赶紧用手扶着脑袋："哦，不会吧！"这句话据说出自法国某位前任大使之口，他本来要找鲁伊韦里斯写篇精致的国际演讲稿。"你们这是给我找了个马赛人吗？找了个牛郎吗？还是逃犯贝贝[1]本人？要我说，你们是要把我甩手给男妓吗！"他最终想到了准确的词。这位大使完全不听解释，也拒绝看鲁伊韦里斯之前写的东西，立马辞退了他，又惩罚了中介。有位文化部部长之前已经找过他好几次，他也都出色地完成了任务（三个零瑕疵的演讲，无聊和空洞是基本准则，不过全文穿插着来源新鲜又颇为有趣的引用），但某天在办公室会见他之后，却决定再也不雇用他了：那次见面也只有几分钟，不过鲁伊韦里斯为了博得部长的欢心，告诉他自己常常引用的作家是哪些人，这立刻激怒了部长，因为这无意中提醒了他，自己并不是这些完美演讲稿的作者，直到那一刻之前他还怀揣着这一信仰，多亏中介完美的隔离手段（即便枪手就在他面前），此外，这也说明了他自己根本没贡献什么，除了些含糊的词句，他也没什么好奇心，所以并不了解自己口中念的名字到底是谁，只知道这些人给他带来了掌声，尤其是下属们的掌声。据说他之后跟这些鼓掌的下属们说："这个鲁伊贝瑞很可疑，我觉得他是个骗子（他是用英文读出的"贝瑞"），我完全不想知道关于他的任何事情，他就是常把名人挂在嘴边还装作对他们很熟悉的那种人，绝对是的；他不过就是提到些大家都没听过的无足轻重的作家，你怎么知道他不会放些乱七八糟的东西在演讲稿里让我们丢脸呢？告诉那个贝利先生（这次他又把名

---

[1]《逃犯贝贝》是一部1937年的美国影片。主人公是巴黎一个生长在贫民窟的盗匪集团的首领。

字发成了法语的发音,还重读了最后一个音节),我们再也不需要他的那些服务了。给他钱让他闭嘴,再给我找个枪手来,可别再是个打扮得跟沙滩男孩一样的了。"鲁伊韦里斯必须等到这位部长哪天被撤职了,才有可能再次接到文化部的工作。他得到了教训,已经很长时间不再答应雇主们会见的要求了,更确切地说,只有在没办法的情况下他才会答应,还是在中介默许的情况下让我代替他出席,中介们都很清楚一个看起来整日裹着浴袍或者紧身衣的健美男人会让议员和教皇使节感到不适和厌烦(我的打扮通常有礼有节,一点都不会让人感到不安)。所以我不仅常常替他捉刀,有时甚至代他出现:虽然我一点都不情愿,因为和上层社会的人打交道实在很折磨人。

这也是我向鲁伊韦里斯打听关于尊贵的胡安·特耶斯·奥拉迪"阁下"的事的原因,他认识这么多人,几乎什么都知道。遗憾的是他并没见过真人,只是听说过这位,于是给了我一些大概的信息:

"他是美术专业的学者,应该也是历史专业的,"他说,"所以才有'尊贵的阁下'这个称号,不过也有可能是因为别的事情获得的,的确很有可能,他和王室一直有接触,也许死之前还会被授予某个贵族头衔。虽然他早退休了,但仍然在为王室服务,他是个很好的侍臣,二三十年前典型的侍臣就是他这样的。他没写过什么大作,我是指书之类的,不过也算有影响力,或者说曾经有过,直到现在还时不时地在一些报纸上发表些令人费解、卖弄学识的文章。我猜他从来不会缺席美术学院的活动，因为别的能参加的活动似乎越来越少。他已经走在告别人生舞台的路上了，不过毫无疑问，他和大多数人一样对此极其抗拒。和王室保持接触是他坚持往下走的动力；据我所知，他们满足了他的很多要求，这也很合理。我知道的也就是这些了，你觉得够了吗？你干吗想知道这些？"

鲁伊韦里斯跟我说了这些，当时我们坐在吧台前，那是玛尔塔·特耶斯下葬的第二天。我没提玛尔塔的死讯，似乎当下不是很合适。他给我提供的信息让我心生疑惑，怎么会只有三十来个人去了葬礼，我也没在那儿看见任何电视或者报刊里熟悉的面孔。也许是因为她死得太难堪了，家人们只想举行个私人的小型悼念仪式，然而，他们又把讣闻登在了报纸上，不过只是下葬当天的早报而已，人们一般都不读早报，至少大清早的时候不会读；或许通过这种方式，他们感到自己已经履行了社会责任，同时又躲开了可能出现在葬礼上的那些好问多事之徒。

"现在还不能告诉你。"我回答他说。过去的时间还不足以让我的死亡化作一段逸事（是玛尔塔的死亡，我说是我的，只是因为我目睹了一切，并不代表真的属于我，更不代表是我造成的），我知道鲁伊韦里斯对他的朋友们都很忠诚，但我现在还不能完全地信任他。他有张友善的脸，这么多年来我越来越喜欢他，但他仍让我有些不安和焦虑：跟别人一样，不管他穿什么衣服，我都觉得他穿的是紧身衣。那天我也同样有这种错觉，尽管我们当时都穿着冬装,有些不舒服地坐在吧台前的高脚凳上,那是咖啡厅和酒吧里他最爱的位置,好像坐在那儿就能永葆青春似的,同时又好像能控制全局,一旦出了什么情况,能立刻起身逃走。我似乎看见了他大清早从某个破屋子或者赌场里匆忙跑出来,衣服的扣眼里还插着花。花甚至有可能还叼在嘴里。"那德昂呢?你了解他的事吗?爱德华多·德昂,"我注意到鲁伊韦里斯滞顿了一下,好像不是第一次听到这个名字,"爱德华多·德昂·巴耶斯特罗斯。"我补充完整了他的全名。

鲁伊韦里斯用舌头轻轻扫过他那上翘的上唇(只有这时他才陷入沉思之中)。接着他摇摇头。

"不认识。"

"你确定吗?"

"确定,我从来没听过这个名字。刚才有一瞬间我感觉这姓氏挺耳熟,不过应该不认识,不然我应该能想起来些什么。你也知道,有时我们对某个词感到熟悉,仅仅只是因为它刚刚被提到而已,近在眼前的此刻会有如遥远的过去。刚才我应该就是这种感觉。他是谁啊?"

鲁伊韦里斯没法不问这个问题。他这么做既出于莽撞和冒失,又出于长久以来的好奇心,还因为对朋友的信任,他知道如果我不想回答他,自然什么都不会说,这点我们都很清楚,当然我也确实没回答他。

"我也不是很清楚,只知道他的名字而已。"这倒是真的,我知道他已婚，现在成了鳏夫，但我不清楚他是做什么的，玛尔塔曾经好几次用自然而然又有些不满的语气提到他的名字，不过说的都是夫妻、家庭里的琐事。前两次见面的时候她也从未跟我谈论过自己的丈夫，她好像并没有想隐瞒自己已婚的事实（她确实也没有隐瞒），但她也不想把重点过多地放在这方面。"你听说过特耶斯家里的其他人吗？路易莎·特耶斯？吉列尔莫·特耶斯？"

"吉列尔莫·特耶斯？那应该是威廉·退尔[1]的儿子吧？他是不是头顶苹果的那个？那个需要他爸一箭射中的？"鲁伊韦里斯似乎忍不住了，必须得说出这个笑话。他跷着二郎腿，开心地拍着一条腿的膝盖。甚至在不懂欣赏他笑话的人面前，他也克制不住自己，总是开些有的没的的玩笑，所以总让人感觉非常糟糕，这也是他的问题之一。他停了下来，等着我用微笑回应他的笑话，然后才继续。"倒是听说过这个家伙，"他补充了一句，"不过他的名字不是吉列尔莫。你说的这些人都是谁啊？特耶斯·奥拉迪的孩子们？"

"对。"我还准备补充说是"他还活着的孩子们"，不过我没说，这只会引发我朋友更多的疑惑。"有没有什么办法能让我见到他们的父亲？"

鲁伊韦里斯好像被引爆了一样，突然大笑了起来，嘴角上扬露出锃亮的牙齿。他用嘲弄的眼神看着我，两只手抓住脖子上的

---

[1] 瑞士民间传说中的英雄。在西班牙语中，"威廉·退尔"（Guillermo Tell）与"吉列尔莫·特耶斯"（Guillermo Téllez）拼写相近。

围巾，尽管明明在室内，且还有暖气，他也没摘下围巾，为了留着当装饰。（他抓着围巾好像是为了在突然发出的笑声中固定好自己一样。）围巾还和裤子相搭配，都是奶白色的：颜色倒是很漂亮，不过好像更适合春天。他的黑色真皮长款外套搭在旁边的凳子上，他偶尔会穿这件，好像从描写二战党卫军的电影里走出来的人一样，他总喜欢悄无声息地变成众人的焦点。

"你怎么有兴趣找那个老顽固？别告诉我你在王室也有工作接。"

"当然没有，你告诉我之前我根本不知道好吧。"我说。我自己也不确定是不是真的想见他，为什么要见他；不过他是整个家族里我唯一还知道点什么的人。或许我其实是想认识他的孩子们，见见父亲不正是个捷径吗？

"那德昂呢？你打听他干吗？"鲁伊韦里斯问我。

"你能把我引见给特耶斯吗？"我反问他，想赶紧继续阐明自己的诉求，也逃避他前面的问题。

鲁伊韦里斯很喜欢帮助别人，至少，他表现出来的是随时想给你搭把手的样子，这点让别人都很喜欢他，他沉迷于一个套路——思考、犹豫，然后回答说"我一定会尽我所能的"，或者"我会考虑考虑的"，又或者"我帮你安排"，再或者"都交给我吧"。他迟疑了，但仅仅只有几秒而已（他是个行动派，思考得很快，甚至不假思索），接着又跟服务员点了杯啤酒（鲁伊韦里斯是少有的几个可以在酒吧里或者咖啡厅的室外露台上拍手或是打响指的人,我从来没见过哪个服务员跟他生气或者觉得被冒犯,好像他享有某种特许权,可以继续使用这种五十年代的鄙习,不过他本人看上去好像确实属于那个年代——一定是他幼年时期模仿来的——所以他这么做才被大家理解。此时他打了两次响指,用中指和拇指,再用拇指和中指)。他放下翘着的二郎腿,站起身,如此一来,他比我高出了一截。他转身笑容明媚地朝我走来,右手拿着刚点的啤酒。

"你可以把自己伪装成一个记者,"他说,"我想这样的话,他会很乐意接受你的采访。他们越老就越容易被大家忘记,也越渴望得到别人的关注。他们其实很焦虑,毕竟所剩的时间不多了。"

"我觉得还是不要骗他比较好,他肯定会一直等着那篇永远不会被刊登出来的采访的。有没有别的办法?"

鲁伊韦里斯·德托雷斯把双臂交叉起来,手放在肱二头肌上,他站着,好像突然变得很开心,一定是突然想出了什么主意才这么开心,一个阴谋或者一个诡计。

"应该是有的,"他说,"不过得先做点细致的小工作。"

"什么细致的小工作?"

"别担心,没有你不会做的。"他又舔了下嘴唇,看起来比以往更像流氓,然后望了望四周,眼神中同时有着寻找猎物和伺机逃跑的企图。"给我点时间,我会帮你摆平的。"他说最后半句话的时候显得有点激动,这句话本身就透露了他的激动,"我会帮你摆平的"听上去就像"看我的吧""交给我吧"或者"你不用担心任何事"。"那么，你真的不打算告诉我这么做到底是为了什么？"

我想告诉他真实原因："其实我也没什么目的，最近在我身上发生了一件可怕又荒谬的事情，我无时无刻不在想着它，好像着魔了一样；我没想调查些什么，因为我知道没什么好调查的，我也没想过要拯救谁，毕竟她已经死了；我不需要得到任何东西，实际上也确实没什么可得到的，除了来自某些人的责备和无缘无故的怨恨，比如来自德昂的，来自特耶斯还有他还活着的孩子们的，甚至来自那个蛮横又出言不逊的维森特，是他让玛尔塔毫无隐私可言，其实我跟她之间没发生过什么，甚至第一次尝试就失败了。我也从未想过要取代谁或者伤害谁，没打算掠夺什么或者报复谁，我也不想赎罪，不想捍卫或者安抚我的良心，不想驱逐我的恐惧，没什么必要，毕竟我什么都没做，当然他们也没对我做什么，不好的事情或者说最坏的事情都已经莫名其妙地发生了，我没有因为任何能使人动摇的东西而有所动摇，比如调查、拯救、得到、取代、掠夺、报复、赎罪、捍卫、安抚以及驱逐；当然还有一夜情。虽然我说什么都没发生，但还是有些什么动摇了我们，我们已经很难在当时的处境里保持镇静，每一次呼吸仿佛都释放出了空洞的愤恨和欲望，还有不必要的折磨和纠缠。此刻，我不仅不想知道任何事情，而且其实我才是那个该躲起来的人，我的每一次行动、每一个脚步都会被调查，我会被强迫复述整件事发生的过程，解释清楚我每一次消极的行动和每一个恶意的脚步，'他们也才刚开始调查，爱德华多肯定能找出是谁的'，我听过这句话，而这'谁'指的不是别人，指的是我，并不是指那个叫维森特的男人，虽然这句话好像很无辜地指向了他，当然，如果我暴露了的话，那他可能也就得任我摆布了。其实我真没什么目的，只是最近在我身上发生了一件可怕又荒谬的事情，我好像被下了咒语一样，被纠缠、被监视、被再三拜访、被占领，我的脑袋和身体都被某人和那几个本可以避免的吻盘踞、搅扰，而我除了她的死，对她一无所知。"我本想把所有的这些事情都告诉他，我的开场白应该会比我给的答复更让他好奇心大增，因为我的答复实在是普通、简单又易懂：

"现在还不是时候。"

快到午饭时间，我们也该分道扬镳了，但我觉得还像早晨一样。外面正下着雨，透过那巨大的玻璃窗我们能看见那些从旋转门进来的身上被打湿的人们，他们手里还摆弄着没卷好的雨伞。这雨下得和平日里骤然落在晴空万里的马德里的其他雨如出一辙，整齐而慵懒，没有风的扰动，万分平静，好像知道自己会持续好几天，所以不必下得凶猛而匆忙。橙绿色的清晨，在更远的地方，越过市中心，再越过埋葬玛尔塔·特耶斯的区域，雨或许下得更不紧不慢了，雨滴缓缓落在石碑上，石碑被雨水无偿地冲刷洗净，直到被剥蚀一空，直到时间尽头，尽管这个墓地大部分时间都是潮湿的，但她却有遮护，她不用躲雨，不用像格兰大道上的行人们那样匆匆过街，甚至跑离人行道，想赶紧找个屋檐、商店或者地铁口做庇护，就像他们的先人们奔跑着躲避炮火的轰炸那样，手还紧按着头戴的檐帽，任凭身上的长裙飞舞，我在纪录片看过那样的场景，那是我们痛苦而不幸的内战：当年死里逃生的人有些如今还活着，有些内战后出生的人却已经死了，实在是很奇怪：特耶斯还活着，他的女儿玛尔塔却已经死了。当年应该有很多人也躲在这里的雨篷下，这个酒吧三十年代就有了，也算见证了炮火的轰鸣，目睹了半个世纪甚至更早之前那些没能逃过厄运的人们是如何殒落在满目疮痍的马德里。当年躲雨的人们如今可能正堵在我们打算离开的出口处。

鲁伊韦里斯抓了一小把杏仁扔进嘴里，担心地看了一眼他那件"纳粹"装：衣服很可能会被淋湿，真让人心烦。他说了声"不好意思"，走去了洗手间，待了好久才回来，我想他兴许是毒瘾上来去吸了两口，以备冲进雨里，任凭皮衣被打湿，也好应对那早就约好并已等候他多时的午餐，他还得趁着这个时间解决一些重要的事情，当然，只要有他参与，没什么事是不重要的。我知道他偶尔抽点可卡因让自己兴奋起来，这样才能一直麻痹自己也逗乐别人，这也给他带来了一点麻烦，尤其是和某些客户合作时，他们也产生了很大的兴趣，甚至最后会问他要点货。他依旧站在高脚凳旁，忧郁而又顾虑重重，好像为自己被一个重要的案子排挤在外而感到遗憾，而这案子的起步阶段本该完全靠他解决。

"好吧，如果你觉得这样比较好，那就什么都别说了，我们就先这样，"他说，"不过，你也什么都别问我了。事情我应该能给你办成，不过难度还是有的。给我点时间，等我有消息了再联系你。"

他挺了挺身子，秀了下自己发达的胸肌，右手抓住自己左手的手腕，像是摔跤选手在热身一样，他跟我闲聊起来，或者说，开始带我走进他最近那些滋润的日子里，当然，滋润都源于他和几个女人的相处。

在我给他的短暂的处理时间里，其实是在我们见面后的好长一段日子里，我什么都没问他，也没给他打过电话，在将近一个月的时间里我没有他的任何消息，之后我终于见到了特耶斯、德昂和路易莎，先是老父亲，再是他的女儿和女婿，后面两人我是一块儿见的。等待期间我一直遵循着他的意思，什么都没问，而在四周之后，他给我打了电话：

"但愿你还对特耶斯·奥拉迪感兴趣。"

"当然。"我回答他。

"我帮你找到了：我会把你介绍给他，或者说，你可以自己去见他了。不过你得做好准备，孩子，你可不是唯一一个要去见他的人。"

"没问题。那么你说的细致的小工作到底是什么呢？"

鲁伊韦里斯喜欢帮助别人，但他没办法忽略自己的存在，之后他在很长一段时间里都会不断地提醒你他曾给你的帮助，要求大家欣赏和赞美他的才华和努力。

"你别把事情想得太简单，像你要求的那样，我没用什么诈骗的手段：我打了无数个电话，等了一个世纪，还找了很多中介，见了他几面。总之，你要给一位'独一无二'的人写篇演讲稿了。"

"独一无二？"

"他们那个圈子的人都这么叫他，'独一无二''独唱人''孑然一身''独居者'，甚至还叫他'独行侠''孤独患者'和'寂寞先生'，他们给他起了好多名字①，你离某个伟人越近，称呼他名字或头衔的机会就越少，反正特耶斯和这位'独一无二'已经很熟了。事情进展得有点慢，你应该也能想到，不过现在一切都准备就绪：我听政府部门里的人说'独一无二'对他最近的演讲都不满意，不过我想他应该从来没满意过什么，一直都非常挑剔，他和他的顾问们已经试过各种各样的人，公务员、学者、教授、公证人、左右两派的记者、专职诽谤中伤的专栏作家、油腔滑调或者故弄玄虚的诗人、矫揉造作或者洒脱不羁的小说家、孤僻内向或者通俗本土的戏剧家，他们都太'西班牙'了，所以他一个都不满意：这些临时的枪手们都不敢埋没自己的特色，急于让文章变得恢宏磅礴，于是当'独一无二'在家中的镜子前一遍遍地演练或者面对公众一次次地宣读时，早已厌倦了自己毫无新意的声音，这么多场演讲，这么多年的统治，他已经受够了自己的演说仍不够特色鲜明、独树一帜。他想有自己的风格，像其他人一样，他很清楚从来就没人听他在说什么。他好像还想过要亲笔写点东西，但很快被阻止了，即便不被阻止，他也写不出东西，虽然脑

---

① 下文中这些称呼随机交替出现。

子里有想法，却无法落到笔头。我通过一个部门里的熟人递了几篇我们的样章给特耶斯，其实就是你最近的那几篇，他们打算让我们试一下，他们已经注意到了众议院议长的讲话还有塞维利亚主教迎接教皇的欢迎辞，完全没觉得哪里不合适。特耶斯也支持我们，他对我们挺满意的，把我们当作他的新发现，再次感到自己还有点用，因此非常开心，他确实是个好侍臣。不过'独一无二'想见见你，他就是这么麻烦。坦白说，他想见的是鲁伊韦里斯·德托雷斯，你知道我是绝不会去皇宫的。特耶斯也了解这个情况，他明白我们的战略，也知道我们有些局限性，他知道你才是那个写稿的人，知道鲁伊韦里斯其实是两个人的组合。"

"你见过他了？"我问道。

"见过了，他安排我在美术学院和他见的面。我能感觉到他一见到我就打算让门卫抓住我然后把我扔出去，他还以为我是个扒手，一个小偷，随便什么，反正就是那些招人嫌的类型，因为他当时立刻用手捂住胸前的口袋，一副撞见贼的样子。他是个挺麻烦的人，一把年纪了，不过倒也让人愉快，我早就认识他那张脸了，我在跑马场上看到他的次数比在报纸上还多，他以前常去跑马场，如今却很久不上报了。平静下来以后，我觉得他对我的印象还是不错的，他有点老顽固，但还是能相处的。所以你做好准备吧：后天早上九点特耶斯会亲自来接你，这样你就见到他，也会见到'独一无二'了，大概也就不到半小时，我不清楚你是不是还得见别人，如果一切顺利的话，你就得帮他们写演讲稿了。

我觉得他们之后也不会一直逼你给他们服务，很可能他们还是不满意，'独一无二'就是那样的人。从生意的角度来说，他们付的钱不多，相当于你把一半工夫都扔进了垃圾桶，王室很吝啬，习惯了全世界都热衷于服务他们且免费提供服务的状态。有时如果枪手很虚荣或者是很阴险的话，他们就送他一把代表皇室的刻有大写字母 R 的小刀，或者一个盾牌、一枚纪念版的硬币、一张用浮夸的相框裱好的签名照片，就是这一类的东西。不过我说清楚了，出于专业性，基本费用我们还是要收的。不过你应该不在乎吧？你就只是想见见特耶斯，是吧？"

"你也不在乎只能拿基本费用吗？"我反问他。

"我肯定不在乎啊。"

"是什么样的演讲？"

"我还不知道，特耶斯或者部门里的人之后会解释的，如果他们决定雇用你的话。可能是在国外要用的吧，斯特拉斯堡、亚琛或者伦敦、伯尔尼，我也不确定，他没说得很明白。不过这也无关紧要，对吧？反正都是些无用的东西。你的目的不就是见特耶斯吗，对吧？"鲁伊韦里斯又问了我一遍。他希望我告诉他为什么要见这个老顽固，以此回报他的帮助。其实他效率还挺高的，虽然他像惯常那样找了条最曲折的路，他总是做些超出你需要的事情，自行扩大别人对他提出的要求，他脑子里满是来路不明的点子和纠缠不清的团团乱麻。他其实可以叫我一起去美术学院的，这样我就能自行决定到底要不要答应往后的见面了，根本不必让

"独行侠"卷进来。不过现在一切已成定局。

"对,我是这样想的。"开始的时候我就回答了他这么一句,也是我自己主动想说的;不过从他的沉默里,我看出了我的回答还不够,我自己也觉得有点少,于是又加了句:"我欠你个人情,真的非常非常感谢。"

"你欠我个故事,以后再跟我说吧。"他回答道,说话的声调仿佛让我看见了电话那头他苍白的微笑:他没要求我,也没命令我。

"好的,等我准备好的时候。"我想着,也许我已经欠太多人这个故事了,用一个故事来还债,虽然只是象征性的也不被人强迫,没人能向陌生人强求一些自己不知道的东西,也没人能强求那些自己不曾听说的已经发生的或者正在发生的事情,因此更没法强求这些事情被揭发或者被中止。这个故事,我欠忙碌又爱打听的鲁伊韦里斯的,也欠德昂——玛尔塔的丈夫的,他刚刚开始调查并且注定会找到我;可能也欠无所事事又顽固的特耶斯和他的两个还活着的孩子的,他们之中没有人会想听到这个故事,但马利亚·费尔南德斯·维拉,一个和这个家族只有姻亲关系的人,也许会想听到,还有那个易怒的维森特也无疑会兴趣十足,尽管他也许宁愿自己来说这个故事,而伊内斯一定会觉得震惊万分;或许我还欠了一个人,那个站在斯梅拉伯爵大街某栋公寓楼门口的年轻女子,我曾打断了她的争执、告别或是亲吻,尽管她可能根本不会问起这个故事或者问起关于我的事情;还有那个前台,伦敦威尔布拉汗酒店值夜班的那位，我也欠他的，我曾在深夜和凌晨两个时间段因为这个故事打扰到他。我也欠欧亨尼奥这个故事，那个小男孩，如果当晚有人把他带到别的地方去的话，他现在也应该回家了，回到他自己的房间，不过他和他的迷你兔可能会再次受到威胁，威胁就来自头顶那一架架悬挂在绳子上的平静的飞机——毫无生气地摇晃着——当他们慢慢入睡，就会梦见下落不明的妈妈变得越来越轻，乘着这其中的一架飞机缓缓离开，孩子也跟着着了魔。除非他也准备好起飞，飞向自己的瓦解、幻灭，很快，烟消云散。

我和特耶斯乘坐他那辆显然属于官方的车提前到达。不过"独一无二"却让我们等了许久，大概是因为他的职务和地位吧，我猜他出席所有的日常活动应该都会迟到，迟到的时间长了可能还会在最后一刻取消活动，以这样突然的方式找回自己的守时性来恢复自己的时间安排，这一连串的影响和这种为消除影响而采取的冒险方法都让我觉得是种诅咒，我现在很清楚地意识到，虽然我们已经非常接近我想要的机会了，但我们的会面也很有可能被取消，我们收到官方的道歉然后打道回府，把侍臣和枪手的事情推后根本不算什么。我们在那间狭小冰冷的会客厅里等候的同时，特耶斯又趁机重复了一遍他在路上已经跟我叮嘱过的事情，不要试图插话，但也别留太多的沉默和空白，只需要在被直接问到问题或者被邀请做介绍的时候说话，别做太过突然的动作，也不要猛地提高嗓门，因为这可能会使"独唱人"感到不快和不安（他用了"不快"这个词，听上去确实像是应该避免的东西），他还教了我直接称呼和提及"独一无二"时应该分别用什么称谓，教了我该如何向他致敬，如何告别，告诉我要等到他入座并且给了我指示以后才能入座，不管发生什么事，只要他不起身我也不能站起来，来的路上我觉得自己像是在学校上学，或者是在第一次参加圣餐仪式的前夕，不仅因为那些指示告诫本身，更因为老特耶斯向我传达它时所用的声调和方法，他很好地融合了宽厚温和、指责非难、夸大其词和失败主义（这是下属们常有的骚动，是缺乏信仰的表现）这几个特点，我现在非常相信他的确是撰写讣闻的专家。刚看见我走出我家的门厅时，他从车里仔细打量了我，好像我能不能进这辆车完全取决于我的外表一样（后门是开着的，他用长斑的手扶着，他垂着那张审讯的大脸，淘气的眉毛弓起，好像很多疑的样子，我像个被客人检查再估价的妓女一样站着，直到他羞辱我一般地点点头，意思是"进来吧"）；他答应让我进去，鲁伊韦里斯一定跟他保证过我绝对没问题，之后他用手里那支拐杖上精致的手柄急切地招呼我，在我最后坐进去的时候，他也用它保护了一下自己，老年人总是怕有人摔倒在他们身上。现在，我们等候的同时，他又开始玩拐杖了，有时他把拐杖插进两条大腿中间，像是一把无刃之剑，有时又让它在两腿间旋转，最后一端点地，好像一个闭合的圆规。当时并不只有我们两个人：从我们进了这个厅开始（过了安检之后），就有一个穿着便服的主教或者侍臣或是别的什么官职的人员陪着，还有一个穿着旧式制服的随从或者杂役站在那儿，一动不动（我没法判断他是从哪个年代来的，不过他穿着西瓜绿的仆人制服，黑色的缠腰一直拖到腿肚子，白色的长袜，漆皮的拖鞋，但他没戴能表明身份等级的假发），他看上去真的有些老态龙钟，旁边的特耶斯在他的衬托下看起来都像个小伙子了。他们已经打过招呼了，"您好，塞加拉"，特耶斯问候他，他也很高兴地回答"早上好，特耶斯先生"，显然他们是旧识，从过去那些艰难的年代开始就认识了。这位老人已经白发苍苍，他像罗马皇帝那样把头发往前梳着，但他周围的环境却一点都没有罗马时期的战斗的感觉，一个废弃的壁炉，上面挂着一面破损的大镜子；他不怎么变换姿势，只偶尔把身体的重心从一只脚转移到另一只脚，或者用戴着手套的一只手掸掉另一只手套上的灰尘和绒毛，不过两只手套显然还是会蹭到（两只手套都是白的，和他的袜子一样，很容易让人想起护士们穿的中缝袜）；一开始我很担心他的平衡力和持久力，不过我想他已经站在这儿很多年了，也许这已经是他最自然的姿势，他早就不觉得累了（另外，他旁边还有个小小的宫廷扶手椅，也许平日没人注意的时候他便会坐在上面休息）。在离我们远一点的地方，角落里有个老画师拿着调色板，前面摆着一张巨幅的画布，从我们这里只能看到背面，画布固定在画架上，这架子实在有些小，让人忍不住担心它的稳定性；画画的老人并没注意到我们，因此也没跟我们打招呼，好像全身心都集中在那幅未完成的作品上，他必须这么做，才能充分利用模特在场的那稍纵即逝的几分钟。他没戴贝雷帽，但穿了件靛蓝色的类似防尘服或工装服的外套。当他动笔轻轻一划时，调色板似乎也在他手中抖动起来（他一定是靠着记忆画画的），我觉得他手不太稳。特耶斯时不时带着一种不悦和不耐烦的态度看看他，几分钟之后，终于按捺不住走向他，挥舞着刚刚从外套口袋里掏出的烟斗，问道：

"我说，师傅！您不介意我抽烟吧？"他也没问我和塞加拉的意见。

画师并没有回应他，这引得特耶斯做出轻蔑的表情（意思大概是："他妈的，去死吧"），接着便准备点烟。他用食指捻着烟丝放进烟斗口里按了按，几丝烟沫掉了出来。"他要抽烟了，"我心里想着，"这可要一段时间，除非他和'孑然一身'已经非常熟了，即便看见他来了也不用把烟灭掉。"而我却连点烟的勇气都没有。那位打扮复古的老仆人蹒跚着靠近，手里拿着从废弃的壁炉隔板上取出的烟灰碟，它精致且沉重。

"先生，这个给您。"他边说边将它放在我们身边的矮桌上，动作非常缓慢，生怕算错了距离，把它摔到地上。

"快到我们了吗？塞加拉。"特耶斯问他。

"不清楚啊，特耶斯先生，你们刚到的时候他还在用弗莱彻法吃着他的谷物呢。"

"他在干吗？"特耶斯好像有点被吓到（又掉了些烟丝到地上），又问了一遍，虽然刚刚塞加拉说得很清楚也很确信。这个厅应该是专门为一些亲信或是没什么要事的访客准备的（我们最终其实都是仆人），他把大家聚在这儿就像摇滚明星对待记者们那样。

塞加拉，那个用餐侍从或宫廷总管（我对于不同的职位名称不是很精通）看上去很高兴能引起人们的好奇或恐慌，也很高兴能提供些有用又古怪的信息。他有双乐观而充满活力的眼睛，他已经用这双眼睛目睹了太多不寻常的事情，虽然他不明白，却一如既往地完整保存着自己热情、赞美、惊喜的能力还有原始的好奇心。

"'弗莱彻法'，先生，"他重复了一遍刚才的回答，抬起来一只手指（手上当然还是戴着手套），"那是种古老而又非常健康的咀嚼食物的方式，能把固体变成液体，是由弗莱彻[①]先生发明的，现在有很多人都在重拾他的方法呢。唯一的问题是可能会让你的牙龈受不了，而且很浪费时间。他也只在早饭时练习这个方法，在他吃谷物和水煮蛋的时候。"

特耶斯又抬头看了一眼那位宫廷画师，想看看他是不是装上耳朵开始听人说话了，然而那位穿工作服的先生却忙着把那块我们看不到的画布重新在画架上摆好（他的胳膊好像不够长）。我突然很希望能看一眼那块画布。

"您的意思是我们的嘴巴能自己液化食物？"特耶斯一边朝塞加拉走去，一边用拇指把还没撒出的烟丝按紧。我很想说他的烟有点太香了，还带着威士忌或是别的什么辛辣香料的味道，感觉

[①] 贺拉斯·弗莱彻（Horace Fletcher，1849—1919），美国著名的健康学家、营养学家，主张吃东西细嚼慢咽，被称为"最伟大的咀嚼者"。在他看来，每口食物都应该被咀嚼成液体后再吞咽，这样不会导致增肥。原文中作者用的动词是"Fletcherizar"，就是从他的名字得来。

是荷兰产的女士香烟。

"没错，先生；这种方法显然比其他机械的方式都要健康。他们称之为'解剖式液化'，我之前听说好像叫这个名字，和我前面说的是一个概念。"老仆人为自己并非故意获取的知识感到抱歉。

"明白了，"特耶斯回答他，"您看您能不能去打听一下这'弗莱彻'进食进行得怎么样了？我们不是着急，就是想大概有个数。"

"当然，特耶斯先生，愿意为您效劳。我现在就去，看看有没有什么消息。"

塞加拉迈着蹒跚的步伐（尽管比起取沉重的烟灰碟时要稍微稳些，那会儿他都快倒下了），走向这间阴冷小厅三扇门中的一扇（待得越久越觉得冷），不是我们进来的那扇，而是最靠近他的那一扇，在废弃壁炉的另一侧。（唯一没有门的那一面墙上横嵌着一扇大方格窗，采光倒是非常适合画画。）不是我没礼貌，也不是为了确认或者影射什么事情，但事实是就在老塞加拉打开门的那几秒钟，我清楚地听见噼里啪啦的声响，是旁边房间的人在玩桌上足球。不过特耶斯好像并没注意到，尽管对他来说，听见一些声音可能相对困难，或者说，他对某种具体的声音，特别是这种属于平民的声音不是很熟悉。画师倒是听见了，他抬起眼，像鸟一样回头看了两次，但很快也忽视了这一切（他并不关心这声音），继续把调色板抓牢在手里，免得它总是在最出乎意料或者最没做好准备的时候抖动。好像他自己是被描画的模特一样。

特耶斯看上去对我没什么兴趣，但也不是那种完全没耐心的人。也许他开心的点就是能提供服务，发现我，带我到那儿，再把我推荐上去，最后得到表扬，如果这位候选人活儿干得不错被认可的话，就没别的什么了，如果说还有什么是必需的话，那就是花上一个早晨犹豫不决地等在宫殿里。他用火柴点燃了烟斗，余光扫过我，好像在确认等待的时候我没有解下领带也没有弄脏裤子，这当然是我的感觉（实际上他伸了伸头，用挑剔的眼神审视了一下我的鞋子）。我其实是精心打扮过一番的，也许是衣服熨得太过平整了，我觉得自己几乎毫无瑕疵，像被包装过似的。

烟斗浓烈的香味持续了好几分钟之后（点燃的时候更香了），塞加拉回来了，他的罗马式发型变得有些散乱，好像被一个高个的人随意拨弄过一样，从门打开到关上的那段时间，我确定自己又听到了弹球机的声音，这声音我从年少时开始就万分熟悉，而且，估计不剩什么时间了，前面的声音应该没什么变化，更好辨认一些，现在发出的却变化多端，大概是游戏快要结束了。我听见一只疯狂的球在跑动，得了很多分，我确定机器不会再多奖励玩家一局。塞加拉并没有在门口向我们发话，他本可以省下一段路，却坚持慢慢朝我们走来——点燃我们期望的同时也带来一丝担忧，担心他走不到我们这儿了——他一直走到我们边上才开口，绝对是个墨守成规的贴身仆人：

"别担心，特耶斯先生，我之前跟您提的活动刚刚已经成功结束了。"他说，"他在接待几个工会会员，不过他们也准备走了，他这就过来，人已经在路上了。"

实际上，塞加拉还没说完，第三扇门就开了，"独居者"大步流星地迈进来，身后还跟着一位年轻小姐，努力想跟上他的步伐，又短又窄的裙子迫使她几乎要跑起来，双脚有点外八字，鞋子的高跟差一点就要划破木质地板，那地板可能挺名贵的，镶嵌着一块块小方格形的大理石或者别的什么石头。我立刻站起身来，行动比肥硕的特耶斯要迅速很多，我看见他（就在那一瞬间）有一根鞋带松了，这次却没有女儿在身边帮他系好。画师已经站在一旁，不过看到"独行侠"进来的时候，他伸出了双臂，像十五岁的孩子见到了自己的偶像一样异常兴奋（或者换个更阳刚的画面，像个蹲在角落里随时准备征战的斗士一样），这个动作让他变得更像个执着努力的艺术家。我是第一个和"独行侠"打招呼的人，我轻声念出了我的假名（还笨拙又虚伪地加了句："听候您的吩咐"），和原计划不一样，我没法效仿特耶斯，所以我忘了他跟我强调的鞠躬行礼；特耶斯站起来以后便立马鞠了个大躬，他那肥硕的身子甚至弯腰弯到了极限，双手恭敬无比地握住"独一无二"的一只手，忘了自己的左手还拿着点燃的烟斗，差点就烫到了"独一无二"。这显然不太要紧，虽然我注意到"寂寞先生"两手的食指都缠着创可贴，一个烫伤的水泡可能会毁了这种对称性。特耶斯的热情差点淹没了塞加拉，他正准备用平日那蹒跚缓慢的步伐撤退下去，却被夹在了中间。"寂寞先生"坐在了右边的一张扶手椅上，而那位年轻的女士坐在了我们和他的中间，和我们在同一张沙发上（她手里拿了一本笔记本、一支铅笔和一个迷你计算器，夹克口袋里还有个移动电话）；犹豫了一会儿后，特耶斯又重重地坐回了之前那张椅子，正对着我，几乎背靠着画师，之前"独唱人"还远远地招手给画师打招呼，问道："怎么样，塞古洛拉？"不过显然他并不关心画师的回答：他应该每天都会见到画师，已经对画师不耐烦了，试图跟画师保持距离。"孑然一身"腿又细又长，他很自信地跷起二郎腿（年轻的小姐也模仿他跷起腿来，她的长筒袜上有一处抽丝，给人一种放浪的感觉，也许是刚才跟工会会员们纠缠或是和"孑然一身"一起玩桌上足球时弄破的）；我注意到他穿了双中筒袜，颜色有点太透了，甚至能看见被压在里面的腿毛：除此之外，他和世界上任何一个男人的穿着都一样，大腿处裤子还有些褶皱。

"哎，胡安尼托①，"他对特耶斯说，"你鞋带散了。"一边用贴着创可贴的手指指向那只鞋。

特耶斯僵直地看下去——他的头又一次看起来像个滴水嘴兽——先是被吓了一跳，接着顺从地低下头，好像面对的是一道无法解决的难题一样。他咬住了烟斗。

"我等下起来的时候再系上，反正坐着也不会踩到它。"

"独居者"俯身对他耳语了些什么——"独居者"的整个胸部都压在椅子的扶手上，我真担心他把扶手给压断了——不过他的声音还不够小或者是我们之间的距离不够远，我仍能听到他说的

---

① "胡安尼托"和后文的"胡安尼略"都是胡安的亲昵称法。

话。

"告诉我,他是谁?"他一边问,一边还轻轻挑动眉毛指向我,两只手指不安分地在空气中舞动,"我完全忘了你今天为什么来这儿。"

"他是鲁伊韦里斯·德托雷斯:新的演讲稿写手。"我的引见人嘀咕了一句,把烟斗咬得更紧了些(实际上已经在用牙了)。

"啊,对,鲁伊韦里斯·德托雷斯。""独行侠"平静地重复了一遍,这次是大声说出的。然后他转向我:"我倒是很好奇你会给我写些什么,你可得小心点。"

他的语调没什么威胁的意思,更像是在跟我开玩笑。他没用"您"来称呼我,而是直接用了非礼貌式"你",这是"孤独者"的特权,用"你"来称呼任何年纪、条件、头衔、官阶和性别的陌生人。问题是这会给人造成很不好的印象,如果我是他,一定会放弃这个特权。我决定直接称呼他时用礼貌式的"您",这样能显得我足够尊重他,我自己也不会弄错,我其实一点也不在乎之后特耶斯会不会训斥我。

"我一定会非常小心的,先生,"我说,"我一定每一字每一句按照您的指示来写。听您吩咐。"我感觉前面说的这些话还是相当严肃和谨慎的,尽管他看起来并不是那种傲慢自大又讲究礼节的人。我觉得其实可以不说最后四个字,好像有点太过了。

"寂寞先生"坐直了一些(和他的侍臣窃窃私语之后他就一直斜着身子),好像终于能集中精神在我们要讨论的事情上了。他把双手叠放在交叉的膝盖上（完全能够到，绰绰有余，他的胳膊很长），然后像是心情不错却又深思熟虑般说道：

"你看，鲁伊韦里斯，我们直接说重点吧：事情是这样的，我已经厌倦于二十年来没有人认识我的这个事实了。我觉得人们根本就没读过或者注意过我的演讲，不过我总还是希望事情能有些转变，除了出丑，我觉得自己好像找不到别的方法让别人记住我，但大部分的其他方法我也不能用。像你知道的那样，现实就是在漫长岁月中我很清楚人们没法咽下我的演讲，老实说，我并不责怪他们，我自己都觉得无聊透顶。"他用了"漫长岁月"，我觉得这词不是很高雅；不过他说了"咽下"，这个词被他说出口应该是可以忍受的。"政府的人总有好的意愿，作家们也是，但是意愿太强了，真的，当他们为我干活儿的时候，总把自己封闭在一种皇权里，或者说他们想象出来的皇权里，像孔雀那样。有些人从别人那儿得到灵感，他们接手工作的时候，都去问问前面的人是怎么写的，然后才开始创作，这就变成了……那个词怎么说来着，胡安尼托？"

"恶性循环？"特耶斯接道。

"不，不，不是，这个词我怎么会忘，""独一无二"回答说，"另外一个词。一个东西总是自己旋转回到原地的。"

"永恒轮回？还是航海罗盘？"特耶斯好像更犹豫了。

"指南针？"年轻的小姐也插进话来，她还挺会抓时机。我们还没相互介绍。她的腿很美，大腿很丰满，一条腿上的袜子抽丝了，有那样的腿，袜子抽丝一点也不奇怪。

"不是不是，你们都在胡说些什么啊？一点都没搭上边。我指的是另外一个东西，对，就是那种一直在转，然后会再次回到原来的地方的东西。"

我看见画师塞古洛拉举起他拿刷子的那只手，像是上课时知道答案的好学生那样。这意味着他也在听我们说话，可能是因为他聚精会神、目不转睛地盯着"独一无二"吧——如火的眼神——大概只是希望能给他画幅像。"孑然一身"也看见了他，带着点厌烦和不信任的眼神抬了抬下巴指向他，像是在说："好吧，我们听听看，你能说出点什么？"

"命运之轮？"塞古洛拉满带着希望说道，血液里似乎流淌着文艺复兴的情怀。

"独居者"一只手在空中挥了挥，好像预料到艺术大师注定会失败一样。"对，当然，还有俄罗斯轮盘赌，还有人造卫星，怎么可能？我指的是……"他说，"算了，不重要，我说到哪儿了？我发现没人知道我的个性是怎么样的，也没人知道我是谁，也许我活着的时候就只能这样了；但趁我活着，我一直在想，我难道要这样没有作品就成为历史吗？更糟糕的是，一个作品也没有，这就相当于没有个性，没有清晰可辨的形象啊。我一点都不希望人们以后谈起我时，用的都是'他很好'或者'他为这个国家做了很多'这样的评价，虽然这些也不差，有这些的话我也不抱怨，毕竟很多人连这些都没有，我相信我的时代到来的时候，我仍然配得上这些赞美。但就算我能做些什么去改变这种情况，也远远不够。我已经在这件事上兜了太长时间的圈子，却还是不知道该如何是好，其实这么多年下来也不容易。我并不想玷污自己的名誉，但我确实发现人们能记住的总是那些怀疑论者或是背叛者，有犯罪前科或者生性残暴的人，整日胡思乱想或是沉迷于花天酒地的人，那些无底线的忍耐者和专横的暴君们，还有滥用职权、不道德、庸碌无能的人，甚至神经错乱、畏首畏尾的人，或是虐待妻子的人。总之就是最浑蛋的一群人。"他用的就是"浑蛋"这个词，实际上，倒是挺符合上下文的风格的，从修辞上来说，也更能让人信服。"世界各地都一样，你只要看一眼各国的历史：越是被唾骂的人越容易被记住。我也不想今后只被当成一个寄托缅怀之情的对象，总要让后人能说点什么吧。"

他安静了一会儿，好像在凝视自己的葬礼，目睹着自己的几个继承人如何迎接他所丢下的未来。他的手依然环抱着右腿的膝盖，语气却变得带有怀念的感觉，也许是在提前怀念自己吧。我不想打断他，但也不愿继续沉默下去，特耶斯之前告诫过我要避免留白。我等了一会儿。又等了一会儿。几乎就快要说出口了，却被特耶斯抢在了前面：

"但您不能因此犯下恶行或给自己带来不幸，阁下，"他声音很轻，带着一丝焦虑感，"我是指恶作剧。"他又赶紧纠正了自己，担心"恶行"这个词可能用得不太合适。

"我的天，他居然用了'阁下'来称呼他，"我想，"真是满满的热忱和忠心啊。"

"别担心,胡安尼托,我没想过要那样做。""独行侠"一边回答,一边用他缠着创可贴的手指拍拍特耶斯的手;对于拿着烟斗不太稳的那只手来说,他那一拍可能有些重了,燃着的烟斗居然飞了出去。我看见塞加拉用一种说不出的厌恶感盯着那横空飞过的烟斗(戴着手套的两指盖在唇上)好像很怕它落到"孤独者"的头上或衣服上(如果他还年轻,可能会飞起来接住它)。幸运的是,它掉在了烟灰碟里,这下我终于明白有个这么大的烟灰碟还是有点好处的;烟斗在地上弹了两下,很走运,并没有摔断,特耶斯立刻把它拾起来,好像捞起乱蹦的乒乓球一样,没有任何停留便又拿出火柴再次点燃它,他自己和"寂寞先生",年轻的小姐和我,塞古洛拉和塞加拉都齐声笑了起来。这中间要数那个年轻姑娘笑得最大声,甚至有点歇斯底里,夹克口袋里的电话都差点掉了出来,我都担心她这剧烈的动作可能会惹恼"独一无二"。"独一无二"接着回到他要说的话,他从来不跑题,这点让人觉得有些可怕:"虽然我可以面对大家演讲的机会只有寥寥几次,但这并不意味着我不想让他们明白我在说什么,不想让他们认出我。当然,大家都知道那些稿子不是我本人写的,实际上,这一切都太荒唐了:明明知道不是我写的,还得听我说、听我谈论,好像那是出自我手也能代表我特有的思想一样。报纸和电视台都非常平静地报道我说了什么什么什么,不再提什么什么,他们也假装我的演讲非常重要且有意义,假装我的字里行间有些隐晦的影射甚至指责，虽然他们比任何人都清楚我从来不是我读的东西的直接或者真正的负责人，但是我的这些讲话已经得到了我的默许，有时甚至不需要我的默许，王室也会予以通过；我要做的就是署个名，迫使那些从不属于我的词句变成我的（一切都毫无阻碍），它们属于另外一个人或是好几个人，或者属于一个含糊的叫作政府的名字，实际上，它们不属于任何人。所有一切都是我们不得不坚持的华丽的伪装，不管是我还是政治家们、媒体记者们，甚至为数不多的读者和观众们，也包括天真的公民们，他们都还怀揣着美好的信仰，坚信我所说所想的一切。"独唱人"顿了一下，或者说他再次沉默了，沉思着摸了摸自己的太阳穴。我发现他右手食指的创可贴稍稍翘了起来，可能是刚刚那入神的抚摸弄的，我很好奇创可贴揭开后是怎样的情形：割伤？烫伤？溃疡？红药水？疖子？因为玩太多桌上足球而生的老茧？我怎么会这样想呢，得多么上瘾地玩这个游戏才会让手指都生茧啊。我自己也很喜欢玩它，玩的时候也觉得很放松，如果连我都没什么时间，"孤独家"怎么会有空玩它呢，他总是那么忙碌，有那么多公务，应该不可能会喜欢这些娱乐消遣活动。我赶紧把脑子里这些不恭敬的想法驱逐出去，他肯定是在做那些不得不做的事情的时候弄伤的，滑雪或者握了太多次手。我再次犹豫是否要沉默这么久。不过这次却是那位年轻的小姐阻止了我想要说话的欲念（她袜子上抽丝的地方越来越大，不仅看上去有些放荡，还有种极其堕落的感觉）：

"阁下，我绝对是专注听您说话的人：报纸上的也好，电视新闻里的也罢，您说的我一个字都不会错过。尽管不是您自己写的，您却是说话的人啊，这点非常重要；我每天都能在私下里看到您，我知道您在做些什么，也清楚您对很多事的看法，我发现其实很难不被屏幕里您一字一句的讲话吸引，尽管有时我不太明白您说的意思。"

她也称呼他"阁下"，不知道是常态，还是说只是短暂地受到特耶斯的影响，我不清楚。

"你真好，而且忠诚，阿尼塔。""独一无二"回答她，却好像并没注意她在说什么。

"我也很感兴趣，阁下，您出来的时候我还经常拿录像机记录呢，这样我就能学习您的表达方式了，听听您是怎么大声说出自己的想法的。"画师也从他那被惩罚的角落里发出声音，和别人一样，也用了称呼"阁下"。

"你知道些什么啊，塞古洛拉？""独行侠"回答道，不过他是从牙缝里发出的声音，画师听不清楚，因此他用一只手拢住了耳朵，忘了自己还拿着画笔，笔头擦到了耳朵，于是又拿起一块脏抹布想把它擦干净。除了他自己，我们其他人又笑了起来，但这次都是偷偷摸摸地。他显然有点失去了理智。"总之，我的意思是：我完全支持这种伪造，这毫无疑问是必需的；从古至今不都是这样的吗？现在就更应该这样了，公共人物们，在成千上万个可见或者隐藏的摄像头和麦克风的作用下，像是随时随地都被无数双眼睛和耳朵锁定一样,这让人感到窒息,我都不明白我们怎么还没自杀。有的时候,我觉得自己像一个……那个,那个叫什么来着?胡安尼托?你知道的,就是显微镜下看到的那些东西。"

他一边说着一边用拇指和食指围成一个小小的圆形,眼睛透过它往外看,身子朝着烟灰碟倾过去,里面装着火柴和烟丝。

"你是说烟丝吗?"特耶斯接过话,完全没用任何想象力。

"不,不是,烟丝就在我眼前。"

"昆虫?"特耶斯又努力试了一次。

"不,什么昆虫啊,你在胡说什么?"

"分子?"阿尼塔小姐也大胆地猜测起来。

"差不多的,但也不是。"

"病毒?"站在壁炉边的仆人塞加拉也发出了声音。他还毕恭毕敬地举起了一只戴着手套的手。

"不,也不是那个。"

"头发?"画架旁的塞古洛拉也给出了意见,毫无疑问在回顾童年记忆。

"老天,你是怎么想到头发这种破答案的?"

"细菌?"最后我终于鼓起勇气说话了。

"孤独者"犹豫了一下,不过他好像已经无法忍受我们的愚笨了。

"好吧,就算是这个吧,像是显微镜下的细菌一样,其实都一样,无所谓。这就是矛盾所在,虽然他们每天都监视着我、研究着我，但仍然一点都不了解我，我的个性还是这么模糊不清；反正一切都是伪造的，我不明白我们为什么不能伪造得再多些，伪造得像是我们自己写出的东西，这样我们也算有几个有质量有辨识度的小作品，可以贡献给现在的这代人，也让后人记住。"我思考着他是在用王室称呼的第一人称①还是友好地把我们加入了他的言辞和计划中；不过很快我的疑问便打消了。"我目前不是很清楚怎样才能让人民感受到我，他们觉得我最典型的形象特征是什么，这其实代表着我根本没有什么形象，这点无须自欺欺人。怎么说呢，我没什么艺术形象，我们也没必要骗自己人，不过这艺术形象到最后还是很重要的，在生活里，生活里也是。所以也许演讲可以作为我塑造艺术形象的第一步，难道我现在被迫讲的那些政府的含糊其词和空虚浮夸的报告不可以变得更有个性一些吗？怎么说，就是少点官僚主义，更有艺术感，能吸引人也能给人惊喜，甚至让他们感到演讲的背后还有深层的内涵可以挖掘，我的意思是，让他们知道我这个人也有自己的烦恼，是个有些痛苦的人，正演着自己的戏剧，尽管是一幕隐藏的剧。说实话，我现在的公众形象根本没有任何戏剧性，我希望人们至少能隐约窥见些艺术的神秘。这就是我想要的，你明白了吗？鲁伊韦里斯？我的想法就是这些。"

我现在十分确定轮到我说话了，他直接问了我，虽然那不是

---

① 西班牙语中王室称呼的第一人称单数可用普通称呼的第一人称复数即"我们"来表示。

我的名字。

"我想我明白了,先生,"我说道。"您想要什么样的形象呢?或者说您想展示出什么样的?请允许我知道,您更偏爱哪种形象呢?"

我看出特耶斯眼神里透出一丝责难的意思,很明显是因为我用了"先生",尤其是在其他人都用了"阁下"的情况下,在称呼这事情上其实应该很容易被人影响,也很容易被人说服。特耶斯抽的烟仿佛永远不会熄灭,里面的燃烧的烟丝似乎可以再生和多次利用一样。

"我也不是很清楚,""寂寞先生"回答说,开始摸另一侧的太阳穴,"你觉得呢?胡安尼略?有太多可选的了,但如果伪造里能保有一丝真实,那最好不过,我的意思是能对应我真实的性格和言行举止。比方说,几乎没人知道我是个怀疑论者。我对每件事情都充满疑问,这你是知道的,阿尼塔。我很庆幸大部分的决定都是别人帮我做,如果在过去的年代,我的生活可能会充满波动和迷茫,我的情绪永远摇摆不定。我甚至怀疑我所代表的这个组织的正义感,不,应该说我确信每个人都会怀疑它。"

"先生说这话的意思是?"我出于个人的疑惑忍不住问了一句,想要避免沉默,也是为了抢在特耶斯前面,他很可能会不喜欢我问的话:确实,他坐直了身体,烟斗咬得更紧了。

"其实我也不是很相信它存在的价值,也许'正义'这个词我还用轻了,这是个很复杂的概念,而且太过主观,总是违背人们的所想所愿，当然，'正义'从来不会占据主导地位，反正在这个世界不会，因为如果想要实现这个目标，那些被正义谴责的人至少应该完全认同对自己的判决才对，但这种情况很少发生，只有在极个别的令人难以置信的案例里，犯人们才会忏悔不已。我甚至可以说，如果这种情况发生了，也是被判有罪的人背离了他自己的正义观，他是向威胁和所谓的证据低头，是被别人的观点说服，而那些观点正是他的对手的见解，是法官所青睐的意见，或者说是民众们的想法，是这个时代社会的主流观念，我们别再自欺欺人了，这个社会的观念从来都不是任何人自己的观点，它只是属于这个时代而已：所谓的大众想法，对每个人或是对大多数人而言，都不是个人看法，只是大家不愿被主流排挤而采取的迎合手段，是一种妥协而已。我们可以说这完全是对主观经验主义的一种让步、一种讨好。没有哪个被宣告有罪的人会轻松又满意地大喊：'正义获胜！'这通常都意味着：'我，和我的观点，都完全符合正义。'大多数被判罪的人都会说：'我服从判决'，或者'我接受裁决'。但'接受'和'服从'并不意味着完全赞同，实际上，如果真的存在客观公正的话，那也根本不需要什么裁决了，犯人们会自己要求被判刑，其实应该说，这世界上再也不会有罪了。不会有人犯罪，或者说将不会存在'罪'这个概念，根本不存在这个东西，因为没人在做任何事的时候会认为它是不公正的，至少在不作为的那一刻他们是这样想的，所谓的正当性会根据我们的需求而变化，而我们往往认为我们所需要的就是正当的。不管你听着觉得有多奇怪,这就是我的想法。"

我不得不同意那位真正的鲁伊韦里斯·德托雷斯之前告诉我的话:"独一无二"是有想法的,但对他来说,想把这些想法组织整理好却并不容易。我一直能跟上他的思路,直到他说的倒数第二句话让我有点迷失了。

"呃,阁下,"特耶斯赶紧抓住这一小会儿喘气的空当,还想说些什么,但"独唱人"又接着刚才的话继续了,这次他一秒都没停,好像上了轨道一样,尽管我们其他所有人好像都掉了线,他却没有:

"不过,正如我所说,我不认为一个男人或者一个女人从出生开始甚至出生之前就注定要干什么,你们愿意的话可以称之为'宿命',每个人有他的'宿命',我不反对用这个词,"很明显他把我们所有人都包括进来了,"我觉得这对他来说不公平,这对通常在这方面没什么话语权的普通老百姓来说无疑也不公平。不过宿命倒是跟我没什么大的关系,老百姓们如果想的话,也会割下我的头颅,而且会毫不犹豫地动手,甚至没人能阻止他们。你当然不会去问一个人是否想出生在这个世界,也不会问他的母亲是否想给予他生命。我们自然也不可能问自己是否愿意属于我们出生的这个国家,是否说我们正在说的语言,是否想上学,是否想拥有命运安排给我们的父母和兄弟姐妹。每个人从一出生开始就被强制地赋予了一些东西,直到成长至某个稍稍成熟的年纪,这期间他往往都被别人全权代表着,尤其是自己的母亲,她们永远都能领会小孩子们的所想所需，多年来她们一直用自己理解的标准来为孩子们做各种各样的决定。"——"谁来理解欧亨尼奥？谁来为他做决定呢？"我脑海里突然闪现出这个想法——"这些都很好，很合常理，大家都是这样的，也没什么别的办法，我们出生的时候都没有想法，尽管我们是有欲望的，至少看起来是这样（比如说有些原始的需求）。但我常常问自己，除了这些，有没有人可以描绘出别人的生活，尤其是像我们这种比较极端的人群的生活。你们注意，这可是件很严肃的事情。作为这个组织的代表，首先意味着对个人自由最大程度的放弃，其次还意味着巨大的时间消耗，因为我们得整日思考那些没有义务思考的问题，能够做这样的思考对任何人的生活来说都很关键，无论是谁的，至少我觉得这很关键，能思考些跟自己不相干的事，其实是思想的放飞。除此之外，作为这个组织的代表还意味着成为杀人团伙和独行杀手的主要目标，这些人不是因为你做了什么或者没做什么而杀你，而只是因为你的职位便动手行凶，如此突兀也如此难以理解；除了这些危险之外，我们还习惯于身处险境，我觉得这才是真正的不幸：无论做了什么，怎么做的，也无论你整日如何小心翼翼，反正总会有人想杀你，某个狂妄自大者、某个疯子、某个刺客，甚至或许是某个跟我们无冤无仇的人。就这样死去，完全不情不愿不值得，只因为一个名字，说到底完全是一场荒谬的死亡。""孤独家"的脸上蒙上了一层阴影，虽然他没变换姿势，手依然环抱着叠放的膝盖，偶尔抬起来摸摸太阳穴，从这一侧换到另一侧，他可怜的太阳穴。"连死者本人都对自己的死法感到不屑"，我突然被这个想法击中。他额头上的皱纹显得更深了些："这也意味着他身边还埋伏着一群潜在的杀手，相比忠诚和信服，也许是你付给他们的报酬感化了他们，让他们放弃取你的命，转而全力地保护你，也许在这高薪的任务里他们也会杀掉别人，我们的性命和别人的对立了起来，不过有时保卫我们的人行动太过草率了一些，也许是命令如此，他们总是能为自己开脱。这还意味着一个人没法选择自己想或是不想和谁打交道，意味着你得和一个引人反感的人握手，得和他达成协议，还要对他的所作所为、他向他的领导或同伴提出的建议装作毫不知情。意味着你必须原谅那些你无法原谅的人。当然，你不得不永远伪装下去；当你伪装后去握那沾着鲜血的手时，你自己也难免会沾染血迹，当然前提是从一开始你的双手就从未被玷污过，从出生或者更早之前开始。我不确定具备一定地位的人有没有可能双手不沾鲜血，有时我觉得这不太现实，漫长的历史进程里没有哪个统治者或者国王可以推卸所有死亡的责任，大部分需要他们直接负责，还有小部分是间接的，长久以来都是如此，无论在什么地方。有时仅仅是因为他们没能竭尽全力地阻止悲剧的发生，或者选择闭目塞听。然而对于拯救一个人来说，这还差得太远。"

"独居者"沉默了。阿尼塔也皱起了眉，无意中变得和她的上司一样，她收紧了下巴，唇上多了几道纹路。塞古洛拉连同他手上的调色板抖动得更厉害了，幸运的是"独行侠"没注意到他，也不会因此感到心烦，虽然他也许正为自己那些没必要的错误想法而心烦。塞加拉仍然睁着他那双乐观活泼的眼睛，却是一副什么都不明白的样子，他现在似乎有点不安，一只戴着手套的手撑在旁边的椅背上。特耶斯清理了一下抽完的烟斗，在烟灰碟里敲了几下，随后喃喃自语道：

"没那么糟糕，没那么糟糕，是阁下您多虑了，没必要自寻烦恼啊，尤其是为那些假想出来的不可能的事情。而且一个人也没办法对自己不知道的或者知道了却为时已晚的事情负责，他们又不是每件事都告诉您。"

"也根本没这个必要，"阿尼塔积极地插了进来，"您脑子里想的事情已经够多了。"

"是吗？""孤独者"迅速地接过话（尽管没快过年轻小姐那如母爱般温暖的调解）。"胡安尼托，你确定吗？假如一个猎人打猎时射向远处某个模糊的范围，结果不小心射死了一个躺在森林杂草丛里睡觉的男孩。可怜的孩子，被子弹击中的那一瞬间甚至没来得及尖叫，便在睡梦中离去；猎人也不知道自己做了什么，他可能永远都不会知道，但他确实犯了错：男孩不是自己无故死去的。如果一个司机在半夜撞了一位路人，甚至撞到他的头部，也许是他在赶路太过匆忙，也许是半夜开车有些害怕，再或者是醉酒驾驶，不过最后他还是犹豫着刹了车，不知如何是好；他从后视镜里看到受害人颤抖着慢慢爬起来，好像并无大碍，呼吸平稳还能继续前行。几天后，颅内出血终究还是把这位路人带进了坟墓，司机却一无所知，他也很可能永远都不会发现事情最后的结局，但他确实是始作俑者：路人也不是毫无征兆地离开人世的。我们再来看一个更无意、更倒霉的例子：一个医生给他的女病人打电话，她不在家，于是他给她的自动答录机随便留了个言，却忘记按下移动电话的停止键，"寂寞先生"指了指阿尼塔口袋里的那部，她立刻取了出来，似乎在合适的时候就可以做个演示，"接着呢（他脑子里还在想着那个女病人），医生便和他的护士讨论起这个女人不幸的诊断结果，虽然他现在还想给她一些希望，也决定不告诉她病情的真相。他和护士说的这些悲悯的话都被录在了病人的磁带里，病人听后决定不再坐等痛苦、漫长的毁灭，那一晚她就自尽了。医生可能永远都不知道自己的病人是这样离开人世的，如果这个女人独自生活的话，别人就不会听到那盘录音带，那他就更不可能知道了。但他确实犯了错：女病人不是因为疾病而死，不是因为她自己而死的。"

"如果有人拿走了那盘磁带呢？"我想着，这次脑海里的想法是缓缓到来的，"如果有人偷了磁带呢？那个医生或者护士？他们可能意识到了事情的不对劲，尽管为时已晚。或许他们的讨论根本就不是无意的，而是伪装的慈悲和怜悯，可能他们都认识这位病人，和她有些矛盾，或是她妨碍到了他们些什么。"

"但这种事可能会发生在我们所有人身上啊，"特耶斯反对道，"又不是只针对统治者们，您举的这些例子正好给出了证明。唯一安全的选择是什么都不说、什么都不做，就算那样，消极和沉默也可能会造成一样的影响或者相似的结果，谁知道，有可能会更糟糕。"

"你这样安慰不了我，胡安尼略，你想让我知道所有事情都是这样，没有哪项责任是可以被完全撇清的，""独一无二"回答说，忧虑和痛苦都显现在脸上，嘴唇也突然干涩起来，"就好像我的一个朋友死了，你却告诉我：'反正最后都会走到这步的，大家都会死的'，这并不能给我安慰。我不会因为你这句话就觉得可以承受朋友的离去，无论如何，朋友的离去都是不能承受之痛。你前不久失去了一个女儿，原谅我提起这件事，你也知道人终有一死，但这想法对你有用吗？你有觉得好受些吗？我的情况是，我的作为和不作为引起的反响会比任何人都大，也更严重，我的疏忽或者错误可能会波及很多人，绝对不止一个睡着的男孩、一个路人或一个已经疾病缠身的女人。我的每一个行动都可能造成连锁反应，引发巨大的后果，所以我做事情才这么犹豫不决。你们的每一个行动都会影响一些人，我却连可能波及的人都不认识。每一条生命在我看来都是唯一而脆弱的。"他转向我，眼神落在我身上好一会儿，却并不是在看我，然后接着说："认识的人突然成为过去，这真的让人无法承受。"

特耶斯又掏出烟袋，准备第二次点燃烟斗，用一些手上的动作掩饰他即将支支吾吾说出的话（或许也是为了躲避眼神）。他手头动着，好像非常疲倦，慢悠悠地说道：

"阁下您无须道歉。我其实也一直忘不了这件事，跟您提不提倒没什么关系。其实真正让人无法承受的是一个能唤起你对未来憧憬的人突然间成了过去。不过阁下您说的这些只有一个解决办法,一切都会结束的,到时世间万物皆空。"

"我觉得你说的这个办法有时还算行得通。""独唱人"说道,但特耶斯一定觉得从一张如此金贵的嘴里说出这样的答案对于在场听到的人来说太虚无缥缈了,于是他立马回应了他,赶紧换个话题:

"我们回到刚才讨论的话题吧,如果阁下您不反对的话。您希望反映出怎样的真实个性呢,除了有些优柔寡断之外?我不觉得这种个性会被大家喜欢。您得给鲁伊韦里斯一些指示啊。"

就在那时,"孤独家"和阿尼塔之前进来的那扇门打开了,走进来一位年纪很大的清洁女工,看上去脾气暴躁、不好相处。她一手拿个掸子,一手拿个扫帚,身子缩成一团,脚踩在掸子和扫帚上往前滑动,防止自己的鞋底碰到地板,所以她前进得非常慢,好像在踩实的雪面上滑行,不过手上的滑雪杖却一根长一根短。我们都吓了一跳,回过身去看她没完没了的滑行,一头松散的白发让她更显苍老,我们的对话因此暂停了一两分钟,因为她一边入神地干活儿,一边低声哼唱着不成调的曲子;直到她滑到塞加拉身边,才被他用那戴着白色手套的手抓住——动作太快,像爪子一样——塞加拉跟她低声说了些什么,一边还用手指指我们。那女人身子一颤,看了看我们,用手捂住嘴,赶紧扼制住自己快要发出的惊叹声,然后以最快的速度移动到第一扇门,就是我和特耶斯进来的那扇。"她看起来像个女巫,"我想着,"或许是报丧女妖。"报丧女妖就是那个爱尔兰传说里拥有超能力的女人,她到了谁家就是在预报这家有成员很快就要死了。传说她有时会一边梳着头一边唱着悲哀的挽歌,但更多的时候,她会在预言死亡的前一两个晚上在有危险的那家窗下恸哭或者哀号。那个清洁女工刚刚是在哼唱着什么不明所以的东西,虽然她还没来得及恸哭和哀号,当然,也还没到晚上,我想:"我不觉得这个家会有什么危险,我和特耶斯一个月前已经经历过身边人的死亡了,死的那位对他而言是家人,对我而言则是情人。这只能算一个对过去的预言。"她关上了身后的门,我看见最后消失的是那个掸子,它好像钩住了门把手一下。

"一个月前的一个晚上,我失眠了,""独居者"说,好像根本没注意到"报丧女妖"的出现一样,"于是我便起身去了另外一个房间以免打扰别人,我打开电视,有部老电影已经开始播放了,我不知道它叫什么名字,之后,我又去找当天的报纸,不过都已经被扔掉了,他们老是这样,明明我还没用完,就把东西都扔了。那是部黑白老片,里面有又老又胖的奥逊·威尔斯[1],你们肯定知道他,他最后被埋在了西班牙。实际上,那部电影应该是在西班牙拍的,我认出了阿维拉的古城墙、卡拉塔尼亚索尔、莱昆贝里、索里亚和圣多明哥教堂,不过电影的故事却发生在英国,你

---

[1] 奥逊·威尔斯(Orson Welles,1915—1985),美国演员、导演、编剧、制片人。代表作有《公民凯恩》等。

还是能看得出来，虽然你会看到这么多熟悉的场景，甚至连马德里的'田园之家'都出镜欺骗你，好像一切都是在英国一样，明明知道这是你自己的国家却还要相信屏幕里的就是英国，这其实挺奇怪的。电影讲的是王室的故事，亨利四世和亨利五世，当亨利五世还是威尔士王子或者哈尔亲王时，人们有时这样叫他，他其实是个无用之人，一具无脑的空架子，整日花天酒地，甚至父亲临终前还混迹于妓院、色情酒吧和一些狐朋狗友之间，这里面就有胖威尔斯，他是个老腐败分子，还聘用了一个和他差不多年纪的人，这人长着一张令人不悦又厚颜无耻的脸，大家叫他波因斯，王子好像太过于信任他，导致他甚至不知道什么叫越界，王子一次又一次地阻止波因斯，自己也开始洗心革面。老国王非常担心，病情也愈加恶化，有一幕，他让人把皇冠放在枕头上，而他的儿子以为老国王已经死了，还不到时候便把王冠戴在了自己的头上。中间还有另外一幕，老国王失眠了，就像我那天晚上一样，不过幸运的是我只失眠了一个晚上而已。他却是连续好几天睡不着觉，他从窗口望向天空，开始斥责睡梦，斥责它为什么光顾穷人甚至杀手的家，却对他这样的王室成员不屑一顾。'啊，昏愚的睡神'[1]，他苦涩地诉说着，那一刻我甚至觉得屏幕里的人就是我自己，当所有人都安然入眠时，我却穿着睡袍在看电视，尽管有时我觉得自己更像哈尔王子。其实国王在这部片子里出现的次

---

[1] 引文为莎士比亚《亨利四世》下篇第三幕第一场内容。

数不多，至少在我看的那段里没怎么出现，但足以让人知道他是怎样的，甚至他过去是怎样的。你能看见王子从他父亲临死时加冕成王开始是如何变化的，他弃绝了以前的生活（就是刚刚过去的，你们看到的，就是前天和昨天的生活），远离了自己的玩伴，他把可怜的威尔斯驱逐流放了，尽管老家伙在加冕仪式上一直跪在他面前称他为'我的好孩子'，期待着能得到那些之前被允诺的好处和被延期的欢愉，一直延期到他最后的衰朽。'我已经抛弃了过去的我。'新国王告诉他，仅仅几天前他们还一起冒险一起开玩笑。让大家都倦怠的老亨利国王看出了儿子的匆忙，虽然他已经开始改变。'我陪你的时间太久了，已经让你感到疲倦了。'垂死的老国王说道。尽管如此，他还是给了儿子忠告，还把自己的秘密告诉了儿子，他说：'苍天有眼，我的儿子，我用了些旁门左道而不是光明正大的手段才得到这顶王冠；愿上帝宽恕我获得这顶王冠的种种手段！'这是他停止呼吸前的最后一句话。他无法忘记自己的双手沾满鲜血，他曾经贫穷，也曾是个阴谋家或者说杀戮者，虽然多年的统治地位让他变得高贵，也顺势大致抹掉了那些过往的污点，就像王子变成国王的那一刻开始拒绝堕落一样，好像我们的行为举止和个性有一部分是被他人的认知决定的，好像我们生来相信自己就是和想象中的不一样，因为世间的偶然和时间不经意的流逝会改变外在环境和我们的外衣。或者是我们费尽心思用一些旁门左道改变了自己，到最后还相信这一切都是宿命，从最近发生的事情中我们似乎看到了自己的一生，好像过去只是一个准备阶段而已,我们在它将要离去的时候才读懂它,又好像我们只有到了生命的终点才彻底明白生命是什么。母亲相信她生来就得做个母亲,老处女注定要孤独一辈子,杀手天生就是杀手,受害人也逃脱不了受害人的命运,就像统治者坚信自己从最初开始迈出的每一步都在引领着自己去支配别人的意愿,就像当你知道一个人是天才的时候再回过头去调查他的童年往事;像是国王得到王权时,说服自己这一切都是上天的安排,如果他不服从,便会沦为家族的殉难者,又像一个老人在生命的最后时间把自己的一生看作通往年老的漫长过程:人看自己的过往,都觉得是计划好的密谋或早有预言的征兆,所以他们才篡改和歪曲它。威尔斯在这部电影里倒是没改变什么,他忠于自我地死了,带着他的'好孩子'给他的背叛和他那颗破碎的心,一直期待着的那些好处和欢愉一次又一次地被延期,直到最后的死亡。('再见嘲笑,再见轻蔑。我不再见你们了,你们也不再见我了。再见激情,再见回忆。')不管是威尔斯还是新老国王,他们的形象在这一个半小时里都是清晰可辨的,只要想起英国的亨利四世和亨利五世,我一定会想起电影里的那两张脸,如果以后我会再记起的话。我却不像他们,我的脸和我说的话毫无记忆点可言,现在应该到了渐渐改变这一点的时候了。""独行侠"的话戛然而止,好像读一本书的时候突然停下来了一样,他抬起头,换了个语调:"我想那应该是表演的力量,我哪天得完整地看看这部片子。"

"它叫《午夜钟声》,先生,如果您想知道名字的话。"我说。

"什么？"

"那部片子的名字，先生，名字是《午夜钟声》。""孤独者"惊奇地看了我一眼，甚至透出害怕的神情：

"你怎么知道的？你那天晚上也看了？"

"没有，我在看别的台的另一部电影，不过换台的时候看到这部也同时在播放。我立马就认出来了，几年前在电影院看过。"

"啊，原来是这样，我得找人拿给我看看或者把碟片借给我。阿尼塔，你记下来。那你当时看的是哪部呢？你是不是也失眠了？这都是一个月前的事情了，我刚跟你们说过了。"

我看向特耶斯，发现他并没有明显的反应，他那晚无疑在睡觉，所以无法通过电视节目判断出到底是哪天晚上。他好像从刚刚的倦怠中恢复了过来，第二次点燃了烟斗，舒服地坐在那里，以这种方式愉快地度过整个上午，尽管厅里越来越冷。当时的场景有点像在学校里，像我小时候，下课时间孩子们聚在操场上，一个男孩把自己看过的电影描述给大家听，让其他人也想去看这部片子，或者用他自己的讲述去弥补小伙伴们没看过的遗憾，告诉别人一些事情，是种慷慨。"寂寞先生"是我们的班长。

"我也不知道我看的那部叫什么名字，我打开电视的时候它已经开始播了，手里也没有可以查节目单的报纸。我那时不在家。"我完全不知道自己为什么要加上这几句，我明明可以不说的，也许是想变得慷慨一些。但我没告诉他们我看的时候还把声音给关了。

"那个时间不在家好像有些太晚了吧，""独一无二"半掩着笑意说道，"你觉得我们这个朋友怎么样，阿尼塔？像不像个夜游症患者，啊？"

阿尼塔下意识地摸了摸她袜子上的抽丝，像是想要遮遮露在外面的肉。她的指甲钩住了一根线，破洞越来越大，差不多该把那双袜子扔了。我们所有人都假装没注意到这事，听她说道：

"啊，我的天哪。"虽然不清楚她这样的感叹是因为袜子破了还是出于对我夜游行为的委婉批评。

"是这样，我是想说，""独唱人"又接过话去，"我觉得我已经说得很清楚了，对吧，鲁伊韦里斯？你接下来几天要一直和胡安尼托保持联系，如果你们两位都觉得方便的话，甚至也可以在胡安尼托家里工作，方便他监督和掌控所有的事情，给你一些指示，他认识我已经很久了。如果我们合作愉快的话，你别担心以后没工作。"他的话听起来像是在指派我一件非常轻松的工作一样：他一定忘了王室付的报酬有多低。他站起身来，我们所有坐着的人立马都随他站了起来，我和阿尼塔动作很迅速，特耶斯则动作缓慢或者说有些困难；塞加拉又挺直了身子，塞古洛拉则放下了他手上的工具，只把画笔和调色板牢牢地握在垂下的手里，这下不可能随时都继续画他的画了。"孑然一身"走了，不过在这之前，他还指了指胡安尼托的脚："胡安尼略，"他说，"别忘了鞋带，你会踩到的。"

特耶斯又低头望了望，眼神中却带着一丝绝望，显然他没办法自己一个人把鞋带系起来，甚至脚抬高了都不行。我瞬间领会了这一场景：塞加拉走过来还需要花费很多时间，再加上他年纪大，比特耶斯更难弯腰；你也没办法指望塞古洛拉，也许他被禁了足，只能待在那个角落里，这样就不能靠近"独居者"了，他倒像是个流亡者或是被监禁的人；年轻敏捷的阿尼塔应该最合适干这事了，但如果她弯腰跪在前面，外套的扣子可能会崩掉，长筒袜也会掉下来。只剩我和"独行侠"了。我用余光看了看他，他并没有任何表情。这也理所当然。我没再犹豫。

"别担心，我帮您系。"我说。看上去我好像在对特耶斯说话，但实际上对象是"孤独者"，好像他真有可能去接手这件事一样。

"不，不用。"特耶斯拒绝道，却是用一种如释重负或者可能是愉快的语气。我没必要跟他说话，我已经用自己主动提供的姿势说服了他。

我单膝跪在地上，握住鞋带不一样长的两头，打了个双结，感觉他像是个孩子，而我则是路易莎，葬礼上的那位女儿，有那么一刻我觉得自己就是她。当我迅速地做出行动时，大家都目不转睛地盯着，好像一群外科医生盯着老师怎么取出伤者体内的弹片一样。我跪在玛尔塔·特耶斯的老父亲面前，就像老威尔斯，或者确切地说，像福斯塔夫[1]跪倒在新国王面前一样，他眼前的这位，他的"好孩子"已经加冕成王，抛弃了过去的自己。

---

[1] 莎士比亚历史剧《亨利四世》中的人物。电影《午夜钟声》中，该角色由奥逊·威尔斯饰演。

"好了。"我边说边站起身,无意识地吹了吹手指。特耶斯盯着脚上系好的鞋带看了一会儿。

"好像有点太紧了,"他说,"不过这样也好。"

"寂寞先生"条件反射似的模仿我,也吹了吹他缠着创可贴的手指头。我突然忍不住向他提问,虽然我知道自己冒着可能在最后时分惹恼他的风险:

"您手上的创可贴是怎么回事,先生?"

"独一无二"举起他的两只食指,好像要开始指挥一场音乐会一样。他顽皮地看着它们,好像想起了什么过去的笑话,唇间又浮出半抹笑意,说道:

"以后你们会知道的。"

我们所有人又立刻笑了起来。

不用说,"独唱人"模糊的愿望不仅超越了我被临时授权的范围,而且显然他们只是心血来潮,纯粹因为部分睡眠是随机的,睡眠的随机性在于不会避开或光顾那些相似的家庭,就像晚间电视节目的随机放映一样。他只看了那电影的一部分,就感受到了短暂而原始的羡妒,完全忘了或者说彻底忽视了中世纪兰卡斯特的亨利们[①]得益于几个世纪的风雨历程,是时间虚构了他们,让他们成为戏剧中的角色,却不能成为学习和效仿的对象,也没有其他意义,只有虚构的角色才能如此清晰可辨,普通的人无法企及。他只是一个人而已,尽管跟大部分普通人不一样,他可以确定自己死后能独自跨越常人无法跨越的界限,到达凡人到不了的世界:人们总是健谈、易变、脆弱又容易分心,所以才常常背叛和模糊自己的性格,不得不望向与自己性格对立的另一侧,因此也就葬送了自己那正在被描画和塑造的肖像,或者你可以篡改

---

① 兰卡斯特王朝是金雀花王室的幼支。在十五世纪里出现了三位英格兰国王:亨利四世、亨利五世和亨利六世。

它，提前让一个正在被描画的人走向死亡，把他画成永远定格的样子，因为他已经死了，不会再抱怨什么，像玛尔塔·特耶斯那样，我越来越觉得她是个从未活过的人，她死了这么久，甚至比她活着时我们相识的时间还要长，虽然那时我曾见过她，和她说过话，还亲吻过她；对我来说，她只活了三天，我在那三天中的几个小时里曾见证过她的呼吸。尽管如此，一切也可能不是真的：所有逝去的生命都比那变化无常、仍活着的生命更为长久，不仅针对她那提早死去的生命，也针对这世间所有存在的生命，他们在逝去时反而会拥有更持久的存在感，这样活着的人就能永远记住他们。当她对我说"抱着我"的时候，她一定觉得自己生来注定会结婚，会当母亲，会早逝，她眼前可能浮现了这一路走来的历程，看见了自己过往的日子，像一趟意义逐渐明晰的旅途，一步步把她带向那个和我共度的夜晚，那个未完成的不忠的背叛之夜。而我呢，却不得不将她视为一个出现在我生命里却只是为了死在我身边、使我陷入迷惘的人，多么奇怪的使命和任务啊，出现又消失只是为了引我走上我本不会走的道路——延续的线没有中断，我这条丝线还是原封不动，却没有方向——为了让我要为一个孩子担忧，要每天翻报纸找讣闻，遮遮掩掩地去参加一个葬礼，躲在一座一九一四年的墓前，一遍遍地听一盘磁带（"你可能不是很想见我吧，你如果想的话来我这儿待一会儿也行；那个男人听起来不错，不过你也别太早下定论；他不是个文化人，我真是可怜啊；他没给我留电话或者地址，我根本没法找到他；我们就照你说的做；我们可以约星期一或者星期二；嗨，是我，你们给我留点火腿；拜托拜托"，还有那些哭声），这样我就在无意间秘密混进了陌生人的生活里，好像我是个间谍，却不知要找寻什么——如果真的有什么需要我发现的话——同时，还把她的秘密摆在本不该知道的人眼前，让她身处危险中，尽管这些人并不清楚世上还存在这个跟他们有关的秘密；我还能把我的秘密保存得更久些，好帮"孑然一身"写演讲词，他要把它宣读给全世界，虽然我无关紧要、也不属于这个世界，也许整件事只有这样才是最合适的，那些最后都将归于他身上的话语全都出自他王国中最模糊无名的人之手，只有这样，那演讲才能真正变成他自己的；或者说，那些话语都出自藏在最深的阴影处、最会隐姓埋名的人之手，因为对他来说，我是鲁伊韦里斯·德托雷斯，那曾是我的名字。玛尔塔·特耶斯的使命和任务是多么奇怪，她出现又消失只是为了让我迈步走向他老父亲的家，让他的生活少些不安，让他觉得自己有用，甚至让他觉得自己在整个星期里肩负起了对国家的责任，如此我便又为一位行将就木的老人赋予了生命力，相比他的孩子，他已经幸存了下来。如果玛尔塔还活着的话，我不会迈入萨拉曼卡区的那栋房子的古老大门，不会乘坐那部木制电梯上楼，它浮华又陈旧，里面还设有早已过时的可供憩坐的凳子，我不会连着好几天都按响那个门铃，不会每天上午都在一个书房里度过，那里满是书本和画作，杂乱却充满活力，不会坐在一张借来的桌子前，对着自己第一天带来的移动式打字机，我其实早已经不太用它了，不会让一个老人满怀希望地在旁边房间守卫我，他是一位友善的老人，家里还有一位穿着带围裙的制服的仆人，但她没戴帽子，我很久没见到这样的打扮了，毫无疑问每天早上都是她帮他系紧松开的鞋带，除了她之外，身边能有另外一个人出现或许还挺让他高兴的。我当然也不用应付这位老人佯装不知的打探和监督，要么是以取书为借口，要么是吹着不成调的口哨搜寻一封不知丢到哪儿去的信，一边不动声色地问我："怎么样？进展得如何？都还好吧？您还需要点什么吗？"好像期待着我能咨询他些意见或者请他读一读刚完成的稿子的最后几行，好获得他的批准或者得到他的建议，从他的角度出发，一个年长又熟悉"独行侠"灵魂的这样一个角色的角度出发。（然后呢，他还时不时去厨房磨咖啡。）同样，如果没有这次机会，我甚至不会认识路易莎，路易莎·特耶斯，他还活着的女儿，玛尔塔的妹妹，她是第二天上午快结束的时候到的，进门还吹着口哨，她来接她的父亲；爱德华多·德昂，老人的女婿，玛尔塔的丈夫，如今的鳏夫，不久后也到了，他来和他们一起吃饭，或者说，和我们一起吃饭，否则我应该在别的场合才会认识他们。（"您愿意和我们一起去吃饭吗？"一开始特耶斯建议道。我说："好的，为什么不呢？"我生怕再被问一遍，生怕显得他们太过坚持，或许他们根本没有这意思也说不定。）我也不会和他们一起走去饭店，老父亲是第一个走进去的，就像父亲们和意大利男人的行事风格一样，他们不会让女人在他们前面走进公共场所，因为他们要先试试水（当下的情景是饭店里可能有争端，男人们在最不适合争吵的地方也会打架），然后是路易莎·特耶斯，接着是我，德昂还给我打了个手势让我先进，一半透露着家长作风，一半仿佛显示着自己较高的社会地位（也许这是他们对待工薪阶层的一种虚伪的尊重吧），你这个蠢货——我想着，脑子里用"你"来称呼他（思想上的辱骂都通过用非礼貌式的"你"来体现）——你不知道你在伦敦的时候，你妻子是死在我怀里的吗？你这个蠢货肯定还不知道吧，不过我立马又羞愧地纠正了自己：有时我的思想反应攻击性太强，也太过大男子主义了。

德昂确实是个美男子，岁月让他愈发有味道，我现在能近距离地看见他的脸，脸上已经没有了一个月前我在墓地里看到他时的虚弱感，他双手撑着太阳穴。我不知道我接下来要说的话是否合乎情理，因为我从一开始就已经对他了解甚多，还参与了他人生的转变，而他却什么都不清楚，不过他确实有张鳏夫的脸，不知道是这个月才有的还是一直如此。（鳏夫和寡妇看起来都非常镇静，即便是在感到绝望和悲伤的时候，尽管他们内心充斥着绝望或者悲伤。）他用左手跟我打招呼，虽然他不是左撇子，右手也没有被包扎或者不能摆动，真是个独特又任性的人，他和我的第一次接触尴尬、别扭又奇怪，好像这就是他个性的一部分，永远僵硬的脸、仿佛在嘲讽人的眉毛、深邃细长的眼睛，还有长着美人沟的下巴，和加里·格兰特、罗伯特·米彻姆、弗莱德·麦克莫瑞的一样（尽管他的下巴比他们三个都要窄）。在特耶斯家里相互介绍的时候，我确定他和他的妻妹路易莎在葬礼上都没注意到我，所以才没能认出我；然而在吃饭或者说等菜的时候，我突然产生了一瞬间的怀疑，特耶斯和他女儿自然在试图解决一些家务事，我和德昂都没什么兴趣，我们坐在那儿听着，什么话都没说：在两三分钟的时间里，他迎面看了我好几眼，也侧目扫过我，好像认出我了一样，更确切地说，好像我在他面前没法存有秘密一样，他那双怀疑又期待的眼睛像是能迫使一个人不停地说出自己的事情，他根本无须提问，只是沉默，就能让一个人解释得远远多于他被要求的，让人用新的证据证明那些没有被怀疑或者没有被否认的事情，让人觉得自己很没用，或者觉得自己说的话并不能澄清什么，一切都因为听的那个人并没有任何回应，只是在等着听到更多事情，像是一个人在一幕剧里却并不参与其中，只想开心地旁观直到剧终。我就是那幕剧，尽管他在两三分钟的时间里看了我，我却始终像是在演一幕默剧，他只是偶尔向我扫视几眼，像面对一台关了声音的电视一样。"我想不通玛尔塔怎么会有情人呢？"我心里琢磨着，"那个咋咋呼呼的维森特，如果像他妻子伊内斯说的那样，他嘴可不怎么严实，一个喋喋不休的人可能会把一切都说出来，甚至说出使他自己也受伤或者失去些什么的话。我无法理解这样的事情怎么会发生在一个眼神如此犀利的丈夫身上，我觉得任何事情在他面前都隐藏不了多久，除非玛尔塔和维森特的事情是最近才有的，虽然从录音来看他们已经很熟了，维森特对玛尔塔不仅有精神上的还有口头的辱骂，通常只有肉体关系才会让人相互信任，也允许彼此滥用这种信任，所有的事情都会起皱，被玷污，被损坏，我真的应该再听一遍那盘磁带，也许我可以从那男人的声音中听出这段新鲜的关系带给他的焦虑，他因新鲜而兴奋不已，无法平复。德昂其实很敏锐，而且应该报复心很重，他已经准备好要找到我，伊内斯说过这话，他不像是那种会接受现状而不采取措施的男人，看上去倒像那种积极主动应对的类型，像一个谋士、一个操控者、一个游说家，可能是那种会强加或者扭曲事实和意愿的人，他的眼神表明他一旦采取了某种态度，就会坚信自己所选择的，那些早早长出的皱纹可能会让他衰老后的脸变得像粗糙的树皮，此外，还有我现在感受到的和坐在桌旁就近目睹到的那种迟钝，那种对意外的承受能力和那种无限的理解能力，所有这些都证明他是个会去了解和衡量行动结果的人，他知道一切皆有可能，所以我们感受到的所谓的意外也只能存续一秒而已——只在那无限理解力发挥作用前的一秒，更别说我们可能会想或是会做的了，残酷、遗憾、轻蔑、忧郁和愤怒；嘲笑、公正、善良和自负；冲动，或许还有仁慈，所有这些你想要停下来稍微想想的东西，立马会被驱逐或否认，随后便会被剥夺。他是个有先见之明和预知能力的人，很警觉，能注意到别人注意不到的事情：他能注意到未来，能看到将要发生的事情，所以他在做一件事的时候才坚信自己是对的。又或许恰恰相反，他完全不是这种人，他可能在思想和言语上都有华丽的辞藻，在任何场合，他都无须思考便能开始行动，之后，他会找到合适的论据和评价来证明他临时起意的鉴赏力和直觉，其实也就是解释自己的言行举止，因为他明白所有事情都可以被辩护，所有对立的言辞都可以被驳斥，我们总能找到方法证明我们自己，在有了辩护，有了借口，或者有了某种减罪的情节，甚至有了纯粹的表演之后，每件事都能说得通，诉说是一种慷慨，一切都可能发生，可能被诉说，也就可能被接受，然后你便可以逍遥法外，甚至始终安然无恙，任何法典、戒律和规矩都不再适用，变成了一张废纸，总有人可以自信地说：'这根本不适用于我，不适用于我的案子，不适用于这次，或许下次可以吧，如果还有下次的话。'他成功了，也说服了大家。"他的声音如此低沉、生硬、沙哑，像是从头盔后面发出的一样，又像是用几个世纪去思考斟酌了每一个词，然后才娓娓道来。他一直这么说话，直到上了主菜才提到玛尔塔，他一个月前死去的妻子，死的时候他甚至不在她身边：

"我不知道你们还记不记得，再过不到一周就是玛尔塔的生日了，"他说，"她本该三十三岁了，却连这个年纪都没能走到。"

他说这番话的时候盯着路易莎，用那双啤酒色的"鞑靼人"的眼睛，也许是她前面说了什么触动了他，只有这样才让他的话听起来不那么唐突，或者说这些话仅仅是他思考的产物，和别人的对话毫无关联，直到那一刻，大家都只是在断断续续、漫无目的地东拉西扯，有时还停顿一段时间，有可能是我的在场不太合适，影响了他们，又或许是因为路易莎和她父亲一坐下来就开始讨论起家务事。还有一种可能，这是一种手段，为了躲避，更确切地说为了延迟他们三个脑子里无疑都在不停跳动的想法，尤其是当他们聚齐的时候，德昂又没忍住提到了她，他等了许久，直到我们点了菜吃完了头盘，直到服务员给我们上了主菜（他吃的是比目鱼，配了葡萄酒）。到那一刻为止，他们都没怎么注意到我，也就是说，他们没把我当作一个客人，否则出于礼貌，他们至少应该对我表现出一点点兴趣，好像我和他们并不是同一类人，而只是一个和老板共进午餐的员工，不这样的话我就没饭吃了，唯一不同的是他们不是我的老板，连特耶斯都不算，我本可以一个人吃午餐，这样就不会显现出他们对我的不尊重了。或许他们都太过自负，早已习惯讨论自己的事情（每个家庭都是这样），以至于没法改变已有的计划、说话的声调和见面时常聊的各式话题，可能他们现在见面的频率比以前高，一个人的死亡能把她丢下的人暂时凝聚成一团。路易莎问她父亲本打算花多少钱买礼物（实际上当天下午她就替他父亲买了）给儿媳马利亚（也是她的弟妹，马利亚·费尔南德斯·维拉，我已经记住了所有人的名字），第二天是马利亚的生日，这大概就是他们聊天的内容，也就是在那时德昂说了我之前提到的他说过的话，时态用得混淆不清，不过倒还能听懂，他先用了一般现在时，好像玛尔塔还活着一样（"是玛尔塔的生日"），然后他在提到她要满多少岁的时候又纠正过来，用回了虚拟式，人们不会再计算死者的年纪，所以他们可以成为最年轻的人，如果我们这些记得他们的人能活得很久的话，

177

不过就玛尔塔而言也就过了一个月而已。路易莎应该也有类似的想法，因为她是第一个打破沉默的人，她意识到避讳谈及三个人同时在想的事是没有用的，三个人，其实是四个人，第四个人正被鬼纠缠不清，尽管另外三人根本一无所知，不过也许他们在目睹墓穴里那象征性的泥土落下时也被下了咒语。特耶斯把他吃鱼的餐具交叉放在盘子里（铁板煎鱼，他一直吃得津津有味）；路易莎把餐巾拿到嘴边，停留了一小会儿，仿佛用它擦过眼泪（擦的不是嘴里可能吐出的东西，呕吐物或者话语），接着又将它放回了腿上，上面已经沾了口红、口水和半熟的里脊汤汁（肯定不是爱尔兰的）；德昂先用叉子插进一个烤土豆里，把他的右手举到额头前，手肘顺势撑开搁在桌上，好像一瞬间忘记了所有礼仪。路易莎拿起餐巾纸时，我瞄了一眼她的大腿（她的裙子不像她姐姐的那么短，白色的餐巾遮住了她张开的嘴巴），她说的话和我想的差不多：

"我从没想过有一天我会比玛尔塔大，你们也知道，从小到大这事都绝不会发生，虽然有时我确实是这么希望的，比方说，姐姐抢我的玩具时或者我们要打架时，我总是输，因为我是最小的。不过现在却有可能了，再过两年我就比她大了，如果我能活到那时的话。这一切都太不可思议了。"

她右手还握着那把木柄锯齿餐刀，餐厅有时会给你提供这种刀以便你切肉。为了方便拿餐巾，她把餐叉放在了盘子里，之后再没拿起过。她看上去像是有点被吓到了，随时准备捍卫自己，挥舞着那把带锯齿刃的餐刀。

"别说蠢话,赶紧敲木头,孩子,"特耶斯担心地说道,"如果我能活到那时,如果我能活到那时,你觉得我们遭遇的不幸还不够吗?"他转向我,接着说了几句,时态也用得很混乱,大概想给我解释一番(他可能很迷信,但也是最关注我的那个人了):"玛尔塔是我的大女儿,爱德华多的妻子。她死得很突然,也就是一个月之前的事。"无论如何,他相信命运这种东西,相信事情不会无缘无故地重复。

"那天我好像在皇宫听到过这个消息,"我回答他说,我是唯一一个刀叉都还拿在手里的人,尽管那时我也不再吃东西了,"我感到非常遗憾。"这句陈词滥调在我这儿可实在太准确太恰当了(对于那场死亡,我是多么开心,又是多么遗憾,同时又多么渴望庆祝)。然后我陷入了沉默,甚至没问她死亡的原因(我一直以来也没怎么关心过,也越来越无所谓),我只想接句话好让他们继续谈他们一直在谈的话题,就像没有我在场一样,就像我是个无关紧要的人一样,虽然已经适当地加入了他们,但我的真名从未出现过。

德昂喝完了他杯子里的白葡萄酒,又加满了一杯,胳膊肘还撑在桌上,手扶着前额。不过接话的却是路易莎,她说(手头还像她爸要求的那样敲着木头:我注意到她机械地摸了摸桌布下面的台面,好像听了这话就得行动一样,那是个很平常的动作,她好像早已习以为常,她也很迷信,也许是因为流淌着意大利裔的

血,虽然在意大利触碰铁器[①]比较有用):

"我还记得我们年少时去的那些舞会,每次我都非常不幸,全都是因为她:她总是不准我喜欢任何男孩,除非她先选好了一个。'我定下来了你再选,听到了吗?'进门前她都这样跟我说。'你得先等我决定了,知道吗?否则我们就不进去了。'她总是威胁我,直到我回答'好的好的,知道了,快进去吧',我们才会按响门铃。因为她是老大,她总有优先选择权,我也只能听她的。之后在派对上,她总是花非常多的时间决定要选谁,她总是和好几个男孩跳舞,然后才告诉我她的选择是什么,而我坐立不安,害怕不想看到的一幕发生,其实就是我最喜欢的男孩总被她选走。我那时坚信她一定是在猜我最喜欢谁,然后她就选他,如果我抗议,她就抨击我只会模仿她,说我是'跟屁虫',嘲笑我选的男孩都是她喜欢的。然后她就和他跳上一整晚的舞。我已经很努力地想要掩饰哪个是我喜欢的类型,但一点用都没有,她太了解我了,每次都能猜中,这样的情况一直延续到我们都长大了些才停止,我再也不和她一起去同一个舞会。她就是这样的人,"路易莎说着,眼神有些飘忽,像是在努力回忆着什么,"尽管事实是我竞争不过她,她那时胸比我大,成功概率总是比我高。"

我忍不住迅速瞄了眼路易莎·特耶斯的胸部,大概估计了一下尺寸。或许她姐姐玛尔塔的文胸尺寸并不算小,或许玛尔塔的

[①] 在意大利,触碰铁器也是为了去除晦气,赶走厄运。

胸部一直都是那样溢出来的。"我怎么能盯着路易莎·特耶斯的胸部和大腿呢？"我心想。我知道这对我或者对大部分男人来说都是正常的举动，无论当下氛围如何，不管多么悲伤甚至不幸，即便做出很大的努力，我们也没法抗拒那些有着视觉吸引力的东西，但很快我便意识到自己很卑鄙——按年轻人的说法是"很变态"，即便如此，我还是继续用眼神测量了她的胸部，只是一两秒钟的事情，而且假装什么都没做，斜着眼睛，一副虚伪的样子，很快便又低下眼看着我的盘子，往嘴里塞了口东西，自打德昂提到某人的生日——实际上已经没法为她庆祝——以来，我是桌上第一个吃东西的人。她没机会先喜欢我，之前我都没见过路易莎，她说话听着也不太像我的答录机里会播放成千上万遍的那个声音，如果我一直不删掉的话："明天记得打电话告诉我事情的前前后后。那个男人听起来不错，不过你也别太早下定论。老实说，我都不知道你哪儿来的这么大胆子。就这样吧，拜拜，也祝你好运。"我之前没想过那么多，不过也许我就是"那个男人"呢，那条留言应该是倒数第二条，甚至可能是我按门铃进她家之前的最后一条（倒数第二条可能已经被删了，取而代之的是那个如电动剃须刀般的声音，我倒是听到了，玛尔塔却永远没机会了）；很可能在最终决定见我之前，玛尔塔是有时间和她的朋友或者妹妹聊聊这事的："我要跟一个我都不怎么认识的男人约会了，他要来家里吃晚饭；爱德华多现在在伦敦呢，我也不清楚会发生什么，不过谁知道会不会发生点什么。"她带着一点年少时参加舞会前的那种兴奋感("得先等我决定了"然后才按下门铃),也许是玛尔塔先给她的朋友或者妹妹留了言,而收到回复的时候,她正好匆忙去了附近的那个比普斯买些哈根达斯的冰激凌作饭后甜点,把孩子一个人丢在家里,就像我那晚把孩子留在家里一样:也许,比方说,她可能留言的时候说的不是"那个男人",而是提到了我的名字,甚至还说了我的姓,也有可能她不是通过答录机,而是直接和她的朋友或者妹妹提到了我(如果这样,她们就应该知道我的名字,不过刚刚特耶斯介绍我们的时候,路易莎显然没认出我,或者她可能早已忘记了),玛尔塔应该是思索并考虑了一番的,"我是在一个酒会上认识他的,然后第二天我们又约了喝咖啡,他是那种人缘很广的人,他离婚了,专职写剧本和一些别的东西",我通常都是这么跟别人介绍我的工作的,一开始我并没有说到做枪手的事情,如果她问起,我当然也没打算隐瞒,我知道人们都觉得我的故事很有意思。那晚玛尔塔或许也犹豫着执行了她的优先选择权,她先打电话给了维森特,但没找到他,至少是先打给他了,可能还有别的男人,我或许是倒霉的第二选择,所以她才会在我怀里、在我眼前死去。我已经说了,我完全不在乎她的医学死因是什么,也没兴趣重新理顺那天我们见面前发生了什么,或是了解清楚到底什么样的起因才让我们最后约在一起,我不想知道她的故事、她的家庭故事,抑或是她疲惫不堪的婚姻故事,也不想知道到底是什么事被中断或取消了,我就是个被动的人,从不主动寻找什么,也没想过要得到什么,或者说我根本没意识要寻找或者得到些什么，我就是那种总是等事情撞到我头上的人，我什么都不用动，情况就会变得非常复杂，不好的事情就找上门了，比如人们的愤怒或者官司，我只要在这个世界喘几口气，哪怕只是最轻微的呼吸，像是那些丝线上吊着的很轻的东西失控地摇摆一样，我模糊的眼神就像天花板上吊着的玩具飞机机械的晃动一般，总能在最后时刻被拉进一场战争，只因那最微小的震颤和跳动。如果现在我需要再迈出几步，那最好另有明确的目的，我甚至不想去破译这盘听了这么多遍的磁带，因为根本破译不了：甚至那个留言可能是给德昂的，不是给玛尔塔的，也许"那个男人"是某个德昂需要付出点勇气和他谈生意的人，也许她没跟任何人说过我的事，这世上也没人知道那晚我是被选择的那个：不是为了和她上床而是为了陪她经历死亡。我寻找的（我嚼着那口饭，虚伪的眼神从路易莎的胸部挪开，突然想起来的），我想要的也许是些荒谬却可以被理解的东西，我或许是想把那晚我不合时宜的在场变成一些更合情合理的东西，虽然事实已经如此，我还可以耍些手段，用一些看似合情合理的方法把事实变成另一种样子，将一条逝去的生命看作一场阴谋或者一个征兆，好像过去只是个准备阶段，我们只有到它将要离去的时候才能读懂，又好像我们只有在生命的终点才能彻底明白生命是什么：我似乎在想，在她的弥留之际，陪在她身边的是个几乎不怎么认识的人，这好像不太合理也不太公平，而且这人还只是为了不错过一个艳情约会的好机会才去的，不过如果那个陌生人最后变成她亲近的人的熟人，倒显得公平了一些。或许是她的死及其带来的一切让我最后成了一个不可或缺的人，一个对她曾经所爱的某个亲人来说重要或者有用的人，也许是我让他们都获得了救赎。我曾经有过这样的机会，我想，如果我当时留在斯梅拉伯爵大街的那间公寓里，至少可以保证欧亨尼奥的安全，不过我没么做，我把他留给了一具尸体。我也可以重新拨打电话，坚持跟那位伦敦威尔布拉汗酒店里哼着曲子的门卫说我要找巴耶斯特罗斯先生，让他明白临死前的她还是希望自己的丈夫能够得到消息的，我们没办法忍受亲近的人对于我们的困难毫不知情，每个人生命中总有那么四五个人，当我们发生了点什么的时候，他们总是需要立马被通知到，我们没法忍受自己死了的时候，他们却以为我们还活着。然而我并没么做，为了自保，避免不必要的愤怒，也为了保护她，因为她从一开始就告诉我："你疯了吧，我怎么能打电话给他？他会杀了我的。"不过保护一个死人让她不被杀害好像没什么意义，而且我也没打算帮她保住名声，他们肯定知道那晚我在那儿，有个男人在那儿。所以，我并没么做。填补老父亲那些空虚的日子也算我的一点贡献，这也是我目前做的唯一一件事情。

"看看你们这些姑娘说的什么蠢话。"特耶斯说着，又往嘴里塞了口鱼，他应该还没吃饱，不过之后又把餐具交叉放在盘子里，好像不敢再吃了。他显然不喜欢自己的女儿谈论关于胸部的事情，就算少年时期的胸部早已属于遥远的过去，现在拿出来开个玩笑其实也不是什么大事：在他眼里，女儿们肯定没有类似于胸部的这种东西，就像他好像没有那个名叫格洛丽亚的女儿一样，有那么一瞬间我似乎看见他脸红了，尽管年长者的脸红和潮热很难区分，他们不常脸红。他用了"你们"，好像路易莎只是偶然地在这饭桌上代表了她身后的一个群体，他的女儿们，好像路易莎的姐姐也会说出或者同意她刚刚说的话一样，我们很难习惯身边的一个人再也不能发表意见或者给出评论了。"你们看东西的眼光怎么都这么粗俗。麻烦给我来杯咖啡。"他向身边经过的服务员举起一根手指，那服务员端着盘子，没注意到他。"你们有人要甜点吗？我不打算吃了。"这句话里面的"你们"不一样：包括了我，指的是在场的两位男士。

我们吃饭的餐厅就在他家旁边，他好像是这里的熟客，所以他们随时都能接待他。他有点愤怒地瞪了那服务员一眼，随后取出了他的烟斗，放在手掌里敲了敲；餐厅领班一看见这架势，立马殷勤地走了过去，尊称他"堂胡安"：

"您不喜欢这石斑鱼吗，堂胡安？"他问道。

"不不，我很喜欢，但我今天不是很饿，我觉得他们也是，您可以把这些都撤下去了。我要来杯咖啡。你们呢？"我注意到他最后用了非礼貌式的"你们"，其中肯定包括我，那他一会儿可能就会用"你"来称呼我了。

就在那时领班转向了窗户，接着便听见了一声雷鸣——好像他预感到了一样——随后天便下起了倾盆大雨，像一个月或者更久之前那样，要说有什么不同，这次下得更猛更急，好像大雨在抓紧它所剩不多的时间，又像一场炮火和空袭。半分钟内，我们看见路上的行人迅速聚集到餐厅的门口，看着男人、女人、小孩在大雨里寻找一处避身之所，就像三十年代在这座被包围的城市里，男人、女人、小孩奔跑着寻找一块安身之地，在漫天的枪林弹雨里，在来自安赫洛斯山[①]和加拉比塔斯山[②]的炮火中，那些"榴炮弹"和"迫击炮弹"沿着抛物线降落在电信大楼上，如果不巧计算错目标，还会落在楼旁的广场上，所以当时的人们带着古怪的黑色幽默称它为"弹坑广场"，炮弹甚至还会落在巨大的内格雷斯科咖啡厅，那里瞬间便被夷为平地，尸横遍野，第二天人们却毫不畏惧，将就着继续去旁边的咖啡厅点他们的热牛奶，那家叫埃纳尔奶棚，在格兰大道起点对面的阿尔卡拉大街上，大家知道这里可能随时都会发生同样的事情，郊区和天空对行人来说是最大的危险，所以大家都疯狂地搜寻不在射击目标线上的人行道，就像现在路上的行人正在暴风雨中搜寻一样，狂风让暴雨更显猛烈，郊区山上占据点射出的炮火和子弹也更加肆无忌惮、横冲直撞，两年半的时间里经历了包围与被包围[③]，两年半的时间，人们在这座城市的大街上狂奔逃窜，手扶着各自的大檐帽、鸭舌帽和贝雷帽，衣裙乱舞，长袜抽丝或者不知去向，从那时起，这座城市永远失去了生活的归宿感，日渐沦为一座孤岛。

---

① 马德里郊区赫塔菲市的一座山丘，也是西班牙内战多场战役的发生地。
② 马德里"田园之家"附近的一座山丘，内战时期马德里保卫战的重要战场。
③ 指1936年11月至1939年3月共和国军队所经历的马德里保卫战。

领班亲自记下我们点的单，系了下他的腰带，法式服务员的穿着，身前戴了块白布（原来不是围裙），几乎盖到脚面，黑色的制服外搭着白布，应该极易弄脏。我们四个盯着窗外看了会儿雨。

"不会下很久的，但我们最好趁这时间点份甜点，"德昂说，"虽然我还急着走。"

"别这么着急，"路易莎接过话，"我们还没商量欧亨尼奥的事情呢。"

"我知道，也许我们得换下次再讨论了。"德昂用他慢悠悠的方式回答说，好像没忍住一样朝我愤怒地看了一眼——不知道是故意还是无意地——像是指责我一样，随后又给了特耶斯一个更愤怒的眼神，特耶斯明白他的意思，看向了别处，摸了摸还没点着的烟斗。也许他们之前约好聚餐就是为了讨论此事，商量关于孩子的事（另一件家务事），然而特耶斯邀请了我，我又接受了邀请，这让他们的见面失去了意义。特耶斯移开眼神，像是知道自己干了蠢事却不愿提起，我则保持着不偏不倚的眼神，好像整件事跟我毫无联系。

"很简单，爱德华多，"路易莎回答他，"正好爸爸在这儿，你就说说你怎么决定的，然后我们也说说我们是怎么想的，我比较希望我们一起商量这件事，这样也不会有什么误会了。我不能一辈子都照顾着你家又忙自家的事情，这样两边都办不好。如果你想暂时把欧亨尼奥交给我，那你就告诉我，如果你想带着他，我就帮你先把事情打理好，虽然你工作那么多又老是出差，照顾他不是件容易的事。我不太可能一直像个快递员一样在两家来回，虽然这一个多月以来我都是这样的。"

"也可以说像个当代新型女友，"特耶斯也插了进来，想着自己不会因为礼貌上的小疏忽而受到惩罚，"现在人结婚不都是因为这个吗？厌倦了在某间房子里醒来，穿过整座城市，还得假装是在自己家里起床的。我都是听别人说的，那种婚姻还能继续存在多亏了他们有时会忘带牙刷又懒得再买一根，过去的人可不会在别人家睡觉，不管怎么说都不是件好事。"他摇了摇食指，好像非常确定我们三个人都会做他所指的那种事一样。"路易莎说得有道理，爱德华多。别再让她这样来回跑了，她在自己家里按照自己的计划来安排对她来说也容易些。至少现在可以这样，等到哪天你想好了，把一切安排妥当了，或者你想再婚了呢，你还这么年轻，也许某天也会有人厌倦了在你家过夜早起时却没有牙刷在手的状态。"特耶斯又一次想到我也在场，为了让我明白他们在聊的内容，适时地补充了一句："我女儿玛尔塔丢下了她儿子，也就是我的外孙，欧亨尼奥。他还太小了，只有两岁而已。爱德华多工作太忙，所以都是路易莎在帮他照顾儿子。爱德华多总是出差，有时出差得很不是时候。"

我本不该明白他最后一句话的用意，但我明白，也许我不问反而显得奇怪。又或许不会，我一直很谨慎地隐藏自己，好像渐渐要消失融入背景之中，不再存在于现实里，这是一种讨好的方式：一个人的存在感越小，在场的其他人拥有的空间就越宽裕，最后他们还能完全占据这个人的位置，这也是一种胜利。"那么，"我想，"特耶斯可能居心不良，至少对德昂是这样，虽然他有着平静、心不在焉、有点沉闷和天真无邪的外表，但可能心里早有计划。"也许那种虚假的天真在年长者脸上常常出现，让他们可以说出任何想说的话而不被人注意也不被人责备，他们假装自己好像是半只脚已经迈进棺材的人，这样便显得毫无威胁、无欲无求，而事实却是只要还有意识、还能追忆过去，没人会主动淡出生命，而且是回忆让每个活着的人感到危险，让他们充斥着欲望也充满了期待，你无法不把你的回忆刻在未来中，换句话说，你不仅要把它们记录在已经失去的时光里，还不能忘记现在和不远的将来，或许不等你察觉，有些事情便永远不会重复，无法计算出只发生过一次的事情再次发生的可能性。假设你能完全确定这是你最后一次做爱，就一定会给自己的意识和回忆都做个了结，然后才自杀；但也许其实你做完之后才知道这是最后一次。活着的人也会相信没发生过的事总有一天会发生，不管是最戏剧性的，还是最不可逆转的，或者那些只在传说或故事里发生的事，他们相信叛徒、乞丐和杀手能变成国王，相信皇帝的头会落在刀下，相信美女会爱上野兽，相信一个女人会被那个杀了她爱人并把她带入绝境的男人迷住，相信自己能在败局已定的战役中获胜，相信死者并没有真正离开而是时刻守着我们，甚至还会再次出现，然后影响我们，相信三姐妹里最小的那个总有一天会变成最年长的那个；也许吧，这只是举例而已。玛尔塔·特耶斯最后一次做爱是和谁呢？是和紧张的德昂？还是和易怒的维森特？反正不是和我，不管怎么样，她那时肯定不知道那是她的最后一次，不知道自己再也没有机会了，不管对象是谁，她肯定没有赋予那一次做爱任何特殊的意义或者增添稍许庄重感，甚至都没有多一份激情和爱意，如果是在酒店里或者车里和维森特做的话，事后剩她一个人时，她可能晕晕乎乎、不知所措地洗了个澡，好去掉身上沾染的另一个男人的污秽气味，就像我花了很长时间才摆脱衬衫和身上的那股属于玛尔塔的气味，尽管我早上一回家就冲了澡，何况她的气味还经历了由生到死的变化；如果她那时是和德昂待在那个房间里，她可能只简单地在浴缸里洗了洗身子，又躺回床上，转了个身，想着自己只是少睡了半小时而已。现在我已经知道那房间的样子了，全身镜、开着的电视、维C泡腾片、旅行眼罩、椅子上摊开的裤子和裙子，那一夜后的无论任何一夜它们都不会再被熨烫了。不管哪种情况，她都会睡得晚一些，最后所有的念头都被赶走，所有的思绪都被清空，如果她知道了那些此前未知或者永远不会知道的事，肯定再也无法入眠，甚至可能会催促丈夫或者情人赶紧继续，好打破这个判决，立马阻止刚才的那次成为她的最后一次，不过如果她说服了两位，不让他们睡觉，强迫他们再次拥她入怀，一会儿过后，她会发现最后一次还是会走了又来，时间就这样流逝着，最后都屈服于我们无效而矛盾的斗争，我们允许自己没有耐心，允许自己渴望真正渴望的东西，但我们延缓或者推迟的事情却有可能同时发生，即便很多是微不足道的，可如果它们来得太突然，如果它们来了就走呢？重复每个爱的动作会带领我们一步步走向它的终结，最糟糕的是，即便不再重复，我们仍然在一步步走向它，每件事都在我们徒劳的加速或者伪造的延迟中慢慢沦落，直至它的消亡，只有最后一次才是真正的最后一次。我们约会那晚，玛尔塔·特耶斯一定认为她在往后的人生里还会和别的男人上床，至少我们一起走向她卧室的时候，她肯定是这么想的（我是被她牵过去的，我们两人当时都走不太稳了，都是马拉蒂克庄园的功劳），当我开始为她宽衣解带，开始非常僵硬地用手指探索她的身体，当我们开始亲吻对方（其实我们本可以省掉这步节约点时间），我本不需要把这些刻在我的记忆里。她当时肯定很确定后面要发生什么，其实她几乎就要和我发生关系了，我是这么认为的（她时间把握得没什么问题），如果那孩子早些睡觉，而我的第一步行动没那么犹豫也没耽误那么久的话——你甚至能在空气中察觉第一步行动该有的信号，不可否认它可以加速一些事也可以延缓一些事，就像雷鸣前乌云聚集在一起那样；狂暴和急切——我们俩之间好像也没给当下发生的这一切赋予什么意义，没有什么庄重感，也没什么激情，可能有些暧昧的触碰也有些萌芽中的爱意，没时间再有些别的什么了，但本要接着发生的事并没有发生，取而代之的却是她的生死转变。如果那孩子耽误了更久才去睡觉，或者当时是我的犹豫取得了胜利，没敢开展第一步的行动，那么其实本可以没有这一切的，虽然你从一开始就嗅到了空气中的那个味道，我可能会在和她聊了会儿天、喝了杯酒、说了几个笑话之后就离开斯梅拉伯爵大街，她可能会独自去洗澡，冲掉身上充满欲望的味道。她可能会坐在床脚，面无表情，收拾好碗碟哄完孩子入睡，我一消失她就平静了下来，她可能会脱掉那件优雅的阿玛尼上衣，从头上拽下来，袖口卡在手腕处，就那样静静地待上几秒，好像很疲倦的样子，因为一天的日程，也因为自己刚刚脱衣服花的力气——那是一个没法停止思考的人的忧郁模样，她一件件褪去衣物，每脱一件便停顿一会儿，利用这空当去思考——又或者因为她的期待受挫，那味道尚未散去；她可能会脱掉那件乳白色的上衣（其实当晚那件是我帮她脱的），开着电视，冷冷地盯着麦克莫瑞那张粗糙好色的脸，也有可能会换到"独行侠"失眠那夜偶然间看到的在放着《午夜钟声》的那个频道，用西班牙的风景假扮英国，凌晨的世界都是黑白的；之后她可能会站在淋浴下犹豫着该不该再打个电话给维森特，给他留个言："我要是早点想起来，你今晚本可以来我这儿的，这样也不至于浪费这一整个晚上了。要是一会儿回来得不算晚，比如在两点半或者两点四十五之前，你愿意的话给我打个电话吧，我现在还不打算睡觉，你如果想的话来我这儿待一会儿也行，我今晚过得特别无聊，特别惨，简直是灾难，我等不及要告诉你我身上发生的事了，晚点睡觉我也无所谓，反正我明天也要完蛋了。我应该之前就长点记性的，说实话，我真是没用。"不，她肯定不会说这样的话，只有男人会用"灾难"来描述一个没有达到期望的夜晚，想要上床却未遂的夜晚，没达到高潮或者根本没能成功地打上一炮，鲁伊韦里斯·德托雷斯在酒吧里聊天时似乎用过这个词。她肯定不会向他坦白自己邀请了别人来家里，一个当她打电话找不到他的时候替代他的人，相反，她会立马抹掉我的出现和我们共进晚餐的所有痕迹，她为维森特准备的深夜留言应该是这样的（她一定是在淋浴的时候想出来的词）："我睡不着，不知道自己怎么了。你不在，所以我很早就上床了，还喝了点红酒助眠，我一定是太气自己没早点想起来今天爱德华多不在家。你到家了给我回个电话吧，晚点也没关系。我想见你。放心，就我现在这情况，你不会吵到我的。如果你不是很累的话，来我这儿吧。"不过谁知道呢，也许洗完澡后裹着浴衣或者毛巾的她永远不会打那个电话，谁知道呢，也许她永远没有走出浴室的门，她因为挫败、乱七八糟的思绪或者疲劳而摔倒了，撞到了后颈，倒下那瞬间还本能或者绝望地迅速关上了水龙头，然后便瘫在了地砖上，湿漉漉地裸着身子，还折断了她那十九世纪的古典脖颈，片刻后，半干的血迹就像抹不掉的纹路、粘着的黑色发丝或蹭上的泥，虽然没人能看见这一幕，因为当时我已经离开了：这是一场可怕的死亡，她整夜都无法呼救，孩子已经进入了梦乡，离电话也太远，真希望能有部移动电话；这是一场荒谬的死亡，没有比在丈夫出差不在家的夜晚死在自己家里更荒谬的事情了，而且本可以救我一把的客人也走了，真倒霉，我的身体还是赤裸的，太不幸了，每件事都可以变得荒谬而悲惨，这取决于是谁在讲述这件事，取决于他是如何讲述的，谁又会去讲述我的死亡呢？认识我的人是不是都会再重复一遍？一传十，十传百，用尽各种可能的方式。她在摔倒的瞬间，脑海里一定会闪过这些念头，也许玛尔塔·特耶斯无论如何都会死，可能会死得很突然，没感到一点点不安、恐惧、绝望或后悔。不过这些都没发生，她所经历的是一场完全不同的死亡，同样可怕也同样荒谬，还有个陌生人陪在身边，当时我们正准备上床，真的很糟糕也很尴尬，我怎么能用这样的词句来讲述呢？那些本不粗俗、崇高、滑稽或者悲伤的事情一说出口就可能变得粗俗、崇高、滑稽和悲伤了，世间的故事取决于它的讲述者，我自己呢？有人见证了我的死亡，我不知道他会怎么消化这件事；也许他什么都不会说，不会告诉别人，实际上他怎么做也许并没那么重要——他是第一个知道的，他是源头——故事不仅仅属于那些经历它的人，也属于那些编造它的人，故事一旦被讲述，就属于所有人了，被口口相传，被歪曲改变，没有哪个故事在被叙述第二遍的时候还使用着那些原本的词句，即便是被同一个人复述，更别说每一遍都是不同的讲述者了，我故事的那些讲述者和我混乱死亡的见证者，他们又是怎么想的呢？可以确定的是即便他当时没有离开，而是留在我身边，也不能救我一命，就算他在事发现场也不能救活我，没人能救我。

不，这一切都没发生，那些没发生的事情在脑子里挥之不去，这似乎是我中的魔咒的一部分，我没必要摆脱这些声音和思绪，我应该学着习惯它们，继续被监视、被纠缠、被盘踞着。德昂又不耐烦地迅速扫了我一眼，同时用他如刀剑、盔甲和长矛般嘶哑生锈的声音回答特耶斯：

"够了吧，我觉得现在不是讨论这个问题的时候。先放一边，行不行？"这次他的眼神里还带有好奇，好像他自己也很犹豫时机是不是真的不对。他似乎突然考虑要做些和他说的话完全相反的事情，也许正好可以利用陌生人在场的机会来阻挠或对抗和他谈判的人。

"你就告诉我一件事，爱德华多。我得知道我要坚持到什么地步，"路易莎显得更不耐烦，"你一个人生活和带着个孩子肯定截然不同，你总不能一直走一步看一步吧。"

"再给我点时间，多几天你又不会怎么样。或许我可以安排过来，这样我就不用一直出差，我得跟费伦讨论下一步的事情，我自己也不知道。我也不清楚自己能不能一个人带小孩，毕竟小孩是我们两个人的，你也知道。"

"出差，出差……还很不是时候。"特耶斯又重复了一遍，明显表现出对女婿的不满。说这话的时候，他还竖起了手指，好像自己是个预言家一样。

"您看，胡安，"德昂回答他，"我在不在家和这件事一点关系都没有，您也知道的。遇到这种事，任何人都做不了什么。"

我并没有想努力调查出什么，但我承认当我听到这话的时候，得到了极大的宽慰：我非常开心地得知没人能做任何事去挽救这一切，因为我什么都没做。那是追溯过去时的一种有限的愉悦感。

特耶斯的咖啡已经摆在面前了，他点燃了烟斗，穿过摇曳的火柴上的火苗看着德昂。他费了些时间想要熄灭它（不是吹灭它，而是无力地在空中摇晃它），与此同时，他叼着烟斗发话了，目光却从德昂身上移开，也许是想摆出一副高深莫测的样子（他盯着手中不太顺从的火苗，与其说是用那双蓝色的大眼睛，不如说是用那尖尖的淘气的眉毛）：

"不是我要批评你，爱德华多，我不是不讲道理，在你明明没法施救的情况下却还要怪你没救她，只是她走的时候你都没陪着她，这让我不高兴。你如今倒是知道自己不能一个人带孩子，而她呢？她是在孩子睡着时一个人走的。现在好了，孩子彻底无依无靠了，妈妈死了，爸爸整天忙着出差，难道不是吗？好在他还小，还不懂事。"

火苗蹭到了他的指甲，随后熄灭了。像我想的那样，特耶斯并不知道玛尔塔是怎么死的，堂胡安、胡安、胡安尼托、特耶斯甚或"尊贵的阁下"并不知道事情的原委，我们从不用相同的词去称呼同一个人，因为人也和故事一样，如此易变，一切都取决于谁在称呼他。

德昂咕哝了几句含糊不清的话，可能内心在默默地从一数到十，像人们说的那样，好克制自己的怒火，最终将它驱散，我没这么尝试过，有些事情，你越是克制它反而越会加剧。他也许还在犹豫着要不要说出那些可能会中伤他刻薄的岳父的话："你女儿不是一个人走的，你这个老蠢货，你外孙也不是一个人，玛尔塔很会利用我不在家的时间，她万分珍惜呢，谁知道她是不是已经享受过很多次了。不过有一点你倒是说对了，你这个老家伙：出差，出差，确实很不是时候。"路易莎垂下了眼，已经平息了所有的急躁和冲动，她引起的谈话偏离了理智，这让她后悔，她肯定知道姐姐的死亡是怎样的，姐姐确实不是一个人死去的。其实我也知道，于是瞬间感到一阵热潮扑面而来，我肯定有些脸红了，我将手指交叉在一起，庆幸当时他们没人注意到我，我的脸红肯定是有原因的：觉得自己的在场打搅了他们，因此感到不好意思，对，肯定是这个原因。德昂克制住了冲动，他自己也在对某人隐藏着什么，虽然很不利于他自己，但也算是对老家伙的怜悯了；他如大家所期盼的那样明智地回答了特耶斯，装作玛尔塔是如他所想的那样独自死去的：

"没人能预料到这种事，我们又怎么会知道呢？我离开的时候，她一切都很好，我晚饭后还从伦敦给她打电话聊了几句，她那时也没有任何问题，反正她没跟我提到哪儿不舒服，只说在哄孩子睡觉了，这些我之前也告诉您了。您的意思是我一辈子什么地方都不能去，只为了以防万一？我猜想意外没发生的时候，您也不觉得我出差有什么奇怪或者不好的地方，之前不是有那么多次了吗？您呢？难道您永远不会离开家里一步？别说荒唐的话了，这对我不公平。"

"我之前不觉得有什么奇怪或者不好的地方是因为我根本不知道你出差去了。"

"好吧，我也不觉得您能了解我近几年全部的行踪。您也没必要知道。"

"我是没必要知道,但是她有权利知道吧。她都不能找你帮忙,不能给你打电话,没错吧?你给她留了你在伦敦的电话,但是我们怎么都找不到,整个家里找不到一点痕迹,这么多人把家翻了个遍,居然到第二天早上才能联系上你,这是其一;其二,你也没把电话留给你的朋友费伦,我们怎么能相信你是留了电话给她的?你倒是一点都不费心。"特耶斯用了"我们",把他身边的路易莎,肯定还有吉列尔莫和马利亚·费尔南德斯·维拉都包括了进来,把所有家里的人,所有姓特耶斯的人都包括了进来,然而他们可能会觉得很对不起德昂,他们都知道事情的真相,绝不会想要责备他。德昂也用了"我们",似乎他不想被排挤在外,想要把自己看作他们中的一员:"我们又怎么会知道呢?"他说。特耶斯停顿了一下,紧咬着他的烟斗,从牙缝里蹦出了一些严酷的字眼:"我都不敢想象你那天是怎么过的,连妻子死了都不知道。你应该时常后悔自己那几个小时的漠不关心和愚昧无知吧,我都不敢站在你的处境里想,你就等着被噩梦一次次地袭击吧。"他停了下来,把烟斗从嘴里拿开,放慢了语速,话也说得更顺畅了些:"当然,你可能根本都不在伦敦。"

他们现在彻底忘了我的存在,至少特耶斯肯定忘了,现在他觉得已经不必一直给我解释之前发生的事情了,年长的人觉得没什么差别,他们不用随时考虑一个场景下的所有因素,尤其是当这个场景还很尴尬的时候,他们只关心重要的因素,现在对他来说重要的是德昂和路易莎，我只是布景的一部分，和餐厅里的领班、服务员、其他的顾客或者外面屋檐下躲雨的人群一样，甚至和正在怒吼的狂风暴雨一样（我注意到窗外有很多人把报纸举在头顶挡雨），我一点都不重要，仿佛不算现实的一部分。也只有在那时，没人注意到我的时候，甚至连余光都不会扫过我时，我才意识到自己离开斯梅拉伯爵大街时带走的不是三样东西，而是四样：气味、玛尔塔的文胸、答录机里的磁带和一张黄色的便笺，那显然不是玛尔塔写的，而是德昂写的，现在还放在我的钱包里，而钱包就躺在我的口袋里。我想："德昂一定受不了这话，他这次一定控制不了想要反驳的冲动了，估计会说出真相，他一定受不了别人怀疑他是不是真在出差，他会说：'有人带走了我写的纸条，上面有酒店的名字和电话，有人一整晚都跟她在一起，亲眼看着她濒临死亡直至最终离去，他没有跟任何人说这件事，是他带走了那张你们所有人急切寻找的纸条，而且第二天晚上，二十四小时后他还打电话到我在伦敦的酒店房间，找到我，但我接起电话的时候他却不敢开口跟我说话，他那时想告诉我什么，他能告诉我什么，一切都太晚了，什么都改变不了了，就像之后我收到费伦和路易莎的留言，告诉我玛尔塔已经死了一整天了，可能不止一整天，还得再加上半个晚上，前一天的后半夜吧，因为前半夜她是活着的，还是有人陪的。路易莎明明都知道，她可以告诉你，你是唯一不知道真相的人，玛尔塔的死不仅仅是可怕的，更是荒谬的，他们发现她时，她半裸着裹在床单里，妆容有些掉了，可能不仅仅因为眼泪还因为某个男人的亲吻，那个亲她的男人应该吓坏了吧，不知所措，糊里糊涂，深受打击。想象那个男人窘迫恐惧的惨状是现在最让我开心的事情之一了。'他肯定要这么说了，"我想，"我得起身去一趟厕所，还得用餐巾捂住我的嘴，他如果说出这些话，我肯定承受不住。"我本来已经准备抄下酒店的名字（威尔布拉汗酒店）和那个电话号码了，我确实是那样想的，而且又撕了张便笺，还从夹克里取出了钢笔，又趁机穿上了夹克，准备好要离开，但最后，我没有抄下任何东西，而是下意识里不知不觉地把原来的那张便笺带走了，我无意中偷走了它，连我自己都不知道——我有太多的事情要考虑了——当你拿到一串电话号码的时候，你总会忍不住想要拨打它，这就是为什么第二天没人能找到那张纸条，路易莎、吉列尔莫和马利亚·费尔南德斯·维拉，还有，谁知道呢，可能还有我在楼下门厅遇到的那个戴米色手套的女人，他们可能翻遍了所有地方，带着不能通知德昂这个坏消息的焦虑感，这应该是能发生的最坏的事情了，而且它的确发生了。他们可能也找了费伦好几次，但他确实不知道怎么才能联系到德昂，我那盘磁带里有证据可以证明这点，这一切发生之前，他给玛尔塔留过言，和别的留言一样，那条我现在也已经烂熟于心了："玛尔塔，我是费伦。我知道爱德华多今天去英国了，不过我刚刚发现他没给我留电话或者地址，他什么都没说，我也不知道为什么，之前我已经告诉他一定要告诉我，现在我却什么都不知道，根本没法找到他。我打给你是想问问你怎么能联系上他，或者你跟他说让他立马给我回电话，打到办公室或者家里都行。事情很急，拜托了。"而她没再打给他告知德昂的号码，虽然那张纸条就摆在家里，德昂在格罗斯特地铁站附近的孟买酒馆（我知道这家）吃完那顿丰盛的晚餐后，曾打电话回来过，她也没把这个留言转达给他，至少我不记得她这么做过。她无疑也有很多东西要考虑——可能那时还在想事情——或者，相反，我和她儿子的互不兼容让她没办法把注意力从我们俩身上挪开，于是她只能时不时地摆脱儿子一小会儿才能来关注我，期待着别再有人打来电话，也祈祷儿子不再任性地耍脾气或者哭闹个不停，还给自己猛灌酒精，寻找和图谋那些她仍然不知道是否要寻找和图谋的东西。所有这些因素导致大家那一整天都找不到德昂，特耶斯是对的，他知道怎么在伤口上撒盐，谁知道那些不为人知的时间里德昂在伦敦做了什么，他怎么能安心地度过那一整天、心里还以为死了的人仍活着呢，他可能一大早去参加了工作会议，这是他出差的目的，之后可能去了圣詹姆斯公园或者汉普斯特德公园和切尔西区散步，也许还趁闲下来的工夫给玛尔塔买了礼物，她永远拿不到这个礼物和纪念品了，也永远不会知道这礼物是哪次出差或者是谁在旅行中带给她的了，也许这是用来弥补等待的，或是标记一次新的征服，也可能是为了减轻罪恶感；它来得太晚了；甚至都不能成为一个纪念品，它没有过去和来历，除非德昂在知道原本收礼物的人已死后决定把它送给别人，让它留在另一段意识和回忆里，送给他的妻妹路易莎或者给他妻弟的妻子马利亚，要么给出席葬礼的另外那个女人，戴着米色手套的那位，或者干脆谁都不给——一枚胸针、一件连衣裙、一对耳环、一条手帕、一个包，还有娇兰的香水，谁知道他选的是什么。德昂有可能是在斯隆广场吃的晚饭，那儿离他的酒店很近，这样就不用在奔波一天后再大费周折，他一个人吃饭或是跟同事、熟人、朋友在一起，谁知道呢，之后他又回到了那间有升降窗的房间，已经可以老练地透过它看伦敦的夜幕，看对面的楼宇，看同一个酒店的其他房间，大部分的灯都还没亮，看见阁楼间里正在宽衣解带的黑人女佣，结束了一天的工作，她甩掉了束发帽，脱掉了鞋子、长袜、围裙和制服，在水池里洗了脸和腋下，一种流行的英式洗漱方式。他无须去闻便已熟悉了她的味道，也许他曾在走道或楼梯里和她擦肩而过。就在那时，电话响了，这个时间在英国打电话可不太合适，德昂接起电话："喂？"我却赶紧挂断了，内心万分恐惧，站在马德里比普斯餐厅的公用电话旁，身后还有个长着长牙的人不耐烦地等着。德昂房间的电话铃声在夜色中反复回荡，惊醒了半裸着的女佣，好像在提醒她有人能看到她，只穿着文胸和内裤的她挪步到窗前，开窗探头，似乎想确认至少没有人趴在她的窗户下面，确认外面没有夜贼[①]——英语中专门有个词来命名入室行窃的小偷，或者来代指我这种前夜跑进玛尔塔和她丈夫的家里的人，尽管我不完全算是偷偷进去的——接

---

① 文中用了"burglar"一词，为英语词汇。

着她关上窗,小心翼翼地拉上窗帘,绝不让人看见她悲伤、疲倦或者沮丧的样子,或是衣衫不整地坐在床脚、卷起来的制服袖子还卡在手腕处的样子,也可能她这些样子早已被人见过,只是她没意识到而已。"德昂还会说出更多的事,"我心里继续想着,"他会说:'我并不满足于只知道这些,他的惊愕、焦虑、恐惧和厄运,我不满足于知道他曾经经历了多么可怕的事情,我要找到那个男人,和他谈谈,我要找他算账,告诉他因为他犯下的错误而导致的这一切。我要跟他说说我那天是怎么度过的,原本以为玛尔塔活着,当我得知她的死讯后,那一整天的事反复出现在我的噩梦里,我要告诉他我的切身感受,我的耳畔一遍遍回响着:"明日战场上想起我,你的钝刀就要落地。明日战场上想起我,我在人世时,你生锈的长矛落地。明天我要重压在你的心头,让我穿进你的内心,在血腥的战役中你今天结束此生。明日战场上想起我,愿你绝望而逝。"'这就是他要说的话,如果他真的说了,我一定用双手捂住耳朵,我一定会晕厥倒地,又或许,我的太阳穴也将爆裂,我可怜的太阳穴,因为我无法承受他说的这一切,却不得不乖乖地听着。"

然而德昂又一次克制住了自己,他什么都没说,依然保持着沉默,接下来的几分钟又咕哝了几句含糊不清的话,可能这次他已经默数到二十了吧,随后他用嘶哑的声音不慌不忙地回答了特耶斯,可能也是因为有了无尽的耐心吧,那是我们欠死者生前爱过的人的:

"您看，胡安，您觉得整件事都是我的错，这种想法甚至已经在您心里根深蒂固了。好吧，也许是吧，我是有一部分的责任，而且我知道已经没办法说服您了。我可以给您看我订的机票、酒店、餐厅，甚至我在伦敦买的那些东西的票据，但如果您宁愿相信我不在伦敦，觉得这种想法对您来说有意义的话，可以啊，您就这么认为吧，反正也不能改变任何事情了，无非就是您日后对我的评价更低了，没关系，或许从今天起我们也不会经常见面了，也没什么理由要见了。我反正不在乎。我完全不知道玛尔塔把那张写着我地址和电话的便笺放在哪儿了，也许她放到包里，然后不小心掉在大街上了，也许是被风吹到窗外然后被清洁工给扫走了吧，我怎么知道。我所知道的就是我把纸条留给她了，现在当然没法证明了，您没理由相信我，而且我确实忘记留联系方式给我的朋友费伦了。您有一件事说对了：我不会忘记那天，像您说的那样。有些事情我们本该立马就知道，这样才不会带着错误的想法满世界地乱跑，哪怕一分钟也不行，因为世界会因这些事情而彻底改变。当每件事都变得不同甚至完全颠倒时，我们还坚信它保持着原来的样子，这种想法完全不能被接受，不过最终一定是那些花在错误上的时间让我们再也无法忍受自己。我当时多蠢啊，我们会这样想，但其实我们不该被这种后悔的心情如此痛苦地折磨。活在欺骗里或一直被骗是件很容易的事，甚至可以说是我们的天性使然：没人能摆脱欺骗，这也不代表一个人是愚蠢的，我们其实不用这么拼命地和它斗争，也不该为此痛苦。然而，当我们得知真相时还是觉得难以忍受。最糟糕的，也是对我们来说最难的，就是那些时刻——当我们之前一直认为不真实的事情最后却变得奇怪，变得飘浮不定，变得空洞虚假，变成一种魔咒或者梦境，必须从我们的回忆里删除；突然，我们好像不曾在那些时刻里生活过，对吗？像是得复述一个故事或是重读一本书，于是只能幻想着当时应该是以另一种方式生活的，以完全不一样的状态度过那些已经徘徊在地狱边缘的时刻。这绝对是绝望的来源。甚至有时这些时刻可能不是游走在地狱边缘而是早已坠入地狱的深渊。"（"这很像我们小时候常常去电影院去看连场的电影，"我想，"钻进黑暗之中开始看已经放了一半的片子，坚持看到最后一刻才能推测前面到底发生了什么，是什么让主人公陷入如此危险的境地，怎样的罪行才让他们彼此为敌、不共戴天；之后便开始放另一部电影，等到第一部重新放映时，我们终于看到了刚刚错过的部分，这才明白我们的猜测毫无根据，和真正的剧情也无关。这样我们不得不抹掉脑子里的想象，还得彻底清除自己之前亲眼所见的部分，因为那都是根据这些猜想得来的，于是，它变成了一部不存在的电影，至少变成了原电影的歪曲版。现在已经没有电影院会连场放映了，但当我们偶尔在电视上看到电影在播放时，也会发生类似的事情，只有我们等不到电视台重复播放的时候，才会在脑子里存留自己的版本，我们假设和想象的版本，尽管有时我们还是会看到结局，'寂寞先生'是如何理解那些讲述波因斯、福斯塔夫和兰卡斯特王朝的亨利们——国王和王子——

的故事的,是怎样一种奇怪的演绎和情节让他在那个孤独的失眠之夜感到如此烦心。而我呢,我并没有看到麦克莫瑞和斯坦威克演的那部电影的开头和结尾,也没听见他们的对话,在那个失眠之夜,我只是盯着模糊的字幕魂不守舍,不得不应付自己那段刚刚开始的故事。")德昂深呼吸了一下,像是想歇口气,更像是想要在结束这段由平静的开场引入却愈发激烈的说辞后调整一下自己,似乎他的思虑变成了怒气的解药或者替代品。"所以您想的是对的,那天,它一定会反复回来侵袭我,但是您没必要担心,"他说,"说来您也许不信,它已经这样了。"

特耶斯默默地抽着他的烟斗,盯着他的女婿,而德昂一说完就避开了他的注视:他看向另一边,开始用那双亚洲人似的眼睛搜寻餐厅的领班,想要结账——他在空中做了个写字的动作——像是想要结束这顿饭,至少赶紧换个话题。"他一定在极力忍住冲动,保持沉默,"我心想,"可能他想一会儿单独找路易莎,这样至少能喘口气,因为她知道事情的真相。"路易莎完全换了副态度,看起来极为懊悔,她现在不打断德昂也不催着他赶紧做决定了,再多几天确实也不会如何。德昂的话看上去对特耶斯也起了作用,他沉思着,抽着他的烟,但内心的混乱一定远远超过他能承受的理解范围:实际上,他只是想看看自己的怀疑和顾虑到底会对德昂有什么影响,也许,他也很意外自己不得不回到最初控诉和愤恨的态度,甚至变得更尖刻。看见德昂有些沮丧地挪开了视线,他又鼓足了勇气:

"不管怎么说，你就是不在她身边，不管怎么说，她就是没法给你打电话，虽然有可能是她决定不打扰你的。她肯定是发现你很轻浮又很冷漠。要么就是在她告诉你之后，你却指责她大惊小怪或言过其实，你甚至不愿动动手指，告诉我们或者叫医生。谁知道呢。只有她了解你。不管怎样，我们知道的就是你这个人靠不住，"他再次用了"我们"把眼前的这位丧妻之夫，他的女婿，排挤在外，"我们也没什么理由见面了，这句话你倒真说对了。要是哪天我死了，你可能还在伦敦、坦皮科或伯罗奔尼撒吧，反正肯定不可能在我身边。这顿饭也不需要你付钱，这儿的人都认识我。"

德昂把钱包放到一边，他是在刚刚叫了服务员之后掏出来的。我猜他已经受够了，有时继续保有耐心的方式就是退出对话，不再听下去。阴沉的表情让他原本粗糙的皮肤上的一道道纹路变得更深，他老了以后应该就是这样。他饱满的下巴似乎绷到了最紧，啤酒色的眼睛像是着了魔，也许是狂风骤雨里绿色闪电的映射。他的眼睛瞪得很大，像是极度干涩或悲痛的样子。他站起身，从架子上取下之前挂在那里的风衣，穿上它，将手插进口袋。

"既然不用付账，那我也没必要待在这儿了。我还要赶时间。再见，胡安。路易莎，我们俩晚点再谈。再见。"

他还没喝咖啡，最后一句应该是对我说的（只是为了不显得太无礼，我也说了句"再见"），他亲了亲路易莎的脸颊（她对他说了句"我晚点回家里找你"，好像那个家已经属于他们两个，特耶斯什么都没说）。德昂走到门口，和一直送他并给他开门的领班告了别，胡安·特耶斯先生的亲戚应该享有这样的待遇。他竖起风衣的帽子，聚在门口的人群堵住了出口，他不得不拨开一条路，随后钻进了雨里。我想现在我没法跟着他了，这本是我吃完饭后的打算，等到要离开餐厅的时候我将没有别的选择，只能跟着路易莎，如果我还想跟着谁的话。我没什么要紧的事情做，那一整个星期都留出来和特耶斯一起为"孤独者"工作，手头的电视剧本也不着急，也许他们最后会放弃这部电视剧，不过钱还是一样要付给我。特耶斯喝完了咖啡，应该已经凉了：他是一口喝完的，像在喝伏特加一样。然后他又想起了我还在场，委婉地向我道歉：

"我女儿当时没法求助，"他解释道，生怕我没理解他们刚才的对话，"医生们说她这种情况很难救活。但我一想到她在床上孤独地死去，连一点安慰都没有，同时还在担心着孩子没人照顾，我的心就碎了。"他的恶意和怨恨都被德昂的离开带走了，好像之前也是被迫露出一副凶相。"我只是没法承受这一切。"他加了一句。

"奇怪的是，爸爸（我之前已经告诉他好几次了），"路易莎接过话（这是她第一次跟我说话，前面括号里的就是她对我说话的内容），"她也没通知我们。她可能没法打电话给在伦敦的爱德华多，但她可以打给我们，问题是她没有。"在我看来，她说这话是想给德昂扔一根救命稻草，他并没有揭穿自己死去的姐姐，这让她对他有些歉意。路易莎想了一会儿继续说："也许她不相信自己会死，可能觉得很快就会熬过去了，不想在那么晚的时候打扰任何人。或许也是她没意识到，所以根本没在怕什么。只有意识到事情的严重时，人才会感到害怕和担心。"

我很想告诉特耶斯："相信我，她不是一个人在床上，我知道的。她不是孤独地死去的，也没有那么凄惨，因为她过了很久才意识到自己要死了，而且当她有这个意识的时候，曾对我说'抱着我，抱着我吧，拜托你抱着我'，我也确实抱住了她，我从后面用双臂环住她，因为她也不让我做任何别的事，她说过'什么都别做，你等等'，她不想让我挪动她一步，也不想让我打电话给任何人。我用双臂环着她，拥抱着她，这样至少她死的时候是靠着我的，有我的触碰和保护。您也不用太痛苦。"

但我说不出口。

"我感到很抱歉，我不应该跟着你们一块儿来吃午饭的。"我嘴里只能说出这些话。

"不，不是您的错，"特耶斯回答我，"是我们邀请您的。我们本不打算再提到这件事。"他把烟斗架在烟灰缸边上，用手扶着头。"我可怜的孩子。"他说道，好像自己是福斯塔夫一样，烟斗里飘出来一阵烟。

暴风雨突然停了。餐厅的门口又清静了下来。

记住你的名字是多么不幸，就算明天我就忘记你的模样，名字却永远不会改变，当它印刻在你的记忆里时，就印刻进了永恒，再没有什么能把它删除。我脑海里就满是这样的名字，它所属的模样早已被我忘却，像风景里、街道上、家中、某个时期或者屏幕上浮动的污迹。一些地名和机构的名字似乎也是永恒的，无法被抹去，因为它们一直在那儿，从我们抵达某地或者从我们出生时开始，一家叫"塞维利亚鲜花"的水果店，阿方索王子电影院、马利亚·克里斯蒂娜电影院、波伊电影院、第十电影院，西贝雷斯广场附近的巴克霍尔兹书店，还有那家保留着自己老招牌的食品店：维也纳宫廷，理索姐妹甜点店，大西洋酒店，还有别的一些酒店的名字，英国伦敦酒店、奥利尔、圣托瓦索、扎特勒、哈利法克斯，还有无数大街小巷、商铺城镇——卡拉塔尼亚索尔、锡尔河、科尔玛、梅尔克、麦迪纳德尔坎普——还有我们从小看到大的那些数不清的演员的名字，一直在我们的记忆里回响，然而我们却记不住他们的容貌：爱德华多·钱纳里、黛安·瓦西和贝拉·达尔维、伊万·德里萨乌特和劳拉·达纳、居伊·德洛姆、弗兰克·德科娃和布里吉德·巴兹伦,这些名字一旦在屏幕上再次出现,就会刷新我们的记忆,让我们想起多年前第一次看那些经典不衰的电影时是怎样一番场景。地方则会改变,有些商店已经不在或是被银行取代了,有时存留不变的其实只有它们漫长的影子,我们从街头望过去,却不敢步入其中,透过玻璃橱窗,我们模糊地认出了里面的老员工或者店主,小的时候,他们曾递给我们巧克力糖,曾跟我们开过小玩笑,就这样,突然看到他们佝偻着衰老,最后腐朽,把我们从未参与的生命丢在身后,他们站在木质或象牙的柜台前,做着和过去一样的动作,只是不再那么坚定,愈发沉重缓慢:算不清应找的零钱,也打包不好客人买的东西。我几乎记不起九岁或者十岁那年家中那个年轻金发女佣的模样了,父母不在家的时候,我经常狡猾地把她拖倒在床上然后挠她的痒痒,但她的名字却在我的脑海里挥之不去:佳蒂。小时候我们总会在度暑假的地方遇到一个跛子,他坐在带着摇柄的小车里卖香烟、口香糖和火柴,我现在想不起他的脸了——好像是个少年,带着骄傲又天真的表情——但对他的名字依然记忆犹新:埃利塞奥。那些原本孩子气的脸庞也都脱了稚气,对上学时班里最平凡的或者跟我不太熟的同学的记忆都已渐渐模糊,但我还是能想起他们的名字,好像听见贝尼斯小姐在点名一样:兰贝亚、兰特罗、雷伊纳,还有塔塔伊、图伦、维达尔。还有另外一群男孩,夏天的时候我总在公园里和他们打起来,现在他们的容貌也早已在我脑海里淡去，但我永远无法忘记他们响亮又复杂的姓氏：卡萨杜埃罗、马萨利埃格斯、维于翁达斯和奥乔托雷拉。我早已忘却了那个理发师的面孔，他常到我祖父家给祖父剃胡须，再给祖父稍稍整理一下所剩不多的头发，但我知道他叫雷米吉奥，我不会记错的。还有那个凶巴巴的秃头擦鞋匠，蓄着浓密的胡子和鬓角，穿着一身黑，只在脖子里围了条红丝巾，他时常警惕地坐在他的箱子上，我记得他的名字：马诺莱特。还有那个小个子的报刊亭主人，留着整洁的小胡子，我已经记不起他的名字了，但绰号倒是让我记忆犹新：我和兄弟姐妹们叫他"威廉·德克尔"，出自电影《七鹰大厦宝藏》[①]里的一个角色，油腔滑调又胆小懦弱，和他正好相似，我们还经常给他留恐吓信息，署名为"黑手党"，在一张被放大镜的反射光烧焦的纸上写下："你的日子快到头了，威廉·德克尔。"有一年我的数学考试没及格，有位老师辅导了我一个夏天，现在我只能记起他凸起额头上的伤疤，那是战争留下的痕迹，他用河水把头发梳理整齐以便遮住它，我能清晰地记起他的名字，维克托里诺，是个当年很流行的名字，现在已经不复存在，或者说没人在用了，那是特属于那个年代的名字。我还能想起另一个有耐心的、微笑着的高个子男人，他是卖唱片的，是他的名字让我的脑海里渐渐浮现他的模样：他叫维森·维拉，这也是他那家店铺的名字。然而我记不起那些年每天早上跟我打招呼

[①] 1959 年的英国电影，由理查德·索普导演。

的那个门卫的脸了，只记得他总是从门房里欢快地跟我摆手：他的名字是汤姆，这我不会忘记。

记住你的名字是多么不幸，就算明天我就忘记你的模样，而那些终有一天我们将无法再见的脸庞也许会背叛自己也背叛我们，在规定期限中，在剩下的时间里，他们渐渐远离原本固定的形象，在我们自愿或者不幸的缺席时间里过着自己的生活。那些因为我们没有挽留或者因离世而永远消逝的脸庞会在我们的记忆里愈发模糊，记忆不是视觉的功能，尽管有时我们会自我欺骗，相信一些早已不在我们眼里的东西，让回忆蒙上一层迷雾，这时那模糊的形象便会从我们的幻觉、思念或者偶尔也从我们的想象和厄运里重现。我可以说完全不认识你，如果我不知道你那从未改变的一直带着干净的光彩的名字，那么即便有一天你消失不见甚至离开人世，我还是只能这么说。名字才是永久存留的，无论人活着还是死了，不仅如此，名字也是唯一能帮助我们辨认自己、让我们不失去理智的东西，如果有人否认我们的名字，告诉我们"虽然我看见了你，但你不是你，虽然你在这儿，但你绝不是你"，我们便会在他面前失去自我，直到他们把名字还回来，我们才能重拾自我，名字就如空气一样陪伴着我们。"我不认识你，老家伙，"哈尔王子对他的朋友福斯塔夫说，从他变为亨利五世的那一刻起，"我不知道你是谁，以前也没见过你，别来跟我求情，也别说那些甜言蜜语，因为我早已不是原来的我，你也不是以前的你。我抛弃了旧时的我，所以如果你哪天听见我要做回过去的我，那时你才能靠近我，你也才能恢复原本的你。"如果这事发生在我们身上，我们一定会恐惧万分，心想："他怎么可能认不出我？怎么能不用我的名字称呼我呢？"但有时我们也会自我安慰："幸好他现在叫不出我的名字也认不出我了，他一定不愿承认我的所作所为，但他无法否认，所以就慈悲地否认他认识我，让我在他眼里继续保持原本的样子，也因此拯救了我。"

早些时候的一天晚上，在我身上也发生了类似的事情，那是在比我知道玛尔塔·特耶斯、她的父亲、德昂、路易莎还有欧亨尼奥的名字还要早的时候，在那个场合里，否认是相互的，如果那叫作否认，如果那时也有承认的余地的话。那天我很晚才开车回家，看见有个女人站在贝克尔兄弟大街上，那条带坡的街道又短又曲折，街的一头和卡斯蒂利亚大道交会，又陡峭又迂曲，好像同一个角度上架着两条分开的街道，上下两部分通过一座桥连接起来，那是条很颓败的小街，经常能看见妓女和异装癖者占着属于他们自己的位置，虽然通常每次只有一个男人或者一个女人，斜坡脚下的拐角处也常能见到一个孤独的女人在等待，远处几条街道向不同的方向延伸出去，在卡斯蒂利亚大道的另一侧，比马利亚莫丽娜街更远的地方，有更多妓女，她们更紧密地聚集在一起，相互陪伴着，即便是秋天和冬天也穿着暴露，就这样彼此嫉妒地等待着。我总能在我常常经过的那个街角看见不同的女人，她们穿着打扮也都略有不同，给人一种探险家或者流亡者的感觉，也许她们会抽签决定谁今晚可以占据某个地方，因为那里不引人注目，隐于深处，却又常有人经过，甚至还有极佳的防卫体系（美国大使馆就在不远处），是个寻找流动客户的好位置。那晚，我像平常一样停在了红灯处，从车里望向那个妓女，眼神中交织着好奇心、幻想、控制欲和遗憾，那是我们这些不召妓的男人们常有的眼神——或许只是种自以为是的眼神。红灯变绿的那一瞬间，我并没有发动车子，而是继续透过车窗看着她，我确定她是个女的，而不是异装癖者，我甚至觉得自己知道她的名字。她穿着一件短风衣，露出裹着黑色丝袜的半条大腿，双臂交叉着，似乎觉得很冷，但不至于无法忍受，看见我的车仍然停着不走，她便昂首挺胸了一下，让我看清她的长相——应该说是让驾车的司机看清，而不是我，她那时并不能看清司机就是我——她的裙子比风衣还短，上面是件特别的紧身衣，一看就是为了凸显胸部——毕竟是紧身衣。她把手插进风衣口袋，顺势让它敞开或者是半敞着，动作呆滞却带来无限风头。我停在那儿，右边留给和我同一个方向过来的车足够的空间，实际上我不太需要挪动或者占据人行道，那样做会让我的意图太过明显，让她觉得我有兴趣，如此一来，我可能不得不跟她说话，至少得交流两句。但实际上，尽管我确实兴趣猛增了几秒——这着实让人有些担心——但我不确定我想不想跟她说话，也不太想更清楚地看见她，因为我害怕听见她的名字然后认出她，我觉得她叫希丽亚，希丽亚·鲁伊斯，希丽亚·鲁伊斯·科芒达多尔，她常常用自己的全名，那是我前妻的全名，多年前我们曾携手步入婚姻，不过之后又分开了，不久前才离的婚。

此外，我也听到了一些流言蜚语，我是从一个消息灵通的知情者那里听到的，他的消息一般都很准确可靠，只要不是故意骗人或者欺诈别人：他是鲁伊韦里斯·德托雷斯，尽管他跟我说的时候我并不相信。我的婚姻尚存时，相对于那个浮躁不安的时代并不算很糟糕；一共大约维持了三年，对于一个如此年轻的新娘来说已经相当长了，她穿上婚纱时比我整整小十一岁，我们现在的年龄差可能没那么大了，一些事实和观念会改变人的年纪或者让人分辨不清。她坚持要嫁给我时才二十二岁，而我三十三岁，那是一个没有长远规划的人说出"永远"时的坚持，或者你也可以换个词——"无期"（所以她那时觉得结婚是件令人高兴又融洽和睦的事情），对她来说，童年的事情都还历历在目，又怎么去想象一个和现在完全不同的将来，她天真的冲动劲儿根深蒂固，那是一个人与生俱来的个性。我同意了，因为一瞬间的意志薄弱和兴奋狂热，头一年这两样东西战胜了生活里的其他琐事，现已不记得那是怎样的感受；年轻女孩让我开心，能让人开心也是人们对年轻女孩的唯一要求，所以我觉得心满意足；之后，我发现自己只是在忍受她，很快我们便总是互相激怒，当暴风雨平息之后才能再次亲热起来，情感和肉体上的和解在适当的时候非常有用，有时甚至是必要的：它可以延续一段已经结束的关系，当然不可能永远延续下去。就像大家都知道的那样，我是先离家的那个，搬到了现在住的地方，算算也是三年前的事情了。她比我小很多，所以愤怒得相对短暂些，每一次都很快被驱散蒸发，从不会累积，对她来说，下一次的——不管第几次的——怒气并不会比第一次要重，她没有什么蓄意的坏心思，持续犯错也不是为了故意冒犯别人，你必须得指出她的这些过错甚至给她解释错在哪里，她才能意识到自己做了什么。是这样的，我需要一直给她解释。但是我的怒气却会存留累积，我开始变得浮躁不安，就像我生活的年代一样。我说这些的意思是，当时她并不懂我，她变得愈渐失望，开始和我作对，所以之后我们决定不再同居，也算是不愉快地分开了。在临时休战期，我们也约定不再见面，至少等几个月后再见，等到我们觉得对方有些改变的时候，随便什么改变，除了名字。我每个月通过一位快递员给她寄支票（我们俩都能分别见到他，却见不到彼此），不仅是因为我一直以来赚得比她多，也是因为更有生活经验和能力的一方总是倾向于对生活新手负责，即便在很远的地方，无论如何我还是会担心她。现在我仍然按照法律规定给她寄支票，有时也当面给她一些现金，她需要的时候我还是会伸出援手，就像给小孩零花钱一样，虽然也许很快她就不需要了。我一般不喜欢跟别人说起希丽亚的事情。

我发现了人们常在城市里发现的东西，在这里大家都会相遇，电话总是响个不停，即便在半夜三更听到电话铃声也是稀松平常的事情，总有一部分人不睡觉，甚至不让那些想要快点入眠的人睡觉。有人告诉我在这里看到过希丽亚，或者在那儿，在别的什么地方，看见她和这样那样的人在一起，有的是你能想到的类型，有的是你完全陌生的类型，她从不缺追求者。从这些听到的信息里来看，我推测她根本就没发挥自己的想象力，只是经历了一番在大城市里被爱人抛弃的角色应有的体验：经常半夜出门，喝酒买醉，伪装快乐，跳舞放纵，浪费时间，她根本不想回家睡觉，可能有几次会在夜深人静时或者空旷的清晨放声大哭；她试图让消息传到我耳朵里，也会打听我的消息，像打听一个遥远的陌生人一样，我知道她是怎么打听的，我自己也这么做过，你的嘴唇会颤抖，会背叛你，你的声音也在抖动。我的电话有时会在莫名的时间响起，接起来时却没人应答，她只想知道我在不在家，或许她的目的也没那么卑鄙，只是想听听我的声音，即便只有几秒，即便听到的只是那个重复的疑问词。有一次睡觉前，我赤裸坐在床脚处，拨打了以前家里的电话，她接电话的时候我也没出声，因为我突然想到她可能不是一个人在家。另一次，希丽亚接连在我的答录机上留了三条消息，她说了很多话，激烈的、可笑的、挖苦的还有威胁的，但在最后一通留言时间快到的时候她突然开始哀求我，她说"拜托……拜托……拜托"，原来我早就听过这个留言，在多年前我自己的录音带里。我不敢给她回电。最好别这么做。

之后，我又听到了我一开始根本没注意到的消息，尽管这次是鲁伊韦里斯·德托雷斯亲自告诉我的，先是吞吞吐吐地，像是在试探我，然后才把话说开。他问我知不知道最近希丽亚怎么样，我告诉他好几个月前就没什么消息了，听到这话，他假装担忧似的看着我,我懂那种眼神,在担忧下有遮掩不住的消遣娱乐感。"我不知道你是不是应该更关心她的生活,应该时不时地盯一盯她。"他说。"不用,最好还是不要这么做,"我回答说,"我需要时间赶紧冲淡一切,我可不希望她又回到以前那种日子,所有问题都要靠我帮她解决,最起码也得听她抱怨或者给她建议。这可是个脱不了身的关系,也是个好借口,我已经耗费太多精力去割断和她的联系,另外,我可没少给她支票,这也算是种'关心'了吧。""好吧,那你的这种'关心'可能要再频繁或者更慷慨些了。"他回应我。我问了他原因,问他到底知道了什么,他有些扭捏又带着轻微的得意告诉了我一些让我觉得吃惊又荒谬的事情:有人看到希丽亚深夜在一家妓女常常光顾的酒吧里和两个不寻常的人喝酒,看上去像从毕尔巴鄂、巴塞罗那或者瓦伦西亚来的普通的商务人士,来马德里办点事,听上去应该不是希丽亚喜欢的类型,而且无论如何她也不可能跟这两个人一起进酒吧。"那又怎样?"我问道。"这能说明什么?"我有点生气了。"哎,你想想,就是有点让人担心,对吧?如果我是你的话,肯定会找她谈谈的。""别蠢了,"我说,"希丽亚就是喜欢出去玩,她喜欢到处晃荡,越奇怪越罕见的地方她就越喜欢,她觉得这是种冒险,毕竟她还年轻。她跟我结婚那会儿,还跟几个女性朋友一起去过好几次女同性恋酒吧,我可不觉得她是同性恋。""好吧,好吧,"鲁伊韦里斯说,"但这次不一样。""有什么不一样?""第一,她已经跟你离婚了;第二,她也不是和几个女性朋友去的;第三,他们不止一次看到她在两家妓女常出没的酒吧。"鲁伊韦里斯一边说一边依次伸出右手手指数着,小拇指、无名指、中指。"你朋友见到的次数可真多啊,"我回他,"他们也个个都是急不可耐的嫖客吧,这么喜欢去那种地方。怎么着?他们没看见有人往她胸口里塞钞票吗?有些人都不知道自己在胡乱编造些什么。希丽亚做事就是这种风格:突然喜欢上一个类型的男人,就一直和这种人谈恋爱,或者每天晚上都去同一两家夜店,过了半个月觉得玩够了,不再喜欢那家夜店和那里的朋友了,就闭关在家再待上半个月。我认识她的时候她就是这样,在她再次稳定下来、把生活安排得有条不紊之前,她是不会放弃过这样的日子的。另外,我每个月给她的钱也足够多,而且我确定她在桑坦德的父母也会资助她。她偶尔也会工作,我不觉得她会有经济问题。""你给她的钱够不够多,这得看她的需求和她的生活方式,也得看她怎么花这些钱吧。她这么频繁地出去玩。也许抽上了什么也不一定。""不可能,她一直很害怕毒品,烟和酒还行,至于毒品,她甚至连大麻都不敢尝。以前她出去玩的时候不是没人邀请过她,"我回答他,"不过,你也知道,那个和成为妓女之间还有很大的区别。你干吗告诉我这些荒谬又恶毒的事情?"鲁伊韦里斯陷入了沉默,用手拂过他那音乐家般卷曲的头发,看着地板,好像在犹豫着是继续尝试还是放弃说服我。"好吧,你想好就行,"他说,"我只是告诉你别人看到并跟我说的事情,我觉得你应该知道。""行啊,他们还看到了什么,都说出来吧,你还知道什么?"我已经有些不耐烦了。他忍不住笑了出来，洁白的牙齿闪耀着，上唇翘了起来露出了口香糖，像是一个犯了错被抓住的人在自娱自乐。"没别的了，就是这些。我觉得这已经够惊天动地了，你可能觉得只是谣言。总之，我们都忘了吧，我也不想让你生我的气。"我脑海中突然闪现了一丝怀疑。"你见到过吗？"我问他，"你亲眼见过她吗？"他深呼吸了一口，胸口跟着鼓了起来，像是某些人为了说谎说得更加顺畅和声音不颤抖需要充足的氧气一样（我当时没想到这些，三个星期后停在贝克尔兄弟大街的信号灯前才有了这个想法，那是那条街末端最低的位置，而且我看到的路牌显示，那也是奥拉将军路的起点，我一直以为这里也是贝克尔兄弟大街的一段，我想出租车司机们和其他的马德里人应该都是这样以为的）。"没有，如果我看到的话，肯定会说服你的，至少得跟她谈谈。你可以自己去检验到底是真是假，和她谈谈就行了。"

我没跟她谈，我不相信鲁伊韦里斯，也不想打电话给希丽亚打破通过长久的坚持才慢慢建立的平静，我需要它维持得更久一些。但是我找她的一个朋友聊了聊，以前她们常常见面，我告诉了她从鲁伊韦里斯那里听到的事情。我本想请她去和希丽亚谈谈，然后看看这些流言蜚语到底是怎么来的，又是为了什么，但我根本都不需要这么做。在我请她之前，她先说了一样的话，这让我觉得可能这些谣言根本没什么原因或者目的："简直太愚蠢太可怕了，这些人难道没别的事可做，只能无聊地编造这些胡话吗？可怜的希丽亚。"我请她不要告诉希丽亚我打电话给她的事，不过我觉得这是徒劳，女孩们之间的联盟要高于一切，她们总是互相诉说一切能让彼此感兴趣的东西，就算她最后没有告诉希丽亚，也不是因为我，而是为了给她自己省些麻烦。总之，我的疑虑被消除了，我没再做什么事，然后便忘了这一切。

然而现在，我停在信号灯下，它又变成了红灯，我看着卡斯蒂利亚大道上弯曲的大树——虽然已到秋天，树叶却都还在，也许是数十年来的暴风雨让它们变得这样弯曲——我同时也看着那个妓女，她像门卫一样站在那栋粉红色和绿色相间的大楼外面，那是一家保险公司的办公楼，我还盯着那个可能叫希丽亚·鲁伊斯·科芒达多尔的女人，好像突然相信了一个完全假设的场景：那个我脑海里的假设是，如果鲁伊韦里斯的消息是真的，他曾在某个晚上亲眼见到希丽亚卖淫，那他便可以在那夜包下她，而且可以坦然自若又无忧无虑地做他想做的事情。只有在事后，他才会感到一丝担心，这种担心甚至坦率到特别不真实，鲁伊韦里斯向来不会觉得任何事情是严重的，他对什么都无所谓，生活对他来说不过是一出在上演的喜剧。如果那个女人真的是她，名字也对得上——光看脸可能不够，毕竟她变老了又化了妆，已经有所改变；如果她真的是希丽亚，鲁伊韦里斯真的买了她的一夜春宵，那两个男人之间——我和他，我们俩之间——也就建立起了一种关系，这已经不是能用话语表达的，也许有某种消失的语言可以描述吧。当我得知肉体关系的不忠诚，当我目睹伴侣的更替或者婚姻的变迁——也包括我开车、坐出租车或者走路经过时看到妓女站街——我总能想起自己在英语系读书的日子，那时我听说了一个已被废除的古老动词，一个没有幸存下来的盎格鲁－撒克逊语的动词的存在，我其实也记不清了，只有一次听老师在课上提到过，但我仍然记得它的意思，一直刻在我的脑海里，实在记不得它是怎么拼写的。这个词描述的是一种关系或者说一种亲属关系，两个或者多个男人跟同一个女人发生过关系，尽管在不同时间发生，他们在脑海里记住的也可能不是同一张脸，但女人的名字却从未变过。那个词可能带有前缀"ge-"，原来的含义是"一起"，在盎格鲁－撒克逊语中有时指同志情谊、联合或者陪伴，比方说，某个我还没忘记的名词，"ge-fera"，意思是"旅伴"，或者"ge-sweostor"，意思是"姐妹"。我猜和我们西班牙语常用的前缀"co-""com-"或者"con-"的意思差不多，比如"共有者""同桌共餐的人""战友""伙伴""帮凶""配偶"①和很多其他的词汇。那个我已经记不清的消失的动词可能是"ge-licgan"，因为"licgan"的意思是"躺着"，所以翻译出来就是"一起睡过"，或者更确切地说应该是"一起干过"，如果这本来就是粗鲁的词的话。也许那个词想传递的意思不是动作而是一个名词，比如"ge-bryd-guma"，意思是"分享伴侣的"，又或者是"ge-for-liger"，"通奸同伙"，谁知道呢，我担心我可能永远不会知道那个词是怎样的，因为当我想确认我的记忆，想在脑中恢复这个词，不仅是恢

---

①原文分别为"copartícipe""comensal""conmilitón""compinche""cómplice""cónyuge"。

复它的意思，更重要的是它的形式时，我打电话去询问了以前的老师，但他说他完全不记得了；我还翻了我那本古老的盎格鲁－撒克逊语语法书，却什么都没查到，就连生僻词词典里也找不到，可能是我在记忆里虚构了它；所以当我面对当下这个场景，也只能在脑海里假设各种可能性。不管到底有没有存在过，这个中世纪的动词或者名词都非常实用又具备趣味性，同时还让人头晕目眩，当我见到那个妓女时就有这种眩晕的感觉，如果她的名字是希丽亚·鲁伊斯·科芒达多尔，如果我的假设是正确的，我就会和包括鲁伊韦里斯·德托雷斯在内的很多男人产生一种盎格鲁－撒克逊式的关系。不管男人还是女人都会忽略这种关系或者联系，它可见可触的表现就是得病，越后面的人越危险，可能这也是处男处女们在遥远的过去被赞颂的原因。那种不是你自愿选择的关系既麻烦又折磨人，甚至有些可恶，尤其是当你怀疑或者得知它的存在时。和某个人建立某种关系常常让你们开始互相怨恨甚至自相残杀，这种事情既少见又寻常，也许那个我记不清的动词主要是想描述一种关于憎恨的关系，所以才没能在本族或者在其他语言中幸存下来，这种关系是建立在对抗、忧虑、嫉妒和流血之上的，是一张有结点和分支的大网，可能会带我们走向无穷无尽，那时我们不想再用语言去命名它或者包容它，尽管从我们的所思所想、所作所为里仍能感受到这种关系的存在，此外还有另一种令人困扰的提示，就是那些"一起睡过"或者"一起干过"的人；当然也可能完全相反，或许有种性关系居然能让睡过你的人给你带来某种声望，甚至能让那些建立、存续甚至获得这种关系的人都变得尊贵起来，让他们在得病的同时也捡到了名誉和声望，这种关系在当今这个社会比过去任何年代都要多得多，甚至变得更加公开，我不觉得自己变得高贵了，但在这段假设里我是先锋。

绿灯又亮了，那个女人看见我还停在那儿，车子也没熄火（她看不见我也不知道我有多么眩晕），迈出了充满期待又有些迟疑的三四步，显然她觉得应该靠近我一些，让我看得更清楚以便做出决定，也许她在那个寒冷的星期二晚上还没机会去一栋公寓或者上一辆车，她不想让自己的脚步和逗留给任何人留下任何痕迹，又或者只想默默地混入她混乱、糟糕且脆弱的记忆里。就在那时，我突然觉得有些过分——怎么说呢，有点羞辱人——居然让她必须走到机动车道上来，让她冒着风险靠近我的车窗。我见右边没有车开上来，便把车挪到了人行道上，停在了公交车站的前面，也许她和她的同事们下雨时会躲在那个站台的屋檐下——16路和61路——几乎能在卡斯蒂利亚大道附近转个遍，我就停在那个拐角的地方；她好像意识到了我要做什么，加快了步伐，举起一只胳膊，她好像在叫停我，生怕因为自己的犹豫或者骄傲让一个客人跑掉，但她平时似乎也是这么招呼出租车的。我还是没熄火，虽然我也不确定是不是该跟她说些什么或者请她上车，这可不单单取决于她的名字了。我看见她健壮的腿慢慢靠近，黑色的丝袜还闪着光，于是按下了右边的自动窗户。她弯下腰想看清我的脸，顺便跟我说话，把一只胳膊肘撑在车窗上，这可能是一种小把戏，为了防止车里的人因为后悔自己的举动又赶紧关上窗户。她目不转睛地盯着我，好像从未见过我一样，尽管我觉得她一直在屏住自己的呼吸：如果她是希丽亚的话，她可能在犹豫第一句话要说什么或者要回答什么，也可能在准备变声，改变平常的说话方式，她在争取时间。在我面前的确实是希丽亚的脸，我已经很熟悉了，但同时我又觉得不是她，眼前的女人梳了个刻意显得凌乱的头，烫了波浪卷，染了金色发绺，希丽亚绝不可能打扮成这样，她的妆容我也从没见过，嘴唇涂得血红，轮廓实在太过突出，睫毛一看就是假的，眼线画到了眼角处，让她的眼睛看起来更狭长，也更引人注目了。她身上的衣服也不是希丽亚会穿的，裙子太短，上衣太紧，只有那风衣有可能是她的，因为当我在灯光下近距离观察她时，我发现那不是件风衣而是件雨衣，有点像她之前穿过的那件，高跟鞋也可能是希丽亚的，我们以前常去参加派对。她依旧撑在我的车窗上，不时地抬起眼，迅速瞥几眼她右边的另外两个妓女，她们显然在等待我们交易的结果，如果我们没有谈拢的话，她们也还有机会，这点她们完全相信。其中的一个抬头望了望大道上的树——应该叫树丛——好像被树枝那些没有规律的轻微摇摆吸引了，比较确切地说，应该是树叶的摇摆，那时只有微风和云。从远处看过去，她们好像没有那么漂亮也没有那么艳丽多姿。

"上车。"我边说边打开门，迫使她不得不暂时把胳膊从车窗上抬起来。我不知道要跟她怎么说，我想如果我在那个时间撞见希丽亚一个人在街上也会这么命令她的。我仿佛化身那个有着大手掌和又笨又僵硬的指头的男人，控制着方向盘——我的手指像钢琴琴键一样——坐在驾驶位上，开了车门，邀请她上车，我是告诉她应该做些什么的人，是给她下达命令的人，这一切都不太像和希丽亚在一起的时候。不过我们的交易还没达成。

"哎，等等，等等。我们去哪儿？你准备好了吗？"她说着往后退了一步——鞋跟在地上蹭了一下——用一个拳头撑着自己的胯部。她做这个动作的时候我听见了手镯的声响，希丽亚以前也会弄出这个声音，尽管更干脆些，没那么多装饰，也许是她戴起来更紧一些。

"我们先在这儿附近兜一圈吧，我准备得很充分，你放心吧。来，你拿着，这样你也会对我好点。"我回答她，顺手从裤子口袋里掏出了几张钞票递给她，我带了不少现金在身上。这个举动也没有任何问题，我想说的就是这些，而且她也明白我的意思。我伸出手把钱递给她，像在递一副牌，此时又突然觉得自己太不谨慎了，如果她不是希丽亚呢：这样好像在邀请她抢劫我一样——也许是大家所说的催眠吻——我们总是想占有眼前的一切，想把它们牢牢地抓在手里。她对我来说还是太像希丽亚了，以至于我没法不信任她，也没法确定那不是她。总之，那就是她，就算我错了也无所谓。

"那好，我就先拿着这些，暂时拿着，就当是兜一圈的酬劳，可以吧？"她说着抽走了两张钞票，像抽走了两张牌一样，仿佛在小心翼翼地征得我的同意。她把钱塞进包里。"一会儿我们再聊,如果你想的话,我们也可以兜远点,比如巴拉哈斯或者瓜达拉哈拉。当然如果你想去巴塞罗那的话,得先去一趟自动取款机。"

"来吧,上车吧。"我说着,拍了下右边的空座位。灰立刻扬了起来。

她上了车,关上了门。准备离开的时候,我看见另外那两个妓女坐在台阶上,她们的机会化为了泡影,穿着这么短的裙子坐在石头上等人光顾一定很冷吧,之前还下过雨,地面都还没完全干。希丽亚的裙子也是这么短,以至于当她坐在我旁边时我感觉她像是没穿,我能看见她大腿那截没被弹力黑丝遮住的部分——她没穿袜带,露出的部分非常白,太白了,不太符合我的审美,那可是秋天啊。我渐渐开出了那个街区,往卡斯蒂利亚南边开去。

"嘿,你去哪儿?"她问我,"后面那几条街,我们最好选一条开进去。"她指的是福图尼、瑞格尔侯爵、艾斯金萨山、詹纳、神圣费尔南多这几条比较偏僻又没什么车辆和行人的街,这几条街上都是些有钱的国家的大使馆,每个都被黑色的铁栅栏包围,还有私人花园,都铺着修剪得整齐划一的草坪,街道绿化得非常好,夜晚显得非常宁静,其实白天也一样,我的童年就是在这附近度过的,当年那两辆公交车如今已经变成红色加长版,16 路和61 路——我就是在那两路车的车站载上这个假希丽亚或者真希丽亚的——那时的 16 路类似于伦敦的那种双层巴士,而 61 路则是有轨电车，现如今我们仍能看见它的某一节车厢，像一块化石一样立在沥青浇铸的旧轨道上，那时电车和双层巴士都是蓝色的，我常坐它们上学放学：它们的数字都没变，还是同样的名字，16路和61路。这个时间车子可以在这几条街上随意停下来，熄一小会儿火，也不会有别的车打着车灯一直照你，提醒你占了它的位置，你可以用鼻子吸一吸，闲聊几句，再舔一舔那种东西，像孩子们上课前偷偷抽根香烟一样，那几条是最具异国风情也最自由开放的街道。

"别担心，我们不会耽搁很久的。我一会儿会载你回刚刚那个街角或者随便你想去哪儿都行，不会让你搭出租车回去。我想出租车应该也不愿意载你们吧。"这是种早已过时的偏见，如果她不是希丽亚的话，那也许是种冒犯。"我想先在没车的地方畅快地兜兜风。"

"行，你定吧，"她回答说，"你累了的话通知我一下，但你也别耽误太久，我会觉得自己像个出租车司机的女朋友，一直跟着你兜圈子，只是没有计价器在走而已。"

她最后说的话让我笑了，像希丽亚常逗我笑那样，每当我对她的热情和宠爱快要耗尽时，就会发现她只是好笑而已。眼前这女人说得对，一些年轻的出租车司机星期五星期六的晚上是会让他们的女朋友一起待在车上，他们必须得工作，这是他们唯一可以约会见面的办法，女孩们也总是抱有巨大的耐心，可能是她们太爱自己的男朋友了，也可能已经绝望了。他们甚至不能说很多话，毕竟有位客人坐在后面，盯着他们的后颈——尤其是盯着女孩的后颈，如果乘客是位绝望或者孤独的男性的话——甚至可能会偷听他们的对话。

我默默地沿着卡斯蒂利亚大道往南开去，我太熟悉这里了，有些地方几十年都没变，虽然这样的地方也所剩无几，卡斯蒂利亚希尔顿已经换了名字，但对我来说它还是希尔顿；铭记餐厅挂着显眼的招牌，整个童年我都觉得这是个神秘又禁忌的名字和地方；除此之外，还有查马丁火车站和皇家马德里的主体育场，有一些名字也从这里印刻进我的记忆里，是些不曾也永远不会被删除的名字，整个球队的球员我都还记在心上，有时球星贴纸上会印有他们的脸，我就拿它来当纸牌，和我的一个哥哥整日玩"正面还是反面"的游戏：莫洛尼、莱斯梅斯、里亚尔、科帕、胖胖的普斯卡什、维拉斯凯兹、桑蒂斯特万和萨拉加，如果现在还有机会见到他们，我肯定也认不出他们的脸了，但他们的名字一直留在我心中，维拉斯凯兹绝对是个天才。

我一直没说话，因为我一直在用眼角瞄着身边的这个妓女，看看是否有往事重现的感觉，像是以前那么多个夜晚载着疲倦的希丽亚一起回家一样。我很想面对面地仔细看她，这样就能好好观察她的面部特征了，但这需要时间，而且即便是脸也会骗人，有的时候，在这些脸蛋面前，你自己的情绪和感觉可能还更可靠一些，包括别人无意的举动、呼吸的节奏、清嗓的方法、某个手势、读错了的单词、说话时某个夸张的用语，还有他们的气味——当他们什么都没有了的时候，剩下的便是死亡的气味——走路的方式，跷二郎腿的样子，不耐烦地敲击着的手指，或者不停在嘴唇上摩擦的拇指；还有笑声，笑声总能揭下一个改姓更名的人伪装的面具，一个人的笑声是不会和别人混淆的，我心里犹豫着要不要逗笑车里的这个妓女，也许这样就能强迫自己去判断到底有没有分辨错了。

我一直保持沉默也是因为我在想，如果她是希丽亚的话，她为什么要在那儿站街，她不可能这么急于用钱，她可能足够轻浮也是个十足的投机分子——这显然是个苏联色彩的词语，用于描述那些常说"我已经尝试过了"的人——或者她是在报复，一个刚刚开始成形的报复，从鲁伊韦里斯的朋友们在那两个酒吧看到她开始，或者从鲁伊韦里斯自己也亲眼看到并且包了她一夜春宵开始，她的报复现在可以完美地终结了，如果我真的是我，她也真的是她的话。她可能对我也有一些疑问，我们一般都注意不到自己的变化，我也是一样，即便我可能真的有一些深刻而严肃的改变。她的报复还有什么别的表现呢？我心里默默地疑惑着，难道是让我突然地陷入一段和陌生人的关系——我不知道他们是谁，又有多少人——连她也不知道，除非她逐个数清然后记在日记本上，顺便询问他们的名字，但显然他们一定会拒绝。

"你叫什么名字？"我问她，我们已经开到了卡斯蒂利亚大道的尽头，我掉了头想从相反的方向开回去。

"维多利亚。"她撒谎了，如果她是希丽亚的话，就算她不是，那也可能是骗我的。但如果她是希丽亚的话，那她一定是故意这么说的，还带着讽刺、狡猾甚至是愚弄的口气，因为那是我名字的阴性形式①。她从包里拿出一片口香糖，车里顿时满是薄荷味。"你呢？"

"哈维尔。"我自己也说了谎，意识到不管哪种情况我都是在骗她，她是维多利亚也好，是已经不属于我的希丽亚也罢。

"又一个哈维尔，"她评论道，"这个城市到处都是哈维尔，也许这是你们所有人都喜欢的名字吧，我也不知道你们怎么想的。"

"所有人是谁？"我问她，"你的客人们吗？"

"就是一般的男人，难道你觉得我认识的男人只有嫖客吗？"

她性格有点暴躁，希丽亚倒不会这样，如果真是她的话，那这表演还挺成功，可能她干这工作有段时间了吧——可能超过一两个月了，我有四五个月的时间一直在试图躲着不见她——已经被其他同行传染上了一些她们常有的习惯。我突然想到她这么生气可能还因为我这么快就决定跟她交易，还是提前付款：她可能心里也在疑惑，想着我是不是因为她的长相而找她的，这到底是完全偶发的事情，还是我只是个普通的长期嫖客，而她在我们的婚姻里却并没有发觉。

"我不是这个意思，对不起，我知道你也有家人。"

"算了吧，我都没见过他们，别跟我提关于家人的事。"她用

---

① 主人公的名字是维克多，即"Víctor"，是"Victoria"的阳性形式。

一种愤愤不平的语气说道，眼里依然笼罩着黑色的夜幕，"喂，我也认识很多人好吗？"

"好好好，对不起。"我回答她。

我们的对话进行得不太顺利，还是保持沉默比较好。有一刻我觉得她就是希丽亚，我想我们可以放下伪装，谈谈曾经的所有事情，敞开说说各自的疑问，不过片刻之后我又觉得她应该不是，她就是那些和希丽亚长得极其相似的人中间的一个，这种事确实偶尔会发生，仿佛希丽亚有了另外一段生命和故事，就像童话故事或者历史剧里写的一样，一个在摇篮里的婴儿被人调换了，从此同样的身体里承载的却是另一段不同的记忆，不同的名字，还有不同的过往，是没有我参与的过往，也许是个吉卜赛小女孩的过往，坐在一堆破烂的最高处，废品车被一头骡子拉着，那是我们的"拾荒小姐"，颠簸中不停地撞上路边饱经风霜的大树的枝叶，看着那些嚼着口香糖的有钱小女孩们坐在双层巴士的上层（但她有可能太小，还看不见她们）。虽然解释得这么复杂也许没什么必要，其实没什么明显的界限，所有一切都暴露于动荡和变化中——时间的另一侧，它的黑背——你在生活里看到的，就像在小说、戏剧和电影里看到的一样，作家，智慧的乞丐，失去王国或者被奴役的国王，被监禁于高塔之中又被枕头闷死的王子，自杀的银行家们，被硫酸泼过或者被刀子割伤后变成野兽的美女们，溺死在甜得发腻的酒瓮里的贵族，像猪一样被倒吊着或者被马拖到街上的群众的偶像，成神的逃兵和成圣的罪犯，因整日酗酊大醉而变得愚钝的智者，诱惑最美女性的瘫痪国王，他让她们回避自己的仇恨，甚至完全改变了这种仇恨。还有那些情侣，意欲杀害深爱着自己的另一半。刀刃异常锋利，你一招出错就可能让本该躲闪的那一侧刀锋掉落在地，你将就此毙命，无论如何你都可能被刀刃所伤，总有一侧会迅速落地，这侧或是那侧：你要做的就是躲开甚至原地不动。

"怎么样？车开得挺开心吧？"又一阵沉默之后，维多利亚问我。"你是在为开F1赛车练习吗？还是在考虑我们要去哪儿？你需要我看一眼地图吗？我觉得你可能迷路了。"她说着，还打开了车里的杂物箱，用行动明确自己的意图。

"你别急啊，这些时间我都会给你算钱的，"我没好气地回答她，猛地一下关上了杂物箱，"你别抱怨了，坐在这儿总比在那个角落里冻死好多了。你在那儿等了多久？"

"那跟你没关系，我不谈工作上的事。如果要我空闲时间还谈关于工作的事情，你也应该跟我说说有关你的。"她使劲地嚼着口香糖，我把车窗打开，好驱走一些薄荷的味道，那味道已经和她身上好闻的香水混杂在一起，不是希丽亚常用的那支。

"好吧，所以你不想谈你的工作也不想谈你的家庭，不想谈任何事：你不用工作就先拿到预付款时就是这样的作风吧。"

"并不是，"她回答道，"你想的话，我现在还给你，等我们结束了你再给我。不过你得知道我的工作不是负责给你提供各种信息，每个行业都有自己的规矩，好吗？"

"你在这儿就应该做我让你做的事情。"我也被自己说的话吓了一跳,跟维多利亚或者是希丽亚,无所谓了。我们男人有一种吓唬女人的能力,仅仅用变调的声音,或者几句冰冷的具有威胁性的话就够了,我们的手掌更加强大有力,已经紧握了好几个世纪。这是一种骄傲。

"行行行,别对我这么凶。"她用一种想要调和气氛的语调说道。当听到她说"别对我"时,我平静了下来,那语气实在很嗲。

"你才凶呢,打一上车开始就是。谁知道你和之前的客人发生了什么事。"我觉得我和她之间似乎转入了一种夫妻间的荒谬对话或者少年间的争执。我立马又补了句:"抱歉,我忘了你不喜欢谈论你的工作,女人总喜欢保守她们的职业秘密。"

"难道你很喜欢谈论你自己吗?"维多利亚反驳道。"来吧,你说说你是干什么的?"

"我不介意谈啊。我是个电视制片人。"我又一次说了谎,而且非常谨慎,还好我认识好几个真的制片人,在一个妓女面前,我还是能演好这角色的。我等着她问我制作过什么节目或者给她提供点证据,但她根本不相信,所以什么都没问我(也许她不相信我是因为她是希丽亚,如果那样的话,她很清楚真相是什么)。

"晚上这个时间你想是谁就可以是谁,"她说,"就像你说的,我们在这儿是为了让你们男人开心。"

我决定往她一开始建议的那几条安静的外交区域的街道开去,找个地方方便停车。我在福图尼街找到了停车位,离德国大使馆不远,那个时间的大使馆似乎空无一人,门房的灯也熄了,可能这样门卫反而看得清楚些,而且能保证自己不被发现。我们在爱德华多达图街的转角经过时看见了两个异装癖者,他们很明显不是女人,静静地坐在树下潮湿的木凳上,被成堆的黄色落叶包围着,大概是扫马路的清洁工被工作中的他们吓走了。

"你们女孩对他们有什么看法?"我熄了火之后问维多利亚,拇指朝后指了指。这下我也用了"你们女孩"这种复数形式来回应她刚刚的"你们男人"了。

"你又来了。"她说。但这次她给了我答案,想抹去刚刚给我带来的粗暴印象,尽管效果并不明显,总不能闹着别扭还发生肉体的触碰吧,就算这种触碰是由一场交易产生的,是得按着规定来的,是收费的,也不可以:"呃,虽然我们工作的领域相同,却没什么冲突。他们有他们活动的地方,如果哪天晚上他们中间没人出现,我们也能用用他们的地方,如果他们之后又来了,我们就离开还给他们。他们一般不惹什么麻烦,都是客人们在惹麻烦。"

"你刚才说我们凶是什么意思?"

"你们有些男人真的很吓人,"维多利亚回答道,"有些真的是混蛋。"

"我吓到你了吗?"我愚蠢地问道,因为我一张口就意识到她随便回答什么我都不会满意的。如果她是希丽亚的话,我是不会吓到她的,但她的举止让人感觉她真的不是希丽亚。我呢,却表现得很像我自己，除了撒了几个小谎，可能算上这几个小谎也一样。

"现在还没有，不过谁知道你待会儿会对我做些什么。"她说话好像别有用意，似乎猜到了我瞬间的思想活动，也可能不是。她又一次说到了"对我"，一说这话，似乎我就被征服了。"你想要什么？帮你'吹箫'吗？"她说着便从嘴里取出了正在嚼着的口香糖，用手指捏着，犹豫着到底要扔掉还是留着。我还能在那一小团东西上看见她的牙印，这绝对能用来判断一具尸体的身份，如果能找到死者的牙医的话。

"一次又一次地上陌生人的车，你不害怕吗？"这个问题不仅出于对希丽亚的关心也是对维多利亚真正的关心，虽然更多是对希丽亚，"你都不知道自己会遇到些什么。"

"当然害怕，但我努力不去想它。你干吗这么问，我应该怕你吗？"她的声音里透出了一丝警觉，我看见她望了望我当时还放在方向盘上的手。突然间所有嘲讽都消失了，那个关于害怕的话题和我接连不断的提问真的让她害怕起来了。把一种可能性、一种恐惧感和一种想法植入另一个人的脑海中是多么容易的一件事啊，我们太容易被影响，甚至会相信任何事情，有时只需要一个点头就能达到目的，假装自己知道些什么，怀疑别人对我们的怀疑，我们出于害怕就能下意识地揭发我们自己，就能揭露我们原本试图保守的秘密。希丽亚，或者是维多利亚现在对我感到害怕，如果是维多利亚我倒可以理解，但如果是希丽亚的话，她会怕我吗？也有可能会，如果她开始怀疑我正在怀疑她用自己来报复我，在没得到我的同意和我一无所知的情况下，用强加于我的那些非血缘关系来报复我。但这让我怎么同意呢？也许她在试图让我和我自己产生关系，哈维尔和维克多，这样我就不得不同意了。

"不不，当然不是。"我笑着说道。但我不知道这样够不够，我现在已经把恐惧感植入她的脑海中；女人知道她们能从男人那里得到的向来只有妥协——一种力量的自愿投降，一次专横的临时休憩——而且他们随时都会收回这种妥协。

"那你为什么要问我上陌生人的车会不会感到害怕，这不就是我现在跟你在做的事情吗？"恐惧感闯入脑海的瞬间吓到了她，她很想在这种恐惧感持续存留之前把它甩掉。她把嚼过的口香糖又放回嘴里，刚才没扔掉是对的。"你不就是想吓吓我吗？别忘了，你也是个陌生人。"

她为什么要确认显而易见的事情呢？如果我是我、她是维多利亚的话，我在心里默默地问自己。我现在看清了，昏黄的路灯透过半遮半掩的树枝隐约照亮了她的脸，照亮的是希丽亚的脸却不是希丽亚的名字。现在希丽亚应该差不多二十五岁吧，而维多利亚似乎看上去要大几岁，二十八或者二十九吧，好像提前预演了一小段时间的希丽亚，她脸上的第一道皱纹和眼里的疲倦与憔悴揭示了这一点，她糟糕的生活或一时的厄运预言了这一点，从她夸张的妆容——对于一个如此年轻的姑娘，这样的妆容实在有些过分——和她那不足以蔽体而吸引人眼球的着装也能看得出——白色紧身衣凸显了她高耸的乳房,迷你裙让她的大腿展露无遗,那条裙子,因为她太多次坐在那些夜车的副驾驶座上,已经变得有些起皱又陈旧,或许也因为她之后还会跪在地上,甚至还可能四脚趴地——还有她随着时间变化而显露的害怕或者愤怒的表情,故意止住或者伪装出来的善意,那个女人一直让我觉得很好笑,现在我还是这么觉得,我喜欢她发亮的雨衣,她一直咀嚼不停的嘴巴,她粗鲁的待人方式,她那双还蒙着黑暗夜色和恐惧的眼睛,恐吓着我的双手,我的欲望,我快要发出的命令,对我来说,记住你的名字是多么不幸,尽管我今天可能就会忘记你的脸,明天就更别说了。我把吓到她的那双手放在她的大腿上,开始抚摸她丝袜和裙子中间露出的皮肤。

"我是吗?"我一边说一边用另一只手托着她的下巴,把她的脸转向我,强迫她看着我。她本能地向下看,我接着说:"看着我,你不认识我吗?告诉我你不认识我。"她下巴一转,推开我的手回答说:

"喂,你有病吗?我从来没见过你。你这样确实会吓着我。听着,我的记忆力可能没好到能记住所有人,不过我确定没跟你在一起过,你这样下去的话,我也不确定今天是不是要跟你待在一起了。你到底怎么回事啊?"

"你怎么能这么确定?你怎么知道你没跟我在一起过?你自己不也说记不住所有人吗?一个像你这样的人,脑子里记住的脸应该都混在一起了吧?又或者是你自己故意不去回忆他们,为了不再想起他们？这样你就能假装自己身边一直都是同一个男人，你的男友，或者你的丈夫，你可能已经结婚了或者至少结过婚吧？"

"你觉得我要是结过婚还会在这儿吗？你疯了吧。而且，你完全错了，我们都很确定看清了你们的长相，正面也好背面也罢，这样如果谁作风下流或者麻烦事很多的话，下次就不会跟他走了。跟一个陌生的家伙第一次做生意，什么事都可能发生，第二次就不会了。看清你们这些臭男人，一次也就够了。来吧，你倒是说说你想要什么，我们也能早点结束。"最后一句的语调有想要缓和气氛的感觉，虽然说得有些不耐烦。

"我的麻烦事就挺多。"我说。

"你确实挺麻烦。跟我聊关于害怕的话题，还问我怕不怕你，认不认识你。"

"对不起。"我说道。

接着又是一阵沉默。她趁机脱了她的雨衣——又一个想要调节气氛的动作——没把它扔到后排的座位，而是把它叠好后小心翼翼地放了起来，好像在电影院一样。她没穿文胸，而希丽亚总是穿着的。

"听着，"她说，"做我们这行的都多少有些歇斯底里。一个月前，有个年轻男孩在贝克尔兄弟大街被带走，就是你带我上车的地方，之后被杀了。这也是刚才那些异装癖者不继续待在那儿的原因，他们觉得那儿不吉利，所以就把那个街角让给了我们。直到我们其中的一个发生了点事，大家才纷纷离开，关于地点，我们都很迷信的。那个男孩非常年轻，很纤弱，也很女性化，不像那些大块头们，"她也像我刚刚一样，用拇指指了指后面，"他看上去真的很像个女孩。他才刚到马德里没多久，听说是从马拉加的一个村子里过来的。他当时上的车是高尔夫，就和这辆一样，不过是辆白色的，他跟着那个浑蛋到了这几条街中的一条，就是为了满足他，结果呢，第二天就被发现倒在人行道上，头被砸扁了，嘴里全是精液。他才刚学会踩高跟鞋没多久，太可怜了，也就十八岁左右吧。你猜怎么样？第二天晚上我们还是得出门站街，忘掉这一切，因为如果不去的话，就再也没有生意了，我们没有，他们也没有。所以我完全没心情管你那些害不害怕、认不认识的问题，明白了吗？"

她应该不是希丽亚，我心想；鲁伊韦里斯或者他的朋友们见到的一定是这个妓女，维多利亚，她长得太像希丽亚了，所以他们才觉得是她，可能他们还以为自己是花钱和希丽亚共度春宵了，如果他们之前买了维多利亚的服务的话。希丽亚不可能在别的方面变化这么大，不可能是她；除非她演戏演得太出色了，还编些恐怖故事来吓唬我，让我更担心她，以至于想把她从那种生活和那些危险中拯救出来，重新回到她身边，让她不再流连于这里，不再徘徊于任何酒店也不再逗留于那条不吉利的贝克尔兄弟大街（她刚刚说了："你觉得我要是结过婚还会在这儿吗？你疯了吧。"）。我没在报纸上看过那个异装癖男孩头被砸扁死在人行道上的事，出于工作的原因，我看到这类新闻一般都会特别关注一下。希丽亚擅长编故事，也擅长撒谎，不过一般不会编出这么极端的故事，她向来不太涉及这种不吉利的事，她是个天生乐观又骄傲的人。不过我又想，如果她是希丽亚的话，那她干这行应该已经有段时间了，也算是个风尘女子了，她应该了解自己工作的环境，没理由要编出点事情来，这也就能解释她为什么现在有着尖酸的风格、刺耳的言辞和粗鲁的说话方式了，人是很容易被影响的。实际上，她并不是在伪装。我怎么会这么犹豫，我怎么会这么不确定自己到底是和妻子还是和一个妓女在一起（变成妓女的妻子或者极像我前妻的妓女），我跟她生活了三年之久，认识了超过四年，曾经每天跟她一起醒来、入睡，看过她的每个角度，熟悉她的每一个姿势，甚至她在每一种心情下说的话我都听过无数遍——她躺在枕头上的时候，我还喜欢凝视她的眼睛——离我上次见她也才四五个月的时间，尽管人们确实可能在这么短的时间里发生巨大的变化，如果这是段不太正常的时间，比如经历了病痛的折磨或者想彻底推翻以前的自己。我突然觉得很遗憾，因为她没有明显的疤痕、伤口或是痣一类的东西，如果有的话，我就立马把她带回家扒光，即便冒着揭露她真实身份的风险，也想心里有个底。又或者我根本不记得她身体上那些有标识性的特征，我们总是很健忘，甚至从来不会注意任何事情，如果它们什么都不是的话，干吗要花工夫记住呢，没什么东西天生是静止的，是持久不变的，也没什么东西是永远存续的，是不断重复的，是被阻挡或者被坚持的，唯一的方法就是让一切都结束，都归于零点，这也是"独一无二"觉得不错的主意，假如现在让我回想起他当时那段虚无缥缈的发言的话；另一方面，所有的一切都在永不停歇地前进，又都相互关联，一些东西拖拽着另一些在走，却没相互察觉，一切事物从诞生之日起就开始向它的消亡缓慢前行，就算它还在发生过程中，也不会停止脚步，甚至当你在等待它的发生时，你会将尚未开启的未来记成已经发生的过去，也许直到最后，你所等待的都不会发生，因此你的记忆里满是没有发生的事。一切都在改变，除了名字，真实的或者编造的，都会永远刻在一个人的记忆里，就像刻在墓碑上一样，莱昂·苏亚雷斯·阿尔迪或者玛尔塔·特耶斯·安古洛，玛尔塔的名字已经被刻上了，她和一九一四年的那位其实并无其他区别了。如果当我问维多利亚的名字时，她就回答我"希丽亚"，那我一定会知道维多利亚就是希丽亚，那么当她转而问我时，我也许也会回答她"维克多"。那么我们便会认出彼此，可能还会相互拥抱，我们可能不会开车去那条有着茂密树丛和昏黄灯光的福图尼街，而是直接开回以前的家，现在只有她一个人住在那儿了，或者开去我的新家，这样的话，刚才在我车里的一切都不会发生，她也不会怕我了。

"当然，我明白，不好意思。"我说，"你熟悉那个男孩吗？"

"不太熟，我在那附近见过他两三次，跟他说过两句话。他常常拖着高跟鞋，好像得用脚掌使劲抓住鞋子一样，可能是不习惯穿吧，也可能是生病了，他看起来非常脆弱，走起路来好像也很迷茫。他很可爱，非常害羞，也很有教养，问了问题后总不忘跟人道谢。"维多利亚陷入了沉思，用食指摸了摸一边的眉角，希丽亚·鲁伊斯·科芒达多尔也常常有这样的动作，当她和别人争论或者讲故事讲到一半的时候，她会停下来想想接下来要说点什么，当她在脑子里搜寻合适词句的时候也会这么做。不过那时这个巧合对我来说已经没有那么大的冲击力了。"他是那种你觉得活不了很久的人。你从很远就能认出他，但似乎又觉得他是多余的，整个世界好像无法接纳他，想把他匆匆驱逐出境。如果是那样，他还不如别来到这个世界。因为现实就是这样，一个人出生，活在这个世界上，对认识他的人来说，他的死亡是件可怕的事情，哪怕对不太认识他的人也一样，人们很难理解一个曾经活着的人是如何溘然长逝的。至少我不能理解。他说自己叫弗兰妮，我猜他的真名是弗朗西斯科。他死得实在太惨了。"维多利亚把脸转向窗外的街道，露出了她的后颈，她呆呆地盯着福图尼街的人行道，我们的车就停在旁边，可能她脑子里那个可怜的异装癖男孩受伤的头颅就落在这里或者附近的地上。"真是一场可怕的死亡，荒谬的死亡，"我心想，"死前的最后一秒，头还被埋在陌生人的大腿之间，连死者本人都对自己的死法感到不屑。太倒霉了，现在我也不得不记住这个名字，却连他的脸都没见过：弗兰妮。"我想应该是这几个字吧。但我陷入了沉思，我和她之间再次被沉默笼罩，我一只胳膊肘撑在方向盘上，用拇指摩擦着嘴唇下方。不过那阵沉默很快就过去了。也许我们一直在被远远地监视着，也许就从德国大使馆外黑暗的门房。

"我们去后座坐一会儿,你觉得呢?"我问了一句话,结束了她的沉思,也打断了她食指的动作。我把一只手放在她的肩膀上,开始抚摸她的后颈。"你还得赚钱呢。"我用手指了指她的包。

她看了看我,从嘴里取出嚼着的口香糖。这次她打开了窗户,把它扔到了人行道上。

总是在暗处行动，时刻盯着别人却不能被发现，还要竭尽全力地隐藏好自己，这一切都太累了，就像严守谜团或者保持神秘一样累，地下机密让人疲惫不堪，永远得忍受一种清晰的认识，认识到自己身边有那么多亲近的人，他们每个人知道的事情不可能都是相同的，你得跟某个朋友隐藏这件事，又跟另一个朋友隐藏某件其他朋友已经知道的事情，你为一个女人编造一个复杂的故事，之后你得记住里面所有的细节，好像你自己亲身经历过一样，以免自己哪天被揭穿，你又跟一个新的女人讲述了事情的真相，除了那些让你觉得尴尬的平淡无奇的部分：在生活里，你会开心地花上几个小时坐在电视前看足球比赛或者愚蠢的竞赛节目，即便你早已成年却还是迷恋漫画，甚至如果有人一起的话，你还会再趴在地上玩一局纸牌，你会迷失在赌场里，你会为了一个喜欢的女演员变得满目仇恨甚至攻击冒犯别人，你可能心情不好地醒来，起床第一件事就是点一根烟，或者你常常幻想某种性爱姿势，是对象觉得不正常的那种，而你也不敢建议她尝试一下。你不隐瞒这些事情不是因为你自己的利益关系，不是因为你害怕，不是因为你真的犯了错，也并不总是因为要自我保护，很多时候你只是为了不让人感到乏味，不破坏愉悦的氛围，也不伤害别人，还有一些时候只是单纯的客气话，把你所有的事情告诉每个人并不是有教养的文明人该做的事，更别说暴露自己的怪癖和恶习了；有时是我们本真的自我选择了保持沉默或者篡改事实，因为我们大部分人都希望自己的祖父母辈中至少有一支是与众不同的，人们隐藏自己的父母、祖父母和兄弟姐妹，隐藏自己的丈夫、妻子，有时甚至隐藏自己的孩子（要么跟自己是一个模子刻出来的，要么更像自己的另一半），对自己的某段人生经历闭口不谈，甚至对自己的幼年、少年或者成年期感到深恶痛绝，每个人的人生传记里都会有离谱的、荒凉的或者充满险恶的篇章，有一章或者很多章是——或者全部都是——别人最好不要知道的部分，甚至是能够骗过自己的部分。我们为太多事情感到羞愧，为我们的样貌，为过去的信仰，为我们的天真无知，为曾做出的妥协，为曾显露的骄傲，为过去的忍让与苛刻，为如此多我们自己都无法确信便提出或者说出的事情，还为爱上一个曾经爱过的人，为再次成为过往朋友的朋友，生活便是如此，充满着对过去的人和事持续不断的背叛和否定，一切都在时间的流逝中歪曲变形，然而，就算再怎么自我欺骗，我们还是对自己守口如瓶、保持神秘的事心知肚明，虽然那其实大多是无关紧要的琐事。总在暗处行动是多么累啊，更累的是在明暗交接的阴影处活动，它永远都在变化，从来都不会静止，每个人都有属于自己的明亮区域，也有自己的黑暗领地，大家都会根据已知的消息、所处的日子、周边的人，还有自己的欲望来随时调整，我们总是跟自己说："我早已不是原来的我，我抛弃了旧时的我。"好像在试图说服自己和想象中不一样，因为世间的偶然和时间不经意的流逝会改变外在环境和我们的外衣——这是那天早上"独唱人"努力表达自己混乱的观点时说过的话。他还说："或者是我们费尽心思用一些旁门左道改变了自己，到最后还相信这一切都是宿命，从最近发生的事情中我们似乎看到了自己的一生，好像过去只是一个准备阶段而已，我们在它将要离去的时候才读懂它，又好像我们只有到了生命的终点才彻底明白生命是什么。"但事实也是如此，当时间一日日流逝，我们也越来越老，隐藏的事情越来越少，却越来越想要复原那些曾经被删除的部分，一切只是因为自身的疲惫、记忆的丢失，还有生命终点的临近；地下活动、隐藏的秘密还有昏暗的阴影都需要可靠无疑的记忆，准确地记住谁知道什么，谁什么都不清楚，必须向谁隐瞒什么，又有谁了解自己所遭遇的每一个挫折，每一个恶意的脚步，每一项错误、努力和顾虑，以及时间的黑背。有时我们读到新闻说某个人在犯罪四十年后自首了，一个一生正派规矩的人向法律低了头，或者私下里揭露了一个能毁掉自己的秘密，一些天真、正义、充满道德感的人认为这些人是被悔恨、想要赎罪的愿望或者痛苦的自我觉悟而征服了，实际上他们改变的原因和动机仅仅是疲惫，是做回自己的渴望，是对继续说谎或继续沉默的无能为力，他们已经无法在记忆里同时储存真正的经历和幻想出来的故事，无法在回忆里既印刻下自己改编或者虚构出来的生活又记录下真正的日常光景，无法忘记真正发生过的事，脑海中取而代之的都是臆造。有时只是身处阴影所带来的疲惫促使你说出真相，就像一个捉迷藏里躲着的人可能会突然暴露自己一样，不管是躲的人还是捉的人，都只想赶紧结束游戏，快点脱离这渐渐成形的魔咒。就像那天下午我同意路易莎来见我一样，在我跟着她离开餐厅之后，或者更确切地说，在我们俩跟着特耶斯回到他家门口之后，因为他家很近，所以我们三个是步行过去的，她和我分别走在特耶斯两侧，他步履蹒跚，好似海上的浮标摇摇晃晃，脚小得像个退休的舞蹈演员，还好不像葬礼那天摇得那么厉害，那天可不光是年龄和身材的原因让他走路失去平衡。在他家门口，我们相互告了别，我们看着老父亲如何打开古老电梯的门，坐在白色的凳子上好休息片刻，电梯垂直向上，特耶斯像一尊坐着升天的神明一样消失在我们的视野里，接着路易莎·特耶斯对我说："就这样吧，以后再见。"我也回答："嗯，再见。"或者类似的话吧，我们两人都假设彼此会再见到，毕竟我还得在特耶斯家里工作到那一周结束。

她朝着一边走开了，我原本应该往相反的方向走，不过刚走了两三步便停住了，转身看着她的背影渐渐远去，她的腿和她姐姐玛尔塔的是如此相似——可能更相像的不是腿而是走路的方式——我决定跟着她走一小会儿，直到我觉得无聊或者累了再说。

她大跨步地前行了几个街区，好像很清楚自己要去哪儿，一直不慌不忙，直到转向委拉斯凯兹大街后，才放缓了脚步，开始慢慢向路边的橱窗靠近，先是只停了几秒钟——她的鞋跟稍稍抬起，地面是湿的——似乎试图记住某个地方，然后想着下次再停下来仔细看看这里，之后她停留的时间更长了——鞋跟完全跷了起来，地面依然是湿的——最后终于进了一家时装店，我突然想起她得负责给她的弟妹马利亚·费尔南德斯·维拉买生日礼物。我很小心地停在那家店门口，从玻璃窗的一角大胆地窥探里面的情况，尤其是当我发现路易莎背对着街道在和一位店员交谈时。接着她走向那些裙子，一条条看着，摸着，身边一直跟着那位店员——那是位年轻姑娘，完全不给客户考虑的时间，一直试图预知她们的品位，她拿出一件又一件，都被路易莎摇头否定了——终于，路易莎自己挑了一条消失在试衣间里。也许是出于粗心大意或者对别人的高度信赖，她把包丢在了外面的一张桌子上，应该不是玻璃柜台，而是桌子。几分钟后，她穿着那条裙子出来了，手还忙着把衬衫塞到裙子里。这条裙子不适合她，太长了，颜色也太单调，她还是穿自己的裙子更好看些。她看着镜子里的自己，前后挪动了几步——标签还挂在那儿——看看侧面，又瞧瞧背面，我从她的表情看出她应该会淘汰这条裙子。我从间谍的位置上撤下来，走远了些，一边等着路易莎出来，一边用眼睛扫着身边的报刊亭，最后不得不买一张自己一点都不感兴趣的外国报纸。等重新回到街上后，她立马看了看自己的手表，可能她在消磨时间，等着下一个约会吧，我觉得特耶斯送儿媳一条裙子不太合适，因为这种礼物明显不是他亲自准备的，虽然这可能并不重要。路易莎继续在委拉斯凯兹大街上走着，直到走到它和里斯塔大街交接的拐角处，确切地说是走到和奥尔特加·伊·加塞特大街交接的路口（这条街很久以前改了名字，但大家还是记得原来的那个旧名，倒霉的思想家），她走进了一家比普斯餐厅，里面足够宽敞，摆设也足够多，让我能很方便地跟着她进去，继续从远处观察她而又不被发现，当然前提是我足够谨慎。我看见她走进图书区域，拿起一本书，斜着眼看了书封上的简介，又迅速扫了眼封底，就放回原来的那堆里，甚至都没随意地翻翻书的内页（他们一般都把新书放在这个位置，其中的大多数还被塑料皮包着，实在很烦人），终于，她决定选择其中的一本，一开始我看不清到底是本什么书，我走到卖光盘的区域，现在离得比较远了，而且背对着她，假装在看电影的录像带，时不时地回过头以免她趁我不注意的时候离开这里。有一刻我非常紧张（她突然朝我站的地方瞥了一眼），我只好假装在不经意间拿起一盘电影录像带做出打算买它的样子，让人感觉我在忙着自己的事情：这是个完全荒唐的行为，只要她没发现我，我做什么都是一样的，就算她发现了我也是如此。然而路易莎完全不着急，继续挑选礼物，几分钟之后，她拿着书走向食品区域，当然她手里肯定没有碟片，而我则继续跟着她，刚才那盘电影还在我手上，我停在杂志栏的旁边，开始浏览起来，一边不忘用余光追踪着她，保证自己永远都站在她身后，这是跟踪人的定律。然后我突然想起她应该不能再耽搁，得快点回家了，德昂的家，应该这么说（反正就是回某个人的家，随便是谁的），因为她从摆放着冰激凌的冰柜里拿出了两大桶哈根达斯，打开透明玻璃门的一瞬间，她的全身立马被凉气包围了，在犹豫着选什么口味的时候，那还未散开的气体让她脸红了起来。如果她到家太晚的话，冰激凌一定会化的，那天晚餐后玛尔塔给我吃的也是这种冰激凌，说不定也是路易莎买的，可能是欧亨尼奥那孩子喜欢的，两姐妹都会买给他——玛尔塔用它作简单的餐后甜点，直到那天晚上她才得知会有客人来访。这么冷的冬天给一个小孩子吃冰激凌，好像不大可能，我立马推翻了自己的假设，虽然实际上我并不清楚这个年龄的小孩一般吃些什么，当然，我对别的年龄段的孩子也没有概念，然而路易莎应该会开始注意到这个问题的，因为她要负责照顾那孩子了。那时我开始想起关于欧亨尼奥的问题，现在是谁在陪伴他呢，他那么小——这个我倒是知道——这么小的孩子一分钟都不能单独待着，除了睡觉的时间，就像那晚在斯梅拉伯爵大街的公寓里，我离开了的话，就真的只留他一人，他却一点事也没有。或许是他的舅舅舅妈暂时陪着他吧，吉列尔莫和马利亚·费尔南德斯·维拉，让德昂和路易莎与特耶斯一起吃饭，商讨一下孩子的未来，不过我的出现有点妨碍了他们。路易莎还拿了一盒上等的腊肠，几罐科罗娜啤酒，墨西哥的牌子，可能她也要用这不多的材料临时准备一顿晚饭吧，当然不是为我准备了。她走到收银台准备付钱，我则继续搜寻着她的背影,移步到她刚离开的区域,也从冰柜里拿出一桶冰激凌,冷气也包围了我,接着我立马排到等着付钱的队伍里,这样我和她之间就不会被太多的顾客隔开——幸运的是我们中间只有一个人——否则,她可能会消失在我的视野里。前面的那个人不是很高,所以没有挡住我的视线。我离她非常近,能很清楚地看见她的后颈(还好她没有突然回头)。于是我看见了她选的那本书,《洛丽塔》,不错的选择,不过那时我却有一丝奇怪的感觉,感觉这礼物送给她的弟妹有点不太合适。我在匆忙掏钱买冰激凌和那盘录影带时,才注意到自己挑都没挑就要带走的影片是动画片《101忠狗》,我完全没兴趣,但已经没时间跑去换一盘了。再次回到街上,路易莎沿着里斯塔大街朝卡斯蒂利亚大道方向走去,快要到塞拉诺大街时,她钻进了一条岔路,随后又走进了一家有着巨大玻璃橱窗的时装店,如果我还想窥探她,一定会暴露无遗。我可以在附近的酒吧等着,但我还是想随时观察着她,所以决定在店外来回不停地走动,顺便向里面扫视,好像自己是某个电影里的角色一样,不断地进入又消失在人们的视线里,从屏幕的一头走向另一头,再走回来,如果她偶然发现我,那也会是她第一次看到我经过那条市中心街道,世上总会有惊人的巧合。人行道上的地面有些下陷,出现了一个小水坑,我每次经过时都得注意避开它,于是趁那短暂的停下来的工夫,我赶紧往店里扫了一眼,路易莎正在和一位闲着的店员说话,一边摸一边看着店里的衣服,有点犹豫不决。她拿起一条裙子和一件很优雅的短袖衫(之后我看见了它是多么优雅）走进了试衣间，又把皮包和购物袋丢在了外面，店员们哈欠连天地等着她出来，下午，又赶上多变的天气，店里没有别的客人了，她们都穿着自己家牌子的衣服，我猛然间发现那是名牌——安普里奥·阿玛尼。正当我开始疲于来回走动时（正准备休息一下），路易莎出来了，穿着刚挑的短袖衫和裙子，裙子很短，暗红色的，非常适合她，比她自己原来那条更好看。我迅速从刚才活动的区域退出来，足足等了一分钟才敢重新迈开步子，再次经过橱窗的时候，我看见路易莎正同时进行着两个动作：她照了照镜子，转了个身又返回试衣间，中途就开始脱那件优雅的米色短袖衫。我瞥见了她的文胸，她双手停在空中，衣服袖子的内里都翻了出来，我还看见了她那光滑而洁净的腋下。我忍不住停下了脚步，呆呆地盯着里面看，右脚正好踩进了水坑里，鞋子很快就湿了，我能感觉到水渗入我的袜子里，浸湿我的皮肤，糟糕透了，感觉实在不舒服。再次抬起头的时候，路易莎已经消失在试衣间了，但我现在确定她就是那个我第二天晚上透过玛尔塔卧室的窗户看到的脱衣服的女人，原来是玛尔塔的妹妹，路易莎·特耶斯，也许她也看见我了，因为她当时往外张望了一下，当时我站在出租车旁，假装在思考和等待着什么人，幻想着也许那个身影是还活着的玛尔塔的。我当时是这么想的，虽然明明知道这是不可能的。姐妹中的一个已经在家里准备了冰激凌，而另一个此刻却还在买它；一个已经有了一件阿玛尼的上衣，我还帮她脱掉了它，而另一个此刻却在试着一件相同牌子的短袖衫，而且就在我眼前。我一定是着了魔了,我想,或者咒语还在持续。不过也许她是在给她的弟妹买这件新上衣,当然是以特耶斯的名义,他是位有钱的公公,一定是从佛朗哥时期就开始积攒这些钱了。路易莎用信用卡付了钱(每一件都分放在不同的袋子里),她一出门,我就走远了几步跟着她:她走回了奥尔特加·伊·加塞特大街——或者叫里斯塔大街——一直走到了卡斯蒂利亚大道,这条大道像一条河穿过这座城市,将它一分为二,河边还有绿树成荫的码头,不过这条河太过笔直,没有蜿蜒的曲流,只有柏油,连人行道和码头都没被单独架高。其中一棵大树已经被暴风吹倒,根部也被截断,地面上散落着它的枝叶,刚刚在餐厅里吃饭时窗外的那场暴风雨确实猛烈,几乎可以算是飓风级别了,也可能这棵树几天前就倒在这儿了,还没等有人来把它挪走,树枝也没被修剪过,在马德里几乎没有什么缺损或者瑕疵能被立即修正弥补。不管它是怎么倒下的,它倒在了人行道上而不是车辆行驶的马路上或河道上,很可能还砸死了某个路人。我们离贝克尔兄弟大街不远,两年多以前我曾在那条街和卡斯蒂利亚大道交会的拐角处遇见了维多利亚,还让她上了我的车,之后又把送她回这里,那时夜已经深了,是她要求我这样做的,把她丢在我遇见她的地方,于是我照做了。我们爬回停在福图尼街的车子的前座,发动引擎之前,我突然犹豫是否应该再给维多利亚一些钱,然后邀请她到我家过夜:如果她是希丽亚的话,她一定会很为难或者很郁闷,如果她是维多利亚的话,她应该会愉快地接受邀请,毕竟是被包了一整个星期二的晚上，而且计价器一直在跑着，这可不是经常能遇到的事情，一定是好运降临了。不过我却没开口跟她提，或许是再一次不敢去确定一些事情，或许是怕以后在卧室里会想起她的身影，赶走那些曾经来过我们房间的幻影绝对是世上最难的事情。

"还需要别的什么吗？"我正犹豫的时候，听到维多利亚问我。那是商店里的店员经常问你的话。

"你还想要点别的什么吗？"我反问她，也试探着自己的运气。

"啊，"她有点吃惊地回答我，稍稍带着报复的语调，"你得记住，现在我在这儿是来做你要我做的事情，你是发号施令的人。"她从后座捡起上衣，不过并没有立马穿上，只是把它摊在大腿上，小心翼翼地折好，好像正准备离开。我什么都没说，她从包里取出一片新的口香糖，一边撕掉包装，盯着手里小小的长方形，一边讽刺地说道："记住，你想的话，甚至连杀了我都行。"她愿意说这样的话是因为她现在已经平静了，完全不再害怕了，她甚至还说："你们这些男人，我瞄一眼，就知道是什么样的了。"她已经瞄过我了。

"你这姑娘真坏。"我一边回答她一边发动了车子，像是在延续这句话，也许是个句号吧。车子的声音立马点亮了德国大使馆门房的灯，不过也就一秒而已，很快它又回归到黑暗之中。也许那个门卫根本没注意到我们的出现，也许他在打瞌睡，车子发动的声音让他从某个噩梦中惊醒。"你想让我把你送到哪儿？"

"就送到刚刚遇见我的地方，"她回答说，"夜晚对我来说还没结束呢。"随手把口香糖塞进了嘴里：这次是草莓味的，和车里其他的味道混合在一起，产生了一种新的强烈的气味。

我没想到她会说最后那句话，我的意思是我根本没想到还有这些事，所以那时我决定继续跟着她，更确切地说，不打算立马把她丢在那个暂时没给她带来厄运的街角。快到那里的时候，我没有直接朝贝克尔兄弟大街开去，而是绕路兜了个小圈子，好争取点时间消化一下这个刚刚冒出的意外想法。下车前，我又给了她一张钞票，我把它放在她的手里，一个人的手拉着另一个人的手交付的钱，这可不常见。

"这是？"她问道。

"之前吓到你了，弥补一下。"我回答她。

"你还真有责任感，其实不用给我的，"她说，"不过我收下了，总之谢谢你。"她打开门，准备下车，踏上人行道之前，先穿上了雨衣，她的迷你裙皱得很厉害，不过没脏也没破，至少我没能把它弄成那样。她才刚穿上一只袖子，我就迅速地发动了车子。我向右转了弯，卡斯蒂利亚大门前的两个妓女如今只剩下了一个，地面仍然是湿的，站在那里一定非常冷。

不过我并没有回家，而是回到刚刚绕道的那条路停了车，就在德累斯顿银行旁边，跨过外围的栅栏能看见银行宽敞的花园，有草坪也有水池。对我来说那栋楼还是小时候家附近的那所德国学校，这个花园当时是个满是尘土的操场，有时我会看到跟我差不多年纪的男孩们课间在那儿玩耍，然后便会一边羡慕一边又暗暗松一口气，幸好我不是他们，这是小孩子们看到他们不认识的另一群同龄小孩子时常有的感受。银行，或者说学校的对面有三四个陈旧又轻浮的酒吧，这一整个区的妓女需要喝一杯或者被淋湿的时候肯定都是来这里给自己加点补给。我步行走到下一个路口，希丽亚或者维多利亚又重新占据了那个位置，就是我前面说的第一段下坡末端的位置——那座桥——和它垂直的方向延伸出真正的贝克尔兄弟大街的延长段，路牌上是这么写的，那一段路有些爬蔓植物，常青的叶子覆盖了整个树干，我头顶上是茂盛的枝藤。我从那儿可以很好地隐藏自己，继续观察她，只见她背靠着保险公司大楼的墙，有点疲倦却又很有耐心，对面是另一栋楼，依稀有点像《圣经》里的建筑风格，浮华的斜面让人想起插画或者电影里耶利哥城的城墙，虽然从我的角度不太能看清它，其实我也看不清那个妓女，两个街角之间还是有点距离的，所以我只能沿着这条街朝她站着的地方往下走了几步，走完了贝克尔兄弟大街，看看路牌，已经到了奥拉将军路了，我选择当时的位置其实冒了很大的风险，如果她往左边来个大转身的话一定会看到我，何况路上的车子都是从她的左边开过去，很可能会有某辆车像我一样停下来打开车门然后把她一口吸入。我停在一家已经关门的酒吧前面，名字叫日落酒吧，昏黄的路灯照射下的夜幕里，我那浅色的风衣像是朦胧中一点显眼的污渍。我在那儿静静地站了好一会儿,像彼得·洛在电影《M 就是凶手》里那样,背紧贴着墙,也像吸血鬼杜塞尔多夫[①],这部我也看过。这个时间路上的车辆比我刚刚那会儿更少了,我突然希望没有人会再经过这里,不会再有人把她接走,这样她的这一夜就会就此结束,和她的预期,和她刚刚告诉我的完全不同。如果我不能完全确定她不是希丽亚,这样的愿望无可厚非,但是靠着墙的我发现,即便她是维多利亚,我还是希望如此,尽管我刚刚认识她,也不会再见到她,永远不会了。人与人之间的亲密接触是多么奇怪的一种关系啊,转眼间就让彼此产生了如此强烈的一些不存在的联系,虽然这很快便会被抹擦、消融和遗忘,有时记住一夜、两夜甚至更多个夜晚发生的事情非常困难,无论如何,时间的流逝总会加大它的难度。不过第一次刚发生的事情却并不可能立马就被忘记,它像火烧的印记般烙在你的心头,当一切还新鲜如初,你的眼底还尽是另一个人的面孔,你甚至能嗅到她的味道,是这味道让你一瞬间成为记忆的仓库,即便在说了"再见"之后仍然存续着,再见激情,再见轻蔑。再见回忆。我仍能嗅到维多利亚或者希丽亚的味道,闻起来跟之前那个还只能做希丽亚并且待在我身边的女人已经有所区别了,我突然想到自己再也不会见到她,她可能会上另一辆车,这一切都太荒谬了,虽然她的工作就是如此,我其实也并不想再和她有联系,如果她是希丽亚的话,我之前好不容易自

[①] 西班牙 1965 年的惊悚电影《吸血鬼杜塞尔多夫》的主人公。

愿和她断了关系，我一直在躲她，直到她自己累了放弃了，又或者她只是在重新积攒能量，给我些时间让我忘了她的坚持，这只是她的延迟策略而已。她拖着高跟鞋往马路上走了三四步，还好是往卡斯蒂利亚的方向，不是往我所在的奥拉将军或者贝克尔兄弟这儿来，不然她一定会看到我——我是这样觉得的——卡斯蒂利亚那边车流量大了些，刚刚等在我停车和转弯地方的最后一个妓女很可能已经找到了客户，所以维多利亚想到那边试试运气，也不算侵占到她的领地。两个满脸凶相的家伙从绿树葱葱的人行道上走来，跟维多利亚说了几句话，我听不太清楚，应该是些粗俗不堪的话，我听见她大胆地回了几句，他们便放慢了脚步，和她面对面站着，我想我应该要出手了，至少应该表现得有用一点，保护她——做个英雄吸血鬼——和预想的不一样，无论如何重新再和她建立某种关系，至少在那个夜晚维持下去，人不能眼睁睁地看着某些事在眼前发生却不出手相救，比方说，应该试图阻止一把紧握的匕首插入某人的腹部，如果你看见匕首出鞘的话，再比方说，应该把一个人从被飓风刮断的大树下推开以免他的头被砍断，如果你正好目睹树倒下的话。"臭婊子，去死吧！"那两个流氓对她喊道。"去吧，去死吧！"她也吼了他们，然后便结束了，那两个家伙并没有停下，他们继续摇摇晃晃地往前走，竖起中指威胁她，身上的皮夹克被风吹得鼓了起来，接着便消失在街道上。

仅仅两分钟过后，一辆车停在了希丽亚或者维多利亚身边，和我刚刚停车的方式一样，只不过他不是从贝克尔兄弟大街开过来的，而是从卡斯蒂利亚大道来的，那是一辆红色的高尔夫，似乎我们开高尔夫的这一夜都孤独寂寞又难以入眠。她现在背对着我，所以我稍微挪近了点，日落酒吧的雨篷也落在了身后，我一直像壁虎一样贴着墙壁，此时却更加暴露了，我想看得明白些也听得清楚些，我突然想到，如果走运的话，他们可能没达成交易，那个男人也许太过吝啬，或者维多利亚自己觉得哪儿不对劲。她走到人行道的边缘，我想他可能会把副驾驶座的门给她打开，这样我就看不见他了。然而我看见他了，因为他开了自己这边的门，从驾驶座出来了，站在那儿，左手搭在半开的门上，两人眼神越过车顶交流了几句。虽然我只能看到她的后背，却认出了她那风头无限的呆滞动作，雨衣半敞着，双手插在口袋里，让那具我已经占有过的肉体展现得更为淋漓尽致一些，那个陌生男人很可能将要和我建立那种特殊关系了，那是真实的肉体触碰时产生的即刻幻觉，就算透过避孕套也会存在。我脱了风衣，让自己变得不那么显眼，万一那个男人突然往我这边看过来，一定会看到那么突兀地站在黑夜里的我；我把风衣挂在胳膊上，感到一丝寒意。"一刻钟多少钱？我赶时间。"我听见他隔着车顶问维多利亚。我听不见她的回答，不过她要价应该很合理，因为我看见那男人点了下头，意思是"上车吧"，没有犹豫也没有顾虑。那男人回到车上，希丽亚也上去了，她自己打开副驾驶座的门，迅速钻了进去，他们很快便离开了，他确实赶时间。他跟我差不多年纪，金发却有些秃顶，看起来倒不像个坏人，穿着还算得体，也没有醉酒、抑郁或者过量吸毒的征兆，我觉得他可能是个医生，也许知道如果先让妓女快速地用手或者用嘴服务一次——手还放在方向盘上不用拿走——便能更快更好地入眠，这是一种卫生有效的方法，在诊所里工作了八小时之后，随处可见疲惫不堪的穿着中缝袜的护士。我突然感到一阵悲痛，自己一人被丢在了那里，像逃亡的杀手M一样，所有妓女都离开了，其中的一个还将让我成为那个消失的动词"ge-licgan"的主角，尽管我并不愿意，或者让我成为那个被遗忘的名词"ge-for-liger"里的成员，而我其实孤身一人，又或者会让我永远成为那个虚构的词，刚刚那个男人的"ge-bryd-guma"，虽然这一切都没经过我同意——不过让我怎么同意呢？——甚至让我和别人成为"同床"和"通奸"的同伴，让我莫名地变成和几分钟之前那个想象中的医生"共伴侣"的人，不同的是，我一点也不赶时间——我都没有和他接触过。在那一瞬间或者说在接下来的那一刻钟里，维多利亚会给我构建起一种我自己不愿看到的盎格鲁-撒克逊关系，因为它有着事后才形成的特点，我并不清楚它会带来的影响和确切的意义，既然我的语言中都找不到合适的词形容它，那我也就没法做出什么来保护自己；一是只能了解它、目睹它或者发现为它所做的准备，二是只能想象着那些时间，那些让我们不快、伤害我们或者让我们绝望之事发生的时间，然后斩钉截铁地对自己说："它发生了，就在我背靠着墙站在这里的这会儿发生了，深夜时分，我在一堆破碎潮湿的树叶里不知所措，只能踩着它们往停车的地方走去，回到那个德累斯顿银行或者我童年时期的德国学校旁，我坐上车，发动了引擎，几分钟前我把车开到福图尼街上，身边还有维多利亚或者希丽亚陪着，我享受着我们在后座发生的陌生的亲密关系，之前还在前排聊了聊天，那时我还不敢像现在这般确认自己的醋意，不愿承认自己认识的人，同时也不想把自己前妻和一个陌生的妓女混为一谈。不过此刻，我却有种确信，跟身份跟名字无关，我知道那个女人现在在另一辆车里，她的身体在另一个男人手里，那双手将毫不犹豫、肆无忌惮地游走在她身体的每一寸皮肤上，那双手会抱紧她、抚摸她、探究她，甚至可能拍打她（我那时本没这个打算，这只是个意外而已，我自己都没注意到），有时医生温暖而专业的手会机械般地慢慢试探那个他自己都不知道是否还觉得满意的身体。"我一边开车徘徊在刚刚和她一起经过的那些大街小巷里，一边努力寻找着停在路边的红色高尔夫——福图尼、瑞格尔侯爵、艾斯金萨山、詹纳、神圣费尔南多，所有的街道都毫无踪影——带着恐惧和逐渐消失的希望，我脑子里突然冒出一个想法，虽然我对此不能确定，因为并没有亲眼看见：也许那次手都没离开方向盘的性爱或者口交根本没发生，如果那个男人或者说那个医生的手指像钢琴键盘一样僵硬而笨拙，他在决定发生亲密接触之前，就一拳揍在维多利亚或者希丽亚的喉咙、颧骨或者太阳穴上——她可怜的太阳穴，在一切结束之后，将奄奄一息的她扔在铺满潮湿破碎叶子的柏油路上。我最终放弃了搜寻，回了家——十五分钟已经过去了，也许这十五分钟他们只是聊了聊，说不定现在还在那辆红色的高尔夫里继续着，或者医生决定邀请她去自己家里过夜，我本不想让她带来的这种记忆和幻影在我的卧室里出现，可现在我却为她感到备受煎熬，我想，接下来的几天我可能要仔细地阅读报纸的报道了，提心吊胆地寻找那则我害怕看到的消息，如果她真的是希丽亚的话，我会就此变成鳏夫，如果她是维多利亚的话，我会因自己所有的恐惧而遗憾终生。我的车里有她的气味，连我身上也有她的气味。

我在极度的躁动中到了家，完全无法入眠，我其实可以在把她送到那个街角后就离开的，这样的话就只有推测了，一种漫不经心、消磨时间的推测，推测只是种游戏，而目睹就是严肃的事情了，有时甚至是一出戏，无法像推测那样用不确定性给你一种安慰感，至少，在时间尚未匆匆流逝的当下是没办法的。但我已经亲眼见过那个女人在我自己的车里是什么样子，这足够让我想象她现在在那个医生的车里是什么样的情景，那个我的"通奸"同伴，更确切地说，"一起上过"她的人，也许他真的会吓到她。我打开了电视，像两年半后的那个夜晚一样，在斯梅拉伯爵大街的一间公寓里，一个女人躺在我身边死去，丢下我不知所措，不是我不相信这事情或者不担心她，事实上应该连她自己也不敢相信吧；那晚，"孑然一身"同样在他的宫殿里打开了电视，因为他无法入睡，便独自离开了卧室以免打扰别人，一边盯着荧幕一边试着召唤自己的睡意，我深夜到家的时候也常常这么做，我猜大部分独居者都会这么做，我们这群无关紧要的人会看看自己不在的时候世界上发生了什么，试图让自己看起来像没有常常缺席世间发生的事情一样。夜已经深了，只有零星的几个台还在播放节目，我看到的第一个画面是个全副武装的绅士跪在一个军营帐篷前将自己的灵魂敬予上帝，这显然是部电影，彩色电影，不过显然不是新片子，最好的节目肯定都是在凌晨时间播出的，然而显然没人会在这个时间看电视。屏幕上突然出现了另一个男人，这次他穿戴整齐，躺在地上，应该是个国王，我想，因为我看见他衬衫荷叶边的袖子，一个备受失眠煎熬的国王，或者双眼睁着睡觉的国王，他可能也会躺在一个军营的帐篷里，虽然他睡的是有枕头和床单的真正的床，我记不大清一些细节了，但这些却没忘记。接着，一个又一个的鬼魂出现了，层层叠加在画面里，也许那是一片战场，一场即将发生的战役的战场：一个男人、两个孩子，另一个男人、一个女人，最后是又一个男人，他在最后时刻高高挥起拳头，大声地呼吼着要报仇雪恨，其他人面带悲痛和沮丧，头顶苍苍白发，用毫无血色的唇说出几句苦涩的话，与其说在说着什么，不如说在小声读着什么，化为鬼魂的人们很难再轻轻松松和我们对话了。那个国王一定着了魔或者被下了咒，更确切地说，他应该是被那个夜晚在他附近游荡的鬼魂纠缠住了，他们因为自己的死亡而责难他，给他第二天的战役送去厄运，他们用低声的哀泣对那些被他们的所爱背叛和杀害的人念着可怕的咒语："明日战场上想起我"，男人、女人、孩子，一个接一个地对他说道,"你的钝刀落地:绝望而逝""让我明天重压在你的心头,让我们穿进你的内心,在血腥的战役中你今天结束此生:手中剑矛落地""我在人世时想起我,愿你绝望而逝",他们一个接一个地对他重复着,孩子们、女人和男人们。我非常清楚地记得那几句话,特别是那个女人说的,她是最后一个跟他说话的,那是他妻子的魂魄,双颊流着泪水。"你的妻,不幸的恩娜,"她说,"我从未在你身旁安睡过片刻,现在要使你梦中心乱如麻,明日战场上想起我,你的钝刀落地,绝望而逝。"那国王在惊吓中醒来、坐起,对着那些黑暗中的鬼魂们痛苦地尖叫,我也被屏幕里的那些鬼魂和国王的尖叫声吓到了;我不禁打了个哆嗦——我想这就是表演的力量吧——赶紧用遥控器换了个台,我停在了第二个仍有节目的频道,又是一部老电影,这次是黑白片了,关于飞机的,喷火式战斗机、斯图卡轰炸机、飓风式战斗机、梅塞施密特式109,还有一些是兰卡斯特轰炸机,包括以两位亨利国王命名的机型;大概是某场英国的战役吧,由此产生了温斯顿·丘吉尔那句最有名的话——"在人类战争史上,从来没有一次像这样,以如此少的兵力取得如此大的成功。"人们总是引用他这句话的简略版,就像他著名的演讲"热血、眼泪、汗水"标题中其实本来还有"辛劳"一词,却常常被人忽略。西班牙内战的时候,斯图卡轰炸机和容克活塞式飞机曾在马德里进行大规模轰炸,尤其是后一种机型,人们称它为"火鸡",因为它能负载着超大容量隆隆驶过天空,那片和我现在透过窗口所看到的一模一样的天空,另一方面，共和国的歼击机却被称呼为"老鼠"，它们是速度极快的俄罗斯米格战斗机和旧式的美国寇蒂斯飞机。眼前这场非超自然的空中战役让我觉得更舒服些，当然这场景发生的时间也离我更近一些，刚才第一个频道里的那些穿着盔甲和荷叶边衬衫的人显然离还在用动词"ge-licgan"或者名词"ge-for-liger"和"ge-brydguma"的时代更近一些——我一整晚都强迫自己回忆这几个词，不过也许真的是我编造出来的——虽然他们也不一定了解这些词的意思：我并不想见他们，无论他们是谁，我宁愿待在我自己的世纪里，待在战争带来的死亡里，尽管在那第一个频道里，另一场你死我活的战斗或许也已经开始，同样出现了战争带来的死亡，而不仅仅是被谋害而死的男人们、一个女人和孩子们。我一边看着飞机一边想着，但当我眼睛盯着飞机在空中驶过的画面时，脑子里不断回响浮动的却是刚刚那个失眠而动荡的梦境里鬼魂们低吟的咒语，这也是为什么很久以后当我在玛尔塔儿子的房间里撞到黑暗中天花板上挂着的飞机模型时，会想起或者说回忆起那些咒语，那些模型一定是他父亲的，比我童年时期所拥有的要更多更好，那些悬挂在绳子上的飞机每晚都在慵懒地准备着一场疲惫的夜间战役，微小、虚幻又难以实现，那战役从未打响，或者只打响在我失眠而动荡的梦里。

那两晚发生的事情都刻在了我的记忆里，留下了烙印。

我不是很确定我是否应该打电话给希丽亚，时间已经很晚了，如果她在家的话，也应该睡觉了，除了间接地听到别人的传言，这四五个月的时间里我并没有她的消息，我比较喜欢这样的方式，我不打给她，她也不打给我，我如何跟她解释我在态度上陡然的转变，如何解释我突然有了打给她的冲动，告诉她我不合时宜地打给她是因为我刚刚和她在一起，告诉她我给她开了车门，在街上给她塞了钱，带她去了个荒无人烟的地方好让她挣上一笔；告诉她我觉得我刚刚上了她；如果她接到了电话，一定会觉得我是个疯子。然而当你开始考虑要打一通电话的时候，往往很难克制住自己，就像你拿到一个号码以后总忍不住想立刻拨打它一样，何况不久前我刚干过这样的事。那是凌晨三点多的时候，电视上满屏都是喷火式战斗机被梅塞施密特式战斗机炮轰追击的画面，我拿起了电话，按下了号码，不允许自己再犹豫。如果希丽亚接了电话，我至少可以知道她不是维多利亚，而且也不会深陷危险之中，她不可能在这么快的时间里就从那个医生的魔掌里逃脱出来还回了家，而且她的夜晚应该也还没结束才对；但如果她没接电话，那情况就糟糕了，我内心会更加不安，有两个原因，也出于两种恐惧：希丽亚确实是维多利亚，可能会有些糟糕的事情发生在她身上，糟糕到某天她会出现在我无眠的夜里，或者进入我的梦里，告诉我那时只能在梦里才能告诉我的话："你的妻，不幸的希丽亚，我从未在你身旁安睡过片刻，现在要使你梦中心乱如麻。"或者将我的梦境填满咒语和不幸，因为我让她离开了我的生活，也离开了我的那一夜，我本可以带着叫另一个名字的她回家，本可以救她。给她打电话是个错误，不过，我还是打了：我听见一声铃响，两声，然后三声，还可以再等等，我心里的疑问还没解决。自动答录机"哔"的一声转了起来，我听见了磁带里她的声音："你好，这是5496001。我现在不在家，如果你愿意的话，请在长信号声后留言。谢谢。"她用了"你"来称呼给她打电话的人，明显是年轻人的作风，她确实年轻，像维多利亚一样。我听见两三声"哔"音，应该是之前累积的留言，之后便是长信号声，我出于恐惧张了口，不同于上一次我光着身子坐在床脚拨打自己的旧号码，那是个郁闷而沮丧的夜晚。"希丽亚，"我说，"你在吗？"答录机也常常骗人。"是我，维克多，你不在吗？估计你睡着了吧，电话放了静音？"我正说着这些话，心里盼望着事实能和我所说的一样，现实里的希丽亚的声音突然打断了我，她在家，听到我的声音后接了电话，她不是维多利亚，还不是，还不是，这念头立即冒了出来，还不是，因为她还活着。"维克多，你知道现在几点了吗？"她说。"还早呢。"我心想，就像喷火式战斗机MK XII的飞行员未到时机时，仍然在高空俯瞰世界，仍然急驰穿过天空一样。她的声音听起来很清醒，我能认出她睡梦中迷迷糊糊的声音，就像我很清楚地记得她睡梦中的素颜一样，她问我的话与其说是个问题，倒不如说更像是严肃的责备，我并没有把她从梦里拽起来，这点是肯定的。"怎么了？"她加了一句。我没准备好可以让她信服的借口，我怎么准备呢？根本就不存在啊。躁动的情绪让我不知所措，为了拖延时间，我只好回答说："有件事我想和你谈谈，我现在能去找你吗？""现在？"她问道，"你疯了吗？你知道现在几点了吗？""我知道，不过事情很急。你没睡呢，对吧？你的声音听上去挺清醒的。"一阵短暂的沉默后，她回答说："你等我一秒钟。"她可能用这一秒钟去取烟灰缸了，如果她点了烟的话，但我没听见打火机点火的声音，这声音我曾经常在电话里听到，有时甚至能听见对方猛吸一口烟。"对，我还没睡觉，不过你现在不能过来。""为什么？不会很久的，我跟你保证。"希丽亚又陷入了沉默，我能听见她长长地叹息了一声。"维克多，"她刚说，我就明白了，当人们叫你名字的时候，永远都不会答应你所希望的事情，"你知道自己在说什么吗？好几个月以来，你一直躲着我，我们没见过面甚至连电话都没打过，然后突然间凌晨三点半你给我打了个电话还想过来找我。你以为你是谁啊。"这种话总能平息人的怒火，"你以为你是谁啊"，她说得有道理，我沉默了，我看了看手表，其实还没到三点半。为了激怒我，她又凭空加了几句，她知道我不会坚持的，其实她没必要说的："总之，你今天不能来，我这儿现在有人。""哦，好吧。"我说道，像个傻子。希丽亚这句话生效了，想象着一件事情的发生和知道它真的发生了完全不一样；然后她又发了话，好像更加慈悲了一些："明天打给我吧，上午晚一点的时候，我们再谈谈你说的事。你想的话，我们一起吃午饭。行吧？明天打给我。"该换我激怒她了："明天就太晚了。"接着我没说再见就挂了电话。有那么一会儿，我非常镇静，我看见一个留着小胡子的飞行员抬起眼对着天空说："米奇！他们对喷火式战机束手无策，米奇！束手无策。"我觉得那是大卫·尼文,他在对着一个死人呼喊着这些话;接着,那些飞机穿过云层朝太阳飞去,丘吉尔的名言也出现在屏幕上,战役结束了,我换了台,突然很好奇,急切地想知道另一个台放的彩色电影是哪部,又是哪场年代久远的战役,甚至还出现了鬼魂和国王,不过我发现另一台也放完了,那就无从得知了。现在放的是几个发育不良的小女孩在做着一些体操动作,手拿着彩带不停地转圈,几个严厉的女同性恋挑剔着她们的动作并做出评论。我盯着小女孩们看了一会儿,仔细听了几分钟的评论,又换回了空战的频道,吓得目瞪口呆:他们开始重播一个宗教仪式(我对于天主教的圣历完全不了解,所以我不知道他们在庆祝什么),几个丑陋无比的忠诚教徒站在教堂里高唱"耶和华是我的牧者"和其他一些圣歌。我关上了电视,想翻翻报纸,看看能不能找到刚刚看到的两个电影片段的名字,不过保洁员已经把它们都扔了,我不在的时候她来过家里,她总是急于把所有的东西都清理掉,两年多以后我了解到"独居者"在宫殿里也常常遭遇这样的情况,这让他很是烦恼。就在那时,我短暂的镇静突然走到了终点,它只能维持这点时间是因为我的脑子几乎不休息,不停地有各种想法和计划冒出来。"如果维多利亚不是希丽亚,而希丽亚身边又有人陪着,"我想着,"不仅仅是维多利亚,希丽亚也使我成了那个描述关系的古老动词的主角,我自己呢,今晚不也让她跟那个和她长得极像的妓女维多利亚成了'同睡一人'的同伴了吗?这动词或者名词也同样约束着女人们啊。"我想那就是在同

271

一时间制造了双重主角或者双重"ge-bryd-guma"的感受吧——焦虑不安——我想得更远了些，这种新冒出来的想法更让人不好受了，刚刚那通电话带给我的短暂的安慰逐渐消散直至被完全吞噬，那时的安慰仅仅只是针对自己的两点恐惧：希丽亚接了电话，所以她在家，但在我开始留言前，她的答录机"哔哔"响了两三次，这意味着之前还有两三个电话，那很可能代表希丽亚拿起电话接听的时候才刚刚和她身边的人跨进家门，所以还没来得及听前面的留言。如果是这样的话，那希丽亚很有可能就是维多利亚，她和那个医生——一个已婚男人——决定去她的住所，在我到家后不久，他们也刚好进门，可能他们在空荡的城市里兜了几圈，在几条安静的街道上短暂地停留后，那男人不再匆忙赶时间了。如果情况是这样，如果陪在她身边的人是那个医生的话，危险并没有解除，无论是对希丽亚还是对维多利亚来说，还没有，还没有，不过谁知道呢，到底是片刻之后还是明天才会结束呢？"认识我的人，却沉默；沉默，也不为我辩护。"我现在已经不能再打给她了，因为现在一切都有了可能性，这就是不确定的代价，我所做的一切都会显得荒谬无稽，她对我的愤怒和辱骂也毫不奇怪。在我现在的状态下，尝试进入梦乡是件毫无意义的事情，我需要时间静静地流逝，至少需要过去做一次爱的时间，或者两次同时进行的，差不多就是那么些时间，做爱实际上并不需要多久，大概半个小时吧，加上前戏也就一个小时左右，和一个妓女的话，时间会短些，没有前戏直接就上，跟自己所爱的人也许会久一点，如果是个刚刚爱上、第一次上床的人可能会更久一点,和玛尔塔·特耶斯在一起的时候,每个步骤都耽搁了太久,以至于我没能和德昂或者那个粗鲁专横的维森特建立那种特殊的关系,实际上我和他们什么关系都没有,我是这样认为的,尽管总觉得那一夜似乎有了点什么,但那是无意中发生的,是过去不曾建立、现在没维持、将来也不会再有的关系,是我和玛尔塔都意料不到的。

我决定再出去走一走,转一圈来分散自己的注意力,也让自己的身体疲劳一些,至少能在其他两人或者四人待在各自卧室里的时候避出去躲躲。这座城市向来不会空荡,不过在那个时间,又是个湿漉漉的夜晚,路上的行人屈指可数,有两三个像是刚从监狱里出来的人,还有冲洗街道的男人们,他们一边好像不知道有人在睡觉一样大声地说话,一边挥霍着手里的水,其实暴风雨过后一切本来就是湿的,况且这天看上去像是很快又会下雨的样子;一位衣衫褴褛的游街老妇人,一小群激动的男男女女,他们肯定是刚从某个派对或者夜店庆祝完回来,可能是一场告别单身的派对,或者是一次彩票中奖或者周年纪念吧。我离家已经相当远了,往西走就到了我不是很喜欢的区域,在公主大街和庄园大道上时我一直听见身后有脚步声,跟了我两条街三个街区,跟了我这么长时间、这么远的路程甚至都不上前来问问我,不管是谁,他一定在看着我的后颈,也许是为了在暗处袭击我,那是个充满猜疑和恐惧的夜晚。不过最后什么都没发生,我还能听到他不紧不慢的脚步声,我并不想跑,所以在第四个街区开始的地方给了他机会超过我，如果他只是个慢性子的没有恶意的路人的话，我停下脚步，想要看看路边一家书店的橱窗展示。我取出眼镜戴上，利用这机会拿余光侦查着，等着那位一直守护在我后面的人，我听见他讨厌的步子慢慢靠近，还没到，还没到，还是没到：他走过去了，光明正大地——现在我变成那个看着他后颈的人了——我看着那个渐渐远去的身影，从他的步伐和身上穿的驼绒大衣大致能判断他是一个中年男人，黑夜里我也只能看到那么多。我整理了一下自己的风衣，把眼镜收好，继续往西走，罗萨莱斯大街，拜伦大街，这个区域我更喜欢一些，罗萨莱斯位于蒙大拿公园的脚下，西班牙内战开始的第三天，这里发生过激烈的交火，现在有座埃及神庙矗立在这里。走到东方广场的时候，我看见有两匹马迎面朝我过来，它们尽可能地贴着人行道，生怕妨碍到马路上为数不多的车辆。两匹公马，却只有一个骑手，也有可能是一公一母，那个穿着马靴的男人骑在那匹桂皮色的马上，另一匹灰色斑纹马也是上好了鞍的，并排前行，如果其中一匹偶尔落后了一点，还得让它跟上步伐，它们看上去非常迟缓，应该是安达卢西亚的坐骑，八个掌钉有力地敲击在闪着水光的路面上，整条街都回响着那古老的声音，城市里的掌钉声，在这个嚣张的时代几乎已经快要消失的声音，在这个时代里我们狂妄到要把陪伴了人类整个历史的动物逐出我们的世界，我童年时还常常听到这声音，收破烂的人，杂货铺商人的马车，穿着类似俄罗斯风格的厚长风衣的骑警们，手里还拿着长长的橡胶警棍，或者是一些刚从骑术学校回来的有钱的骑手。动物对于人类来说不足为奇，即便是城里人也一样，我记得我看过地窖草垛里的牛，那时我还是个小男孩，刚刚高过牛棚的栅栏窗户，勉强能向里张望，刺鼻的气味扑面而来，是牛的气味，是马、骡子和驴的气味，一种熟悉的粪便的气味。所以当我站在东方广场看见那些巨大的马匹，对面就是无人居住的皇宫，感到有些奇怪，是种类似吃惊的感觉，虽然我星期日的时候常常去看赛马，但是看着马在牧场列队行进然后在各自的环形跑道上奋勇向前这样的表演节目，和在市中心的柏油路上、在有人经过的人行道旁看见这些动物完全不同，眼前的它们巨大而肥壮，有着不可思议的粗脖子和肌肉发达的四肢躯干，它们记性很好，一旦养成某种习惯就很难再根除，当它们和主人走散时，也会找回家的路，它们还有着极其精确的直觉，不管是在近处还是在远处都能区分敌友，它们永远不会混淆危险的脚步声和没有恶意的脚步声，甚至能在危险发生前，或者我们人类根本没意识到的时候，就嗅到它的味道。现在这个时间还在东方广场旁的街道出现，对于这些马来说有点太晚了，几年前有一次我曾看到过一匹，也是在这附近经过，在白天或者晚上的时候，绝不是凌晨时分——也有可能是我从没在这个时间来到拜伦大街上——或许它们是皇宫里的马，是属于国王的，尽管他本人并不住在皇宫里，也有可能是附近的百合宫里的，总之是贵族的马。我惊叹地看着它们经过，那么高大，那么古老，夜幕里，一匹驮着人的公马和一匹没有骑手的母马，远远地，突然响起一阵雷鸣，惊到了母马，而公马却没什么反应，母马好像要惊跳了起来，有一瞬间像只猛兽一样，只有后蹄着地，两只前蹄高抬在空中，似乎要踏向我，用它精致的掌钉撞向我的头部，然后把整个巨大的身躯压倒在我身上，那就会是一场可怕的死亡、一场荒谬的死亡。不过威胁立马就被解除了，骑手很快便安抚住了它，只用了一个声音和一个动作。一匹夜里的母马①，很多人，甚至连英国人自己都相信这个词的来源，相信这场景就代表着可怕的事情，相信如此一来这词便代表着"噩梦"的含义。不过事实并非如此，我年轻的时候学过，英文里的名词"mare（母马）"有两个来源，要看它到底是单独出现还是和"night（夜晚）"这个词搭配，单独出现的时候意思是母马，来自盎格鲁－撒克逊语里的"mere"，但是出现在"night-mare"里的时候，如果我没记错的话，它的词源是"mará"，意思是"梦魇"，就是说邪灵、恶魔或者鬼怪压在一个睡着的人胸口，让他在噩梦里窒息，偶尔还和他或者她进行肉体的交易，即便是一个睡梦中的男人也可以，邪灵是女的，名叫魅魔②，睡在下面，如果沉睡中的是一个女人，那邪灵便是男人，叫梦魔③，睡在上面：让我明天重压在你的心头，让我穿进你的内心，迫使你堕入耻辱灭亡的深渊，也许是那个爱尔兰的报丧女妖，那个会用恸哭、哀号和挽歌来预报即将来临的死亡的女妖，她可

---

① 指下文的英文单词"nightmare"。
② 原文为"súcubo"，是传说与睡梦中的男子交媾的女妖。
③ 原文为"íncubo"，是指在女子睡觉的时候降临并与之交媾的男妖。

能也曾经做过这种邪灵，在我兜圈的途中，看到了一个衣衫褴褛、神志恍惚的老女人，或许她就是报丧女妖，只是尚没有确定在那个夜晚该去谁家哭泣，尽情哀唱她的挽歌，也许她会向我曾经的家走去，还好我已经不住在那儿了，算是安全了，但希丽亚却仍在危险之中，因为那仍是她的家，她刚刚跟我说，她不是一个人在家，她在和某个人进行肉体的交易吧。我脑子里飞快地掠过这些念头，看着那两匹马渐渐远去，还能闻见那刺鼻的余味，它们把我童年的声音带走了，谁也不知道带到哪个年代去了，迷信也只是另一种形式的思想，是一种突出和控制某些观念集合的形式，是一种症状的恶化、一种疾病，但其实所有的思想都是疾病，这就是为什么没人会常常思考，至少大部分人都竭尽全力地避免这么做。

我走到马路上想看看两边有没有出租车开来，穿到马路对面，又穿了回来，有两辆车经过我身边，还算运气好，很快就来了一辆空的出租车，我拦下它，告诉司机我原来房子的地址，我已经很久没有去过那儿了，也没请谁带我去过，虽然曾经有三年的时间这是我常做的事情，当我最后站在那扇许多个夜晚曾经走进而又已离开多日的家门前时，我才意识到自己的钥匙圈上还挂着这里的钥匙，一直都保留着——我把它掏出来，有些习惯难以根除。如果她没换锁的话，我就可以直接进到公寓里，我可以乘着熟悉的电梯上到五层，甚至可以打开右边的那扇门，亲眼去证实在那个夜晚并没有坏事发生，也没有报丧女妖来闹夜，希丽亚·鲁伊斯·科芒达多尔还活着,她好生生地躺在床上,有人陪着或者只身一人——或许如果远在伦敦的德昂也起了疑心的话,他想知道的也不过如此;我从家里出来时已经过去了一个半小时,是做一次爱的时间,如果很急躁的话,做两次也够了,现在就是那些经典作家们常说的万籁俱寂时分[①],这是个拉丁词语,意思就是彼此协商好的保持安静的夜晚时间——又是那个前缀"con-"——尽管在马德里并不存在这个时间,也许希丽亚方才是有伴的,而现在又已孤独一人,可能那个医生或者别的什么人——梦魇之类的——在和她上床后已经离开了,我们男性通常不会留下来看看自己造成的影响。如果他还没走的话,我也能从她到底是维多利亚还是希丽亚的疑惑中解脱出来了,我会看见那个男人,看看他是否金发秃顶,或者也有可能不是他,是另一个男人而已,她的男友,总之也是个"共女友"的男友,无论他是谁,见到我都会吓得魂飞魄散;那个还是她丈夫的男人半夜用钥匙闯了进来,抓到他和自己法律意义上的妻子睡在一起。那几秒钟的时间里,那个男友或者客户会非常害怕看到一场闹剧或者一出悲剧的上演,他会赶紧用床单遮盖住自己,会偷偷瞄我的风衣口袋,怕我从里面掏出枪来,一场与其说可怕不如用荒谬来描述更为贴切的死亡。这种尝试太有诱惑力了,出于各种各样的原因,严肃的或者轻浮的。我从街对面的人行道向上看去,朝着我熟悉的那几扇窗

[①] 原文为"conticinio"。

户，不久前还是我的窗户，卧室的那扇，客厅的，其中还有一扇实际是一道门，打开便是大露台，夏天时我们常在露台上吃晚饭，在我们维持着婚姻的那三个夏天里。屋里一片漆黑，也许希丽亚在我离开后做了些改变，搬进了后面靠近院子的那间卧室。完全看不出生命的迹象，像是有人沉睡或者有人死亡的屋子，悄无声息，没看见有任何人在脱衣服或者穿衣服。我犹豫了，我听见不远处有打碎玻璃的声音和急促低沉的说话声，有人正在闯入一家店铺行窃，很快，警报响了，却没能阻止玻璃继续哗哗下落，也没能阻止小偷们将店铺掠夺一空，所有人都知道在马德里警报是没用的，它总是孤独地响起，却没人理会，偷盗应该就发生在几个街区开外的地方。那声音终于停了，紧接着又是一声响雷，这次已经离得很近了，雨立刻下了起来，硕大的雨滴落在破碎的树叶和潮湿的路面上，落在泥土上，像是半干的血迹，或粘着的黑色发丝，路上只有我一个人在找避雨的地方，那些不远处的盗贼应该已经结束行动了，我穿过马路，躲在旧房子的门厅口，一站在那儿我就忍不住想要试试自己的旧钥匙，因为根本找不到理由不去试试看。接着我连想都没想就不自觉地迈出了步子，毕竟已经走过上千次了，要么自己走上去，要么机械地坐电梯，它永远不会在楼下等着，总是停在楼上，总有人在最后一个乘完电梯的人之后到达，一些夜猫子吧，比如我自己或者希丽亚，她这么年轻，喜欢过夜生活，我们那时一起进进出出，绝对是模范夫妻的样子。现在我要一个人上去了，有些激动，有些提心吊胆，同时又感到很有趣，地下行动既让人兴奋又让人焦虑。很快我便已经站在门前了，手拿着钥匙，小心地把它插到锁孔里，生怕发出一点声音，像一个夜贼在墙上轻轻打个洞再偷溜进去一样，这就是那一刻的我，虽然我并没有想要匆忙地带走任何东西，除了想探听一下情况，探听一下她还活着，看看只有她一个人在家时的情况，让我自己平静下来。但如果她没有活着呢，如果她不是一个人呢？如果她已经死了，我根本没必要在此刻踮着脚走路，相反，我应该打开所有的灯，用手扶着脑袋，痛苦而后悔地吼叫，试图用我的吻唤醒她，我会绝望，会赶紧叫医生和邻居，打电话给她父亲并且报警，还要解释清楚我们之间的故事。什么声音都没有，进屋以后也没听见任何动静，我战战兢兢地关上身后的门，我很熟悉这扇门，曾经也有很多次，我和希丽亚不是一起出去的，等我深夜到家，独自打开这扇门时，她已经入睡了。我可以摸黑在这个家里走动，毕竟这曾是我的家，我知道从哪儿到哪儿大概得走几步，知道家具摆放的位置，知道哪儿有障碍物，哪儿有拐角，哪儿有突出的地方，甚至知道哪里的木板踩上去会咯吱咯吱地响。我沿着走廊慢慢往前挪动，走进客厅里，那里反而亮了些，路灯、霓虹、即便布满乌云或者来狂风暴雨也会泛着光亮的天空，它们都起了作用，暴风骤雨的声音盖住了我的脚步声，这么响的雷声、这么急的雨落在屋顶、露台、树木、落叶和地面上，又怎么会有人能听见我的脚步呢？也有可能是这么大的声响吵醒了她或者他们，跟我这悄无声息又没有恶意的脚步无关，也跟虽然还没死亡却早已入睡的人所拥有的预感无关。我现在就是梦魇，是鬼怪，来搅乱他们的梦，发现他们的尸体，是我，是无关紧要的人，然而，或许也并非毫无威胁。家里已经没有我的东西了，以前我把客厅的一部分当作自己的办公室来用，这样工作堆积的时候就可以避免长时间待在一个地方，那时剧本都放在书房里，而演讲稿则摆在客厅的一角，那里足够宽敞，如今，那张我摆放过东西的桌子也不在了，当然，我的打字机、纸张、钢笔、烟灰缸和参考书籍也都不在了，确实没什么必要继续存在。朦胧之中，屋子里的其他东西我都还能辨认出来，希丽亚没做什么大的变动，估计她也没钱去弄一些她喜欢的东西。当我们重返一个熟悉的地方时，我们离开的时间似乎开始被压缩，甚至瞬间被抹擦或者删除，好像我们从未走开过一样，不变的空间让我们可以在变化的时间里穿梭旅行。我很想再次坐到自己的扶手椅上，抽支烟读本书。但我不能，因为我还不是很清楚，我不安的情绪仍在增加，我的沮丧，我的夜间恐惧，我急于侦查、害怕真相的心情，我对平静的渴望，这些都让我不得不断了脑子里的联想，好让迷信滚远一点。于是我终于鼓足勇气来到那扇白色的拉门前，它连接着客厅和卧室，以前我们睡觉的时候习惯把它关上，虽然除了我们，家里没有其他人了，但这能保证私密性，也是我们的一种羞怯，免得把自己暴露于他人的眼下，关上那扇门，我们睡觉或者醒着相互拥抱的时候便能把自己和屋子的其他地方隔开。现在那扇门也是这样关着的，希丽亚保留着这个习惯也很正常，无论她是一个人还是有人陪在她身边，如果那个医生或者某个情人丢下希丽亚的尸体——他的作品——离开卧室时还关上身后的门，那也太奇怪了。这情景突然让我觉得应该什么都没发生，也让我有胆量把手放在门拉手上，慢慢地拉开一条缝，把眼睛贴上去，什么都看不见，卧室里更黑，希丽亚趁我不在的时候把百叶卷帘完全降下来了，她喜欢这样，而我喜欢把它们拉上去，我们曾经达成协议把它拉到一半，关上它然后留一条缝，这样她就不会被早晨的阳光照醒，我也可以在醒来的时候知道天到底亮没亮，我经常半夜醒来好几次，向来没办法连续睡上一整晚。我又往边上拉了些，就这样一点点拉开了整扇门，我不确定自己是不是真的想么做，不过我确实做了，行动总是快于思想，无论是肯定、否定还是犹豫，该继续的还是会继续，该消失的还是会消失，虽然感到无知彷徨，却依然得无畏行动，因为时间匆匆不作停留，也不会等待，所以不得不在这流逝的光阴里做些什么，填补些什么。我们永远跟不上时间的步伐，终将走到不能再继续说"我不知道，我不确定，我们再看看吧"的时候。我希望能看见希丽亚独自一人躺在床上，好像我们从未分开过，好像我们并没有变成彼此背对背的样子，这样我就能看见她那牢牢刻在我记忆里的熟睡的脸庞，她把左手压在枕头底下，呼吸节奏平稳，她就是这样睡觉的。房间里一点反应都没有，我什么都没听见，我等着客厅里微弱的光亮照进卧室里，那是电闪雷鸣的天空和大雨滂沱的街道带来的光亮，朦胧地照进房间里，我的眼睛也开始习惯起这种黑暗，所以多少能看清一些了。床单映出的白色影子，那是我第一个辨认出来的东西，如果她或者他们瞬间醒来的话，在凝视着眼前的空间之前，也会立刻看见我风衣映射的浅色暗影。很久以后，我也是那样待在一个孩子的房间门口，不过他已经见过我了，而且是从不眠的状态进入睡梦中，而不是从梦里醒来。我的眼睛渐渐适应了黑暗，终于看见床上躺着两个人，两个人裹在被子里面，希丽亚躺在右边，另一侧不是我而是另一个男人，同一个地方被不同的人占据了，这种事常常发生，不仅仅在我们活着的时间里，比如清醒、蓄意、强制地取代什么或是强夺某样东西时，也会发生在漫长的时间中不变的空间里，离开或者死去的人的房子被活着或者刚来的人占据了，包括他的卧室、卫生间、床等等，后来的人会忘记这些地方曾经发生的事，因为那时他们尚未出生或者年纪太小，还只是个没有记忆的孩子。几乎所有的事都没有记录，那些稍纵即逝的想法和行动，那些计划和愿望，那个秘密的疑问，那些幻想，那种残酷和侮辱，那些说过和听见却被否认、误解和歪曲的话，那些许下已久却连承诺人都已忘却的诺言，一切都会被遗忘，都会失效，所有你独自一人完成的却没被记录的事，还有所有和别人一起做的事，每个人能留下的记忆真的很少，更别提有确凿记载的了，这么少的记忆中又有多少会被人谈论呢？即便是被人谈到，涉及的也只是片段而已，所以很快你的记忆将没法传达给别人，也没法激起他人的兴趣，因为他们也忙着锻造自己的记忆。所有的时间都是无用的，不仅仅是这孩子的，大家的都一样，无论是怎么发生的，无论发生的时候让人多么兴奋或者痛苦，都只能持续一瞬间而已，随即消逝，犹如踩实的雪面，犹如希丽亚和现在躺在我位置上的男人在做的梦，是的，当下这一刻的梦。那个梦在我的眼前永远地化为乌有，虽然不是我让它消失的，尽管我就在现场：一道闪电伴随着一声巨响猛然间点亮了屋子，点亮了客厅、卧室，也点亮了像鬼一样安静地站着的我，我穿着风衣，张开手臂扶着白色的门；也点亮了卧室里的床，床上那两个裹着被子的人陡然间同时坐起，都从梦里惊醒了，希丽亚大声地尖叫起来，像电影里看到鬼的国王一样，瞪大了眼睛，双手捂着耳朵，怕听见雷声或者自己的叫声。我只看着她，她裸着身子，像玛尔塔那样，我看见她白而坚实的胸部，那是我之前已经失去兴趣的东西，这晚它又重新点燃了我的欲望，如果她就是贝克尔兄弟大街的维多利亚的话。我能透过昏暗的光线看见一切，现在堆在椅子上的衣服，显然他们俩的都混在一起了，应该是一起脱掉的，也许是两人互相给对方脱掉的。我看不见那个男人，看不见他的脸，只看见一块白色的影子，就像床单映射的一样，我看不见他到底是那个有点秃头的金发医生，还是某个我从未见过和想到的人，某个熟人或朋友，比如鲁伊韦里斯·德托雷斯。（或者德昂和维森特？我也是在两年半之后才知道他们的名字，听见他们的声音，认识他们的脸。）也有可能是我自己吧。在我看清他之前，亮光逐渐退去了，更糟糕的是，我也该发出尖叫了——也许还应该挥舞着高举的拳头，像是在呼吁着复仇一般，尽管我没什么需要复仇的——我赶紧关了门，惊恐地转过身去，在黑暗中跑着逃离了客厅和走廊——我是被自己和自己带来的影响吓到了。我熟悉那儿，所以不会在路上有所磕绊，就算我快得像被魔鬼附身的灵魂一样，像我经常说的那样，我可以在一切还没来得及反应前跑到大门口，之后他们才意识到那是个穿着风衣的男人的身影，才知道在这风雨交加的夜晚有人站在门口监视着他们，才从惊醒的恐慌中恢复过来，也许他们会以为两人共同经历了一场噩梦，同一个丈夫或者梦魇找到了他们，压迫着他们，直到把他们从惊恐的梦中扰醒。他们不会追我的，因为两人都裸着身子，至少上半身是裸着的，那是我在一瞬的闪电中所看见的。而且他们还赤着脚。我可以跑到还停在楼上的电梯口，乘电梯下楼，穿过门厅，按下按钮，飞速地冲进大雨倾盆的街上，这样我瞬间便会湿透，然后一边跑着，一边稍作轻松地想着虽然希丽亚不是一个人，但至少还活着，我可能永远不会知道她到底是不是维多利亚了。但现实是，当我迅速跑进电梯下楼，冲进雨里，全身湿透，正打算飞速离开的时候，我脑子里的想法却完全不同，我想的是："那个屋子里几乎没有我剩下的东西了，几乎什么痕迹都没有了。"路边的树木愤怒地摇晃着枝叶，很像发生暴动时的人民。

跟着路易莎穿过卡斯蒂利亚大道，盯着她的大腿这么长时间后，我已经不觉得自己下流也不感到害臊了，大概是因为我是放松地看着的，眼神也并不虚伪，何况路上也不大可能有目击证人，或许也是因为我这么跟着她，没法或者也不想做别的事，还能想做点什么呢？她钻进那条好几个国家大使馆所在的街道，白天的时候，这里停着的车里可不会有人，也不会有异装癖者坐在板凳上耐着性子听天由命地等着，她走过了四个街区，不停地从街这边换到街对面再换回来，到第五个街区的时候，她走进了一栋楼的门厅，那是她要去的地方，从她走路的方式来看，她非常清楚自己从店里离开以后该去的目的地在哪儿，这样一路沿之字形行走就是为了让早已熟悉的路途变得更有意思一些。那个门厅算是这条极好的街道里最简朴、最不起眼的一个了，不过这个区域本来就很昂贵奢华，所以它也不算多么简朴和不起眼，只是显得有点旧了，需要翻新一下。这附近没有酒吧可以让我坐下来，一边等着一边监视着她什么时候出来，不管要花多长时间，也许这里是她自己家，今天白天她不会再出来了，不过从她进门的方式来看，好像并非如此，如果真是自己家，一般人从门厅开始就忙着从口袋里掏钥匙，如果是个女人，比如路易莎或者玛尔塔·特耶斯，应该是在包里翻找，我猜想应该是这样。我突然想起路易莎在餐厅里和德昂说的最后一句话，"我晚点回家里找你"，我那时理解的"家"是指斯梅拉伯爵大街那里，这概念其实很模棱两可，"家"也可以指路易莎的家，也许就是这里呢。我决定等等她，给自己定了半个小时的期限，但我知道如果有必要的话也会延长到三刻钟或者一个小时。我走远了几步，靠在一个角落里以免太显眼，而且遇到紧急情况也能立马躲起来，我顺手点了支烟，翻起刚买的外国报纸开始打发时间，幸好还能看得懂，那是份意大利的《共和报》，和西班牙语也是同一个语族的，同时，我的脑子也开始飞速运转，任凭各种想法袭来。于是我等着。等着。

我手里那篇文章是关于都灵球队尤文图斯的比赛危机的，这场危机可能是那座城市的球迷们日益频繁和愈发普遍的疯狂行径造成的，也许我自己也迷失在两种如此相近的语言中——这大概可以解释我为什么无法集中注意力，为什么没有保持应有的警惕，或许仅仅是因为等待的时间并没有我想象的那么长，一刻钟都没到，我还没进入完全戒备状态。当我在这十一二分钟里第若干次抬起眼睑向那个门厅时，门开了，突然出来了两个人，不再是空无一物的门厅也不再是某个陌生的邻居，几步的距离之外我撞见了路易莎·特耶斯熟悉的面孔和惊讶的眼神，除此之外，还有另一张面孔和另一双熟悉的眼睛，从他两岁孩子的高度仰视着我：欧亨尼奥，被包裹得严严实实，头戴着一顶防雨布材料的帽子，帽带紧紧地扣在下巴上，不禁让人想起旧时的飞行员，虽然他的帽檐比较小。他抓着路易莎的手，她也自然地稍稍弯下了身子，另一只手除了拎着包，只拿了刚刚两个阿玛尼袋子中的一个，另一个应该是留在楼上了——里面是特耶斯的生日礼物，短袖衫或是裙子——还有刚才在比普斯买的《洛丽塔》，也许是给她自己的礼物呢，一本平装的书，东西有些太少了；要么就是最奇怪的预定委托——啤酒、腊肠、冰激凌，绝对都是最简单最方便的晚餐材料，马利亚·费尔南德斯·维拉用了一整个早上和半个下午的时间照顾孩子，没空买食材准备晚餐，所以姑姐说好了在接姨侄的路上帮她和吉列尔莫买些东西。他们就站在我的眼前，阿姨和那孩子，两步远而已，他们一定是在我刚刚的最后一瞥之后出来的，所以趁我没注意的空当已经走到了我站着看那条意大利足球危机的新闻的地方：他们应该是要拐弯了。或者有种更简单的解释，我站在那儿就是为了让他们看见，我已经疲于在暗处跟踪了。我不清楚这孩子是否会认出我，完全不了解小孩子的记忆是怎样的，是不是每个人都有所不同，他见到我已经一个月了，不过可以确定的是当时他和我在一起也共处了好几个小时，对他来说那是个灾难性的夜晚，或者说几乎算得上世界末日了：在一顿没完没了的晚餐中一直充当着他妈妈的卫士，因为我的出现一直抗拒着上床睡觉。他一定听见了很多次我的名字，就像我也听到了他的一样。("快点,欧亨尼奥,我的小心肝,"玛尔塔时不时会跟他说,"我们去睡觉了,不然维克多就要生气了。"我不是真的要生气,但确实有点不耐烦了。)而且在从短暂的睡梦中醒来之后,他又看到了我,当时他打开了虚掩着的卧室的门,含着奶嘴靠在门框上,手里还拿着他的迷你兔,他妈妈并没有发现他,他把手放在我的手臂上,我带着他离开了卧室,慌忙把文胸——或者说战利品——塞进了口袋——到现在我还留着呢——同时也阻止了他和玛尔塔做最后的告别,在他自己尚未意识到的世界末日里,在他最后一次见到活着的她时。如果当时知道后面发生的事情,我一定会让他进到卧室里,就算她是半裸着的也无所谓。

"伊克多。"那孩子指着我说道,面带笑容,他记得我的名字。我居然有些感动。

路易莎·特耶斯吃惊地盯着我,一动不动,接着,突然惊醒了。我那时意识到自己那副模样立在那儿是多么荒谬,手里拿着一份外国的报纸,脚边放着装着自己丝毫不感兴趣的《101忠狗》的袋子,里面还有盒很快就要融化的冰激凌,很有可能已经化了,我这才想到我还要耽误好一阵子才能到家,一只脚还穿着湿透的鞋子,每踩一步就咯吱作响,像极了船只甲板发出的声响。

"你在玩什么捉迷藏啊?"她有点怜悯地问我,这次毫不犹豫地用"你"来称呼我了,这是年轻人之间的称呼方式,也是我们在脑子里称呼别人的方式,即便并不是在侮辱、咒骂他们或者渴望他们被毁灭、感到窘迫和去死的时候,也不是在想方设法让他们着魔的时候。

我感到无比尴尬,我肯定脸红了,犹如她刚刚被冰柜的冷气包围时脸上泛红的样子,但我知道我很高兴,也觉得放松了,地下行动终于走到了尽头,秘密也迎来了终结,至少对于她来说是这样,路易莎,玛尔塔的妹妹身后少了块阴影区域。

"所以,你最后挑了什么?裙子还是短袖衫?"我一边问,一边做出探头盯着她手里袋子的样子。我也毫不犹豫地用了"你"。

一个人很清楚怎样才能让别人化怒气为笑容,甚至一生都在追寻这个过程,让人开心不仅仅是指能逗人乐,而是在更广泛的意义上让人喜欢你,能让大家忘记你的过失、暴行和恶习,你犯的错误,一个信任你的人对你的失望,也忘记那些渺小的背叛和轻微的冒犯。你心里很清楚谁会一直原谅你,至少在一段时间内一直是这样,谁会忽略你的失误,或者套用一个成语,谁会视若无睹。路易莎应该就是这种人,好心肠,比较随便,实用派,如果有必要甚至可以略显轻浮,虽然午饭的时候一直没看出她这个特点,不过那时我确实发现了,可能之前她几乎没注意到我的存在,一直关注着她的姐夫和她那有点烦人的父亲,前者因为犹豫不决直接影响了她的生活,后者则是个活在另一个时代的人,始终不肯抛下他那过时而恼人的观点,不理解当下也从不试图去理解,他早已过了需要改变或者需要付出努力的年龄,就打算维持着这种个性和人生形态直到生命尽头。然而那时我应该也感受到了她这种不较劲却又比较畅快的性格,从她为德昂巧妙的辩护中,从她对他的同情之中，尽管也许并不是真的怜悯也不是真的赞同，只是一种对孩子的责任感，从她随时准备去改变自己的生活习惯——改变自己生活的决心中，也是从她试图调和身边最亲近的人的愿望中，从她看着两个无法融洽相处的男人争吵却一言不发的沉默中，从她对名誉或是对家庭和睦的需求中，从她对另一个人最糟糕的死亡场景的想象中感受到了，尽管她所经历的其实很有限（"真正可怕的是去想一件事，然后去了解它"，她曾经这么说过）。午饭的时候她并没有怎么关注我，我当时只是一个拿工钱的雇员，一个多管闲事的闯入者，一个特耶斯因粗心而造就的不合适的存在。现在我却成了她关注的焦点，不仅仅是我的名字因孩子口齿不清的发音而突然多了些许意味，更重要的是转瞬间我自己也得到了重视，换种说法就是我的等级也提高了。是的，现在我成了她姐姐亲自挑选的人，路易莎可无从得知其实我是第二甚至第三人选：我才是在玛尔塔生命中最后几个小时和她保持亲密接触的人，当然连她自己也不知道那是她的临终时刻，但事实确实如此，而那最后的时间从一定意义上来说也永远地定义了玛尔塔，我们总是在走到生命终点的那一刻才彻底看清一切，母亲相信她生来就得做个母亲，老处女注定要孤独一辈子，杀手天生就是杀手，受害人也逃脱不了受害人的命运，情人还是情人，即便她知道自己会在那次私通中死去，当然，前提是"情人"这个词不会被淘汰。玛尔塔显然并不知道这一切，我却一清二楚，现在我变成了诉说者，变成了故事的讲述者，我才是那个决定是否让别人发言的人,"谈论我的人都不认识我,谈论我时,都污蔑我"。也许路易莎所讲的那些她们两姐妹青春期的事情也不过都是有偏向性的、主观的、错误的甚至伪造的版本,反正就像讲故事的我一样,现如今她是有优势的,没人能戳穿她,活着的人也就剩下那么一点可怜的优越感了,短暂地自得其乐。如果玛尔塔在场的话,肯定会反驳路易莎说的话,也许会重新称呼她为"跟屁虫",还会坚持说犹豫的是妹妹而不是自己,明明是自己先看中了一个男孩,而妹妹每次也立马说感兴趣,就这样开始了她的"篡夺战"。这两种说法都有可能,就像一个人可以说"我没企图什么,这不是我想看到的",也可以说"我就是想这样,这是我的目的所在",实际上,一切事物都是两个对立面的结合,没人会在做任何事的时候认为它是不公正的,这就是为什么根本不存在什么不公,也不存在不公总是得势一说,就像"独行侠"那一连串无序的思想所表达的一样:社会的观点并不属于某个个体,而只属于时间,而时间又如同梦境,如同被压实的白雪一般光滑,总能默许人们狡辩"我已经不是以前的我了",只要还有时间存留,一切都变得很容易。

路易莎并没有露出笑容,至少没有笑得那么开,只是带着半压抑着的微笑,我懂那种微笑,除了吃惊和愤怒,她一定也有点被追捧的感觉,我跟踪了她,监视了她,对她产生了兴趣,打搅了她,我还观察了她,对她的衣服和购物品味评头论足了一番,一个玛尔塔挑选的人此刻却全神贯注地看着她,一场多么让人开心、让人遗憾，同时又让人欢喜的死亡啊。"勾引或者被勾引实在太简单了，"我想，"一点点小事就能让人如此满足。"我感到很确定也很安心，脸上的羞红和惊慌也褪去了，思绪也飞得更远了一些，我想到了一些事，在几分钟前，这些事甚至不可能发生在我身上："如果德昂决定放弃和儿子住在一起，那眼前这孩子就会跟着路易莎生活在这个公寓里了，如果我想的话，这孩子甚至可能最后变成我的，那我对于他的意义就不是一开始所设想的那样了，我不再是一个影子，一个无关紧要的人，一个站在他房间的门前盯着他好一会儿却对他来说几乎完全陌生的身影，而他不知道，也永远不可能知道，甚至根本不会有任何记忆，我们两个就这样缓慢前行直至各自的消亡。也可能在他时间的另一侧，在时间的黑背里，一切并非如此。又或许，事实确实如此，但又不仅仅如此，可能还有其他更多的可能，他那已被部分替代的迷失而又命中注定的世界，那个灾难性夜晚的秘密还有因此获得的补偿性遗产，那个行使代理父亲责任的身影——简单来说就是个'篡位者'——我们两个依然在前行，直至各自的消亡，只是前行得更加缓慢，带着更多的任务，为了期待已久的那份遗忘。如此一来，也许某一天我会告诉他那晚的他是怎样的。"我的思绪越飞越远，甚至想到了关于路易莎的一切："也许我就是她那个尚未出现的丈夫——身影依然模糊——我将陪她在未来更多的岁月里面对生活的反复无常，陪她去一个男人的世界，一个由漫画、彩报和故事堆砌出的成形的世界（还有挂在头顶的飞机模型）。不止一件事情把我们拴在了一起,比如我们给同一只脚系过鞋带。"

"啊,我明白了,"她沉思着说道,依然隐藏着笑容,"你刚刚也在那儿啊。"

"那条裙子真的很适合你,"我说,"当然那件上衣也不错,不过裙子绝对是最佳选择。"我并不打算遮掩自己的笑意,我得让她喜欢我,毕竟我已经单身很久了。

"行了。现在呢?现在我们这是在干什么?"她问我,好像突然间又严肃了起来,要么就是愤怒的情绪又占了上风,不过她用了"我们",这个称呼背叛了她,"我们这是在干什么",这明显是真假参半的愤怒和严肃。

"我们找个安静的地方谈谈吧。"我回答她。

她看着我,有些怀疑,不过很快就过去了,她的谨慎只维持了几秒钟,或者是被她内心的其他问题盖过了,她没忍住,也问了我。

"那孩子怎么办?我得把他送到玛尔塔家里,本来我现在正准备去呢。你认识她家,对吧?里里外外都认识吧?我看见你有天晚上在一辆出租车边上等着,是你,没错吧?就是事发的第二天晚上,你怎么能丢下孩子一个人?"

她仍然没有把那里当作爱德华多或者欧亨尼奥的家,还是坚持说玛尔塔家,放弃某些早已习惯却终将被淘汰的用词总是很慢。最后的那个问题透露出更多的悲痛,带着责备的语调,她轻轻地噘起嘴巴,比起愤怒,更多的无疑是懊悔和遗憾。那孩子继续盯着我，表情倒是很友好，他认出了我却没什么话跟我说，也没有理由对我吵闹，他把这一切任务交给了大人们。我弯下腰，摸了摸了他的肩膀，而他伸出手给我看他拿着的巧克力棒。我期待着他说"克力"。还没等我反应过来，他嘴里已经塞满了巧克力，手指上也沾得到处都是。

"孩子可以和我们一起来啊，天又不是很晚，你可以告诉德昂你们在这儿耽搁了一会儿。"我一边说着，一边指了指自己刚才没有把守严实的大门。我竟然如此大胆地在向路易莎建议如何隐瞒事实，太不可思议了。我没回答她最后一个问题，不过倒数第二个我倒是交代了："或者你也可以把他丢在这里，我在下面等着你。不错，你见到的就是我，如果你就是那天晚上在玛尔塔卧室里的那个女人的话。"

"她是一个人死去的吗？"路易莎立马问我。

"不是，我当时和她在一起。"我还是弯着腰，回答她的时候甚至连眼睛都没抬。

"她有意识吗？她知道自己要死了吗？"

"不，她应该从没想到吧。我也是。一切都太突然了。"我怎么知道她脑子里想的什么，不过正如我一贯所说的，我才是讲故事的人。

路易莎陷入了沉默。我从外套的口袋里取出一块手帕，熟练却又小心翼翼地帮那孩子拿开手上的巧克力棒，避免惹恼他，接着帮他擦干净那脏兮兮的嘴巴和小手。

"他弄得乱七八糟的。"我说了句。

"我知道。我弟妹刚刚给他的,"她回答说,"让他在回家路上吃的。太可笑了。"

孩子突然反抗了起来,我最不希望发生的就是他被惹哭,我还得讨他阿姨欢心呢。

"嘘,别哭,看我给你准备了什么。"我说着从袋子里拿出了那盘《101忠狗》。"我知道他很喜欢看卡通,他有盘《丁丁历险记》,我还跟他一起看过呢。"我跟路易莎解释道。她永远都不会知道我其实并非特意买的那盘录影带,我也没想过要送给这孩子或者送给任何人,那只是个意外而已。不过这一定能让她对我产生好感,她会发现我并没有那么无情。我就近找了个垃圾桶,把那块还裹着包装纸的巧克力棒扔了,顺便一并扔了刚买的那份无聊的《共和报》,还有已经融化的冰激凌和开始渗水的塑料袋,水断断续续地滴到我身上,我只好用手帕一点点擦掉,手帕被毁了,于是我把它也扔进了垃圾桶;我想:"幸亏买了那盘录影带。"

"你可以洗洗再用啊。"路易莎说。

"没事。"在我的建议下,我们搭了辆出租车,不过一路上并没有说话。上车前我的手又空了出来,于是我帮他们打开了车门,孩子坐在我们中间,他挺安静的,一遍遍地翻看着拿在手上的电影封皮,他知道那是录像带,不过他一定在猜测里面到底是什么内容,一边手指着上面画的斑点狗一边说道:"狗。"幸好他没发出"汪汪"或者类似的声音,我知道很多小孩都这样。

去斯梅拉伯爵大街的路上我一直表现得很好，其实我意识到路易莎想要争取点时间思考一番，好好消化一下那些她意料之外的关联，她肯定在脑子里重建了某些她曾经参与的场景和某些她未曾出场的画面，比如我和玛尔塔的那一夜以及之后的那晚，德昂还在伦敦没回来，她一个人和欧亨尼奥待在房子里，待在卧室里，那张床上没有发生任何肉体关系——但她并不知道这点——取而代之的则是死亡，她这个倒霉的人，应该还帮着换了床单，开窗让房间通风，对她来说，那也是糟糕的一夜，满是悲伤，满是黑暗的思绪，满是胡思乱想的一夜。我鼓足勇气用余光瞄了眼她的大腿，却正巧发现她也在用余光扫过我的脸，午饭时她本有大把的机会可以看我，但她却连一瞥都不屑于给我，现在她正在把我的脸和那个彼时仍缺少面孔的陌生人一点点结合起来，就是那个甚至连名字都不清楚的陌生人——我叫维克多·弗朗西斯，特耶斯刚刚是这么把我介绍给路易莎的，并不是鲁伊韦里斯·德托雷斯，我的全名是维克多·弗朗西斯·桑斯，尽管我从不用我的次姓，在英国人们却都叫我桑斯先生，现在她应该已经想象出我和玛尔塔在一起的场景了，甚至能判断出我们是不是很般配，也明白了玛尔塔是在我的怀抱中死去的。我也想问她问题，并不多，可以等等，除了回应那孩子，我暂时什么都没说：

"是的，狗，很多长着斑点的狗狗。"他可能都不知道什么是"斑点"。

在他和玛尔塔的公寓楼门口，我跟他说了再见，拍了拍他的帽子，估计着德昂应该很快就到了，如果他现在不在里面的话，那个时间差不多就是他和路易莎约好在家里见面的时间，她跟我说了，刚刚在她弟媳家里给德昂办公室打了电话，已经问了他还需要她照顾孩子多长时间。德昂回答她说："你想的话，现在就带他回家里吧，我这边也快了，大概七点半左右就能到。"

"如果他还没到，我得留下来等他，"路易莎跟我说，我们身后是那扇斯梅拉伯爵大街上熟悉的大门，"家里没别人照顾他。"

"我在后面的咖啡厅等你，不着急。"我一边说，一边向大概的方向指去，那是一个有俄语名字的餐厅，在这栋独立大楼的后侧大厅，夏天时人们可以在外面的露台吃点喝点。那儿应该还有家干洗店，如果我没记错的话，或者是家文印社，又或者二者皆是。

"如果德昂想跟我聊一会儿怎么办？也许他想跟我倾诉一番，在见过我父亲以后，你刚刚也看到了。"

"我会等你的，你别担心时间。"

她半转过身，准备带着孩子进去——高跟鞋歪了一下，地面还是湿的——然后又若有所思地加了一句：

"你得清楚，早晚我还是要跟他说起你的。"

"不过不是现在。"我回答说。

"不，不是现在。否则他会冲下来逮住你的，"她说，"我尽量不耽误太久，我会告诉他我家里还有事。"

"你可以跟他说实话，告诉他你还有个约会，就说八点半吧。"

我看了看表。

她也看了看她的表：

"行，我就说八点半还有约吧。"

我在咖啡厅里等着，在那儿我没办法看到德昂是不是到家了，当然，他也没法看到在这里等人的我——我在那栋楼的后面——除非他在上楼前也走进来喝杯东西或者买包烟，不过这不大可能。我等着。我等着，现在才觉得手头好像缺了篇可以读读的鬼故事或者足球报道，在九点差一刻的时候，路易莎·特耶斯出现了，手里还拿着不知是装了短袖衫还是裙子的袋子，我已经等了她一个多小时了，她一定是和德昂进行了一次长谈，要么就是德昂到家的时候已经很晚了。我从没觉得她会放我鸽子，也没想过她可能会不提前通知就和德昂一起出现在这里：她会跟他说起我，但不是现在；我相信了她。当我终于见到她时，突然觉得身心俱疲，神经却放松了，我喝了两杯啤酒，一整天都晃在外面，甚至连家都没回，也没听我的答录机查看我的邮箱，明天早上我又得早起去特耶斯家继续写"寂寞先生"不久后要向公众发表的演讲底稿，写得要像是他自己的文字一样，尽管没有人会相信。我真希望今晚不再是漫漫长夜，一切都能有条不紊，不要再像和玛尔塔·特耶斯在一起的那一夜，也不要像和维多利亚与希丽亚在一起的那一夜，我的脑子决定在回忆里不把她们俩看作同一个人：荒谬、糟糕、无尽的夜晚。希丽亚已经决定要再婚了，重新开始新生活。

"好了，我们去哪儿？"路易莎问我。天已经黑了。我仍然坐在吧台，好像自己真的变成了鲁伊韦里斯。

"去我那儿好吗？"我说。在那一刻，我最想做的事情不过是能换双袜子和鞋子。"我想换双鞋。"我把脚给她看了看。刚刚浸湿的鞋面已经干了，沾满了发白的污迹，尤其是右脚，像是浮着一层尘土或者石灰。她的鞋则一尘不染，虽然她刚刚也走了跟我差不多远的路，经过的也是一样的街道。看见她脸上闪现了一丝犹豫，我接着说："玛尔塔答录机里的磁带也被我拿走了，或许你也想听听看。"

"所以是你拿走的磁带，"她说，两只手指摸了摸嘴唇，"我还以为是玛尔塔自己扔掉的，第一个晚上我也不想翻垃圾桶找它，只能把答录机包起来拿走，这样爱德华多回来的时候也看不见它了，而且那时候房间里已经开始有味道了。那张写着电话和地址的纸条呢？也是你拿走的吗？为什么要这么做？"

"我们去别的地方吧，我会一一回答你的。"但我其实已经回答了她其中的一个问题了，因为我当时继续说道："我不是故意拿走那张纸条的，我本来打算把它抄下来，但后来没这么做，原先是想着应该打个电话到伦敦去，不过后来实在没有勇气，所以也就放弃了。你看，纸条还在我这儿呢。"我掏出钱包，给她看了看那张黄色的便笺，玛尔塔并没有把它塞进自己的包里，也没有在马路上弄丢，它不是因为窗户开着被风吹走了，更不是被清洁工不小心扫走了。路易莎并没有看它，她没什么兴趣，只是顺手接过它，她知道上面写着什么。"走吧，跟我回家待一会儿，之后如果你愿意，我们可以一起出去吃晚饭。"

"不，我们先吃晚饭吧，我不想去陌生人的家里。"

"可以，听你的，"我说，"不过你别忘了，是你父亲介绍我们认识的。"她差点就要笑出来了，不过最后还是忍住了，短时间内，她还是得保持坚决而严肃的态度。

我们去了尼古拉斯，一家小餐厅，那里的服务员都认识我，这样也好让她知道我并不总是举止神秘或喜爱逃避，那家店的老板叫我维克多，服务员们则称呼我为弗朗西斯先生，在那儿，人们不仅知道我的样子也知道我的名字。我终于可以跟她讲述整个故事、回答她的问题了，此外，我还能告诉她一些她没有问我甚至没办法问我的事情，这显然也是我现在唯一追求的东西，走出阴影，能不再做那个严守谜团、保持神秘的人，我有时或许也很渴望清晰透明，或许也追求融洽和睦。我说了故事，说了发生的全部。在我诉说的时候，并没有感到自己在一步一步跨出笼罩着我的魔咒，我没能逃脱，可能永远都逃不出来了，我反而觉得它正和另一个稍许温和也不那么顽固的咒语渐渐掺杂在一起。讲故事的人通常都知道如何把故事讲好，知道如何解释清楚自己，诉说就是在说服别人，让别人明白并看清整件事，这样故事才能被接受和理解，甚至包括最糟糕的部分，只要能原谅的都会被原谅，一切都会被包容，都会被吸收，甚至会被怜悯，这种事时常发生，我们一旦知道它发生了，就必须学会习惯它，得在意识或记忆里给它找一块地方，因为它的发生，也因为我们的知情，它将不会阻止我们继续生活下去。因此，实际发生的一切并不如我们的恐惧和假想那般糟糕，也不像我们的推测、想象和噩梦那样可怕，现实中我们通常不会把这些所谓的假想和恐惧等等纳入自己的认知范围，万一碰到了也会很快丢弃，或者仅仅做片刻的停留，这也就是为什么它们依旧能让我们惊骇，不像那些事实，正因为有着真实的自然，才显得没那么重要：反正事情也发生了，我也都知道了，一切都无可挽回了，我们常常自我安慰，我得试图自己明白，自己理顺，或者找个人给我解释一下，最合适的人选莫过于同样参与此事的人，因为他也了解事情的原委。给一个人讲个故事甚至有可能让他对你产生好感，这很危险。我想，这纯粹是表演的力量：这就是为什么总会有被告，总会有敌人，尚未吐出一个字就被谋杀、被行刑、被处决——这就是为什么总有朋友被遗弃，听见别人对他说"我不认识你"，或者总被别人拒绝回信——只是为了剥夺他们解释清楚的机会，为了自己能尽快让人产生好感，他们一说话，就会诋毁我，所以他们最好别说话，即便选择保持沉默，他们也不会为我辩护。

接着，换我问了几个问题，不是很多，都是些小事，完全是出于好奇，是谁最后去玛尔塔家发现了我整晚保守的秘密？他什么时候去的？孩子到底一个人待了多久？他们什么时候又是怎样找到远在伦敦的德昂的？从事情发生到最后联系上他花了多久？德昂所犯的错误到底维持了多长时间？这些时间中又有多少最后变得陌生、飘浮不定又虚幻无影？像是你在电视上或者在多年前的电影院看了一部电影,却错过了开头。路易莎逐个回答了我,丝毫没有吝啬也没有怀疑——她那时已经不再担心了,我已经解释清楚了,让她看清了事情发生的过程,也让她理解了我的做法,甚至得到了她的原谅,如果真的有什么需要被原谅的事情的话(把孩子一个人丢在那儿,但如果我带走他只会更糟糕,我是这么告诉她的:会像绑架一样)。我无疑获得了她的同情。那孩子只是自己待了一个早上而已,从他醒来到保姆的出现,她有钥匙,常来打扫屋子也给孩子和玛尔塔准备点吃的,当然如果她丈夫在家吃午饭的话,也会给他准备,等玛尔塔去学校上课的时候——我曾在同一所学校上过学,玛尔塔应该是在不同的日子里上不同时间的课,晨课或是夕课——她便留在家里陪着孩子。那孩子似乎没有察觉到玛尔塔的死,人没办法辨认出自己没遇到过的场景,所以他根本不知道什么是死亡,实际上他现在依然不知道,他应该会猜测妈妈睡着了,所以对他的呼喊和请求毫无反应,估计他也很想回到那个睡梦的画面中弄清那天早上到底发生了什么。他一定爬到了大床上,用尽全力掀开妈妈身上沉重的被单和床罩,他应该碰了她,把她全身都摸了一遍,也许还打了她,小孩子生气的时候都喜欢打人(你没办法控制他们),而且玛尔塔那时应该还是玛尔塔的样子。没人知道他是不是苦恼又生气地喊叫了很久,却没被人听见,或者只是选择不去听见,实际上他一定累了或者开始饿了,吃光了我临时为他准备的那份什么都有的拼盘,喝光了果汁,然后坐下来开始看电视,不是我走的时候还在放《午夜钟声》的客厅的那台,而是卧室里还在播弗莱德·麦克莫瑞和芭芭拉·斯坦威克的那台,他们俩仍然在用字幕交谈,孩子可能想靠近他妈妈一点,依然相信她会醒过来。保姆就是这么发现他的,当时刚过中午,他睡在床脚边靠着他一动不动又凌乱不堪的母亲,盯着无声的电视,不管里面播的是什么,如果走运的话,也许会碰到少儿节目。保姆有好几分钟都不知道该干吗——手还放在头上,头顶用发卡别了顶檐帽,从街上过来还没来得及取下,身上的大衣也没脱,一开始脑子里还闪过几句脏话抱怨丢给她清理的这乱糟糟的一团,她不知道德昂去了伦敦,就像前一天玛尔塔也忘了这事,等她知道的时候已经太晚了,她打电话到他办公室,但跟费伦说不上话,只能跟他秘书歇斯底里地吼了一番,也许那位秘书听懂了一点或者什么都没听明白,之后她只好找出玛尔塔妹妹路易莎的电话,路易莎打车赶了过来,气喘吁吁地第一个到达斯梅拉伯爵大街,十分钟后德昂办公室的同事或者说合伙人也来了,为了弄清楚那不幸的保姆断断续续传达给他秘书的信息到底是什么内容。他们都没能找到写着伦敦电话和地址的纸条,只好先打给一个认识的医生。在他检查尸体并且宣布死亡的时候——我没问死亡原因,这依然不重要,生命就是独一无二又十分脆弱,谁知道呢,突发型的病、脑血栓、心肌梗死、主动脉瘤、脑膜炎引发的肾上腺出血,什么东西服用过量,或者几天前撞车导致的内出血,无所谓哪种病,总之就是让她死得如此干脆又迅速,丝毫没有犹豫和挣扎,让她像个不会抗争的听话的孩子一样死在了我的怀抱里，费伦留下来陪着，路易莎带着孩子去了弟弟吉列尔莫家，他们要赶紧把孩子带走，这样他就会开始遗忘，也什么都不会问了，之后她亲自去跟父亲说关于姐姐的事情，另外还拜托保姆先别急着扔东西，让她什么都别碰，他们还得继续找写着德昂联系方式的纸条——保姆同意了，但不停地抱怨自己在厨房里无所事事、浪费了时间，已经穿好了围裙的她知道一会儿会有很麻烦的工作要做，而且还超过了她正常工作的时间。尽管还是早晨（在马德里，吃午饭之前都叫早晨），路易莎就给坐在扶手椅里的，更确切地说是陷在里面的特耶斯倒了杯威士忌，等他喝完从椅子里站起来，她就赶紧陪他去了马利亚·费尔南德斯·维拉家——老特耶斯用满是老年斑的双手捂住脸寻求庇护：可能出门前女儿给他系紧了鞋带，免得他听到消息后双腿颤抖地被绊倒，估计他走起路来像踩在雪地上一样，深一脚浅一脚，用他那双娇小的像极了退休的舞蹈演员的脚。路易莎去她父亲家的时候，马利亚·费尔南德斯·维拉便不停地抱着刚刚到她家的孩子哭泣，一只手空下来还给她工作中的丈夫打了个电话，之后吉列尔莫和路易莎又一起回到了斯梅拉伯爵大街（或者可能是吉列尔莫一个人去的，路易莎回了自己家），屋子里又多了位法医，留着有些夸张的络腮胡——大概是为了弥补自己的秃头——他记录下玛尔塔的死亡信息，德昂的同事费伦已经走开了：据保姆说，他太过悲伤，去楼下的俄罗斯酒吧喝了几杯苦艾酒或者啤酒。路易莎又去楼下找到他，好全力以赴地展开双重搜查，她、吉列尔莫和保姆负责寻找有德昂地址和电话的纸条，费伦则负责给工作上有联系的人打电话看看能不能找到德昂这几天要碰面的那个英国商人。不过费伦不怎么会说英语，说英语的工作一般都是德昂做，所以他才经常出差，费伦没法找到那些商人，唯一一个他能有点交流的也说没有德昂的消息，甚至都不知道他在伦敦。他们又接着给一些走得比较近的朋友打电话，还不得不向其中的大部分人隐瞒玛尔塔的死亡方式和环境——不是死亡原因——尽可能少透露细节以免接电话的人问更多的问题。即便如此，屋子里还是开始挤满亲戚、邻居、朋友和一些爱管闲事的人，他们就喜欢凑这种热闹让死者的家属尴尬不已——那个戴米色手套的年轻小姐可能也在那儿，不过我没问关于她的事——最后出现了一个大胡子法官，然后她的尸体终于被抬去了太平间。一些人陪着去了，其中包括吉列尔莫，等到路易莎终于空下来去她弟媳家接老特耶斯和孩子的时候，马利亚·费尔南德斯·维拉也才有工夫跟着去了趟太平间；路易莎把父亲送回他自己家，给他服用了一片安眠药，接着又去自己的公寓收拾了点东西，独自带着已经困得够呛的欧亨尼奥第三次回到斯梅拉伯爵大街，那时已经是第二天晚上十一点了：她决定就在姐姐家里睡下来，总比再带孩子去别的地方强，她坚信对那些家里有人去世的人来说，从当夜起继续睡在家里会比较好，否则之后他们可能就不想经常回来了，甚至永远不想回来了。这事她咨询了她阅历颇丰的父亲，这种想法也是他和她分享的。门卫说保姆走的时候很不开心，没人告诉她她应该做什么，甚至半点关注都没得到——路易莎也仅仅只是问她能否把家里的钥匙借给自己——即便这样，大家还是希望她第二天准时过来打扫房子，整理这一团乱麻，期待着她能理解。路易莎把筋疲力尽的孩子放在床上——那是屋子里唯一原封不动的房间，没人碰过那些悬挂的飞机，尽管大家从敞开的门前经过时都充满了好奇——像往常一样，他身边摆着奶嘴和兔子，路易莎也给自己灌了一片安眠药。她扎好垃圾袋，放到家门外，又或者是晚些时候才这么做，接着几乎不抱希望、敷衍了事地随便找了找那张纸条，还不忘把东西归纳整齐，顺手换了玛尔塔那张床的被单，没人去做这事，保姆早就没了积极性。之后她才躺下，脑子里突然有了关于我的疑问，不过那时她还不知道我就是那个人，她想起二十四小时前玛尔塔在答录机里说的话（"我约了一个几乎不认识的人，他还挺有魅力的，我是在一个酒会上认识他的，然后第二天我们又约了喝咖啡，他是那种人缘很广的人，他离婚了，专职写剧本和一些别的东西，晚上他会来家里吃饭；爱德华多现在在伦敦呢，我也不清楚会发生什么，不过谁知道会不会发生点什么呢。"）；她没提到那人的名字，任何名字都没提到，当然也没提到我的。她想着她的姐姐，因为睡在姐姐卧室的床上而长时间思考着关于她的事情，路易莎没法理解到底发生了什么，姐姐如此意外地离去，让她好像突然间无法区分生命和死亡，又好像让她无法区分一个你现在见不到的人和一个即便你想见也永远都无法再见到的人（我们不可能和某个人形影不离，除了我们自己，除了我们的身体部位，胳膊、双手和双腿)。"我不明白为什么我还活着而她已经死了,我不明白死和活到底意味着什么,现在我真不清楚它们到底是怎样的两种状态。"她一边跟我说一边想着,又或许是我替她想着这些感受。后来她打开了电视,很长时间都没法入睡,尽管白天的劳碌、痛心和遗憾已经让她筋疲力尽,她甚至都没尝试一下,对她来说这个时间睡觉还有些早,所以连衣服都还没脱。十二点过了,电话突然响起,她从床上跳了起来,这时才发现自动答录机里的磁带不见了,或者她是看到机器的灯亮了但电话仍然响个不停才发现的;她担心地拿起电话,既希望又害怕会是德昂,他或许会在一无所知的情况下从伦敦打回来一通日常电话。是费伦,他终于从一个合作商那儿弄到了酒店的名字——威尔布拉汗。费伦不想给德昂打过去,也不敢,过了这么久才告诉毫无心理准备的朋友这儿发生的一切,未免太冷血了。"我来打,"路易莎跟他说,"不过他一会儿肯定还是会打给你,如果他发现你在我之后知道了这件事情,而且你还目睹了玛尔塔那样的死法。""如果是他想找我,那就不一样了,"费伦回答道,"我只是现在没办法告诉他这个消息,我自己,通过电话,我做不到。你打算跟他说玛尔塔死的时候并不是一个人吗?""还是等他回来再跟他说吧,但我觉得可能等不到那时候,他肯定会问我的,肯定想知道更多的细节,到底是怎么发生的,为什么玛尔塔觉得不舒服的时候没有第一时间给他打电话。太多人已经知道真相了,想要向他隐瞒有些难度,他肯定会知道的,不过我倒是觉得他知道了比较好。"于是路易莎没多等,拨通了酒店的电话(我没问她电话里找的是德昂先生、丁先生还是巴耶斯特罗斯先生),所以我那时夜里一点左右用公用电话给他打过去而且听到他用英文说"喂"又一声不吭地把电话挂了,他其实已经知道家里发生的事情了。他是刚从路易莎那里得到的消息,又跟他的公司合伙人确认了一下,他有二十来个小时的时间现在需要被修正、取消或重新计算,他在伦敦的那二十来个小时会变得陌生、飘浮不定又虚幻无影,就像第一次完整观看有字幕的弗莱德·麦克莫瑞和芭芭拉·斯坦威克后我脑中留下的画面一样,又像"孤独者"在他失眠的那晚看到《午夜钟声》的片段后刻下的印象,尽管后来又有人给他找到了完整的电影版本,估计是阿尼塔小姐给他弄到的。又或许像两年半前的某个夜晚我在电视上看到的喷火式战斗机飞行员、鬼魂、国王等画面,我至今仍未找到那晚自己同时看的那两部影片,我不知道它们叫什么,也不明白它们在讲什么,尽管如此,我从未否认也从未删除过这段记忆。那二十来个小时对他来说会变成一种魔咒或者一种梦魇,本该从我们的记忆中消除,好像我们根本没有过那段经历,又好像我们得重述一个故事、重读一本书;最终它意味着一段我们无法忍受的时光,我们绝望的渊源。

路易莎又躺回床上,在她终于完成了这一天的最后一个任务之后,一个她宁愿坐着去完成的任务——躺着告诉别人一个死讯的同时还要安慰一个失去配偶的人未免也太难了——接着,她看了很久的电视,直到睡意渐渐来袭,即便是那时,她依然有力气从床上起来开始脱衣服，没有我的帮助，没有任何人的帮助——所爱的人死去，如何还能睡得着，然而最后却总是以睡着结尾——她朝窗边走去，站在那儿想把毛衣脱掉，双臂交叉，握紧毛衣的下沿，一下子拉过头顶——让人有一瞬间能隐约望见她的腋窝——所以只有外翻的袖子卡在她的手臂或者手腕处。她的身影就这么静止了几秒，大概是脱衣服花了大力气或者白天折腾得太劳累——完全是一副凄凉的样子，一个没法停止思考的人，一个需要把一层一层衣服慢慢脱掉好利用中间的空当思考的人——好像仅仅是在脱掉毛衣之后，她透过百叶窗——她就站在百叶窗旁脱的衣服——向外望到了什么或者望到了谁，或许望到的就是站在出租车旁的我。

"他在找你呢，"在讲完了这一切我完全不知情的细节或者说之前一直只是在假设的细节后，她跟我说，"我早晚都得告诉他我找到你了。"

"我知道。"我说，接着我告诉她我在墓地无意间听到的那些话，向她坦白了那天早上我在那儿第一次见到了她，我重复着当天从那些陌生人嘴里听到的每个句子；我仍然觉得自己没办法告诉她那个消息，如果她还不知道的话，我希望她像我一样自己去发现，从那盘磁带里发现，当然我已经现场听过了。"知道是哪个家伙做的好事了吗？"一个走在我前头的男人问道，他就是这么问的；走在他旁边的女人回答说："还没什么消息。但他们也才刚开始调查，爱德华多肯定能找出是谁的。"其实他们也不完全算陌生人，男的叫维森特，女的叫伊内斯，我还差点变成了和维森特"同睡一人"的人。

咖啡厅里人走得差不多了，我已经付了钱，店主假装很耐心友好的样子算账准备打烊。我们吃光了眼前所有的东西，都没注意到底吃了什么，路易莎机械地最后一次拿起餐巾纸放到唇边，那还是她吃甜点时放在桌上的，已经过去很久了，后来她没要咖啡，只点了杯洋梨利口酒。

"是啊，"她说，"我想每个人都知道了吧，还好，除了我父亲。我只希望他永远都不要发现这事。"

"你跟你姐夫谈之前，我希望你能听听那盘磁带，"我说，"有些事情可能你都不知道，更别说他了。实际上，那才是我带走它的原因。你介意去一下我家吗？一会儿我给你打个车送你回家。"我停顿了一下，又加了一句："你现在也算了解我一点了吧。"

"也许你会更了解我的。"我心里想着。

路易莎眉头紧皱地盯着我，好像听到了我的心思一样，她好像同时在和好奇、疲倦和怀疑斗争着——讲故事是很累人的事——而后两种感情又让人脆弱不堪。她长得真的很像玛尔塔，脸部不像那天在墓地那样痛苦扭曲时尤其像。她更年轻些，尽管将来她的年龄会比玛尔塔更大，也许可以说她更漂亮些，或者是她对自己的命运没有那么多的不满。她说：

"好吧，不过我们现在就得走，抓紧时间。"

无论是过去还是当下，我都已经把那盘磁带的内容牢记于心了,不过她是第一次听。在我家的时候她什么都不想喝,我让她在客厅等我,自己去了卧室,总算换了鞋子和袜子,感到一种无与伦比的释放感。她坐在那把扶手椅上,我常常坐在那儿看书、抽烟、思考,她坐在椅子的边缘,大衣挂在一只手臂上,好像刚到就随时准备离开。她从一开始就这样坐在边缘的位置,身子却越坐越向前倾——好像感到很害怕一样——她听到了第一个沉稳、着急又有些单调的声音说:"玛尔塔?玛尔塔,你在吗?你之前挂我电话了吧?对不对?你听见了吗?"说话声停了,接着传来一阵舌头弄出的咔嗒声,听起来很不耐烦。"你在听吗?你在干吗呢?你到底在不在?我刚刚给你打了电话,你干吗挂掉?啊?接电话呀,妈的。"当那个沙哑而痛苦的男声结束时,我按了暂停,路易莎说话了,不仅是在跟我说,好像也是在自言自语:

"那是维森特·梅纳,一个朋友,好吧,其实是我姐姐的前男友。她在认识爱德华多之前跟他在一起过一段时间,后来他们还是像朋友一样相处,常常约着一起出去,他们四个人,他、他妻子伊内斯、爱德华多和玛尔塔。我不清楚到底有什么秘密,玛尔塔没跟我说过关于他的事,她从来没提起过他们又开始约会什么的,他还真是个差劲的男人。"路易莎陷入了沉默。刚从她嘴里不小心说出来的都是现在时的句子——"常常约着一起出去,他们四个人"。我们总是要花很长时间才能在亲近的人死后使用过去时,总是需要花很长时间才能区分过去和现在。她用一只手指挠了挠太阳穴,又加了一句:"也有可能他们从来就没断过吧,真是胡来啊。"

"他妻子是干什么的呢?"我问道,为了满足自己附带的好奇心,可能我也知道自己心里那些最主要的好奇是没法被满足的。"她做什么工作?"

"我不是很清楚,我跟他们也不熟,好像是在法院工作。"路易莎回答说,我接着播放磁带,第二条留言的开头部分已经不在了,"……好吧",一个女人的声音说道,我现在已经知道这是路易莎的声音,毕竟我整个晚上都在听她说话,听她用各种各样的语调说话,"明天记得打电话告诉我事情的前前后后"。路易莎闭上了眼睛:"那是我,那天下午她给我留了言,说了要和你约会的事,这是我回复她的。现在再听起来,好像过去很久了。"

我又按了暂停。

"她告诉你关于我的事,却不说和维森特的事,这怎么可能?"

"唉,其实她和爱德华多相处得不是很好,她总是做些白日梦,我竟然直到今天才知道她的这些白日梦都是现实:维森特·梅纳,这么长时间了,还真是会胡来啊,"她质疑又不悦地说道,"另外,我们俩一般什么事情都说,几乎所有的事情,也许这次她只把梦告诉了我,却没告诉我现实是什么。""所以,我也是白日梦,"我心里琢磨着,"至少可能在去斯梅拉伯爵大街之前我是。也许之后仍然是,我大概是梦魇或是鬼魂,一直都是。""我讲的这些对你来说可能没什么意义吧,我跟玛尔塔通常不会对彼此评头论足,甚至不会给对方建议,只会互相倾听。有些人不管做什么，你都觉得他是对的，也会无条件地站在他那边。"路易莎还在挠着她的太阳穴，估计她自己都没意识到。"玛尔塔，告诉爱德华多不应该说'信息'，这叫'留言'。"那是个老人的声音，最后还自我同情地调侃了一番。"我真是可怜啊。"他说。"那是我父亲，真可怜，他真的很可怜，"路易莎说道，"他很喜欢玛尔塔，她比我对父亲要上心得多，以前她常听父亲讲自己年轻时和同伴打架的故事，还有那些他在皇宫里的小阴谋和小特权。如果她还在的话，父亲一定会一天打好几个电话给她，告诉她关于你的事情，有个人能在家里工作几天对他来说的确是件大事；这就是他为什么也想让我们见见你，这样我们就能想象有你的陪伴是怎样的情形了，之后他提起这件事，我们也能发表点评论。好吧，其实是我，不包括爱德华多。"她没意识到特耶斯告诉玛尔塔"关于我的事情"这种事怎么都不会发生，因为如果玛尔塔没死的话，我也绝不会想见特耶斯的。"玛尔塔，我是费伦。"又一条留言，路易莎什么都没说，没什么新鲜的内容，她默默地听着，我也没按暂停，接着是下一条留言，只剩结尾的几句话，那个声音说："……我们就照你说的做，你想怎样就怎样吧。一切都由你来决定吧。"我现在很确定那不是录音带里前面的那个女人，不是路易莎，尽管相比录音带里的男人，她们的声音很像。路易莎让我倒带又听了一遍，接着她说："我不知道是谁，我听不出来，估计我也不认识。我从来没听过她的声音。"

"所以你也不知道是她给谁的留言？德昂还是玛尔塔？"

"我怎么会知道。"

"好了，下面是我了，"在另一个不完整的留言开始前，我赶紧补充了一句，我感到很羞愧，"如果你方便的话，我们可以约在星期一或者星期二。不行的话，那就得等到下周了，因为从这星期三开始我会忙得焦头烂额。"我怎么会用"焦头烂额"这种词，实在太过做作，我闷闷不乐，心里又开始发起牢骚，所有的情话在他人看来或者自己事后重新回顾的时候都显得特别卑劣，更糟糕的是，我现在又在重新开始讨好勾搭，所以我无法从他人或者个人回顾的角度审视现在嘴里说的那些甜言蜜语，有时我们无意间的企图决定了嘴里每个词的重量。"确实感觉已经过去很久了。"我没让磁带停下，路易莎听着我谦恭的声音，什么都没说，接着又是那个电动剃须刀般的男声："嗨，爱德华多，是我。你们别等我吃晚饭了。"一直到他让他们给他留点火腿，又突然做了告别，"那就这样，再见。"他说。

"那也是维森特·梅纳，"路易莎说，"他们四个常常约出去，或者还有别的朋友。"她又一次用了现在时，事情已经过去一个月了，现在时显然不太合适。

我停下磁带说："还有一条。你听。"

接着传来的是一阵刺耳、连续、毫无遮掩的哭声，那哭声几乎像在和嘴里要进出来的话和脑子里的想法做斗争一样，甚至是毫不留情地阻止、抑制甚至替代它们——完全束缚住它们——那痛苦的声音只说着一个能让人听懂的词，"……拜托……拜托拜托……",又不像是真的在哀求什么,企图得到回应,倒像是在念着咒语,重复着某些仪式性的或者迷信的话,没什么含义,所以也没法战胜或者消灭威胁,几乎是中邪的哭声,和那个用苍白的唇说出咒语的女鬼毫无区别,与其说她在说谎,不如说她在小声读着什么,她的双颊流着泪水:"不幸的恩娜,你的妻,我从未在你身旁安睡过片刻,现在要使你梦中心乱如麻。"不知道这是我第几次听那盘磁带了,却是第一次有人陪着我听,就在那时,我突然意识到那个小孩的声音,那个幼稚的女声,可能就是玛尔塔自己,谁知道呢,或许是她不久前出门的时候给德昂打的电话,而他正好不在家,所以只好在答录机里哀求他——又或许其实他在家,就在电话旁听着她哭泣,也不愿意拿起听筒——她将自己含泪的请求留在了自动答录机里,或者将那请求掺杂在泪水里,哭泣只是一种背景声,她的悲伤被记录了下来,现在正由她的妹妹和一个陌生人听着——或许这人正是她妹妹那个尚未来到的反复无常而模糊的丈夫——就像希丽亚有一次给我连续留了三次言,最后一次的时候,她几乎说不出话也无法呼吸。我却不敢回电话给她,最好不要。

"这是谁?这是谁?"路易莎害怕地问我。她问得太荒谬了,应该也是被电话里的慌乱和悲痛传染了,我怎么会知道,虽然我偶然间成了暂时保管磁带的主人(保管或是偷),虽然我确实听了那么多遍。

"我完全没头绪,"我说,"我以为你会知道。这个女人到底是谁呢？她是在哀求德昂还是玛尔塔呢？"我又一次说出了自己的疑问。

"我也不知道。应该是哀求德昂，我猜。我希望是这样。"路易莎说，她也慌了神，甚至比听到第一通留言那段可笑的被揭露的私情时更慌乱。她这会儿正更用力地挠着额头，想要表现出她不具有的镇静，或者想要尽力控制住自己。她又想了想，加了句："我这么想是因为那是个女人在哀求的声音。我确实也不知道到底怎么回事。"

我犹豫了一下，想把刚刚脑海里冒出的想法提出来，但还没等确定自己这么做到底对不对，该不该把我那些早已习以为常的思考模式强加到路易莎身上，就失控地说出了口（时间总是不等人）：

"会不会是玛尔塔？"

"玛尔塔？"路易莎惊了一下，对我们这些单身的人来说，很难想象拨打自己家的电话是怎样的。但其实我并不是一直单身的。

"是的，有没有可能是玛尔塔的声音？可能是她留给德昂的或者打给他的电话，她其实没留什么内容。"

"拜托你再放一遍。"她说着，在椅子上坐好，不再只是靠在椅子的边缘，现在她看起来没那么急着要走了，眼睛睁得大大的，瞳孔里依然笼罩着昏暗的夜色，我的椅子上通常不会坐着别人，何况还是个女人，这场景真美。我倒了带，我们又听了一遍，那哀求声，扭曲的哭泣声，让人怎么能听得出来是谁，即便是我们熟悉的人都很难分辨，我熟悉、她熟悉或者我们都熟悉的人（我们共同认识的只有玛尔塔和她儿子，当然，现在也包括德昂和特耶斯），恐怕我连自己绝望时的声音都很难听出。"我不知道，可能是她吧，虽然我不这么认为，也可能是别人，是前面那个女人吗？说'一切都由你来决定吧'的那个。"

"你了解德昂平日的生活吗？"我问道，实际上我问这个问题不仅出于我自己的好奇心，更是为了让路易莎挖掘她心里的疑问。我其实没什么好奇心，并不想知道更多关于玛尔塔的事，她已经死了，我的好奇心并不能影响到死去的人，也无法让她感动，尽管有那么多探究死亡的电影、小说和传记，已经死去的人的生活只是作为活着的人的一种娱乐消遣，你无法再与死者交流，你什么都做不了。我也不想知道更多关于德昂的事（路易莎的事我倒是愿意听听，这完全有可能，而且一点难度都没有）。我知道，一旦我发现了那些应该被发现的事情（如果真有什么的话），我也无法重新开始自己的生活，就像我和玛尔塔·特耶斯之间建立的联系永远无法再被割断，即便可以，也需要特别漫长的时间，漫长到让我觉得自己永远在被反复纠缠。又或许，我只是想再讲一遍故事，就像晚上和路易莎吃饭时给她讲的那样，讲故事如同还债，虽然只是象征性的，没人要求也没人召唤，所以也没人会从一个陌生人口中真假难辨的故事里强求些什么，得到他们并不知道的那些已经发生或者正在发生的讯息，因此，他们也无法要求故事必须要揭露点什么或者故事必须结束。直到几小时前，路易莎·特耶斯都不知道我的存在。是讲故事的人决定是否要讲述它或者是否要把它强加给别人，是他选择揭露或者出卖故事，也是他决定什么时候开口，通常当疲倦已经放到无限大，只有沉默和阴影相随时，他才会开始讲述没人问过、没人期待的故事，这和内疚无关，和良心或者后悔也无关，如果一个人觉得自己有必要做一件坏事，那他不会在做的时候就意识到自己的卑鄙，只有在事发之后，麻烦和恐惧才会降临，还有一点点悔恨和无限放大的疲倦。

路易莎跷起了二郎腿，她的鞋子一如既往地一尘不染，好像白天的时候并没有在湿漉漉的街道上走过几小时一样。

"你能给我倒杯喝的吗？"她说，"我有点渴了。"她现在不是很着急，坐在我的公寓里也不再显得那么拘谨，我们被刚刚听到的内容绑在了一起，被一盘磁带绑在了一起，里面有她的声音，有我的声音，还有一些我们完全听不明白的内容。除此之外，我们也渐渐被疲倦侵袭着，相互倾吐、描述自己的所见所闻，就像一场交换，但我们几乎没能给对方补充些什么，她说的都是之后的事情，我讲的却是之前的事情，都是些没什么用的信息，我们甚至毫无兴趣；此外，一切都过去了，它发生了，却不再继续发生，它可能会被揭露，但一切都已结束。我起身去厨房想给她拿杯威士忌。她也站了起来，跟着我很熟练地靠在门框上，看看我拿出酒瓶、冰袋、酒杯和水。结了婚的夫妻常常就是这样继续对话的，当一个人在整理屋子、做晚饭、熨衣服或者收拾东西，另一个就跟着他穿梭在房间里,如果没什么合适的约会地点的话,家里就是他们的公共地盘,没必要非得坐下来谈话或者郑重其事地告诉伴侣什么事情,手头的工作完全可以在对话、在主动或被动的解释中继续,我知道这点,因为有段时间我并非单身人士。"嗯,我刚跟你说了,他们相处得不是很好,已经有段时间了,"路易莎斜靠在门框上对我说,"我猜他外面应该也有人,男人不可能只靠着自己的白日梦过日子。但我确实不知道具体发生了什么,实际上,我真的完全没有想法。"

我心里琢磨着她是否跟我说了实话,刚刚她还跟我说她和玛尔塔之间几乎无话不谈,也许玛尔塔也不清楚这事,所以她也没什么要告诉她妹妹的。最好保持沉默,除此之外,便是回答"我不知道,我不确定,我们再看看吧",这永远是最好的答案,不确定性带来的安慰也能补偿点什么。我递了杯威士忌给她,自己倒了杯格拉巴酒。她看起来不像是在说谎,但也许是因为她表现得很谨慎。

"干杯。"接着我又鼓足勇气问了她一些事情,想巩固一下自己已经建立的联盟,想要赢得一个人的心,没有比拜托他帮忙更好的办法,大部分人都喜欢施舍帮助。虽然那是个简单又合理的请求,但并不代表她会没有理由地答应我,路易莎·特耶斯没必要无缘无故答应我。"你能帮我个忙吗?拜托不要把我的事情告诉德昂,至少等到我在你父亲那儿的工作结束以后。也就是这个星期的事情了。你能等到下周吗,假装你没见过我一样。拜托了。

我想把他们交代给我的活儿先干完,而且,我还得继续假扮成一个同事,如果德昂发现是我,我肯定就没法完成工作了。他可能会想阻止我,肯定会把所有的一切都告诉你父亲,让我远离你父亲,远离每个人,远离玛尔塔。"

路易莎抿了一小口手里的酒,冰块撞到玻璃杯上叮当直响,她往前走了一步,左手撑在办公桌上,右手拿着杯子,手腕上的镯子也发出了响声。"几点了?"她问。

她右手就戴着表,像是左撇子的作风,那是句用来赢得时间的套话,又或者她怕转动手腕看表会打翻手里的杯子。

"快一点了。"我说。我正准备倒掉自己杯子里的酒。

"太晚了,我得准备走了。""我们的语言太微妙了,"我心想,"'我得准备走了'意味着她还没打算走,她还会再等一会儿,至少等到她喝完手里的酒,虽然她喝得挺快,她又开始变得着急了,只因为我向她拜托了一件事情,她不想冒风险,因为我可能会再拜托些别的事情。过不了一会儿,她一定会说'我得走了',然后再晚些时候,她才会说'我走了',只有那时才意味着她真的要走了。"在我的提议下,我们又回到了客厅,我在前面,她跟在后面,好像她是我的另一半,而不是陌生人。她依然站着,盯着我的书和录像带,迅速喝着威士忌,整个人好像突然被忧郁笼罩了,大概是那盘磁带或者我本人的功劳。她背对着我。

"你能等等吗?"

她转过身,看着我,自从问了时间之后,她一直在回避我的眼神，现在，她的瞳孔里反射出另一个人的脸庞，那是我的脸庞。

"好的，当然，我可以等待，"她说，"但你也别想多了，我不觉得爱德华多会揍你。我们早就过了冲动的年纪，现在也不是事发的那个时候了。"

"真的吗？"我天真地问她，语调中也许还带着轻微的失望：紧张的神经突然放松了，也许是因为猛然间被她提醒，意识到自己已经不再年轻，"他到底想怎样？为什么一定要找到我？他想要什么？想知道到底发生了什么？如果是那样的话，你可以把我跟你说的所有东西都告诉他。"

"我会告诉他的，我会的，别担心，"路易莎耐心地说，"如果你想的话，我会把你前面重复的部分去掉，如果你觉得可以的话，星期一我会跟他谈起你，我也不想一直这么隐瞒着，没那个必要。但我理解这对你来说确实不容易。"她也渐渐开始理解我了，给予的比我所求的还要多了。

"星期一可以。那时我也得结束这个工作了，你父亲还得上交稿子，所以无论如何我一定能完成。真的非常谢谢你。不过他到底想要什么呢？为什么要找我呢？"我又问了一遍。

"我觉得与其说他想知道点什么，不如说他想告诉你点什么。我也不知道他具体想说什么，他也没告诉我。不过他说了很多次他要见见那晚跟玛尔塔在一起的那个男人，想要告诉那个男人一些事情。他可能想让你知道一些真相吧，我也不清楚。唉，我得走了，我累了。反正他迟早会告诉你的。"

"啊,"我心想,"原来他也想讲些什么。他应该也是疲惫了,疲惫于一直躲在阴影里。"

"我给你我的号码,"我说,"如果你想的话,星期一你可以随时给他,这样他就不用找了,也不用问你父亲要了。"我把号码写在了一张黄色的便笺上,我的电话旁也摆着这个,几乎每家都有。

路易莎拿起那张小纸条塞进了自己的口袋里。她现在看起来确实精疲力竭,整整一天都被郁闷的心情横扫,她一定厌倦了这一切,厌倦她的父亲,厌倦那孩子,厌倦德昂,厌倦我,厌倦她活着又死去了的姐姐。她又重新坐在椅子上,右手拿着玻璃杯,好像已经没有继续站下去的力气了。她用另一只手捂住了脸,就像那天在墓地一样,只是现在她不再哭泣了:那是人们感到害怕、羞愧,或者不想看见别人也不想被看见时常做的动作。我忍不住盯着她的嘴唇——那嘴唇——那是她的手没有遮住的部分。她依然没说"我走了",依然没说。

那周剩下的日子里我仍在跟着特耶斯干活儿，星期天我和鲁伊韦里斯·德托雷斯去了赛马场，那时我想我终于可以报答他之前为我所做的事了，终于可以还清欠他的债了，其实就是告诉他一个多月前我和一个几乎陌生的女人到底发生了什么，他一定会喜欢这个故事，这故事用来当娱乐的消遣再合适不过了，其实从一定意义上来说他可能还会羡慕我：如果是他自己的故事的话，他一定会从一开始就到处宣扬，故事本身也会变成一个惊悚剧和喜剧的合体，既滑稽又险恶，那是一场可怕的死亡、一场荒谬的死亡，发生时完全不粗俗、不崇高、不逗趣也不悲伤的故事一经讲述者之口便拥有了万千可能性，这个世界就是由讲故事的人决定的，同时也多少被听故事的人所影响，若不是用观看头两圈赛马时采取的那种方式，我是不敢跟鲁伊韦里斯说我的故事的——假装不经意的样子，一会儿阴沉，一会儿欢快，还不时停顿下来，想要用望远镜看清直道尽头的情况，从看台到跑道，从跑道到吧台，再从吧台到我们下赌注的地方，接着又重新回到看台，没有哪件事会以相同的方式、相同的词句被描述两遍，甚至每一遍的讲述者都不尽相同，尽管也许只有那么一个人。我漫不经心地和他说着，手也跟着比画，让他能完全地跟上故事的节奏，不过我只说了个大致，我没法跟鲁伊韦里斯讲魔咒的事。"怎么可能，"他不时评论道，"那女人和你在一起的时候死了？"是的，对他来说，整个故事的重点只有这个——那女人和我在一起的时候死了——也没什么别的新鲜的。"而且你都没来得及跟她上床，真是操蛋啊。"他调侃着我的霉运。我确实没得到任何好处，可能确实倒霉吧。"她是特耶斯·奥拉迪的女儿？真是太扯了。"他又这么说，我记得。他听得既开心又紧张，好像我们在报纸上读到某个陌生人滑稽而不可避免的不幸事迹时一样，比如谁被丝袜勒死，谁死在理发店里，胸前还围着大围布，也可能是谁死在妓院里或者死在牙医诊所里，要么是谁吃鱼的时候喉咙卡住了一根刺，硬生生地给噎死了，比如一位没有母亲陪在身边的小孩，这次没有人帮他把鱼刺抠出来。死亡就像一次表演或者一场演出，供人观看检阅，我就是这么讲述那场和我相关的死亡的，我漫步在特耶斯年轻的时候常来的赛马跑道上，来往于下赌窗口、吧台和马场，还手拿望远镜站在看台上，马渐渐被升起的雾气包围，那一整个月马德里每天都起雾，我有一个世纪没见过这样的天，交通堵塞变多了，机场延误也变多了，马跑起来就像没有了蹄子，我们只能见到它们在雾气中穿行的身子和幽灵般出没的马头，它们争先恐后，好像我们小时候骑的旋转木马，我们人生中的第一匹马也没有蹄子，取而代之的是一根自上而下穿过木马的杆子，我们抓着杆子骑着木马原地转圈，越转越快，越转越快，好像在赛马场或者草地上比赛似的，骑马的我们也变得越来越眩晕，直到音乐突然停止，木马也跟着渐渐减速，缓缓停下。在刚刚到来的这个月里，天总是频繁起雾，刚刚结束的那个月则暴风骤雨不断。鲁伊韦里斯穿了件风衣，腰带系得紧紧的，一般自大的人才这么做，我的腰带就是松开的，我们都戴着硬皮手套，看上去像极了一对保镖。他一直咧嘴露出洁白闪耀的牙齿，放荡地笑着，都能让人看见他外翻的嘴唇，他心不在焉地看着马儿前几圈试跑的情况，一边还瞄着周围的人群，好像在寻找猎物或者寻找可以打招呼和哄骗点什么的熟人，一边听着我说的故事，手里还不停地给自己喷着古龙水。我没有告诉他故事的结尾，没有讲到玛尔塔的妹妹和我所预料的接下来可能会发生的事情，将玛尔塔的死和我们尚未来得及发生的艳情告诉他已经足以偿还我欠的债了。接着我又跟他说我前一天已经写完演讲稿了，也给了他复印了一份，无论如何他最终也会分到那微薄的收入中的一点点——从头到尾我都是以他的名义干活儿的——尽管我们不知道什么时候才能拿到它。

"那么，最后到底怎么样？"他问我，随手折起演讲稿，看都没看就塞进了风衣的口袋里。

"唉，就跟别的演讲一样，无聊又空洞，'寂寞先生'讲话的时候，根本没人认真在听。特耶斯逼着我写得常规一些，我只能把它缩得很精简，实际上，他也没做什么大的变动，本来我就没敢尝试新东西。你了解这些演讲人,也熟悉他们的公众形象,他们多少会把自己的个性强加给你,所以你写的时候也就没办法摆脱这种阴影了。"

我工作到星期六才结束,一整个星期都和特耶斯在一起,其间他来房间看我,纠正我,监视我,劝说我,最后阶段中他越来越兴奋,也越来越信任我,好像非常了解我们雇主的崇高灵魂一样。他这几天无疑有点心神不宁,手里接的工作可是国家的责任,有个比他年轻的人每天到他家听他的安排。有时他会打断我干活儿,聊些别的东西,比如他会仔细查看报纸上的死讯或那些被掠夺的国家的悲惨情形,再比如他会聊到那些有名的同事们的小怪癖和虚荣心。和我在一起的时候他会抽根雪茄或向我讨几支香烟,他会用拇指和食指不专业地夹着香烟,好像握着铅笔或粉笔那样,小心翼翼地不时抽上几口,烟倒吸进嘴里的时候,还会脸红咳嗽,不过他倒还应付得来。有时他会去厨房磨点咖啡,早晨刚刚过半便强迫我休息一会儿,给自己倒杯葡萄酒,也给我倒上一杯,接着他总是端着杯子,大声地读出我们刚刚写完通过的稿子,酒杯随着他慷慨激昂的演讲轻轻地晃动,他还会加上个逗号,或者把逗号变成分号——这是他比较偏爱的标点符号——"分号能帮你掌握好呼吸的节奏,"他这样说,"又能让你避免断片儿。"屋里的电话几乎从未响起,没人需要他,没人会找他,有时我会听到他跟他女儿或者儿媳说话,不过他总是那个找各种借口拨电话给她们的人。他的存在如此勉强。最后一天,到了星期六的时候,我订了一大束来自勃艮第区的鲜花,趁我在的时候送到了他家里,他应该从没这么开心过。我没在花上留任何的卡片或者信息,我知道这会让他接下来好几天都充满好奇——直到花儿凋谢——当我结束任务不再出现在他家里时,这也能帮助他减缓对我的思念,星期日、星期一、星期二抑或这之后的每一天。年长的女仆把还包着玻璃纸装在盆里的鲜花拿到客厅,摆在地毯上,特耶斯立马举起它,惊讶地盯着看,好像出现在他眼前的是什么怪物一样。

"打开啊。"他跟女仆说,语调和罗马皇帝命令随从"尝尝"可能有毒的食物一样。玻璃纸拆开后,女仆就走开了(一边走还一边把玻璃纸小心折好,方便以后继续用),特耶斯围着花盆转了两三圈,眼里既充满了期待又流露出怀疑。"匿名花,"他说,"哪个家伙给我寄的花呢?你来看看,维克多,看看是不是真的没有卡片。在花茎里好好找找。很奇怪,真的非常奇怪。"他用手里快抽完的烟斗末端挠了挠下巴,而我则仔细地查找着我明知道找不到的东西。他用食指指着它,就像那次在墓地我见到他指着自己的鞋子一样,另一只手的拇指像小棍一样抵住腋下。他想要说些什么,但似乎太过困惑,不知所措。他甚至没靠近那花,最终,他那摇摆的身子重重地坐在了椅子上,挺着胸,脸像极了一座滴水嘴兽,眼睛盯着地毯上的花盆,一副惊奇的模样。"今天不是我生日,也不是我的命名日[①]啊,如果我没记错的话,应该也不是什

[①] 命名日是和本人同名的圣徒的纪念日。

么纪念日,"他说,"应该也不可能是从皇宫那边送过来的,我们都还没送演讲稿过去呢。不清楚玛尔塔和路易莎知不知道点什么,也许她们有什么消息呢,我要给玛尔塔打个电话告诉她,有时她一整个上午都没课,而且今天又是星期六,她肯定在家。"他做出要起身去打电话的样子,却突然停住了,重新跌坐回椅子上,脖子靠着椅背,好像被巨浪冲倒了一样,又好像是在什么事情被揭露后感到精疲力竭,再也无力站起。也有可能是他觉得头晕目眩,只好把头靠在后面让自己平静下来。他立马就意识到自己说了什么,还跟我道了歉,其实根本没这个必要。"我没疯,也没失忆,"他跟我说,"只是,总需要时间去适应的,对吧?感受到一个曾经在你身边的人就这么消失远去真的很难熬。"他顿了顿,又接着说,"我都不明白我为什么还要继续活着,既然身边的人都在我之前走了。"说完这话,他也陷入了沉默,手臂撑在扶手上再次站起身,又围着花盆谨慎地转了几步。即便在家里,他也穿得非常正式,好像随时准备出门一样,尽管实际上他从不出去,他穿着马甲外套,戴着领带,脚上蹬的也是出门时穿的鞋,有天早上我还听到他在批判他一向反感的运动裤。"我都不明白政治家是怎么容忍自己穿着这东西被拍照的,"他当时说,"我甚至不知道他们是怎么能忍受穿上它的,就算没人要见也不能这样啊。夏天时他们甚至不穿袜子就出门,太粗鲁无礼了,真是可怕的品位。"特耶斯本人干净优雅又衣着考究,像是刚刚完工的一件极其华丽的复古家具。他把烟斗放进嘴里,又加了句:"总之,这盆神秘的花,我是要调查一下的,无论如何,我得谢谢送花的人。不过现在呢,维克多,我们还是继续工作吧,不然今天就完成不了了,我这人可不喜欢兑现不了承诺的感觉。"然后,他拉着我的胳膊,把我带回隔壁满是书本和画作的书房里,它们杂乱地堆放在一起,画里的场景栩栩如生,我收起已经开了一整个星期的便携式打字机。他并没有打电话给路易莎,可能晚点会打吧,就像打给别人那样,得找个合适的借口。我想老先生至少有理由能撑到星期一,他会去皇宫把我们临时赶出来的稿子——他的、我的,也是"独一无二"的,却在鲁伊韦里斯的名下——交上去,尽管很可能只有塞古洛拉和塞加拉会接待他,"独一无二"常常没空。朝不保夕的生活就这样一天天地度过,或者,也许所有人的生活都不过如此。他可以针对这盆花再多做几天的假设,如果幸运的话,甚至再多出整整一个星期。

第三圈竞赛还是没什么意思,我们到那时依然两手空空,怒气冲冲地把票撕了,不屑地扔了一地,鲁伊韦里斯可从没空手离开过跑马场。我们看到马开始列队进场——还围成了一圈,像旋转木马似的——准备下一圈比赛,鲁伊韦里斯忙着告诉我他那些稀奇又下流的故事,比如最近又有哪个可怜的女人屈服于他的"风流倜傥",正好满足了他的需求,这时,他突然听到有人叫了他的全名,还加了尊称"先生"(到那时为止,熟人中我们只看到了阿尔米拉司令,他这名字,天生就是当司令的料啊[①],还有他那位非常美丽的妻子,我们甚至没看见戴眼镜的大胡子哲学家,他从来不会错过任何赛马,估计是被大雾滞留在路上了,可能到第五圈的时候才能到)。鲁伊韦里斯转过身去,我也回了头,他茫然地看着眼前那个叫出他名字却双手摊开径直朝我走来的女人,嘴里还在荒谬地称呼我为"鲁伊韦里斯·德托雷斯先生",这称呼也太长了点。那是阿尼塔小姐,"孑然一身"忠实的拥护者,她身边还有一位身材举止都和她极为相似的朋友作陪。她们俩都戴着礼帽,好像在英国皇家的爱斯科赛马会[②]一样,这年头已经很少见到人戴礼帽,她们看起来有点滑稽,我注意到鲁伊韦里斯似乎不是很欣赏这个细节;不过原则上来说,他喜欢所有女人,我差不多也是这样,在这个方面,我们俩没什么区别,虽然在对待女人的方式方法上显然不同。我会比他先失去耐心和兴趣。

"让我给您介绍这位——维克多·弗朗西斯,"我一边说一边指向鲁伊韦里斯,"这位是阿尼塔小姐。"

"阿尼塔·佩雷斯-安东,"她说道,"这位是拉里,我的朋友。"她没介绍她朋友的姓氏,就像当时"独行侠"也忽略了她的一样,实际上他应该是根本没介绍她,不仅如此,他还用"你"来称呼所有的人,一般情况下他并不在乎自己所用的语式或是对

[①] 阿尔米拉,西班牙语原文为"Almira",和司令一词"almirante"非常相似。
[②] 英国皇家爱斯科赛马会(Royal Ascot,也译作"英国皇家赛马会"),从1807年创立以来,至今已经有两百多年的历史,每年六月的第三周都会在爱斯科小镇举行。

人的态度。

"我希望今天您的袜子没有问题。"我跟她开起了玩笑,想看看她如何应对,她看起来比工作的时候要开心些,非常自然顺畅地接受了我的玩笑,说道:

"哎呀,那天真是太尴尬了。"她笑的时候用手捂住了嘴巴,然后又加了几句想解释一下情况,与其说是解释给真正的鲁伊韦里斯,不如说是对着她的朋友说的:"您能相信吗?那天我长筒袜上脱了丝,我都没时间换就赶着去见这位先生,他当时和我老板有个会面。他要给大老板写篇演讲稿。总之,开会的时候,袜子上脱丝的洞越来越大,到最后整条袜子几乎都要松了。"她指了指自己裙子的边缘,她又穿着一条又短又紧的迷你裙。鲁伊韦里斯没法不注意到这个动作,显然他脑海里闪过了一些下流的东西。"您都不知道我有多么难为情,袜子破成那样,却没人说什么,大家都是漠然的样子。"

"漠然",她用了这个词,现在的人都不怎么用这个词了,不过她工作的地方不就是有点复古的感觉吗。越来越多的词渐渐被人们遗忘,也越来越快地被人们抛弃。我把阿尼塔拉到一边:

"对了,演讲稿我已经写完了,特耶斯先生明天会带过去。"鲁伊韦里斯听见我说的话,立马就明白了,我想他更感兴趣的可能是身边这两位年轻的小姐,不是说他需要一点刺激,只不过越是年纪大了,就越是想要在所有的女性面前展示自己的魅力。不过如果我们四个就这样待在一起的话,有件事是确定的,那就是他得和拉里配对了（或许她是个孤儿，所以没有姓氏）。而且有她们在身边的话，我们可能在一两圈比赛的时间内都没法好好放松，至少得等到第五圈。她们俩也一样。最好还是另外约一天晚上，四个人一起，或者两两约会。

"您说明天是什么意思？"阿尼塔小姐问道，瞬间又恢复了她在职场上的感觉。那顶红帽子显得有些突兀。"没人告诉你们斯特拉斯堡的那个活动取消了吗？我还亲自叫人打电话给特耶斯先生提醒他呢。难道他们没打给你们？"

"我们一直工作到昨天，他什么都没跟我说啊，"顿了几秒后，我回答她，"也许特耶斯先生忘了告诉我吧，毕竟他年纪也有些大了。"一开始我为特耶斯感到很遗憾，为他星期一浪费在皇宫里的时间感到遗憾，然后我突然意识到也许他是知道的，只是没告诉我，想让我在他那儿再多待几天，给他做个伴。那篇稿子要被永远埋在抽屉里了，毕竟是为特殊场合而写的。我一点也不喜欢这种感觉，虽然我只是个枪手。我想："可怜的老头，他倒是知道如何照顾自己，如何度过漫长的日夜。"

我们四个一起往下注窗口走去，我用手轻轻牵着阿尼塔小姐的肘部，保护着她，鲁伊韦里斯紧跟在后面，现在他不得不和拉里说起话来，拉里的帽子让人更无法忍受了。

"很抱歉您之前做的工作都白费了，"阿尼塔说，"不过我们还是会付您钱的，不管怎样这是您应得的，记得把账单寄给我们。""这有点像我写的那些永远不会上电视的剧本，"我想，"甚至更浪费。写剧本的时候他们至少还会给我个头衔，我至少不像很多人一样是无业游民。"阿尼塔小姐的表演节目单掉到了地上，我弯腰去捡，她也弯下了腰，不过比我慢一点，我趁着站起来的机会故意用手扫过她还低着的头（她起身也比我慢些，大概因为裙子实在太短，做这么大幅度的动作有些费力），试图弄掉她的礼帽。然后我又弯腰去捡帽子，偷偷用它在地面扫了一下，这样帽子就会变脏，阿尼塔只能遗憾地放弃戴它。她说了一句"妈的"。我不知道在皇宫里她敢不敢说这样的话。

"太遗憾了，怎么脏成这样，这里的地面太恶心了。您别担心，我帮您拿着，看看待会儿有没有办法可以清洁一下，比赛要开始了。而且，您头发露出来显得更美了。"我说的是实话，她这样确实更美了，她有张可爱的圆脸，乌黑亮丽的头发，不过我就是没法忍受那顶礼帽，在有些事上我还是坚持自己的小怪癖。我们四人都下了赌注，两位小姐只是作为业余爱好的水平，我和鲁伊韦里斯下得多些，她们一定觉得我们很有钱，从现在的情形看来，我们是挺富有的，我比鲁伊韦里斯还要更好些，我不像他那么游手好闲，也不依靠谁生活。我给阿尼塔递了杯热饮，鲁伊韦里斯则不停地跟被落在一边的拉里说着什么。我们回到看台，她们俩手里紧紧地攥着票，好像攥着无比贵重的东西，生怕弄丢了一样，我们俩则把票放进外套胸前的口袋里，那里平时都用来装手帕，露出一个小角，不过我从来不带手帕，鲁伊韦里斯倒总是带着，各种鲜艳的颜色我都见过，现在他把风衣的扣子解开了，为了展示他的胸肌，里面是件紧身高尔夫球衫，我们俩都摘了手套。两位小姐都没带望远镜，我和鲁伊韦里斯殷勤地把我们的借给了她们，当然，到了第五圈比赛，也是最重要的一圈的时候，我们肯定会选择放弃她们的陪伴，我们可不想到时只能瞎猜比赛的结果。雾气漫天，又没了望远镜，我们什么都看不见，对于场上发生了什么也毫不知情，拉里好像有点搞不清楚情况，她说有匹马赢了，但实际上并没有，总之她希望自己下注的马能赢，毕竟她已经赌上了自己的全部。我们四个都输了，我和鲁伊韦里斯立马把票给撕了，愤怒和不屑的情绪交织在一起，她们却还犹豫了一会儿，等着不大可能的赢钱机会，期待前面的哪匹马被取消资格。现在又到了去马场旁吧台的时候，每六圈结束后，大家都重复着一样的路径和步伐，这也是赛马的乐趣所在，每场比赛开始前要等待半个小时，但真正的比赛却只持续一小会儿工夫，偶尔却能让人终生难忘。

"斯特拉斯堡的活动怎么取消了？"我问阿尼塔，她手里拿着杯可口可乐。我却还帮她拿着帽子，实在挺烦人。"我还以为那个活动很重要，而且我猜您老板的行程应该是很久之前就安排好的，一般来说不会改动吧。"

"对啊，原则上来说是这样，不过他太累了，真的挺可怜的，所以有时我们不得不像这次一样一笔取消。"（我猜她应该是想说"一下子"，却说成了"一笔"。）"总比推迟活动然后为了弥补又忙得一团糟好，那才是大麻烦。"

"但是因此受到影响的人肯定会抗议的啊,"我说,"他们一定觉得自己是牺牲者,是被歧视的。难道这种事没有造成过什么外交事故吗?"

她有点不耐烦地看看我,很不以为然(噘了噘她那涂着口红的嘴巴),接着有些傲慢地回答我说:

"那怎么办,只能一边儿去,他已经尽力做了他能做的一切。全世界都在找他,也太不人道了。他妈的,这些人根本意识不到世界上不止一个人在找他好吗?"她说起话来还真是不讲究,不过这年头大家都这样。

"是不是因为这个,大家才叫他'独一无二'?"我问道,"我是说,您谈到他时,也这么叫他吗?"

对于这个问题,她好像突然敏感起来,事实上,我能明显看出她不是很高兴别人知道他们内部圈子里才知道的别名。

"关于这个问题,鲁伊韦里斯·德托雷斯先生,您好像关心得有点多了。"她说。站在稍远处吧台旁的真正的鲁伊韦里斯听见了自己的名字,条件反射地伸了伸脖子。他什么都不知道,那位女性朋友拉里是个话痨,像台不停吐着废话的机器一直运转着。

"我希望不是因为您的老板出了什么事才取消这次演讲。"

阿尼塔小姐似乎并不愿意透露太多有关"独行侠"的情绪感受,而他的日常和生活习惯上的事倒是没有刻意保留。她毫不犹豫地回答我说:

"不不不,没什么事,赶紧敲木头。"她一边说着,一边轻轻地摸了下吧台上小瓷罐子里的牙签。"情况就是他已经累坏了,他自己不知道量力而行,有些人还不停地烦他,他呢,又总想让每个人都满意,所以最近都睡不好觉。以前他是没有失眠这个毛病的。很明显他现在因为整个人的状态都不好,情绪也很低落,已经有点神经衰弱了。不知道能不能熬过去,这个星期尤其不好啊。他说他总是想着要去睡觉、要去睡觉,然后这种想法反而让他无法入眠。或者即便睡着了,脑子还在不停地运转,冒出来的各种想法又让他从梦中惊醒。"

"这就是失眠症,"我明白她的意思,"当一个人脑子里有想法的时候,就不会觉得疲倦或者瞌睡,如果真的入睡了,反而不会像他想的那样去做那么多的梦。"

"我倒是从来不会失眠。"阿尼塔说道。她是个健康的年轻女性,我一点都不奇怪"孤独者"需要她在身边侍奉。

"不过您老板可以吃点药啊,有安眠药可以用,他应该有一个营的医生可以给他开处方吧。"

"他试过安尼,您知道吗?安尼眠尔通,大概它的名字和'安眠'有点关系吧。"我知道一种药叫安宁眠尔通,我猜就是她说的那个。"不过那药药性太弱了,对他一点用都没有。现在他们在给他开一种意大利的药水,确实功用大了些,叫 EN 还是 NE 的,我也不明白是什么意思,能让他很快入睡,但也睡不了一整晚,醒得还是太早了。没人知道这种情况还要持续多久。"她说"睡不了一整晚"这话时突然有种母亲般的慈爱感。

"我想起来，那天我在那儿的时候，他也提到了这件事，"我说，"那他自己是怎么想的？他说了什么吗？我不是说他操心得不够，我也知道他有操不完的心。"

"他说他在想自己的事情。他总有些不解。我们所有人对此也有些担心。"

"不解？对什么不解？"

阿尼塔小姐又不耐烦了，有了点情绪：

"妈的，不解就是不解，谁知道是什么不解，您觉得这对他来说还不够烦吗？"

"不，确实挺烦的，尤其是坐在他这个位置上。他睡不着的时候都干些什么呢？继续工作吗？他应该让自己平静一些，我这么说是因为两年前开始我有时也会遭受失眠的痛苦。"

"是，他通宵工作，您觉得可能吗？"她说这话的语调就和"寂寞先生"提到画师塞古洛拉一样，阿尼塔应该是受他的影响太大了，连模仿的语调都这么自然。"当然不会这样，即便睡不着，他还是会尝试让自己休息，会躺下来，让脚放松放松，读书，看电视，虽然不是每个电视台都有午夜节目；他还会扔骰子，看看会不会无聊到让自己睡着。"

"骰子？"

"是，骰子。"阿尼塔还做了个动作，好像自己在掷一对骰子，吹了吹拳头，仿佛置身于拉斯维加斯，她肯定看过很多电影，关于拉斯维加斯，关于爱斯科赛马会等等。"快，把我的帽子还给我,"她说,"我拿点水擦一下。真让人心烦。"她说出这样的话,一定是因为她忘记了真正心烦的人是我。

我递给她帽子,我终于摆脱了它,但我绝对不允许她去要水:

"要是弄湿这帽子,它就彻底毁了。"我说道。

"喂,我们回看台吧,马早就出来了。"鲁伊韦里斯对我们说,应该是受不了拉里无休止的废话了。

我们几乎没时间看马环场列队,不得不跑着去下赌注,所有窗口前都已经排起了队,跑马场几乎满员了,像马德里一样,任何时间的马德里都是一座繁忙的城市。两位女士呆呆地看着屏幕,上面显示着现在的下注标价,她们什么都看不懂,一个数字都不明白。

"哎,阿尼[①],"她朋友跟她说,"你不是要在第四圈下大赌注的吗?"

"对啊,还好你记得,这是第四圈了,对吧?"阿尼塔边说,边急忙打开手提包(她涂了指甲油),掏出一张写了几个数字的小纸和挺厚的一沓钱。看起来像是一沓新钱,刚从造币厂出来的,还捆着腰条(内战前,我们的钱都是在英国制造的:伦敦的 BWC 印钞公司负责,我见过共和国时期的纸币,都保存得非常好;内战前,我们的跑马场仍在卡斯蒂利亚大道附近,并不像今天这样在城外郊区,不过这个变动已经有几十年了,现在这里已经成了

---

① 即阿尼塔的昵称。

古老又尊贵的地方，萨苏埃拉赛马场）。那真是笔巨额钞票，哪怕不叠起来都很难用肉眼判断到底有多少张。这显然已经不是业余爱好者会下的赌注了，看起来应该是得到了什么小道消息，想赢上一笔，让自己一整年都不愁生活花销。我突然觉得自己手里握着那两张可怜的票子非常窘迫，这一轮我和鲁伊韦里斯才看上去像新手一样。我让她站到了我前面，出于正常的礼节，当然在这种情形下我也应该这么做。

"所有这些都押9号赢，"阿尼塔和窗子里的人说，"还有这些，也押9号。"她又拿出了一大堆零散的钞票，这应该是她自己要下的注。

我看了一下那匹马，确切地说是那匹母马的标价：蒙特罗伯爵夫人，它并不在最受欢迎的马中，价格却还挺高，不过照我们这个节奏，可能会让它贬值。尤其是阿尼塔，她太不专业了，她应该先下自己的注。我从口袋里又掏出了一张钞票，押在了另外一匹母马上，不是9号，这样就不那么明显了。手里已经握住的那两张，毫不犹豫地随着阿尼塔押给了9号。

"我跟着您。"我说。

鲁伊韦里斯也并没有错过发生的这一切，尽管他耳边还是有废话在嗡嗡直响。他放任拉里不停地说着，也跟着我们下了注，他押了四张票子，我们出的价已经反映了我们超常的自信。

两位年轻的女士把下注的票小心翼翼地收进包里，相互看了一眼，稍稍捂住嘴，兴奋地笑了出来，阿尼塔对我说：

"所以说您相信我咯？"

"当然，也可以说我相信您押的那位朋友吧，这么多钱，总不可能是傻乎乎地随便来的。是谁告诉您的？哪个赛马专家？"

"差不多吧。"她回答我。

"那他自己怎么不来赌上一把？"

"他也不是总能有十足的把握，不过有时他也会来。"

单人骰子游戏，大胆的赌博，我并不想把这两者联系起来：如果我们赢了，那显然是有人透露了消息，也就是说，一桩诈骗，连鲁伊韦里斯都不是对手。我试图不把"独一无二"和这种骗人的把戏联系在一起，不过那些崭新的钞票……

一回到看台，我们又不得不把望远镜给了两位小姐。雾气还没有消散，不过也没再加重。观众看起来都是朦朦胧胧的，好像一团一团的，人和人之前似乎没了分界线，离第四圈开始还有几分钟的时间，马开始慢慢进入马厩，我注意到伯爵夫人的骑手穿着石榴红色的衣服，帽子也是红的，这倒是方便我一会儿追踪他，讨好女士的后果就是我只能用自己的肉眼观赛了。第五圈比赛的时候一定要甩掉她们，我们已经受够了什么都看不到的状态。

"您找到那个视频给他看了吗？"我突然问阿尼塔。

"给谁？什么视频？"她回答我，脸上满是非常真实的吃惊和茫然。

"给您老板的。那天我们提到的电影，您不记得了吗？他跟我们说起他一个月前那个失眠的夜晚看电视的事，当时他看了一部已经开始的电影,《午夜钟声》,是我告诉他名字的。他只看了下半部分,还说想哪天看看完整版的,说电影给他留下了很深的印象,他一直看到结束,那天一直在跟我们说来着。"

"啊,对。"阿尼塔终于明白了我在说什么,"事实上,我还没找,我们都十分担心他失眠的事,所以也没空想其他东西,您也知道,我们总有成百上千的任务要忙,尤其是在他状况不好的时候,您应该能想象,没人有空想别的事。"有时她会用谦称的"我们",而不是皇家用语,在这个"我们"里,她自己好像也渐渐消失了,"我们"一定包含了很多人,毫无疑问有皇室成员,有塞古洛拉,有塞加拉,可能还有那个踩着掸子和拖把缓慢穿过大厅的女仆,那个报丧女妖。"而且他也没再问我要过。"她又说了一句,好像在为自己辩护。接着,她思考了一阵,说:"虽然他可能没有完全忘记这回事吧,因为很奇怪,我想起来了:他有天提到什么'昏愚的睡神',最近他常常提到这个词,'阿尼塔,昨晚就连昏愚的睡神也没来找我啊',好几个早上他都是这么跟我说的。电影里是怎样的?你还记得吗?"

"我知道的也不多。老国王亨利四世没法好好入眠,所以他斥责梦境,斥责它去了那么多的地方,就是不来皇宫,斥责它在平民、坏人甚至动物那里都可以留宿,却不来找他,"我也记不清最后说的是不是动物,不过既然我们在跑马场,我就这样说了,"而且它还拒绝祝福他有皇冠加冕却痛苦万分的头颅。老国王行将就木,之后也确实死了,被自己的过去折磨而死,也为自己无法参与的未来痛苦而死。那就是他对梦境说的话,'哦,昏愚的睡神啊'。我能记得的就这么多,实际上电影里的场景我记不太清了,但是您老板那天说的话我倒是记得多些,电影毕竟是我几年前看的了。"

阿尼塔又嘁了嘁嘴,吸了吸腮帮子,看起来若有所思。

"对,对,"她说,"应该就是那个。估计就是那部电影导致他现在失眠的。或许我真应该找到那个电影让他看看完整的故事,这样他就不会再想着它了,我猜。"

"可能吧,谁知道呢。不过值得一试。"

"无论如何谢谢您提醒我,这件事我早就忘光了。您刚说它叫什么来着?"她一边说一边迅速从手提包里掏出刚刚那张为下注准备的写着数字的小纸。"您能帮我拿下帽子吗?拜托了。"

"我想您那天已经记下来了。"我说,再一次接过那顶糟糕的礼帽。

"天知道那天记的东西去哪儿了。您现在再跟我说一遍。"

"听着,它叫《午夜钟声》,"我又重复了一遍,"那部电影是在西班牙拍的,有些场景还是在马德里摄制的。应该不难找到,电视公司应该都会有拷贝。"

"来了来了,比赛开始了,"拉里大喊了起来,立马开始为马鼓劲,"加油,蒙特罗伯爵夫人,加油啊!"这名字喊起来实在有点长,她应该只叫它"伯爵夫人"才对。

阿尼塔小姐还没来得及写下电影的名字,就急忙把那张小纸又塞回包里，合上包，把望远镜举到她那双化了妆的漂亮眼睛前。她也开始为那匹母马加油，不过她叫它"蒙特罗"，好像不那么合适。

"加油，蒙特罗，狠狠地抽它啊！"她说。她一定是摔跤或者拳击运动的爱好者。

我什么都看不见，即便如此，眼睛还是离不开跑道，不仅仅因为我押的那些钱，也因为满满的好奇心：我想知道那位朋友的小道消息到底准不准，或许是她某个靠不住的男朋友给她的消息，而她就是那种健康的年轻小姐，总为没头脑的人奋不顾身，这也许平衡了她自身耿直又纯洁的性格。我们四个都站起身来，我瞄了眼鲁伊韦里斯，他做了个手势，表示他也不知道到底发生了什么，他的望远镜也在那柔弱的手里，男人常用"柔弱"来指女性，他们无意冒犯谁，却又实实在在地冒犯了她们。刚进入最后一个直道时，我试图找到我们骑手那点石榴红，所有马几乎还是并驾齐驱的，只有两三匹落后，它们应该没机会赢了，还好"伯爵夫人"不在里面。你几乎能看见所有观众的呼气，成千上万的人在呼气，让本来就模糊的视野变得更加朦胧。突然，场上发生了一起冲撞，一匹马倒下了，两名骑手滚到了地上，一停下来赶紧捂住了自己的头部，他们鲜艳的帽子飞了出去，其中一匹马现在无人驾驭了，另一匹滑倒在旁边的草皮上，两只前蹄伸展张开着，好像在踩实的雪面上滑冰一样，还有另一匹马被惊到了，摇晃着优雅地走了几步后便扬起了前腿，像只猛兽般转起圈来，像两年半前我在拜伦大街遇到的那匹马一样，那时我在午夜漫步，想着关于维多利亚和希丽亚以及她们的一些肉体交易的事情，可能也是我自己的吧。母马。梦魇。其余几匹马立刻加速，赶紧摆脱刚刚的碰撞事故，免得被纠缠其中，就在那一刻，比赛被毁了，每一匹马都以自己的最快速度跑开，有的往围栏外奔去，有的则朝着相反的方向，其中大部分马失去了控制，或者被骑手勒住叫停。背上载着石榴红点的那匹马是唯一没有受到影响还在沿着直线奔跑的，它的面前一路畅通、毫无阻碍，就这样疾驰着，疾驰着，马背上的骑手甚至连鞭子都不需要挥动。"加油，伯爵夫人，加油"，我也被自己吓了一跳，我一般不会在公共场所大叫。

"加油，蒙特罗，快点啊！"阿尼塔用她最大的嗓门呐喊道。"到了，到了，到了。"她激动地重复着。我想应该没有什么取消资格之类的事情，虽然有马摔倒了，还发生了一些不正常的事情。如果那是个刻意的假摔动作，冒的风险未免也太大了。

两位小姐高兴地跳了起来，相互拥抱了三次，高声欢呼着"9号万岁！"，拉里甚至没注意到鲁伊韦里斯的望远镜从她身上掉了下来，他难过地把它捡起来，它一边的镜片都碎了。但他什么也没说，虽然很明显他的内心欣喜万分，他从来不空着手离开，今天也不例外。我看到远处的阿尔米拉将军正恼火地撕着手里的票，和他一样的还有那个持无神论的哲学家，哲学家已经赶到了，每个人都在撕自己手里的票，除了我们，那个月我没什么活儿干，而且我可能也拿不到写演讲稿的酬劳。

"好了，那么再见了，我们得走了，还赶时间呢。很高兴见到您二位，鲁伊韦里斯·德托雷斯先生，弗朗西斯先生。也谢谢您二位的陪伴。"阿尼塔小姐说道，匆忙地同时和我们两人告别。她应该是急着去兑钱，那么高的金额，我估计她们可能需要出示身份证明之类的，我也不清楚，反正我从来没赢过那么多。也许她们根本不会等到第五圈了，她那个没头脑的朋友可能正在等着她们去庆祝一番。她们俨然对我们失去了兴趣。她把望远镜还给了我，我也把她那顶和骑手衣服同色的帽子递还给她。我目送着她离开，看着她那有着丰满肌肉的漂亮大腿，迷你裙的长度甚至能让人看到大腿根部，还好她的丝袜在这次跑马赛上没有脱线跑丝。她最后还是没有记下电影的名字，她肯定又会忘记，"独唱人"应该没机会看到完整版的剧情了，他会一直想着它，会继续为失眠而苦恼。

"这两人真是……"鲁伊韦里斯一边说，一边用手猛拉自己的腰带，挺起了胸，看着她们消失在茫茫人海中。这就是他说的唯一的告别的话。

我们决定一会儿再去兑钱，第五圈才是我们真正的兴趣所在，我们想赶紧去马场，近距离找找高品质的马，我们现在可以不用担心比赛结果了，反正肯定会有笔收益的，这还真得感谢那两位，感谢女士们。我们在吧台占了个好位置，从那儿能看见马出发时的情况。那时赛道上已满是雾气，不过无论如何他们都不敢取消第五圈比赛，能见度不是问题。

"你看见那沓钞票了吗？"我问鲁伊韦里斯。

"应该说，那一大笔资产，你觉得她是从哪儿弄来的？都是新钞票啊，是吧？"

"新得发亮啊。"

"操。"他说。

我也不知道他是不是还准备说些什么，反正也没机会了，因为我们突然看到坐在吧台对面的一个面红耳赤、青筋暴起的家伙抄起一个酒瓶在空中挥舞，瓶身碎了，啤酒的泡沫像尿液一样喷涌而出。接着只见另一个身穿驼绒大衣的男人手握匕首一步步靠近他，致命的步伐啊，我们并没有听见他们口头的争吵，马德里就是这样，每个人都是扯着嗓子说话，手握匕首的男子想一刀捅进拿酒瓶男子的腹部，他把手臂向上一挥，错过了，什么都没捅到，另一个男子手里的碎玻璃也没割到对方的前脖或者后颈，他们都用空着的另一只手抓住对方拿着利器的手，旁边的人趁这僵持的时机赶紧扑向他们，试图扒开且稳住他们（无疑也有扒手们趁机捞了一笔），很快来了几个警察，他们要求吧台边每个活人都出示身份证件，打架的那两个男人头上流着血被拖走了，警察用警棍打了他们，鲁伊韦里斯和我目睹了所有事情，我们继续抿着啤酒，一口，又一口，再一口，一切都发生得太快了，雾气缭绕得愈加朦胧。

一切都发生得太快了，星期一是这样，星期二还是这样，事情最终降临时，你总会有这样的感觉，你会以为所有事情都仓促开始又闪电般结束，留给你积累和等待的时间实在太少，甚至在结束后你都反应不过来；所有一切都会烟消云散，渐行渐远，直至结束，对我们来说会变得荡然无存，因此我们才会觉得拥有的时间太过短暂，经历的事情太过迅速（我们还在思考，还在犹豫，我们存留的书信、照片和记忆少得可怜），当一切结束，每件事就变得可数了，它们被标上了编号，尽管发生在我身上的事情还没结束，甚至可能永远都不会结束，直到我自己生命结束的那天，当我终于遇见死亡，便可以驻足休憩或投降牺牲。这么多个世纪以来死亡始终扮演这样的角色——一个一九一四年的古怪之谜。与此同时，一天过去了，多么可怕，又一天过去了，多么幸运。也只有在那个时候，我延续的脉络才终于断开，我那没有方向的丝线不复存在，当我的意志终有一天感到疲倦，当我不再有渴望，不再想得到任何东西，头脑里占据上风的不再是"还没到，还没到",而变成"我无法继续了",当我打断了我自己,穿梭到时间的另一侧——时间的黑背,那里再没有顾虑,没有错误,也没有了努力。

一切都发生得太快了,因为不是每个人都能清楚地意识到近在眼前的此刻正有如遥远的过去:德昂肯定没意识到,他一定以为自己已经花了这么长的时间,到了约定的日子就一定能从妻妹路易莎那里得知点什么,她很尊重我,周一傍晚时分给我来了电话——或者说是晚上吧,前几天的雾气继续让世界变得朦胧——她跟我说她已经和德昂谈过了,刚刚谈完,终于她还是揭发了我,对德昂来说,我变成了一个立体的人,有了脸,有了名字,有了招供的事实,她还告诉我那位丈夫或者说那位鳏夫也会很快给我打来电话,她认为,就在当晚,当我和她的电话挂断,不再占线后,他就会打来,或是等到第二天晚些时候,如果德昂决定先睡上几个小时消化一下自己刚得到的消息。我意识到路易莎是在把我的号码给他之后就立马给我打了电话,也许她是为了多保护我几分钟,也许是为了防止他一拿到号码就打给我。她应该是在斯梅拉伯爵大街的公寓里告诉他的,他们像平日一样在家里见面,谈了谈孩子或者别的事情,现在她应该是在楼下那家俄罗斯酒吧给我打的电话,一离开公寓她就立刻去了那儿。至少她下电梯走到转角掏出卡或者硬币想通知我的那会儿工夫,德昂没有急着拨出我的号码,路易莎说,如果我想,可以一整夜开着自动答录机,如果我还没准备好去面对那个声音,面对德昂的话。她还是想保护我的。

"他有什么反应吗？"我问道。

"我想他应该很吃惊吧，但他掩饰得很好。他一定觉得是别的什么人。不过你听着，"她说，"我没说任何关于维森特·梅纳的事，我觉得现在对他来说这有点太过了，太多没用的秘密被一并揭发，他们还是朋友，我不知道，反正现在什么也不会发生了，我再告诉他那些可能发生过的事又有什么用呢？我这么说是想告诉你，如果你觉得没必要的话就别告诉他了。"她沉默了几秒，突然又释然地加了一句："也许你会觉得有必要告诉他吧，我不知道，你看吧，反正现在他怎么看玛尔塔也不重要了。实际上，我也不知道自己还有没有必要担心她的名声，人一般都不太会处理已故者的事情，我也很没头绪。"

"人们会尊重他们，至少会尊重自己的回忆，会带着鲜花去墓地看他们，会把他们的遗像放在家里，"我心想，"人们会悲痛上一段时间，一切都会因此停止转动或放慢脚步，人的死亡会影响很多人的生活，死者会实实在在地带走他曾爱过的其他生命的一部分，因此，死亡和生命并没有严格的分界线，它们是彼此相连的，并没有那么可怕。如今人们忘记了死者，如同他们是瘟疫的牺牲者一样，有时人们利用他们，把他们当作盾牌，斥责这些死者并把他们离开后丢给我们的烂摊子归咎于他们自己。他们常常被人憎恶，从继承人那里得到的也只有讥讽和责备，他们走得实在太快或太晚，甚至没时间让我们准备，从不让我们放轻松，他们的脸庞已经不在，名字却继续留在那里，充当恶劣、懦弱和恐怖行径的替罪羊。这就是当下的趋势，死者在遗忘里也得不到安息。"

"别担心，如果你不想让我说的话，我绝不会说关于维森特的事，我相信你的判断，对于保守这个秘密我也没有任何意见，"我说，"我那晚去和你姐姐吃饭的时候并不知道他的存在，其实我走的时候也可以装作不知道有这么一个人，反正都没什么区别。我迟早会把那盘磁带扔了，今天就去把它扔了，对大家都没用也没任何好处。总之，你别担心我这边，一个人愤怒痛苦也不代表他会变成罪犯，没人会做显而易见的错事，只是人们有时在做事时考虑不到别人，或许大家都无能为力，你只能想着你自己，想着当下的那一刻，顾不上后面会发生什么。"实际上我是很紧张的，而且我确实有些被吓到了。或许我自己都不知道自己在说些什么，我们经常说些自己都不明所以的话，只因为轮到我们说话了，就勉强被从沉默中推出，像喜剧的对话场景一样，不同的是，我们永远都是临场发挥。

电话那头沉默了，不过我也没有继续，我有足够的耐心继续等待。"别人，"我想，"永远都是别人、别人。"我一边等一边思索着。

"有一件事，"路易莎最后又补充说，"如果他提议今晚就和你见面，是我就不会答应。还是白天见面比较好，可能的话，最好是等小孩不在的时候，如果他提议让你去他那儿。我弟媳马利亚早上会把孩子接走,晚上才会送回去,明天轮到她了。刚才我也说了,爱德华多不过是想跟你说些事情,尽管如此,我还是觉得把当时的情况描述得跟你经历的不太一样比较好,虽然他现在已经知道当时是怎样的了。我如实告诉了他你跟我说的情况,也把你的解释告诉了他。他听的时候几乎什么都没说,不过我觉得他认为最不能理解的是为什么你不通知他,为什么不通知任何人。事实上,我也真的不知道他现在是什么样的状态和情绪,"路易莎顿了一下,又接着说,"你会告诉我后面你们到底怎么样吧?"听起来她好像有点害怕,触发某件事总会让人害怕。她给了我建议,也为我担心,也许她觉得欠了我什么,我将成为那个被训斥、承受别人的怒气、被责问的人。玛尔塔已经不在了,她也不能和我们分担。

"他会亲自告诉你的,我想。"

"我当然可以知道他那边会怎么样,但是你这边我没法得知。这是不一样的。"

那是一扇门,通往我和她之间的再次相见、再次聊天或再次通话,多么不幸又是多么幸运,一步故作无知地引导着另一步,最后变成致命的步伐,当然也不总是这样,也许我走向她的每一步或者路易莎走向我的每一步并不会如此,至少这次不会,我们思考着,继续思考着,直至到达时间分配给我们的尽头,直到我们各自的结束。我挂了电话,我们俩都挂了,我开始做好准备等待着德昂。我并不是安静地坐在电话边上,相反,我站起身在屋子里打转，走去冰箱打开一瓶酒，小酌了一口，又回到客厅，我拿起磁带想把它扔出去，就像我答应路易莎的那样，但我没这么做，我又把它放了回去，放在了架子上，没必要答应了做什么就一定要做啊，时间多的是，以后再说吧，等到事情结束的那一天，任何的等待都会显得特别短暂。三分钟后电话铃响了，我没有马上接起，听着答录机开始运转，我确定那是德昂。不过，我却听到了希丽亚开始给我留言的声音。我们早已恢复了联系，甚至偶尔还会见面，但并不经常见，电话关系取代了原先的同居关系，这样的话，再多的诱惑也不过是口头的。她好像很快又要结婚了，这样我就不用继续给她寄支票或在见面的时候塞给她现金了，她会有个有钱的丈夫，毫无疑问，我将成为跟他"共新娘"的人，他是一家高档餐厅的老板，我永远都不可能踏进那种地方，我是这么认为的，没什么好遮掩的，或者说我是这么希望的。我拿起电话和她聊了起来，我的电话又开始占线了，这样我又能安全一会儿了，虽然只有一小会儿，她正准备出门，只想告诉我一件我早已知道的事情：某个糟糕的男演员，还跟我合作过几次，在家里的答录机上给我留了五条留言，他好像急着找我什么事——那天我并不想让他找到我——当有些人发现找不到我的时候，还是会试图通过希丽亚联系上我，好像她还是我妻子一样（就像德昂在伦敦的时候，费伦会试图先联系玛尔塔获知德昂的地址，我后来听证了整个过程）。现在我们俩并不是特别了解对方的生活，我和希丽亚，我们不会过问彼此太多问题，都只是等着听对方嘴里说出来的事情，也许最近一次提具体的问题还是两年半前，在我鬼鬼祟祟地夜访自己曾经的住处后的第二天，她给我打了电话，尽管前一天晚上她还劝我应该早上再打电话过去问她是否要一起吃午饭或者聊些有的没的，而不是半夜三点的时候为所欲为。虽然前一天晚上是那么说的，但电话里她也没提到要见面的事，只是想跟我明确一件事，于是非常严肃地问我："听着，维克多，你是不是还有公寓的钥匙，是不是？""没有，"我撒谎了，"我早就扔进垃圾堆了，有一天我发火的时候一怒之下就丢掉了。问这个干吗？""你确定吗？"她说，"你确定你昨天没拿钥匙到公寓里来？"通常我都会大发雷霆，然后问她是不是疯了，但现实却是：一、我消失了几个月，突然在不合适的时间给她打了电话，还想约她立马见面；二、我没告诉她也没按门铃就出现在家里，尽管之前她拒绝了我。我本可以恼怒地吼她："你疯了吗？那是我会做的事吗？"然而我并没有，我回答得很冷静，冷静到不会揭穿自己："怎么了？发生了什么事吗？我没去啊。"我偶尔会撒谎，但技术不是很好，我还留着那些钥匙，尽管她那天一定会立马换掉门锁。我也还留着磁带，并没有扔掉它，留着我不小心带走的玛尔塔的文胸，我有时会拿出来闻闻它，但现在已经闻不出任何味道了，留着那张写着"威尔布拉汗酒店"的便笺，下一次我去伦敦的时候或许也会住在那里。我没能留下的是玛尔塔的气味，环绕在她身边的气味，气味无法存留太久，也很难印刻进我们的记忆，虽然当气味再次出现的时候，人们可以通过它猛然回忆起很多别的东西。和已死的人相关的气味也许很难再现。希丽亚并没有坚持，她只说了句"好吧"便挂了电话，就像她告诉我那个糟糕的男演员有多么着急的时候我也只说了一句"我知道了，如果他再烦你，你就跟他说你也不知道我在哪儿"，接着，不是我挂了电话，而是我们同时挂了电话，我们现在总算能和平相处了，远距离地。我一般不喜欢跟别人说起希丽亚的事情。

我又小酌了一口瓶子里的酒，想去点根烟，但我的打火机没气了，于是我走去卧室想找根火柴，在那儿我听见电话铃再次响起，我走到电话边上，答录机正好跳出了我的声音："这是电话录音。如果您有事找我，请在长信号声后留言。谢谢。"德昂开始说话前应该会先听到我的声音，接着便在磁带上留下了下面的话："我是爱德华多·德昂。我刚跟路易莎谈过了，现在想找你聊聊。"我立马意识到他对我用了"你"，这样他就会觉得高我一等，觉得本来就是我欠他的，或者让我觉得自己受到了侮辱，尤其从精神层面来说。"我知道你在家，藏在什么地方，刚刚电话还占线来着，当然接不接电话还是看你。"他停了下来，好像在等我拿起电话，我趁这个机会，接了起来，十分可笑地说了句：

"喂，您好，哪位？"

"我刚才告诉过你我是谁了。"他的声音听起来特别严肃，还带着些愤怒，也许是因为刚刚他不停地拨我电话而我这儿却一直占线，所以才激怒了他，或者他之前早就恼怒了，所以说的话听起来像"我刚才告诉过你我是谁了，白痴"，他虽然没说最后那个词,但并没有什么区别,我能感觉到他一定是这么想的。也许他要继续把我当员工、下属来对待,他电话里的声音要比维森特·梅纳——和他"同睡一人"的伙伴——更深沉也更稳重,像是手指演奏低音提琴一般,一直维持着镇静,克制着自己的愤怒。

"不好意思,我刚刚在另一个房间,所以没听到您对着机器说了什么。您是?"也许这次我谎撒得还算不错,事实离谎言的距离也并不远。

"我是爱德华多·德昂。我刚跟路易莎谈过了,现在想找你聊聊。"他一字不差地重复了刚刚说的话:也许在拨我电话之前他自己也演练了一会儿。"我们明天能见个面吗?"实际上这并不是一个问题,倒更像一个通知——"我们明天见个面",像是某人在批准什么,不是询问也不是请求。

"行。几点?我快到中午的时候有时间,或者午饭过后也可以。"

"不行,"他回答说,"我得工作一整天。最好是晚上十一点左右你到我家来,那个时间孩子也睡了。"这显然是命令,我要么拒绝,要么服从。"反正你也知道我家在哪儿。"他又补充了一句。

"好吧,"我顺从地说道,"那明天见吧。"

但他已经挂了电话。现在情况和路易莎跟我建议的见面方式完全相反,我晚一点会试着打给她告诉她计划失败了,不仅是我的失败,也是她的,不过在一切明了之前我最好还是按兵不动(任何殷勤行为在现在看来都会非常卑劣可怜,无非是对本能的伪装），我真希望她能做出些不合常理的举动。

我在斯梅拉伯爵大街下了出租车，像我第一次到这儿一样，却不同于第二次，虽然都是在深夜时分。我稍微早到了一点，十一点还差十分，我仰头望了望，看见了那个客厅和卧室里熟悉的灯光，阳台也被照亮了，我还是更愿意等到德昂跟我约定的那个时间，免得他还在哄欧亨尼奥上床睡觉，虽然今晚那孩子应该没什么理由不肯上床而非要一直守卫着，直到长大成人，至少到青春期吧，他应该都不再需要因为一个女人和自己的困意做斗争了。我用火柴点了支烟，靠近门厅，在它前面来回平静地走动着，为这一刻，我已经准备了一个星期甚至更久。出门前我已经抽过一支可卡因，好让自己清醒一点，昨晚睡得不好，我很少抽那东西，不过那天赛马的时候我问鲁伊韦里斯要了四分之一克，他总是带在身上（"你要吸一口吗？"他常常问我），当你将要面临不寻常的情况或者你已经为其思量太多的场景时，总要有些不寻常的手段吧。可卡因的效果并不会维持很久，一段时间后清醒还是会离我而去，也许正好是谈话进入到艰难阶段而我最需要清醒的时候。我站在雾里抽完烟，轻轻掸走烟蒂。我已经准备好去按门厅的铃，这时突然看见电梯下来了，昏暗中，里面走出两个身影，他们开了门厅的灯，朝我走来，我没按铃，而是等着那位迈着优雅又漫不经心的步伐的年轻女士，等着那双米色手套为我按下门厅里的按钮，我在不久前的某个深夜时分花了很久才找到它，而她呢，当时也是由这位男士陪在身边，那晚他说他再也受不了了，而她则让他滚远一点,人们说的话就是夸张的、放大的、隐喻的,所以才是不明确的,他显然还能受得了,而她也愿意贴近和包容他,他们还在一起,我要进去的时候他们正要出来,我们各自的方向正好和上次相反,她一定是邻居里最常活动的一个,上上下下,又一次遇见我,估计她会认为我是楼里的某个租客,但她认出了我,笑着跟我打招呼说"你好啊",我也回答她"晚上好",她身旁那个帅气的男人今天依然没有跟我说话,要么是个不友善的人,要么就是心不在焉,也许他们在楼上、在电梯口热烈地亲吻了,连房间的门都没来得及关,虽然他们都没有留在家里,这次是一起出去的,而他,沉浸在这个吻中还没反应过来。也许他还在回味着刚刚躺过的那张凌乱的床,同时想着他自己一尘不染的另一张。

我上了楼,按下门铃,德昂立刻给我开了门,好像他一直在趴着猫眼监视电梯的上下,等待我的到来似的。他穿着长袖衬衫,戴着领带——并没有绑得很紧——像是刚下班回到家的丈夫,只脱了外套。如果玛尔塔还活着的话,我想,也许她此刻会在厨房里,穿着她的围裙(我见过她穿围裙的样子),正在清理盘子或是在家里不停地忙碌着,而他则一直跟着她,从一个房间到另一个房间,跟她说些事情,问她些问题,或者与她争论不休,我并非一直是单身,毕竟还拥有过二人世界。他没跟我打招呼,直接引我进门,尽管他伸出了左手想要跟我握手,还说了句"你坐吧",同时指了指沙发,他的儿子那晚就是在那张沙发上看他的《丁丁历险记》，他小得像蚂蚁一样，在漫长却无谓的斗争之后，最终还是抵不过困意。德昂问我要不要喝点什么，我告诉他如果可以的话给我来杯加冰加水的威士忌。屋里的摆设并没有变化，在我看来，男人们一般不会去改变这些东西，我不想太过专注地盯着周围看，这不太合适——我并不想在那儿想起她或者被唤起关于她的回忆。桌上还摆着空的甜点盘子——一只用过的勺子横放在盘子上——桌布小得就像一张大号的餐巾纸，我和玛尔塔当时就是在那张桌子上吃了一顿漫长的晚餐；德昂好像精神和情绪都还不错，尚且愿意坐下来随便吃些什么，可能是那位满腹牢骚的保姆给他剩的，也有可能是关心他的妻妹给他留的，我几乎不在家里吃午饭或者晚饭，但如果是我自己简单做了一些的话，会站在厨房里迅速解决掉，这是软弱也是消沉的信号，对胃也不好。他清理了盘子，撤走了桌布，这才给我倒了威士忌，刚刚我只吃了个麦当劳的鸡腿堡，没他那么沉着，又或许是因为我家的保姆太懒了，而且我也没有妻妹，没有孩子能博取人的同情或者让我对他的处境共情。德昂从厨房走出来，给我倒了杯威士忌，他的袖子卷了起来——这通常是种威胁的暗示，至少传统上来说是——同时给自己倒了杯不加水的威士忌，他并没有坐下，依然站着，一只胳膊撑在书架上看着我，我试着不去躲避他的眼神，一切都在沉默中进行着，沉默之所以能被接纳是因为保持沉默的人们正忙于手中的事，即便他们只是在拿酒瓶取杯子。德昂也正用手端着他的酒杯。从进门开始，我的眼睛就不由自主地瞄向走廊，瞄向那开着门的孩子的房间，他现在应该已经睡了，只梦见他父亲的重量，如此孤单，或许还有他年轻的阿姨们。他那永远不会老去的母亲，在他梦里的形象越来越小，越来越模糊。德昂突然问我是否要脱掉风衣，我还把风衣穿在身上，下摆都起了皱，他的提议让我彻底放弃了希望——这就不是几分钟能解决的问题了——我把风衣和围巾一起递给他，他走出客厅，把它们挂在外面的衣柜里，这条围巾和我的另一件大衣也曾挂在那里，那时候天更冷一些，对于现在这种雾蒙蒙的天气来说，一件风衣就足够了。我想起了那顶静置在里面的太阳帽，是泰奥巴尔多在突尼斯设计的。三十年代的东西。我差点就要问他是从哪里弄到的，但我克制住了自己，说出这样的话只会引诱到魔鬼。他再次回到客厅，重新把手撑在书架上，他用那天在餐厅里打量我的方式看着我，当时我们也是沉默的，只不过那时的我还是个无关紧要的人，那种沉默能被接纳是因为有其他人在说话，是路易莎和特耶斯。他就那样看着我，好像我对他毫无秘密可言，又或者他是在考验我，他一定想站在玛尔塔的视角打量我——当她还活着的时候。他想弄明白我到底有什么魅力和吸引人的地方，想知道他的妻子那晚到底在找寻和渴望什么。他暂时还没有轻蔑的意思，没有愤怒，没有嘲笑，也没有好奇，只是带着似乎想穿透和理解我的眼神看着我，好像从他那个高度可以领悟和确认些什么直到让他完全承受，而我则完全仰视着他，像电影里的仰角拍摄镜头——奥逊·威尔斯是这种拍摄手法的大师——他那啤酒色的"鞑靼人"眼睛看起来充满期待和怀疑，那种能让人不停说下去的眼神——不过我甚至还没开始呢，还有微微翘起的美人沟下巴，像是在等待着我的回答，粗糙的皮肤上一道道凹纹清晰可见，那是线条或者伤口，未来的某一天会变得如树皮一般，甚至现在已经显现出这一趋势了，他那张威严的脸也会渐渐化为一张疤痕累累的课桌。

然而，当他最终开口说话的时候（他先问了个问题），前一晚电话里的愤怒和紧张感立刻又围了上来，好像他自挂了电话后就一直保持着这种情绪，延续了二十四个小时甚至更长的时间，可能昨晚一夜都没睡觉，今天也没去工作，没见任何人，整夜整日只为了等待我的到来，一会儿在屋子里踱来踱去，一会儿时不时地从猫眼窥视外面，一只手握成拳头不停打着另一只手掌，一副准备上场比赛的拳击手的样子，我想起了某个电影导演跟我说过的一些事，演员杰克·帕兰斯在拍摄间隙也喜欢做这个动作，好让自己集中注意力又充满能量，与他合作的另外一位著名男演员乔治·桑德斯则会靠在躺椅上，手扶着后颈抽上一支烟，这两种方法截然不同，一个是紧张型，一个是慵懒型，效果却一样好；桑德斯最后在巴塞罗那自杀，只写了张咒骂全世界下地狱的纸条（一场可怕的死亡，一个外国人的死亡，"你们就永远待在这污秽的世界吧"，他是这么说的），我想帕兰斯应该还活着或者正享受着自己长寿的人生。

"所以她死的时候不是一个人，对吧？"德昂终于开口了，问完便立刻小酌了一口手里的威士忌：这动作意味着他下意识要遮住自己的嘴巴，装作没说过话的样子，像是想让人觉得刚刚的话不知是谁说的或者根本是从电视里传出来的，然而电视却关着。他问我问题的方式让我不敢确定他想要的答案到底是什么。

"对，我和她在一起，我想路易莎肯定也告诉您了。"我回答说，接着也抿了一口我手里的酒，我无疑也想遮住自己的嘴巴，想尽快结束这一轮他留给我的时间。

"她最后说了些什么，你还记得吗？"

"哦天啊，我的孩子"，我想了起来。

"她最后只是在担心孩子。"我说。

德昂用手摸了摸一边的脸颊，假装在思考着什么。

"啊，孩子，"他说，"很正常。所以之后你就没打电话给我，也不通知任何人。你没想到要这么做，这可以理解，是吧？完全可以理解。"

德昂居然对我表现出极大的谅解，又或许只是在伪装而已，事情毕竟已经过去太久，久到他甚至可以用讽刺的语调来调侃。

"是这样的，其实我给您打了电话，也许路易莎没告诉您。"我决定继续称呼他为"您"，那一刻我没想过要在语言或者思想上对他表示不屑，其实如果有必要的话我随时都可以换成"你"，就像他从一开始到现在称呼我的那样。能提到路易莎的名字真是帮了我大忙。"我当时找到了您的号码，您知道的，还打电话到您在伦敦的酒店，虽然当时已经很晚了，他们说没有叫德昂的人住在那儿，也没有叫德昂的人预订过房间。晚一点的时候，我突然想到他们也许用了您的次姓登记，在英国，如果一个人提供了两个姓，他们会把驾照或者签证上放在后面的姓氏当成首姓。但那晚我不敢再打过去找您了。"我本可以撒谎，本可以说我并不知道他的次姓（我甚至没理由必须知道他的首姓），这样也就不可能再打电话过去，可以正大光明地推卸责任，实际上我也没什么责任，没人有责任，所以我告诉他的都是实话。

"我打给您能说些什么呢？"我接着说，"您好好想想，我能跟您说些什么呢？"他看上去好像并不是很在意我和玛尔塔在一起的事（刚刚是我提到了她的名字），又或者，相比谅解和讽刺，他花了更多时间去面对事实，会有怒气是理所当然的，但已经不需要表达或者展现出来了，更没必要大惊小怪或者虚张声势。

"你打给我能说些什么呢？"他回答道，"的确。就算名字没弄错，电话接通了，你能跟我说些什么呢？我那晚其实就在房间，应该能接到你的电话。"我沉默了。"不过你也不知道这些。"

"你没救我们，"我心想，"没救她也没救我。"

"我应该会匿名打那个电话，"我说，"可能只会说'您打个电话回家吧'，那么家里没人接的话，您就会警觉起来，可能会找个人到家里来看看。又或许我还没张口就挂了电话，第二天晚上我就是这么做的，那晚我又给酒店打了电话要找巴耶斯特罗斯先生，而且当时确实有人接电话。但我什么都没说就匆忙挂断了。"

"我知道，有人接电话。"德昂重复了一遍。他又用手摸了摸脸颊，这次好像在确认自己刮没刮干净胡子；但他脸上太光洁了，一点胡楂都没有。"不过这些都不重要了,一切都太晚了。事情都已经发生了,我才发现真相,这不只是一种不幸,对我来说是祸不单行,有些事不仅仅是一种类型的不幸。至少不是单纯的不幸。"

"您怎么不坐?"我说。和眼前这个站着的高个男人相比,我显得太过渺小了。"我听不清您说什么。没太明白。"

"我这样挺好的,都坐了一天了。"他回答我。德昂用僵硬的左手手指挠了挠自己的右臂——汗毛着实很密——也许刚刚一直撑在书架上,有些发麻了。"你肯定能听清我说什么,不过也许的确不能明白,你不懂我扮演的角色,就像我也不懂你的一样,直到昨天为止,我能做的也只是假设。你我的角色无法相互补充和完善,它们对彼此来说都不是必需的,仅在无意中产生了交错,更确切地说,是你的角色偏了路而不是我的,我一直在无知地沿着我的轨道行走,而你却一脚插了进来,有些事情我们本该立马就知道,如果你那晚打电话给一个人,不管是谁,他们最后都会通知到我这儿的,你其实很清楚这点。"

"我们无法忍受亲近的人有了麻烦而我们却毫不知情,"我心想,"我们通常无法忍受亲近的人对我们的困难一无所知,我们无法忍受他们不知道我们的最新消息,哪怕耽误一分钟也不行。我们无法忍受当我们已经丧偶时他们还认为我们仍处于一段婚姻里,无法忍受当我们突然失去了双亲,他们却仍以为我们的父母健在,无法忍受当我们开始孤独度日,他们却相信我们仍然有伴,无法忍受当我们突然患病,他们却以为我们仍然身体健康。我们无法忍受在死后他们还认为我们活着，或者当我们仍然健在时，他们却以为我们早已离世。但我于他而言不是亲近的人。"

"我不太明白。"我又说了一遍，只是这次我也不确定自己是否真的不明白了。

他停顿了几秒，手轻轻拂过头发，他梳了一款复古的儿童发型（或许他自己就是个儿童），左分头，再次开口时，声音变得更低沉、生硬、沙哑，好像得了哮喘或是戴了个头盔在说话：

"但你会明白的。我想告诉你在我得知玛尔塔去世之前我都做了什么，也告诉你我没做什么、准备做什么，总之就是发生的一切。其实不是你的错，并不是因为你才发生了这样的事，我不会因为突然发生的意外责怪任何人。世间的事情就是这样，发生了就发生了，我知道，也许你可以说是倒霉或走运，有时没人在试图寻找或得到些什么。但这种事总会发生在某些人身上，也总会有些别的人把路给走偏了而自己却意识不到，甚至连想要知道的机会都没有。无所谓了。也没人还指望着这个。你走到了我的轨道上，连你自己都不知道是怎么走偏的，你不认识我，我对你来说无关紧要，不过现在你可以知道一点什么了，我也觉得你还是知道比较好，你会明白我的。我不会讲太久，别担心，故事并不长，我会讲快点。"

"唉，的确，"我心想，"他一定是厌倦于活在暗处了。他也想从魔咒中逃出来，所以现在正抓紧时间。他要说些什么呢，他刚刚讲的话和'孑然一身'曾说的一样，没人是自愿死的，我们常常会忽略那些因为我们靠得太近或者离得太远而死去的人，因为我们都走在无知的轨道上，或许也只有这么一条轨道可走，我自己也做了很多假设，不过他要说的到底是什么呢？世间万物仍在继续前行，不作停留，它们之间也紧密相连，其中的一些拖住另一些，彼此却毫无察觉，他要说的到底是什么呢？"

"那最好不过了，我的时间也不太多。"我说了一句，尽管这并不是实话，第二天等待我的其实只有那个糟糕的男演员，我可能会给他回电，也许他有活儿给我干。或许我也会给路易莎打个电话，这是她跟我提的要求，正当合理。

德昂拿起遥控器打开了电视，同时把声音调到了最小。他按遍遥控器的按钮，切换着电视频道，接着又再次关上了它，这举动有些机械，显得他有些紧张，单身汉倒是会有这样的习惯，我们时不时地这么做，不过是为了了解一下在我们恒久的缺席期间，世界上到底发生了些什么。

"在伦敦的时候，我并不是一个人，"他接着说，"应该不难想象吧，当然如果我真的是一个人也不难理解，两种可能性都有，没人会知道。我有个情人，维持关系已经一年多了，她就在旁边的医院工作，是个护士。"他用一只不安分的手含混地指向外面，指向阳台的方向。"一开始并没有什么特别的地方，她也不是什么特别的人，就像在你和玛尔塔的第一晚，你对她来说也不算什么特别的人一样，这可能是你的幸运也是你的不幸，事后你的存在也不会延续太久，即便在那天晚上，你对她而言也不是什么重要的存在，我昨天才知道真相，之前只是怀疑和猜测。事情就是那样发生的，之前我总能看到穿着制服的那群护士，有时我们会在附近的酒吧聊上几句，之后坐在吧台这头的我偶尔会请坐在另一头的那位喝一杯，分享些开心的事，她的同事们会起哄笑起来，影响我们两个，有一次我和她一起散了步（'没有恶意的脚步'这一魔咒的思想又向我袭来了，不停在我脑海里跳动），同行的脚步在红绿灯前停住了，突然我们面对面亲吻了起来，就这样，我又去找了她，等她下班去接她，带她去吃晚饭，最后去了她家（'她脱下了白色的中缝袜'）。没什么特别的，也没什么重要的，这可能是用来应对无聊的日常生活的调味剂吧，直到我们开始愚蠢地重复这样的脚步，周围不再有其他人了，不再有起哄的笑声了，不知不觉中，这开始变成了一种习惯，几乎什么内容都没有的最渺小的习惯，她给你打电话的时候你也正要打给她，和她在一起的时候总是喝同一种东西，无意中便记住了她的工作值班表，一方常把这些都看作一种信号，看成满载意义的数据，但另一方却觉得自己并不是别有用意，他们对彼此不算什么，甚至有时什么都不算。但是每个人都会按照我们选择的方式去理解世界，去讲述自己的故事，就算两个人经历了同一件事，嘴里说出的故事肯定也不一样（'何况故事不仅仅属于那些经历它的人，也属于那些编造它的人，故事一旦被讲述，就属于所有人了，被口口相传，被歪曲改变，我们便都可以讲述自己的版本了'）。到了最后我经常会去她家，我们彼此告别的时间也越来越长，其实是每天重复的地下秘密承载了真正的意义；不是哪个举动，也不是哪句话，而是肉体关系让人们彼此信任，因此习惯开始让权利变得混淆不清，很荒谬，一个人想着回家，却还是留恋着他想逃离的另外一个人的家，他是被爱抚、亲吻、爱的抱怨和哀叹所牵绊住了，我想被爱总是件值得高兴和欢喜的事情吧（'一个人的双眼里已经印刻了另一个人的脸庞：我陪你的时间太久了，已经让你感到疲倦了'）。"

德昂停了下来，走到咖啡桌边又给自己倒了杯威士忌，他刚刚边喝边讲，现在说话的速度不像他平日那么沉稳缓慢了，他有些急切地在讲他的故事。

"您妻子知道吗？"借着冰块和液体撞击发出的声音，我壮着胆子问他。不过在他面前我还是不敢直接说出"玛尔塔"这个名字。他又回到书架前，恢复了刚刚那个姿势。

"不，"他回答我，"不，不知道。"人们对于突如其来的问题通常都是这种反应。"事实上，我觉得她应该不知道，不过我也不确定，我们俩从来不会问对方问题，我们都等着对方说出应该要告诉彼此的事。当然我已经竭尽全力确保不让她知道，从这事变成一种习惯开始，我从来不和艾娃一起走在路上，从来不在她下班的时候去找她，也不会像第一次那样接她吃晚饭，从来都不会，我们只是在她家，我不允许她打电话到我家，我们的事是地下的，是秘密的，尤其得注意不让她的同事知道，我毕竟有自己的生活，我不能冒任何风险，其实我一点都不想继续这段关系，虽然它从来没断过。（'现在我又得记住一个新名字了，'我心想，'艾娃。'）我真的不清楚，但我想她应该不知道吧，虽然最近有几个晚上我确实听到玛尔塔在枕边哭泣，她可能以为我没听见吧，第一次的时候我没问她，她哭了一会儿就不再哭了，第二次我没忍住问了她：'怎么了？'她说：'没事，没事。''那你哭什么？'我说。'有时我晚上会情绪不好，我害怕。''害怕什么？'我又问她。'就是无法克制地害怕，'她说，'害怕我们会发生不测，你、我或者孩子。''我们能发生什么不测？''我知道了，我知道了，我这段时间太累了，所以有点虚弱，不过会过去的，人身体虚弱的时候多少会情绪不好，别担心，白天我也不会这样。'我当时并没有多想，不过谁知道呢，也许她真的能预知些什么，这也是你现在在这儿的原因。"德昂扬起下巴盯着我，好像想问我一点什么。但他没有。

"我也觉得她不知道，"我突然冒昧开口了，有点多余，我觉得，"她谈到您的时候都很自然，我想她也没有预谋什么。您从伦敦打电话给她的时候，我跟她也还什么都没发生，这点我保证。像您刚刚说的那样，事情就是那样发生的。"

"我不是在问你这个问题，路易莎昨天都告诉我了，我并不想知道任何细节。"德昂愤怒了，杯子握得更紧了，但他并没有完全表现出来。"我没有在问你这个，"他重复了一遍，握杯子的手放松了些，"你记住，现在是我在跟你讲故事，你要做的就是好好听着。"这个男人可能会很暴力，像杰克·帕兰斯那样。

"我明白了。您继续吧,我听着呢。"

德昂对于他自己的反应好像也有些羞愧。他在房间里走了几步,一边用又短又硬的手指甲敲击玻璃杯发出叮叮的声音,毫无疑问,他不想让刚刚唐突的举动影响到自己的故事。木地板发出咯吱咯吱的声响。过了一会儿他又接着说了下去,我也继续听着,他的嘴唇似乎越来越薄,渐渐消失在我的视线中:

"那晚我给她打电话的时候一切都还算正常,至少还不算太离谱。三个星期前那个护士告诉我她怀孕了,你应该能想象,我们平时都非常小心的,但没有什么是万无一失的,我觉得应该是她故意疏忽造成的,我早就想断了这个习惯,断了我那些安排好的约会和永无尽头的告别,我并不希望再看到玛尔塔哭泣,也不希望她因为任何原因而感到害怕,虽然她自己也不清楚到底是什么让她产生这样的情绪,和艾娃的事情变得越来越复杂,我自己也没办法结束这一切,越拉扯就越拉扯不清,一年的时间并不足够让她筋疲力尽进而最终让步,我没有办法脱身,没办法逃离出来,然后又突然冒出怀孕这档子事来,她又是个护士,那肯定不会有错啊。女人们可以交易自己的身体,操控它,她们有惊人的能力可以改变它,让它从内部萌发出新生命,作为和任何男人交易的筹码。任何男人,甚至是最冷漠无情或者最卑鄙下流的男人,她们的身体就是能这样,你能想象到吗?('Ge-licgan,'我心想,'这个词已经消失了,不过它说的不就是这个意思吗?也许是因为这个词描述的行为不太容易让人接受,所以还是别为它命名比较好.')有些东西之前明明没有,现在不仅出现了,还不停地生长变化,当它最终让女人们完成做母亲的任务时,就被她们从身体里驱逐出来,然后为她们提供了一种将会永远持续下去的联系,虽然它也在不停变化,却是肉眼可见的,在一段未知的时间内,这种联系通常可以拯救女人们,于是她们常常依靠着它,新生命不仅是她们生命的延续,也是她们抓住世界的把手,我很清楚这点,我有个儿子,他对于我的意义和他对于他母亲的意义不尽相同。('母亲相信她生来就得做个母亲,老处女注定要孤独一辈子,杀手天生就是杀手,受害人也逃脱不了受害人的命运:他们都在灵魂深处对此深信不疑。')我让她去堕胎,她一开始不同意,威胁我说要告诉玛尔塔,我对她说这一切我都不会承认,甚至包括认识她这件事。('我不认识你,老家伙,我不知道你是谁,以前也没见过你。')她仍然会笑是因为她对孩子的父亲是谁确信无疑,所以我用我仅有的东西威胁她——不再见她也不再爱她。我没有自夸的意思,但她确实很爱我,事实上,她应该愿意为我做任何事,这真的难以解释,有时我们会因为一个人做出一些难以逆转的决定,没人能阻止我们,虽然她愿意为我做任何事,但还是得先伸手算算自己能得到点什么。"德昂停顿了一会儿,迅速从我这儿夺了支烟,我刚刚把烟盒放在了桌子上,我是烟不离手的。他拿起我的火柴盒,用大手夹出一根,点烟前,他继续说道:"其实她也没得到什么,感情总让我们脆弱,你知道的,感情('也或许是忠诚和那些难以解释的决定')会让人失去自我,最后她为一些虚无缥缈的承诺做出了让步，我们决定利用我去伦敦出差的机会，她是个护士，她知道伦敦是做这种手术最安全也最卫生的地方，而且我还可以陪着她。听起来很荒谬吧，我那时也想，到伦敦我们又可以一起轧马路、一起在餐厅吃晚饭了，出于谨慎，我仍然觉得我们还是住在不同的酒店比较好，所以我在我住的酒店附近给她找了个住处，在斯隆广场那儿，事实上她住得比我好，我的住宿是走公司的账，所以我可能会在酒店里接待某个同事，分开住绝对是明智之举。我给她钱让她付账，当然也包括医院的账，那趟行程我没让她花一分钱。没人知道我们是一起的，连她的同事们也不清楚，所以她们可能会担心她或让她带点东西回去。第一晚我带她去了家很有趣的印度餐厅，好分散一些她的注意力，让她尽量不去想第二天等着她的那些事。"

"我知道，孟买酒馆，我知道这家。"我忍不住说出了口。

"你怎么知道的？"德昂惊讶地问道，鼻孔放大，一副激动又凶狠的表情。

"您打电话回来的时候跟您妻子说了啊，她提到了，还问我知不知道这家餐厅。"

"啊，明白了，你知道的，对吧？"

"我去过那里几次，在它那充满异域风情装饰的大厅里用过餐，"我心想，"入口处有位穿晚礼服的女钢琴师，还有几名彬彬有礼的服务员和领班，无论冬夏，天花板上都旋转着巨大的吊扇，那是个令人印象深刻的地方，在英国也不算便宜，不过也不会贵得离谱，更适合朋友聚会、庆祝晚宴或商务会谈，不太适合私密又浪漫的约会，除非你想给涉世未深或是出身下层阶级的年轻女孩一个深刻的印象，或者是想给你从未带出门的妻子或者情妇一个惊喜（妻子像平日一样被困在斯梅拉伯爵大街的公寓里，虽然今晚她有了伴，她还为他准备了浪漫的晚餐；情妇也总是被困在自己的公寓里，不过今天她却出来旅行了，一趟全程由别人埋单的旅行，一趟被迫的旅行），也许会有人觉得自己稍微迷失了方向，身处那样的场景中，可笑地陶醉于印度的鸡尾酒和啤酒里，'孟买日落''孟买天际''粉红山茶花''孟买布鲁斯'，你甚至不需要带她们去其他场所，直接叫辆英式黑面包出租车就可以带回酒店或者家里了。吃完辛辣的晚饭后，你也无须多说什么，只要用手捧着她的脸，吻她，褪去她的衣服，抚摸她，用手框住她的头，那动作既像为她加冕，又像要勒死她一般。当时我脑海里也是这些画面，当玛尔塔在床上突然感到不适但还没有死去，而我在昏暗中看着孩子房间里挂着的飞机的时候，那些玩具飞机应该还在那儿，在旁边的房间里，飞机一边看守着男孩子的睡梦，一边懒散地酝酿着每晚的战役，倦怠、微小、虚幻又难以实现的战役，它们悬在空中，轻微而被动地摇摆着，明天，只剩绝望和死亡。"

"是的，我很喜欢那家餐厅，"我回答他，"很久以前去过两三次。"

"对，那是他们在旅游导览书上推荐的，"德昂很真诚地说，好像在为自己找什么借口一样,"我带她去了那儿,我们喝了很多,笑得很开心,谁管第二天会发生什么,至少酒精可以帮助她在那晚早点入眠,我也是,第二天我可能会带她到医院门口,然后在外面等着,以免出现什么问题或是她突然恐慌,大概需要两个小时,这是她告诉我的,一般不会发生什么异常情况,她曾是护士,以前也见过这种事,护士们都很容易抑郁,这很正常,不过看着别人做和自己躺在上面显然区别很大。我觉得很奇怪,他们居然不让她提前住院也不让她之后在医院里休息一晚或几个小时,不过她懂得比我多,她在诊所做好了所有的安排,医护人员还是有点好处的,她说。她英语还应付得过去,我也可以。"

"我大学是英语文学专业的。"我说。我插的这句话太荒谬了,不过德昂没有什么反应。我又倒了杯威士忌,是他让我倒的,他假装没听见,继续说:

"那晚吃完饭后,我打车送她回酒店,我们决定各回各的地方睡觉,她肚子里有些东西第二天就会消失了,还是别让人想起它比较好。她并没有显露出很受影响的样子,或者她根本是伪装出来的,也许鸡尾酒帮了忙吧,她甚至看起来挺开心、挺深情,也许是我的诺言补偿了她。在她住的酒店门口,她吻了吻我,其中一吻应该是为了感谢我,怎么说呢,热情之吻吧,我确定她不会因为这次不好的经历而怨恨我。我走回我的酒店,只有几步远,到房间后我给玛尔塔打了电话,告诉她我安全到了伦敦,想问问家里是不是一切都好,她并没有说和你或者其他人吃晚饭的事,我以为家里只有她和孩子,你们真的没有事先谋划好吗?你还真好意思啊。"德昂仍然站着,他不再说话,盯着我看,我在他直勾勾的眼神中看到了一丝残暴的苗头,他划了根火柴点燃了那支从我这儿夺去的烟,好像并不想让我们的对话偏到别的可能的方向上,从一开始他就不接受这点。点着的火光刹那间消失了。"事实上那晚我睡得不好,很不安稳,一直从梦里醒来,我责怪自己也责怪艾娃,但我不责怪玛尔塔,她们俩我都想到了,在伦敦的这一切之所以会发生是因为玛尔塔已经存在了,人的生命里总有些空间是已经被占据的,所以大家才拼命想在别人的生命里给自己挖掘一块地方,或者等别人一走就立马挤进去替代他。('原来你在英格兰岛上睡得也不好,两夜里没有一夜能睡得安稳,'我心想,'不过你自己家里床单摩擦发出的声响你也没听见——我都没碰过那床单——还有你自己那装着爱尔兰里脊和冰激凌的盘子碰撞发出的哗啦声,盛着红酒的玻璃杯撞击发出的叮叮响,垂死挣扎的呼喊,焦虑的轰鸣,不安而绝望的吵闹,害怕与后悔的嗡嗡作响,你全都没听见,你没听见的还有疲乏的低哼和可怕的死亡,你只听见了马路上行驶的汽车,它们和我们前进的方向相反,你只听见了高高的红色双层巴士,夜晚的喧嚣,印度餐厅里回响着的各种语言的对话,还有另外一些低鸣的回声,不知是否也是死亡的声音:你刚刚说到你的艾娃时,用了过去时态。')如果我知道,如果我知道那晚你已经知道的一切就好了。('我当然知道,蠢货,那是因为我见到了,我经历了,我感到恐惧,但我无法阻止它，我是目击者，我当时抱着她好让她走得好受点，待在她身边的人本不应该是我。'我又用'你'来称呼他了，就像那次在餐厅门口在心里默默地骂他一样，他的抱怨听起来像是责备，这激怒了我，他自己和艾娃走了，去解决自己的问题了，完全对玛尔塔不管不问，那他还想怎样。)"德昂走近扶手椅，那个椅子和沙发是配套的，他坐在了右边的扶手上，像是在光滑的雪面上没法站稳一样，我看过他这种快要支撑不住的样子，甚至更加浮夸，那是在打开的墓穴前，掘墓人手中扬起的尘土洒落在他身上，洒落在他的风衣上。即便坐下来，他还是很高，他没有跷腿，只是直直地伸着，那样的姿势让我觉得他更显脆弱。"如果我知道的话，在伦敦的一切一定会不一样，我绝不会允许她第二天去医院，没什么必要去了，欧亨尼奥可以有个弟弟或者妹妹，还有个新妈妈，都这样了，为什么不呢，一个人是不是想要什么东西或者想和什么人在一起都取决于他有什么、没有什么，都取决于他生命里剩余的空间有多大，我们的需求和愿望不都是随着我们所失去的，随着别人是否抛下我们、舍弃我们而变化吗，当然，感情也是一样，我刚跟你说过，有时你会做一些不可逆转的决定，一定程度上来说，这是一切的基础，我们这么做是因为事物间存在冲突，是因为当下我们缺少些什么。"他在为感情辩驳，或许，之前他是站在艾娃的立场上，现在他不得不为自己说话了。

"我刚刚跟您讲过了，"我说道，"我不敢给您打两次电话，跟前台说完话之后，我的勇气已经用尽了。那儿没人叫德昂，我也不确定有没有叫巴耶斯特罗斯的，实际上，找您的全名也花了我很多工夫。"

"你怎么找到的？"德昂问道。

"桌子上有些信，其中有一封是银行的，我从那儿查到的。"

"至少您还算机智，不是每个人都能想到。"他突然称呼我为"您"，突如其来的表达尊重的信号，迟来的摇摆不定，或许是受我影响吧。不过这也只维持了几秒钟，几句话之后，他又回到了"你"："我没有任何责怪你的意思，我告诉你这些是因为我没有及时地发现真相，在我完全不知情的几个小时里，我到底做了什么，好几个小时啊。我甚至也不怪你把孩子一个人丢下，也许一个心怀怨恨、意志消沉的鳏夫可能会选择这样做：明明什么事都没发生，却因为某些可能会发生但最终并没有发生的事而控告你。每件事都是由最后的结果决定的，不是吗？所有发生的事都不例外，哪怕只有一瞬间，相同的行动因为发生地点的改变而变得不同，同一颗子弹打中靶心和错失靶子时便不再相同，刀击中了要害和并没造成大碍也相差甚远，这就像我们手里空空如也，却总是向着相反的方向前进，我们往往满怀各种打算，我很好奇这些打算是真的能决定些什么，还是其实毫无作用，有时我们可能根本没有任何打算，比方说您就没有。('无论是肯定、否定还是犹豫，该继续的还是会继续，该消失的还是会消失，我们面临的不幸即在于不知情时必须采取行动，因为时间匆匆，不作停留，也不会等待，我们永远跟不上时间的步伐：不知怎样决定却必须做决定，不知该如何行动却必须行动，我们只能猜测将来可能发生的事，这注定是人间最宏大又最寻常的不幸，而我们却不觉得有什么不幸可言，只因日复一日早已习以为常，很少去注意它了。')"德昂还没抽完烟就把它灭了，一边滑到椅子上，现在他跟我差不多高了，衬衫袖子卷在小臂上，领带依然是松着的，他还是那么冷静。"不过事情是在这儿发生的，"他继续说道，我不确定自己是否想听故事中肮脏的这一段，它本跟我没什么关系，但故事的男主角却正在跟我讲述着，他选择让我去听他讲故事，或许可能真跟我有点关系吧，至少在一定程度上是这样，"我在想如果那晚你没和玛尔塔在那个卧室里的话，是不是事情就不会落到这个地步了。"他扬了扬头，指向走廊尽头卧室的方向，我知道怎么去卧室。"我不是指她的死，而是说如果她觉得不舒服就及时给谁打个电话的话。也许不是打给我，毕竟我在那么远的地方，她可能不想让我担心，但也可以打给她妹妹或者哪个朋友和邻居，打给医生，请求帮忙。我好奇她没打电话是不是因为跟你在一起，可能她希望身体上的不适能赶紧过去，这样你们就能继续快乐下去了。（'你疯了吧，我怎么能打电话给他，他会杀了我的，'我心想，'这是我建议玛尔塔打给远在伦敦的丈夫时她跟我说的话。德昂或许是对的，如果我不在那儿的话，她可能会打给谁。不过从他现在跟我说的这些来判断，即便玛尔塔打给了谁，也不一定能救得了她，只能把德昂从魔咒里从阴影里救出来。'）事情发生了，没错，但它总发生在某些人身上而和其他人无关，经历过的人总为它惋惜。

（'虽然我说什么都没发生，但还是有些什么动摇了我们，我们已经很难在当时的处境里保持镇静，唯一安全的选择是什么都不说什么都不做，即使这样，消极和沉默也可能会造成一样的影响、相似的结果，谁知道呢，有可能会更糟糕，我们的每一次呼吸仿佛都释放出了空洞的愤恨和欲望，还有不必要的折磨和纠缠。唯一的解决办法就是将一切终结将一切归零。'）无所谓了，你和我都摊上了事，她们更是。第二天早上我陪着艾娃去了医院，那是家很好的医院，一切都井然有序，那儿离我们的酒店也不远，在斯隆广场，斯隆大街，靠近泰晤士河，相信你也熟悉那片区域，非常干净漂亮。我没跟她一起进去，没这个必要，她也希望这样，我告诉她我在对面一家咖啡厅看报纸等她，我一步都没离开，生怕她突然需要点什么，我想最多两小时吧，可能没这么长时间，会很快的，我为此把一个工作会面推迟到午饭后，另外的安排都放在了第二天，我们原本打算住三个晚上的，星期五才回去，我们会各自换登机牌，各自上飞机，虽然是同一个航班，还是分开行动比较好。送她进去的时候，我发现她很憔悴，我第一次看见了她的恐惧，或许还有些后悔，不过已经迟了。我抱了抱她，在她的脸颊上亲了亲。'很快就结束了，'我说，'我会一直想你的，我就在这儿。'我看见穿着长大衣戴着围巾的她消失在大厅的人群里，医院比酒店的人多多了，她穿了双有点孩子气的低跟鞋。我买了好几份西班牙语和英语的报纸，在咖啡厅里坐了下来，那天早上天气很好，虽然冷但很晴朗，晴天在伦敦持续不了多久。和我刚刚的承诺相反,我努力尝试着不去想她,不去想她在经历的事情,不过最后还是不得不兑现自己的承诺,它被强加在我的脑子里,虽然并没有画面,我对这种手术毕竟不是很了解,当然我也不想了解它。事实上,我一直在想些类似的内容,我们就不细说了。"德昂把一只手举到了他的额前,用他僵硬的手指挠了挠,好像那儿痒痒一样,然后他把一只手放在两眼中间,像是在摘掉眼镜,但他并没有戴眼镜。"漫长的一小时过去后,我没法再忍受了,没法逼着自己坐在那儿看那几份没有一点兴趣的报纸。我站起身,付了钱,慢慢地走向医院,犹豫着走进挤满人的大厅,他们有的在等待,有的来来回回地在里面穿梭,人山人海,真是家大医院,我看见了艾娃的同行,个个行色匆匆,有她们在,艾娃一定有家的感觉。我走到服务台,用我尚且说得过去的英语询问到哪儿可以等艾娃,艾娃·加西亚,我还拼写了她的名字,我说她在做手术,我没能早点到陪着她,我撒了谎('现在不仅要记她的名字,连姓也要一起记住了。'我心想)。我有点沮丧又有点担心,我什么都不想做也不想改变,只想离她近一些,这样不管她在哪儿,一出来就能看到我,这医院可有好几层楼。那护士问我艾娃是什么时候进来的,我说一小时之前,她问我是不是急诊,我说不是的,是一场预约过的手术,她拿到了今早的诊号。'这不可能。'她说,同时在电脑里搜索着,我猜是在搜加西亚这个姓。'如果她预约了今天早上的手术的话,无论如何她应该昨天就入院的。'她说。'不是很大的手术。'我解释道。那护士抬头看了看我，还是问了我害怕她会问我的问题：'什么手术？'我并不想用那个词，于是逐词解释——'终止妊娠'，我不知道英语里是不是有更委婉的表达方式，不过她明白了我的意思，她说：'那不可能，他们一定会让她昨天入院的，我百分百确定。'她又在电脑上搜索了一下，敲打着键盘，我猜她在查询昨天入院的名单，然后和你一样，我也想到了相同的情况，我建议她用'巴列'搜一搜，那是艾娃的次姓。艾娃·加西亚·巴列。'这儿没有加西亚，也没有巴列，今天没有，昨天也没有，'她在屏幕上查找了一番后坚定地跟我说，'医院里没有叫这两个名字的病人。''您确定吗？'我不想放弃。'万分确定。'她一边说着一边关掉了屏幕上的名单，她不会去核实，没有翻盘的机会了。她坐在那儿盯着我。

"'您是她丈夫吗？'她问我。我不知道我是不是在一瞬间人性爆发，或者只是有种窥探八卦的欲望；既然那儿没有艾娃，那我是她的什么人也就不重要了。'是的。'我说了'谢谢'便走开了，她一直漠不关心地看着我。我不知所措地在大厅里等着，看着医生、护士、病人、访客在我眼前匆匆走过，我猜艾娃用别的名字预约了手术，不过这似乎不可能，他们应该要核实她的证件。我发现了一扇门，访客们走进那里就消失了，于是我跟着他们，门后是个大厅，像是一个等候室，也人满为患，大家坐在破旧的座位上。我探出身子瞄了眼四周，非常茫然。突然间，我看见了远处的她，艾娃就坐在那儿，眼睛耷拉着，大衣和围巾都已经脱了，我慢慢靠近，发现她跷着二郎腿，手里拿了本杂志读着，她看起来很平静,应该是手术延迟了吧,我心想,所以她还没在系统里注册。但我在接近她的时候,脑子又有了些新想法。她手里是本彩页的周刊,直到我走到她身边用大衣蹭了蹭她,又把一只手搭在她的肩上,她才抬起头来。'你在这儿干吗?'我问她,想都没想又接着说,'还没让你进去吗?'不过我想这个问题要么能让她好好解释一下,要么就是引诱她说出更多的谎言。她吓了一大跳,我们分别到现在已经过去了漫长的一小时,对我来说几乎已经过去了一个世纪,她有点不知所措,用手拉住了我的手臂,立马合上了杂志,她试着站起来,我按住了她的肩膀,坐在她身边,用力握住了她的手腕,有些愤怒地又重复了一遍:'你在这儿干吗?服务台的人跟我说你根本没有挂号入院,这到底是怎么回事?'她的眼神突然呆滞了,转头看向另一边,说不出话来,像是吞咽困难一样,最终什么都没说。'所以根本没有手术,是吧?'我又说道。她摇了摇头,双眼湿润了,不过我并没有看到泪水。'根本没有什么流产,没有怀孕,什么都没有是不是?'我问她。她从旁边的椅子上拿起了围巾,捂住脸突然大哭起来。我们立马离开了那里,迅速穿过大厅,我还抓着她的手腕,几乎拖着她前行。"德昂停下来喝了口酒,嘴巴又被临时遮住了,他说了很久都没喝过一口。

"活在欺骗里或一直被骗是件很容易的事,"我心想,"甚至可以说是我们的天性使然:没人能摆脱欺骗,这也不代表一个人是愚蠢的,我们其实不用这么拼命地和它斗争,也不该为此痛苦。"

那是德昂说的话，虽然他加了一句："然而，当我们得知真相时还是觉得难以忍受。"

"一种联系。"我说。

"对，就是这个，"德昂回应道，"是一种联系，不会因为本来可能存在的东西不复存在就消失，相反，或许它还会变得更加紧密，两人之间放弃可能已有的和早已习以为常的东西，甚至比相互的接纳、认同直至无拘束的发展更能使关系紧密，任何挫折、失败、分离或结束也都会升华这种联系，那小小的创伤永远印刻在那里，如同对放弃和欠缺的提醒（'还包括流放。'我想），那疤痕时刻告诉我们：'我变成这样都是因为你，是你欠我的。'也有些联系是肉眼已经看不到的，只是一个人想象着从未发生过的事情（'也许还包括已经死去的人'）。如果不是我担心她，如果我没进医院，两小时后艾娃可能会面色苍白、步伐微颤地来到咖啡厅，像个刚刚战胜了考验的女英雄，而我呢，到死都不会忘记抚慰她，你可以想象，她无疑已经在包里准备好了带着血迹的棉球，准备在不经意间让我看到，让我觉得是我亏欠了她，女人有需要的话，从任何地方都能弄到点血（'在您妻子玛尔塔·特耶斯死后，我在她公寓的垃圾桶里也发现了带血的棉球'）。我们回了酒店，一句话也没说，我把她丢在她酒店的门口，甚至都没下出租车，只是默默地给她开了门，赶她出去。我想一个人静静，于是便出门走了走，顺便给玛尔塔和孩子买些礼物（'礼物是某次等待的补偿，或者某个异性追求的信号，抑或某个于心有愧的人所给的抚慰，谁知道呢，反正已经晚了'），我再也不想见到艾娃了，虽然还得坐同一班飞机回去，但我们已经完全没有必要继续挨着坐了，我不想再和她有任何瓜葛。随便吃了一点东西后，我也回了酒店，和一个已经安排好会面的同事讨论了些生意上的事情，但我完全听不进去他跟我说的话，彻底被困在了自己的思想活动里，我回忆了一遍被骗的这三个星期，想到那些争吵和威胁，那些筹备和行程，我真是太傻了，我想（'其实我们不该为此太过痛心，随着时间的流逝，一切都会渐渐变得陌生、飘浮不定又虚幻无影'）。艾娃给我打了三次电话，我没回她，我当时根本没想到打电话回家来，我实在太沮丧了以至于没法跟玛尔塔说话，所以我想等等，最不幸的是，就在那个时候，全世界的人都在绝望地找我，你带走了写着我地址的纸条，没人知道我在哪儿（'我不是故意的，这真是个意外，别拿这个来责怪我'）。我再次出了门，无法抑止心里的不安，甚至愈发恐慌，我坐地铁去了市中心，转了一会儿，买了些礼物，都是些破烂，我钻进了莱斯特广场的一家电影院，我的英语没好到足以让我看懂一部电影，更别说我脑海里还在无法自拔地想着别的东西，电影放到一半我就离场了，直到八点半我才回到酒店，艾娃正在大厅里等着我，不知道她等了多久，手里又在翻着杂志。她站起来，手举到胸前，好像在等着招架一顿打一样。'你听我跟你解释，'她对我说，'拜托，拜托，你听听我的解释吧。'她一整天都没吃饭，我也差不多，她一直把自己锁在房间里，脚步有些颤抖，好像哭了很久，我说我愿意听她解释，但是听不听都一样，没什么区别，我们打算在附近找个地方吃晚饭，那个时间在英国吃晚饭有些晚了，只有孟买酒馆会开到很晚，于是我们叫了辆出租车去了那儿，只不过这次不再有什么特别的意义，我们就像是在陌生的城市里迷失的彷徨的人，只能去唯一熟悉的地方。我想那也是一种惩罚，带她回到那儿，把一切再重复一遍，前一夜我是那么体贴，你懂的，我做了最大的努力。这次我们甚至连钢琴师或者充满异域风情的服务员和装饰都完全没有注意，为了点餐而点餐，其实一点都没胃口，我们点了鸡尾酒，我一杯接一杯地喝着，喝了很多，彻底被鸡尾酒和印度啤酒灌醉了，喝得实在太猛，即便这样，那一夜我也无法安稳地入眠。如果我知道玛尔塔已经死了，我可能不会对那个护士恨之入骨，相反会立马就原谅她。至少那时她是我唯一拥有的人了。你总是会试着去理解还留在身边的人。"

"你们说了什么？她告诉了您什么？"

德昂站起身来，好像被我的问题触动了，接着他又恢复了自己最初的姿势，一只胳膊肘撑在架子上，一个挺好看的姿势，毕竟他又瘦又高。他的脸更加阴沉了，饱满的下巴偏到一边，啤酒色的眼睛好像充满了怒气，就像在餐厅里特耶斯不让他付账的那次一样，只是窗外再也没了闪电的绿光，仅剩下电灯和弥漫的雾气，整座城市时而发黄，时而发白，时而发红，不停地变换着。

"什么都没说，她想安抚我，恳求我，跟我解释，想要证明自己这么做是有理由的，好像一个人的爱就能洗刷一切罪名和肮脏一样，总有人以为当情感足够浓烈时就能被当作一种保障，进而把激烈的情感和合理的行为混为一谈。如果我知道出事了的话，也许我也会对这二者混淆不清，但我知道得太晚了。"

"我们永远无法百分百确定我们做的事情是对的、合理的。"我说，鼓足勇气表达了自己的观点，也许又是不合适的吧。可卡因的作用似乎过去了，我不再那么清醒谨慎，至少对自己有点松懈了。

"你说得对，我反正是没法为自己做的事辩护，你也不行。"德昂又拿了一支我的烟，这次没做停留就点燃了它，猛抽了两口，也许他根本不抽烟，只是为了在讲故事的同时手里能配合些动作，说故事的人一般都不怎么动。我是这样想的，也是我对他讲话状态的印象，他有很多想说的，但苦于无法很好地组织起来。不过话说回来，谁又知道该怎么做呢？"她坚持要解释事情的经过，解释她是怎么想的，没这个必要，我其实早就明白了。她应该已经感觉到我在渐渐远离她，至少在试着这么做，她不想失去我，光是想象没有我的日子就足以让她绝望透顶，她一直想要怀孕，这也并不简单，就像我跟你说的，我一直很小心。她没有信心用自己的肉体一直留住我，一年的时间也许不长，但两年或许就足够让人厌倦、想要结束了。她说每次看着我不耐烦地要离开她家、急着回自己家时，她都心痛不已，我一开始不是那样的，那时我也不想离开，也许那时我才是黏着她的人，她说的是实话，我刚认识她的时候确实觉得很难跟她告别，不过现在都记不清了。

('留下来的人门前站着离别的人，离别者的吻和昨日前日的吻交织混合，永远都只有一个难忘的初夜，而它往往转瞬即逝，总被那些用以取代它的重复着的日夜所吞噬。')我知道曾经是那样的，只是我也记不清了。现在却不一样了，她说，我变得易怒又冷漠，好像她突然成了陌生人一样，事情彻底改变的时候总让人感到费解和沮丧，但经历事情的人其实一点都没变。('我不认识你，我不知道你是谁，以前也没见过你，别来跟我求情，也别说那些甜言蜜语，因为我早已不是原来的我，你也不是以前的你。人们常常这样说，迟早的事。')所以她就想了这么一出戏，以为靠流产就能把我和她绑定，想着我会感谢她的牺牲，尊重她这份割舍的力量，这理由倒是不差，如果我当时更冷静一些并且能一直坐在咖啡厅里坚持把手上的报纸看完的话，也许她设想的这些都会成真，我答应过她不会离开那里，以免她突然需要我，我在那里待了一个多小时，假装读着什么，脑子里却全是她，全是医生的手在她身上手术的画面，全是些类似的东西。时间对于我来说是那么漫长，但当时的她却在坐着看杂志，你能懂我吗？"

"讲故事的人总能为自己找些借口，"我心想，"讲故事的人通常都知道如何把故事讲好，知道如何解释清楚自己，诉说就是在说服别人，让别人明白并看清整件事，这样故事才能被接受和理解，甚至包括最糟糕的部分，只要能原谅的都会被原谅，一切都会被包容，都会被吸收，甚至会被怜悯，这种事时常发生，我们一旦知道它发生了，就必须学会习惯它，得在意识或记忆里给它找一块地方,因为它的发生也因为我们的知情,它将不会阻止我们继续生活下去。"我还想着:"有时讲故事甚至能让一个人魅力爆发。"

"我想我明白您的感受,很好理解。"我说。

"我们离开餐厅的时候狂风骤起,我们都有些站不稳了,我是因为喝多了,她应该是因为绝望吧,发现任何解释和请求对我都不奏效,完全不能打动我,我的回应里只有严酷和嘲讽。事实上,当时确实打动不了我,后来……不过也没时间了。"德昂突然停了下来,陷入了沉默,这次我什么话也没插,停顿的片刻没再提问题,连含蓄的提问都没有。他的脸看起来似乎是在沉思,好像随时都可能会变形或者扭曲,虽然他用细长的眼睛看着我,却没多作停留,似乎只是绕到我这儿又迅速跳过了我。他那不屈服的下巴稍微低下了一些,像一把无刃之剑。

"我恨她,"他说,"我恨她,但如果我知道这里发生的事情的话,一切都会不同,甚至可能会为她编的这出剧而感动,我应该会包容她。可怜的艾娃,可怜的玛尔塔。"他的脸因遗憾而变形扭曲,还伴随着他说的话:"很快我们便被大雨浇透了,我们走到人行道边缘想招一辆出租车,一辆都没有,在英国那个时间确实已经很晚了,无论在哪里,每当下雨,出租车总会消失不见。地铁应该也要关了,我们也不想过马路去确认,太麻烦了,我们往前挪了几步,不知所措,也许我们应该到对面去,相反的方向上过去了一辆空车,他看见了我们却不愿停下来,也许是我摇晃的步伐让他有些怀疑,我有些蹒跚,甚至站不太稳,走起来反而觉得脚好控制一些,我把大衣的领子竖了起来,尽可能地保护自己,她徒劳地用围巾盖住头,那是我送她的礼物,围巾紧贴着她的头发,也完全湿透了,不过那样她的头发至少不会被风吹乱。她想在一个带雨棚的屋檐下躲一躲,我再次抓着她的手腕拖着她继续前行,没让她避雨。雨并不像风那么大,斜着飘下来,街上空无一人。一辆红色的双层巴士停在了路口的红绿灯前,跑完最后一趟后,司机应该也要下班了,车门是敞开的,好像在邀请我们,艾娃挣脱我跳了上去,我跟着她抓着车里的栏杆也跳了上去,车已经在开动了,无所谓它去哪儿,她一定觉得那至少是个临时的庇护处。我付钱给那个售票员,他应该是个印度人或者巴基斯坦人①,'到终点站,谢谢',我说,这样最简单,我们爬到空荡荡的上层,上楼梯的时候我一边推着前面的艾娃,一边用余光瞄着下层,只有两个乘客。'你是蠢还是怎么了?疯了吗?'我说,'我都不知道这车要去哪儿。''有什么关系?'她回答说,'去哪儿都比在狂风中乱逛好。等一下我们看到车比较多的地方就下去找辆出租车。或者等雨下得小一点。我都湿透了,你难道希望我们俩都得肺炎吗?'她坐了下来,拿下围巾,抖了抖,拧着她被打湿的头发,接着从包里拿出一张纸巾,尽可能地擦干她的脸和手,她也递给我一张,我没要,没坐在她旁边,而是坐到了她后面,像是一个骄横恣肆的坏蛋故意挑衅他的受害者,大风再次激怒了

---

① 下文中两种国籍交替出现。

我，也有些惹火了她，狂风也让人发狂，她突然敢对我恶言相向。我们身上有湿羊毛的味道，是我们的大衣散发出来的，实在令人作呕。双层巴士在雨里疾驰着，像是在没有车的夜里行驶，只在到站或遇到红灯时能听见巨大的刹车声，偶尔还会刮到和车身差不多高的树枝（'枝叶'），有时像鞭子抽打一般，有时又像敲打着鼓点，尤其是当好几根树枝连在一块儿，在狂风里摇晃着愤怒的手臂，而车子又刚好经过时。（'我总好奇她是怎么躲过人行道上伸出的树枝的，那些树枝噼里啪啦地敲打巴士上层的窗户，犹如在抗议我们的速度一般，似乎总是能伸进窗户抓到我们，'我想，'我已经分不清这想法是我的还是玛尔塔的，或者只是一段回忆而已。'）艾娃在我面前拧着她的卷发，好像那是块布一样，我见过她在家洗澡出来时穿着浴衣做相同的事。她没转过身子，背对着我（'后颈'），我觉得她也开始闹脾气了，也许这是一种策略转变吧，她不再恳求我，又或许她觉得自己做的事并没么严重，开始准备出另一手牌，但事实上她的底牌都已经被掏空了。也许她觉得我的惩罚有些过分，现在是时候让我意识到我一整天都是如何残忍地待她、嘲讽她，对她置之不理（'所有的事情都会起皱，被玷污，被损坏'），所以她才怒气冲冲地回答我。我当时没办法接受，她怎么敢这样，我刚刚可是一直在想着她和那些类似的画面（'真正让人无法承受的是一个能唤起你对未来憧憬的人突然间成了过去'）。我喝多了，但那不是借口，迷醉和清醒一样有无数种方式。一切并不是有预谋的，但我知道自己在做什么，我很清楚地意识到自己接下来的打算，因为我一直想着在街上或者楼下都没人能看见我，巴士上装了圆形的凸面镜，这样司机就能看见上层发生了什么，不过前提是他必须看着镜子，而那个来自印度或巴基斯坦的售票员是不会看它的，这是他这一天跑的最后一趟，他一定已经筋疲力尽了，好奇心都会被疲惫赶走的。现在有些巴士上用摄像头取代了镜子，好让司机能顺带盯着上层，不过我们坐的这辆并没有——15路还是16路，或者别的什么，我不确定，我回头确认了一下，的确没有摄像头，所以我很清楚我在为自己考虑，在为将来考虑，在为可能引起的后果考虑（'你在为明天考虑'），这就是为什么我说我知道自己在做什么，当我箍住她的头部并且用力紧按住她的时候（'你按到我的颧骨和太阳穴，我可怜的太阳穴'），我箍得那么紧，按得那么用力，以至于她没法回过身来，她湿漉漉的卷发在我的手掌里（'我的巨大的手掌和僵硬笨拙的手指——如同钢琴键一般'），现在她确实想回过头来，却无能为力了，有那么几秒，她还以为我在跟她玩或者开玩笑，她还有时间用愤怒的语气跟我说：'你到底在干吗，住手！'接着她应该感觉到我是来真的了，我在伤害她，我的大拇指应该让她痛苦万分，我只需几秒就能让她的太阳穴凹陷下去，如果我一直按着不松手的话，但为了不让她发出声音，我把手迅速下滑到她的颈部，她的脖子也湿了（'她那古典的后颈，刻着岁月的纹路，粘在上面的黑色发丝犹如半干的血迹和泥'），我用力掐住她的喉咙，刚刚对她太阳穴的按压让她几乎失去了意识，她的身子已经软了，我几乎感觉不到她的双手有抵抗力，虽然她努力扒拉着想要挣脱我的手（'像是一点反抗能力都没有的孩子，就这么被突如其来的疾病毫不费力地带走了'），她可能会永远就这么躺在一辆伦敦巴士的座椅上，这辆巴士在风雨交加的夜里前行，而我则会赶紧下车，反正没有门会阻挡我（'一个外国人的死亡、一场可怕的死亡，在这个岛上'），我看不见她的脸也看不见她的眼睛，只能看见她的后颈和头发，但我知道她就快断气了（'消失的不仅仅是现在的我，也是曾经的我，不仅仅是我，也是我所有的记忆，还有所有我知道的、学到的东西，我所有的记忆和见闻都会烟消云散，那在我眼前飞逝而过的一千零一件没人会在意的物品，一旦我死了，就变得一文不值'）。我不知道是不是因为巴士突然刹车，吭哧吭哧地停了下来，我也松开了手指，好像我的行动都是由车子是否继续前行，由扫过静止不动的人的狂风是否减弱而决定的。又或许是和我挑衅的行为同时产生的恐惧和后悔造成的（'无论是肯定、否定还是犹豫，该继续的还是会继续，该消失的还是会消失'）。我立即松了手，收了回来，猛地放开她，留她一条生路（'不过还没到时间，还没到时间，只要还没到时间，我就能继续想着每日的战役，看着异国的风景，为将来打算着，你也能继续说着你的再见'），我立刻将双手塞回大衣的口袋，像是想赶紧遮掩住或者说抹擦掉这双手刚刚想要做但却没能完成的事，任何行动若不能持续足够长的时间便不再是行动本身，行动永远是由它最后的结果决定的（'我延续的脉络却并未断裂，我原封不动的丝线仍没有方向：又是新的一天，多么不幸，又是新的一天，多么幸运'），艾娃没死，还活着（'我不明白死和活到底意味着什么，现在我真不清楚它们到底是怎样的两种状态'），我站起身，转到前面去看，从我的高度向下凝视着她，刚刚的意外让她双腿半张开，她抬起受伤的头，看了我一会儿，眼里仍满是我的影子，还有昏暗的天空，相比害怕和抗拒，更多的是绝望、遗憾和沮丧（'没有了对未知不定的安慰，可能也就没了对既往的回顾，近在眼前的此刻正有如遥远的过去'），相比自己近在眼前的死亡，她更唏嘘的似乎是茫茫人海中到头来居然是我试图夺她的命（'面对活着的人们悲哀的优越感和我们暂时的自我吹嘘，连死者本人都对自己的死法感到不屑：我陪你的时间太久了，已经让你感到疲倦了'）。然后她踩着高跟鞋跑下楼梯，刚刚还是为了在酒店等我，为了恳求我才穿的那双鞋，她跑下楼，想赶在巴士再次开动前跳下车，我也不知道我们在哪儿，身处哪条街，我并没有跟着她，只是打开了车窗，狂风斜雨横扫进来，我伸出头正好看见她跳下了车（'我仍能从最高处俯瞰整个世界'），巴士又发动了，渐渐加速，我迅速挪到车厢后部，透过后窗我看见她的大衣，看见她踩在沥青马路上那完全没有孩子气的鞋子，看见她试图穿过那条混乱的街道，急着从可能会追出去杀了她的我手上逃走，或者是从她刚刚见到、感受到的遗憾中逃走。她试着不抬眼，就这样慌忙跑开，身影就快被我们这辆还未开走的公交车遮住了，她还没来得及穿到马路对面，一辆黑面包出租车就冲过来猛地撞上了她，一辆奥斯汀牌的出租车，像是头犀牛或者大象，伦敦的车都是靠左侧行驶的，跟我们相反。当我坐的巴士渐渐远离，我从后窗目睹了这一切，目睹了那可怕的事故，那撞击太过猛烈，以至于她都不是被弹起到空中，而是沿着车子撞击的方向直直地飞了出去，我目睹了车子如何没有刹住轮胎，即便把她撞得躺在了地上，仍然残忍地轧了过去。这是一场致命的事故，来得一点征兆都没有，我这辆巴士似乎没注意到身后的事故，要么就是故意忽略了它，撞车的那一瞬间，它好像有要刹车的意思，不过并没停下来，还是继续往前开着，一步一加速，可能昏昏欲睡的司机和那位印度售票员都没听到声响，又或者听见了却决定不参与其中，生怕因为一场和自己的车毫无关系的事故影响了下班时间。巴士要拐弯前，我看到了最后一幕，一切便消失在我的视野里，出租车最终停了下来，司机和乘客们打开门下车，匆忙跑向横在路中间的尸体。那对男女用报纸遮住头顶想暂时躲避风雨，司机大概知道人已经被撞死了，因为他手里拿了条像毯子一样的东西想盖住艾娃，盖住她的脸，我想这样她至少不用再淋雨了（'不过那种由生到死的气味的转变却会在她身上渐渐散发出来'）。我什么都没做，我的意思是我并没有在下一站或者下一个红绿灯路口下车，没有倒回去确认明明已经知道的事情，没有回去陪着死去的艾娃，也没有帮着料理后事。如果我当时知道二十几个小时前在这里发生的事，我一定会做些什么的，但我不知道。不，也不一定，即便我知道，也不一定会下车。我还是会装聋作哑、袖手旁观。严格来

394

说，并不是我杀的她，是那辆出租车，不过就在一分钟前我还想要她死，而现在却成真了，如果不是我的双手造成的，那就一定是我摇摆不定的意志。（'她不是自己死去的，'我想，'一个人死去了而你还活着总会让你在一段时间里或者一辈子都觉得很愧疚，真是种诅咒啊，我现在也不得不记住这个名字了——艾娃·加西亚·巴列——可我连她的脸长什么样都不知道。'）又或许是因为她的意志，为了迎合我，不再做这世上多余的人（'被弃于一角的意志劳累了，一旦舍身退出，便给我们带来了死亡，好像整个世界再也无法忍受我们，急着想要摆脱我们'）。那时巴士越开越远，一切也渐渐在我眼前消失，我脑海里想得最多的就是没人知道她和我在一起。我们分开买的机票，也不住在同一个酒店，在医院时她也没办手续，因为根本没这个必要。（'似乎只是增加了犯罪案件的数量，因为只能找出无意义的或者没用的线索，那起凶杀案或过失杀人案和之前早已被遗忘的、没有确凿证据的、还在预谋中的，甚至那些有证据但最终总会消失的犯罪全都一样——实在有太多类似的案件了'）。她的死亡事件不过又是一起欧洲大陆游客的惨案，下车过马路时忘了先往右看，忘了汽车行驶的方向是相反的。（'一场滑稽的死亡，一场几乎毫无可能性的死亡，尤其是对这座城市的一名过客来说，就像暴风中一道闪电劈开了一棵路边的大树，而折倒的树干正好砸扁或者砍断了行人的头，这种事有时真的会发生，而我们却只是在报纸上读到它然后一笑了之。'）她跟我毫无关系，只是陌生人，我把她的巴士票扔出窗外，那个巴基斯坦人也一定记不住我买了两张票。他也没必要记住关于她的事。更何况我什么事都没做，大家也什么都没做，只是场意外而已，只是一次不幸的灾难。她的围巾还在座位上，依旧是湿漉漉的。仍能闻见她的味道，她黑发的味道（'当一切不复存在，就只剩下死亡的气味。尸体尚存的时候能闻见，即便有一天在埋葬消失后，似乎也还能存续：让我明天重压你的心头，让我穿进你的内心，血腥与罪孽'）。我把围巾塞进自己大衣的口袋里。到现在还留着。"德昂又停顿了一会儿，接着说，"这就是我所经历的事，不知道你明白了没有。"

"我们太容易被人影响，以至于会相信任何事情，我们总能找到方法证明自己，在有了辩护，有了借口，或者有了某种减罪的情节，甚至有了纯粹的表演之后，每件事都能说得通，诉说是一种慷慨，一切都可能发生，可能被诉说，也就可能被接受，然后你便可以逍遥法外，甚至始终安然无恙。因为没人在做任何事的时候会认为它是不公正的，至少在不作为的那一刻他们是这样想的，这就和讲故事是一样的，这实在是个奇怪的任务或差事，事情发生了，但直到你开始诉说它时都尚未完成，直到它被讲述、被人知道，之后甚至都还有可能把那些既成的事实变为简单的想法和纯粹的记忆，化为乌有。不过事实上，讲故事的人都喜欢在事后讲述，这样可以加点自己想加的料，使自己尽量脱离干系：'我已经抛弃了过去的我，我已经不是过去的那个人也不再像过去那样了，连我自己也不了解自己，甚至认不出自己了。我没企图什么,这不是我想看到的。'这样,听故事的人就能一直听他说到结束,然后给出那个通常意义上的最佳答案:'我不知道,我不确定,我们再看看吧。'"

"我想应该明白了吧。那之后怎么了?"我说,"我得准备走了,我真的必须得走了。"

德昂有好一会儿停在那儿没了反应。当我问完这话后,他整理了一下领带结,慢慢放下自己卷起的衬衫袖子,似乎准备要穿上外套,仿佛要离开的人是他一样。我才是那个要走的人。"我准备走了,"我心想,"我已经听到了他要说的话,而且我不会忘记的。"

"当巴士已经开到离事故地很远的地方时,我在一个红绿灯路口下了车,那儿车多了一些。我站在最后几级台阶上,用余光瞟了瞟巴士的下层,那里已经没人了,于是我迅速跨了几步跳到了大街上。我站在人行道上,估计那位售票员甚至还没意识到有人在不该下车的地方下了车。我很快打车回到了酒店。路上雨已经停了,风也歇了,我也从那些印度鸡尾酒中清醒过来。我上楼回到房间,电话没有任何留言,于是我打开电视来回换台,随便看了一会儿,发现也听不太懂电视里说的话,所以索性从床上爬起来,打开窗户,靠在窗边,尽管外面挺冷的,我还是往外看了好一阵子,不知看了多久。('穿过伦敦的黑夜,德昂站在酒店寒冷的升降窗前,望向对面的大楼,望向同一个酒店的其他房间,大部分房间都是黑的,但仍有一间亮着的阁楼,阁楼里有一个黑人女佣结束了一天的工作,正在宽衣解带,甩掉了束发帽,脱掉了鞋子、长袜、围裙和制服，在水池里清洗脸和腋下。他还看到了一个半裸的女人，不过跟我不同的是，他没有碰她也没有抱她，甚至跟她毫无关系，那个女人睡前稍微洗了洗身子——英国好像流行这样——在一个简陋的水池里，同楼层的住户们都得穿过走廊共用那个洗浴间。德昂离她那么远，肯定闻不到她的气味，不过他或许已经熟悉了她的气味，说不定他前几天或者那天晚上曾和她在走廊上擦肩而过，或者在他已经有了坏心思的时候在楼梯处遇到过她。他听见房间里的电话响起，那铃声在夜色中重复回荡着，惊醒了半裸着的女佣，好像在提醒她有人能看到她，她穿着文胸和内裤挪步到窗前，开窗探头，似乎想确认她的窗户外面至少没有人在往上爬，然后她关上窗户，小心地拉上窗帘，决不让人看见她悲伤、疲倦或沮丧的样子，或是衣衫不整地坐在床脚、卷起来的制服袖子还挂在胳膊上的样子，也有可能这时她早已被人看见，只不过没意识到，在她梳着头、嘴里随便哼着小曲的时候，哼着听不出来是什么的一首歌，或是一首挽歌，就像一个依旧年轻的报丧女妖哀唱着令人厌倦的、极其恶毒的死亡，那是对过去的一种预言，时间在无意中流逝。我对这一切都一无所知，我不清楚，以后再看看吧，或许永远也不会了解，躺在我身边死去的玛尔塔永远也不会知道她丈夫在伦敦那晚出了什么事，当他带着礼物回家时，她不会在家倾听，倾听他已经决定告诉她的故事，那故事可能也是他编造出来的，跟我听到的完全不一样。德昂也有个一直纠缠窥探他甚至再三拜访他的死人，跟我的不是同一个,她在他的脑海里住着,犹如我的那个在我的脑海里一样,就像失眠或者睡梦中永不停歇的抽痛感。他不幸的妻子和他不幸的情人混在一起常驻在我们的脑海里,永存在那个最舒适的地方,和她们自身的瓦解斗争着,想留住一些原先的意义和关系,化身为她们曾经做过的或某天发生过的事情的无限重复或回响:无穷无尽,却也渐渐疲惫不堪,奄奄一息。他脑海里的那个女人就像我脑海里的那个一样,只属于不久前的过去,不再那么强大,也不是我们的敌人,但她的不真实感会日益增加。')直到电话响起,"德昂说,"他们才告诉我这个消息。已经过去了二十多个小时。有些事情我们本该立马就知道,这样才不会带着错误的念头满世界地乱跑,哪怕一分钟也不行,因为世界会因这些事情而彻底改变。('活在欺骗里或一直被骗是件很容易的事,甚至可以说是我们的天性使然,'我又想,'我们实在不该为此痛苦:你会继续听到维森特电动剃须刀般的声音,你还得继续跟他相处。')"

"我得走了。"这次我说了这句话。我以前在这个房子里的时候已经用过这一系列的动词了,但没用过最后一个,"我走了",我从没说过这个。

当我站在门口套上围巾和风衣的时候,偷偷地往走廊尽头昏暗的开着门的卧室瞄了一眼,那是孩子的房间,我无法相信德昂会独自抚养那个孩子。明天,我还得给那个现在既是姐姐又是妹妹的女人打电话,我看了一眼表,还不是太晚,或许今晚到家就可以打给她,再迈出依然无知的一小步,毕竟我或许有一天可以成为她那个尚未出现的丈夫的模糊影子，在她反复无常的世界里扮演一个角色。那个孩子也可以来跟我们一起住，我不相信德昂会抚养他。那样的话，孩子的那些飞机也要一起带过来，尽管它们是孩子的爸爸小时候的玩具。我从来没有过那么多，我很妒忌他，一战和二战时期的战斗机、轰炸机都混在一起，有的是朝鲜战争时期的飞机，有的还在多年以前的西班牙内战时期攻击或保卫过马德里。当事情结束的时候，一切都被打上编码与记号，故事的叙述者得以随心所欲地讲述世界的样貌。当然，这是暂时的，并非一成不变。但这个世界永远布满阴影，永远都有叙述者之外的别人，永远会有秘密向着某人封存。那个孩子永远不会知道发生了什么事，他的爸爸和阿姨会瞒着他，我也会，事实上这也没什么，因为很多发生过的事都没引起注意或者被人记住，一切都会被遗忘，都会失效。个体在无用的时间中所能存留下来的东西是多么微小，就像滑倒在踩实的雪上一样，每个人能留下的记忆真的很少，更别提有确切记载的了，在这么少的记忆中，又有多少会被人谈论？即便是被人谈到，也只涉及片段，不过是一瞬间而已：一切都向自身的消亡缓慢前行，只为了能在时间的黑背或逆流中行走，人们在那里无法继续思考，也无法继续说再见："再见嘲笑，再见轻蔑。我不再见你们了，你们也不再见我了。再见激情，再见回忆。"

一九九四年一月

一段结语和两节注释

现实与虚构[1]

对于一个作家,尤其是小说家来说,承认自己越来越少地写小说甚至读小说似乎并非明智之举。至少从三百九十年前,也就是一六〇五年,在我的家乡马德里出现了最早的《堂吉诃德》上半篇开始,我们就已经习惯了这种混合而灵活的体裁,我们对此如此习惯,以至于打开本书开始看些明摆着是虚构的、未曾发生过的、现实世界不存在的故事都觉得完全是稀松平常之事了。刚刚去世不久的罗马尼亚哲学家齐奥朗是这么解释他为什么不读小说的:现实世界每天都会发生如此多的事情,怎么还会有兴趣去研究那些未曾发生的事情呢?相比之下,这位哲人更喜欢回忆录、自传、日记、书信和历史书籍。

---

[1] 本文为作者于 1995 年 8 月 2 日在加拉加斯接受罗慕洛·加列戈斯国际小说大奖时的演说稿。

如果我们反复思考几遍，也许会觉得齐奥朗说的话不无道理，甚至很难解释为什么一个成年人或是一个或多或少有能力的人会随时做好任凭自己沉陷于一段故事当中的准备，他明明从一开始就已经发觉这故事是虚构的。我们注意到如今的小说封面上都会清楚地标明作者的姓名，有时护封上还有一段他的生平简介和照片，又或许是一段题词或者引言，可奇怪的是，我们却很清楚，所有的这些信息都仍然属于小说的作者而非书里故事的讲述者。翻开书的某一页就如同目睹剧院里的大幕缓缓升起，自此我们便把这些明知的信息抛到脑后，准备好迎接一个全新的声音——无所谓是以第一人称还是第三人称的角度讲述——然而，毫无疑问，我们心知肚明，这声音不过是来自那个做了改变或者有所伪装的作者。这种伪装的能力能带给我们什么呢？在如今这个真实和单纯日渐消失的世界里，为什么我们还是会继续沉浸在小说中，欣赏它，尊重它，甚至对它赞叹有加呢？

作为人，大家似乎都难免需要一定剂量的伪装或者杜撰——也许女人的需求更盛——换句话说，除了确认事情发生过和内容的真实性，想象或许也不可缺少。我其实一直不敢用那些自己都早已觉得毫无新意又故作风雅的词句，比如坚信人类需要"怀揣梦想"或者"避迹藏时"（顺便提一句，这个词曾经被认为是极端消极的）。我宁愿这样说，人们除了可信的真实内容之外，还需要知道可能发生的虚幻事件，除了确凿的事实，还需要知道猜想、假设以及事实之外的失败，也需要知道为此放弃了什么，甚至想知道如果没有放弃的话，事情可能变成的模样。当人们谈起某个男人或者女人的生活，概括或总结他或她的人生，讲述那段属于他或她的历史或传记，无论是在词典里，还是在百科全书里，再或是在某段编年史里，即便只是在朋友的闲聊中，大家通常娓娓道来的也不过就是他或她所创下的丰功伟绩，或是那些确实曾发生在他或她身上的事情。从内心深处来说，我们所有人都有某种相似的倾向，总是习惯于把人生的每个不同阶段看作一种结果或者总结成一段梗概，那些已发生、已获得、已实现的所有一切的结果或者梗概，好像只有这样才能证明我们存在过。但我们常常忘记人的一生其实远不止于此：每一段人生轨迹当然也包括那些失去和瑕疵，那些疏忽和未实现的夙愿，那些曾被搁置、放弃甚至未曾企及的一切，当然还有那些最终没能达成的无数个"可能"——毕竟只有一种可能会最终实现，那些犹豫和幻想，那些失败的计划和违心的抑或并不热切的渴望，那些阻碍我们前进的恐惧，还有那些被我们放弃的一切和被一切抛弃的我们。总的来说，我们人类既是现在存在的我们，又是过去不曾实现的我们，既是可以被证实、量化、记住的我们，又是不确定、模糊甚至已被擦除的我们，也许如今的我们一半是真实的过去，另一半是未实现的可能。

于是我才敢这么说，是虚构成就了那些未曾实现的部分，或者说，在我们讲述和解释自己和自己的一生时，虚构不时地提醒我们，原来还有这样一个维度的存在。而如今，最好的虚构方法就是小说，至少我是这么认为的。

从某种意义上来说，罗慕洛·加列戈斯国际小说大奖的评委们冒着风险和争议刚刚评出的这本小说就是我所指的这种虚构。诸位手里都拿着一篇文章，里面说《明日战场上想起我》说的是欺骗，最广泛意义上的欺骗，同时还引用了小说里的一句话："活在欺骗里或一直被骗是件很容易的事，甚至可以说是我们的天性使然，我们实在不该为此痛苦。"要知道，我们每个人都多多少少又持续不断地活在欺骗中，也都在不自觉地欺骗别人，只愿讲述某个片段，却把另外的部分掩藏得干干净净，而且给身边不同的人展示的自我也不完全一样。不过看上去我们对此早已习以为常。当我们发现有些事并不如我们所经历的那样——比如某段爱情或者友情，某个官方的场合，又或是某个大众的甚至全民的期望——一个令人进退两难的问题便会在真实的生活中出现，既作为对我们的折磨又成为我们制造虚构的沃土：我们无从分辨那些看起来确信无疑的事情到底为什么是真实可靠的，甚至也不清楚自己该如何继续自己的生活，不知道是该继续活在欺骗之下，还是应将一切丢进想象的无底洞，进而根据现实的醒悟重新审视我们的生活。最完整的传记其实并不完整，应由毫无规律的碎块和暗淡无光的片段构成，即便是自传也应如此。我们总以为自己能合情合理地讲述自己的故事，可一旦开始，往往发现到处密布着阴影，充斥着难以说明甚至无法解释的情节，满是我们未曾做过的选择和并未好好利用的机会，甚至还包括了许多我们曾轻易忽略的片段，只因它们仅与他人相关，当然，无法逃避的还有那些难以琢磨透彻甚至很难浅尝辄止的疑云。欺骗以及揭露欺骗让我们知道过往是不稳定也不持久的，即便是那些看起来早已稳固或是永恒的部分也绝非永不改变，曾经经历的过往当然也包括那些未曾实现的部分，而这些未曾实现的却仍有机会成为现实。正是小说这种体裁带给了人们这种虚构和欺骗，或者说强化了它们，使其印刻在我们的脑海和意识里，也正因如此，小说并不像那么多预言所说的一样已经日渐消亡，相反，它得以持久，得以永恒。由此，也许您会发现我一开始说的那些话并不正确，小说并不是只在讲述现实以外的世界。您也许可以说小说的现实在于它本身的存在性和可读性，到最后您会发现堂吉诃德比任何一个西班牙十七世纪发生的历史故事都更加真实；相比维多利亚女王，夏洛克·福尔摩斯在更大的意义上存在过，因为他的故事一直在继续，一遍又一遍，已经成了一种习惯；最真实、最经久不衰也最"有迹可循"的法国无疑就在普鲁斯特笔下的《追忆似水年华》里；我想对诸位来说，委内瑞拉最真实的一面也一定和罗慕洛·加列戈斯虚构的场景浑然一体、不可分割。小说，不仅仅在给我们讲述故事，也让我们走进历史、融入事件、感受思想，如此一来，我们才能理解和顿悟。

　　了解所有这些——或者更准确地说是说服自己相信这些——有时对一个正在写小说的作者来说尚不足够。我自己在写作的时候，时不时抬起眼，看看我身处的这个小说之外的世界，也会突然感到无比陌生。我常常扪心自问，身为一个成年人，我怎么能把如此多的时间和精力投在这样一个虚构的事物上面，我很清楚地知道即便没有它的存在，地球还是会照常运转，甚至我自己的生活也不会有什么改变；我怎么能做到这么执着地去讲述一个故事，一个甚至连我自己都只能一边构建一边了解的故事，我又是如何把自己的一部分生活安顿于虚幻中，让没发生过的事情发生，狂妄而古怪地认为总有那么一天会有人对我所虚构的世界感兴趣。我怎么能做到像小说家、散文家、诗人罗伯特·路易斯·史蒂文森定义的文学活动那样"只是待在家里，像个孩子一样，和纸张玩耍"。所有的作者，从一定意义上来说，更是一名读者，而且读者的身份是永恒的：我们读过的作品一定比我们此生能写出的作品要多，而且我们知道这种读书的兴趣和热情一直能够延续是因为我们已经有了成百上千次的类似经历；也明白了通过小说里的虚构形象，通过那既不属于作者也不属于故事叙述者甚至不属于任何人的声音所提出的思考，我们更好地理解了这个世界，也更好地了解了我们自己。我们发现我们之所以坚持写作，是因为有些事情只能通过思想的构建去完成，虽然平日里有人不停问我为什么要写作时，我总是回答说因为不想有老板也不想早起，其实相比我刚刚跟诸位所聊的内容，这点是更加真实的理由。

可以肯定的是，得到一个像罗慕洛·加列戈斯这样的奖项，我感到无比荣耀和高兴，除此之外，我更感到这奖项是我未来之路上的一座光明灯塔。等我写下一部小说的时候，我仍会时不时停下来抬起眼,惊讶于这么长时间里吸引我的这些假想和虚构,我可能会想,和我原本设想或者理解的不同,在离我自己的国家千里之外的地方,确实有一些包容且专注的读者,不仅在跟我分享我所使用的语言,更能以此喜欢上我所虚构的一切,对那些我混合了许多真实与虚假,或者说糅杂了真实的过去和未实现的可能的故事满怀兴趣。

给文学爱好者的注释

这本小说的名字,和之前出版的《如此苍白的心》一样,出自莎士比亚的作品。之所以整篇文章中都没有坦白地交代过,是为了一个埋伏着的赌注。《如此苍白的心》并没有隐藏其名字的来源,所以有很多评论在介绍时都说它"引用了《麦克白》中的很多经典",好像大家一直以来对《麦克白》都了如指掌一样,其实其中引用的一些句子可能并不有名或者曾经并不有名,只是在这部戏剧里出现过而已。

所以我很好奇有多少学者能想起"明日战场上想起我"这句话,它其实在《理查三世》的第五幕第三场里出现了好几次,甚至比之前引用的《麦克白》中的那些句子更加有名。不过事实证明国内的报纸并没有相关的评论。只有《阿拉贡先驱报》的评论员塞萨尔·佩雷斯·格莱希亚——好像是经过深入研究——给出了引句准确的出处。

"明日战场上想起我"及其他的一些句子反复出现在本书中。这些句子随文中的语境而变化，有些引用自莎士比亚，有些并不是严格的引用。有的是文字直接的引用，有的则是原文的某种意译。当然不能忘了一个形容词："生锈的"[1]，这个词用于形容长矛，而它并不来源于莎士比亚，而是出自胡安·贝内特[2]，或者更早些的米盖尔·埃尔南德斯[3]。

---

[1] 作者所用的西班牙语词为"herrumbrosa"，而这一单词在现代西班牙语中已基本不再使用。
[2] 胡安·贝内特（Juan Benet，1927—1993），西班牙小说家、戏剧家和散文家。著有小说《生锈的长矛》。
[3] 米盖尔·埃尔南德斯（Miguel Hernández，1910—1942），西班牙诗人、剧作家。他献给加西亚·洛尔卡的悼亡名篇第一句为"死神手执生锈的长矛"。

给电影爱好者的注释

小说里有两部电影曾通过电视播放的形式隆重出场。其中有一部无疑是奥逊·威尔斯的作品《午夜钟声》。而另一部在那些爱好电影的读者心中可能会引起好几种不同的猜想：小说里提到主角是芭芭拉·斯坦威克和弗莱德·麦克莫瑞，大家应该会认为是比利·怀尔德的大作《双重赔偿》，有的读者甚至告诉了我这个想法。由于这两位演员也在《虎盗英雌》和《断肠弦歌》里有合作，可能也有读者会联想到这两部中的一部，尽管名气要小些。利用这次再版的机会，我想向大家澄清一下：小说里提到的由这两位演员主演的电影叫作《今宵难忘》，是米切尔·莱森导演的一部喜剧。片名也正好表达了故事的第一人称叙述者维克多·弗朗西斯通过整本小说对自己——也是对读者——想说的话。

图书在版编目（CIP）数据

明日战场上想起我 /（西）哈维尔·马里亚斯著；鹿秀川译. -- 海口：南海出版公司，2024. 8. -- ISBN 978-7-5735-0905-5

Ⅰ. I551.45

中国国家版本馆CIP数据核字第20246UR190号

明日战场上想起我

〔西班牙〕哈维尔·马里亚斯 著
鹿秀川 译

出　　版	南海出版公司　（0898）66568511
	海口市海秀中路51号星华大厦五楼　邮编 570206
发　　行	新经典发行有限公司
	电话（010）68423599　邮箱 editor@readinglife.com
经　　销	新华书店
责任编辑	侯明明
特邀编辑	陈方骐　吕宗蕾　张苇杭
营销编辑	杨美德　李琼琼
装帧设计	李照祥
内文制作	田小波
印　　刷	北京中科印刷有限公司
开　　本	850毫米×1168毫米　1/32
印　　张	13
字　　数	253千
版　　次	2024年8月第1版
印　　次	2024年8月第1次印刷
书　　号	ISBN 978-7-5735-0905-5
定　　价	68.00元

版权所有，侵权必究
如有印装质量问题，请发邮件至 zhiliang@readinglife.com

著作权合同登记号 图字：30-2024-057

MAÑANA EN LA BATALLA PIENSA EN MÍ
Copyright © 1994 by Javier Marias
Simplified Chinese Translation Copyright © 2024 by Thinkingdom Media Group Ltd..
Published by agreement with Casanovas & Lynch Agency S. L.
through The Grayhawk Agency Ltd..
All rights reserved.